Helga Schütz

Vom Glanz der Elbe

Roman

Aufbau-Verlag

Personen und Landschaften sind frei erfunden,
auch wenn sie als Namen existieren. *H. Sch.*

1

Es war ein Angebot. Das billigste. Auch Judy mußte es zugeben. Den Silvestertarif New York – Frankfurt durfte sich Adam nicht entgehen lassen.

Judy versuchte beim Kofferpacken ein munteres Gesicht: Du hast es aber eilig, von uns fortzukommen.

Adams einjähriger Universitätsurlaub, das sabbatical, begann ab Januar, genau am ersten.

Tapfer entschlossen hatten sich Adam und Judy auf dem Flugplatz die Rücken gekehrt. Kein Blick mehr. Judy fuhr nach Cleveland zurück. Adam machte sich auf den Weg nach Berlin. Kurz vor dem Abflug kramte er einen maisgelben Briefumschlag aus dem Handgepäck. Er lief zum Postschalter. Ein Brief nach Berlin. Besondere Eile sei nicht geboten. Der Brief hätte Zeit. Gepäckfrei, aller Verpflichtungen für ein Jahr ledig, kaufte er sich am Kiosk neben der Post ein deutschsprachiges Taschenbuch. Etwas zum Festhalten während der Verlorenheit in der Luft. Große Schrift, wie für Kinder oder Kurzsichtige gemacht oder für Leute, die sich an die deutsche Sprache erst wieder gewöhnen müssen.

Das Bild auf dem Buchdeckel zeigte das Porträt einer Frau. Eigentlich sah man nur die Augen, die Nase, die rosig getönten Wangen. Die Stirn war von einem schwarzen Hut bedeckt, das Kinn und fast auch der Mund steckten hinter einer schwarzen Federboa. Die atembeflügelten Federchen hielten still für die Frage: Wer bist du? Du und du.

Wie auf der ersten Seite vermerkt war, handelte es sich um einen Ausschnitt aus einem Gemälde. Um das Bruchstück einer Szenerie. Gehörte die Dame zu einer Fest- oder einer Trauergesellschaft? Die schmalen dunklen Augen gaben kein Zeichen. Auch die Röte ihrer Wangen vertieften das Rätsel nur. Es konnte eine ländlich gesunde, es konnte eine hektisch verletzte, eine kranke, sogar morbide Röte, es konnte Schamröte oder auch nur ein absichtsvoll aufgelegtes Rouge sein.

Adam las die Geschichte, in geteilter Schuldigkeit. Er dachte über den Buchstaben an Judy, an den Abschied, fürchtete, daß er sie mit seinem hastigen Aufbruch verletzt haben könnte. Den Brief, den er ihr hatte schreiben und auf die Kommode legen wollen, er hatte ihn leider nicht geschrieben. Ach, wenn er den Brief doch geschrieben hätte. Und den anderen, den hätte er nicht aus der Hand geben sollen. Womöglich geht er verloren. Womöglich erreicht er den Adressaten. Er war um beides besorgt. Er blätterte.

Die Geschichte erzählte von Toten. Von den Toten Berlins. Von Opfern und Tätern und wieder Opfern und von Versöhnungsversuchen an verschiedenen historischen und gegenwärtigen Schauplätzen. Die Toten lebten in Jahres- und Tageszeiten und hatten ihre Häuser, Quartiere und Geschäftigkeiten.

Die Toten lebten?

Wer unter den Toten Berlins Rang und Namen hatte ... So fing die Geschichte an.

Adam war in Frankfurt gelandet und hatte ganz nach Plan sofort den Anschluß nach Berlin erreicht. Berlin-Tegel. Ein Sprung nur, Start und Landung fielen fast zusammen.

Festliche Musik begleitete die Passagiere aus der Maschine. Adam lief hinter einem Traggestell her, in dem ein Kind, selig am Daumen nuckelnd, selig schlief. Der junge Vater trug es auf dem Rücken. Ein Mädchen, die Mutter, ging voraus. Weltläufig Richtung Gepäckausgabe.

Die anderen Passagiere, manche der Herren und Damen schon in Festgarderobe, strebten sofort mit ihrem Handgepäck zum Ausgang. Man hörte von draußen, wie sie von Freunden empfangen wurden, das Hallo, die Sektkorken. Ein kleines Malheur, splitterndes Glas. Es war gute Zeit.

Das Mädchen angelte vom Gepäckband einen zusammengeklappten Kinderwagen und mehrere bunte Taschen. Adam wartete auf seine beiden einsam auf dem Laufband heranschwimmenden Koffer.

Die jungen Leute wünschten ihm, dem blondbärtigen Einzelreisenden, einen guten Rutsch.

Draußen vor der Schwingtür wartete im dunklen Nachmittag ein mit sämtlichen Klappen und Türen offenes Auto. Ein Großvater verstaute Gepäck. Zwei junge, muntere Großmütter küßten das schlafende Kindchen. Sie hoben es mit viel Aufwendung aus dem Rucksack.

Adam steuerte seine Gepäckkarre zur Bushaltestelle. Er winkte der mit Begrüßung und Gepäck und Autotüren hochbeschäftigten Familie noch einmal zu.

Wie auf allen Flugplätzen der Welt würde hier irgendwann ein Bus kommen und in eine Stadt hineinfahren. Da brauchte er nicht einmal Zuversicht, das war Gesetz. Der Vorteil hier in dieser Stadt war, daß Adam mit der Landessprache zurechtkam. Er hatte sie zweiundzwanzig Jahre gesprochen. Deutsch, das war seine Pflegevatersprache. Er war zwölf Jahre in Dresden in die Schule gegangen. Dann hatte er Medizin und Biophysik studiert. Wo einer als Kind, womöglich bis zur ersten Liebe, die Jahreszeiten wechselt, an dem Platz ist er zu Hause.

Adam kommt heim.

Er hatte es sich genauso vorgestellt. Weder warm noch kalt. Mützenwetter. Die Autos der Langzeitparker steckten unter einer Rauhreifkruste. Stumpfer Frost auch auf Straßenplanken, auf Geländern und Reklameschildern. Eine Herausforderung, um Botschaften hineinzumalen. El susto del AMOR. Der Schauder der Liebe. Spitze Buchstaben. NAZIS RAUS. Die Lampen auf dem Vorplatz warfen ihr Licht zu grau grieselnden Inseln. Eine Anzeigetafel zeigte wechselnd das Datum, die Zeit, die Temperatur, die Zeit. Zwanzig Uhr nullsieben. Minus drei Grad. 31. Dezember.

Adam hievte seine Koffer in den Bus, zahlte, drückte sich in einen Sitz und wartete in der Dunkelheit. Der Fahrer in seiner Glaskanzel suchte in den Wellenbereichen des Busradios. Ein Wetterfunk bestätigte den Rauhreif und den Nebel draußen, die aus westlichen Zonen heranströmende Warmluft. Danach hielt eine Männerstimme eine feierliche Ansprache. Trost und Donnerwetter.

Nimm, wirf und birg und sei der Sprung aus weitester Erinnerung zu einem ungegründeten Bezirk.

Das Schnaufen des Getriebes gab endlich das Zeichen zur Abfahrt. Schnaufende schwarze Pferde durch nebelgraues Gelände.

Ein Fahrgast auf dem Wege in die Stadt.

Jetzt, auf dem anderen Kontinent angekommen, hatte er seine Judykümmernisse bis auf gute Reste verloren. Judy und er waren, so deutete er es nun, friedlich, mit viel Umarmungen, auseinandergegangen. Adam würde ihr sofort von hier aus schreiben. Neue Eindrücke und gewiß auch Sehnsucht. Tränen auf dem Papier. Er freute sich darauf.

Das weiße Gezweig der Straßenbäume. Das Milchlicht. Die Leute, die einstiegen, ausstiegen, einstiegen, die sich beschwipst auf die hinteren Plätze warfen, waren die vielleicht tot? Das Lachen, ein Signal von der anderen Seite?

Aber wenn sich Adam richtig erinnerte, ging die Geschichte so, daß er selbst gestorben sein mußte, um schließlich die Toten von den Lebenden zu unterscheiden. Für die Lebenden blieben die Toten unsichtbar.

Vielleicht aber durfte er auch, da er die Geschichte so weit oben und zwischen den Kontinenten gelesen hatte, eine Ausnahme sein. Das würde ihm manches erleichtern. Zum Beispiel würde er bald wissen, ob Anna noch lebte. Er würde sie als Lebende oder Tote mit leichter Mühe finden.

Er würde seinen toten Ziehvater wiedersehen.

Der Bus hielt am festlich schweigenden Charlottenburger Schloß. Einige stiegen aus. Man wünschte sich ein Gesundes Neues Jahr. Ließ Alkohol- und Parfümdüfte zurück. Zwei sorgfältig frisierte Frauen in langen Kleidern stiegen zu.

Adam blieb, obwohl er laut Plan und Ansage schon vorher in eine S-Bahn hätte umsteigen können, bis zum vielberedeten Bahnhof Zoo im Autobus sitzen. Das Zentrum von Berlin. Das hatte er sich anders vorgestellt. Schöner. Es könnte sein, daß er als Junge oder als Student schon einmal hier war. In Berlin jedenfalls ist er schon gewesen. Damals. Heimlich. Mit Anna. Sie mit ihrem neuen Fotoapparat.

Knaller und Leuchtkugeln wurden losgelassen. Ein zischender, fünkchensprühender Kreisel tanzte vor Adams Füßen. Schwarzhändler mit Zigaretten stellten sich quer.

Danke, ich bin Nichtraucher. Seine ersten deutschen Worte, die er aber sofort übersetzte: No smoking. Die Zigarettenverkäufer waren Ausländer. Russen, wie Adam gleich hörte. Das war schon alles Stoff für einen Brief an Judy. Weltgeschichte dreißig Minuten nach acht am Bahnhof Zoo in Berlin. Noch knapp vier Stunden bis zum Jahreswechsel.

Adam sollte eine S-Bahn nach Wannsee nehmen und von da aus mit dem Bus weiterfahren. Eine Physikerin, die im Herbst für ein paar Wochen im universitätseigenen Haus in Berlin untergebracht worden war, hatte ihm einen Stadtplan und eine Betriebsanleitung der Wohnung gegeben. Sie hatte ihm erklärt, daß es dort im Bezirk nur ein winziges – aber cosy – Restaurant gäbe, keinen Supermarkt, überhaupt keine Geschäfte, sonst aber sei alles lieb, alles nett und sauber. Die beiden Schlüssel, der gelb gezeichnete für oben, der schwarze für unten. Sonne und Erde, so habe sie es endlich gelernt. So sollte er es sich von Anfang an merken. Die Physikerin hatte noch viel erklärt, aber Adam hatte das meiste vergessen.

Er vertiefte sich in den Stadtplan. Bis Steinstücken mußte er fahren. Er konnte nichts falsch machen. Die Welt kam ihm außerordentlich übersichtlich und für jedermann bewohnbar vor.

Das ist der Wannsee. Ein Mitfahrer, der einzige, er hatte sich gegenübergesetzt, zeigte zum Fenster, er nickte Adam und den fremden Koffern zu. Adam nickte zurück. Ein großes, schwarzes, mondbestäubtes Loch in der Stadt. Der Wannsee. Der Mann hütete eine in Zeitung eingewickelte Flasche auf seinem Schoß. Königstraße, Rathaus, er rief die Stationen. Als der Bus an einer Ampel rechts abbog, fiel dem Einheimischen nichts mehr ein.

Adam las, daß er richtig war. Ein Wegweiser wies die Richtung zum Hahn-Meitner-Institut. Da hatte die Physikerin gearbeitet.

Daß sich alle Voraussagen so genau erfüllten, brachte Adam wieder in Übereinstimmung mit der Geschichte von den lebenden und den toten Berlinern. Der Mann mit der Flasche, war er unterwegs, um eine Gesellschaft von Schiffbrüchigen zu besuchen, Opfer der Ozeane und der Spree? Vor der nächsten Station raffte sich der Einheimische auf, bedachte den Fahrer mit dem heute gehörigen Gruß. Gesundes Neues. Und zu Adam: Happy, na du weißt schon. Er verschwand hinter dem Autobus.

Draußen ein menschenleerer Platz mit einer kleinen, von Tiefstrahlern ins Zentrum gerückten Kirche. Das Zifferblatt der Turmuhr leuchtete wie der Vollmond. Es ging auf neun.

Ein dunkles Waldstück. Dann wieder artiges Grün. Weihnachtlich geschmückte Gärten. Heimeliges Licht.

Nicht weit von der Endhaltestelle entfernt fand Adam im Scheinwerfer des parkenden Busses das beschriebene Haus. Die Schlüssel – Sonne und Erde – paßten, pannenlos, wie die Reise bis hierher gegangen war. So tastete er die Hauptsicherung für das Licht, suchte die Schalter und auch den Regler für die Gasheizung und das Hauptventil an der Wasseruhr. Er stellte die Heizung höher, drehte die Wasserhähne in der Küche und im Bad auf, ließ braune Brühe in Wanne und Becken platzen. Neben der Tür, wo seine beiden Koffer standen, lagen ein paar lose Blätter. Werbeschriften der letzten Woche, die der Hausverwalter noch nicht weggeworfen hatte. Die Ankündigung eines Konzertes für den 31. 12. um 22 Uhr in der Johanneskirche. Ein Foto daneben zeigte die Kirche, an der er eben vorbeigefahren war.

Er faltete das Blatt und schob es mit einem Entschluß in die Hosentasche.

Hin.

Ein perfekter Anfang. Aktion gleich in der ersten Szene. Fortgehen, um wiederzukommen. Das Thermometer, es zeigte elf Grad, beförderte seine Beweglichkeit. Das Haus könnte sich unterdes auf menschliche Temperaturen erwärmen.

Er rannte und erreichte den Bus, mit dem er gekommen war.

Zur Johanneskirche, sagte Adam. Der Fahrer schleuderte per Automatik die Bustüren zu und gab Gas.

Adam erwischte noch einen Platz in der ersten Reihe. Zwischen zwei Ehepaaren. Eines der Paare mußte er immer wieder aus den Augenwinkeln ansehen. Sie hielten sich an den Händen, als müßten sie sich und die Zeit festhalten. Ich werde nächstes Jahr neunzig, flüsterte der Alte, und sie wird zweiundneunzig. Adam, der Blondbärtige, Halbhundertjährige, sollte sich vorkommen wie ein Kind vor der ewig grünen Liebe.

Judy. Liebe Judy. Du Common Morning Glory, du rosa Blüte auf wüstem Land ... Ich werde dir schreiben, gleich, bald, irgendwann. Anna, ich werde dich finden.

Ein Quintett von der Komischen Oper spielte Stücke von Schnittke und Schostakowitsch. Rechts, links, im weiten Kirchenraum, lauter wohlgesinnte Zuhörer. Schuldgeständige. Alles wollten sie zugeben, durch sämtliche quälenden Kadenzen, im Gegeneinander der Instrumente, sie wollten sühnen, den Krach mit den Eltern, den Kindern, die Geldgeschäfte, das Erdendasein, mit kindlicher Geduld, mit verstohlenen Blicken auf die Uhr, minutenlang: Intermezzo lento, beinahe eine Stunde, bis sich die Akkorde endlich wieder vertrugen, bis die Streicher, einer nach dem anderen, in ein großes, neugieriges Schweigen verfielen. Erste Violine, zweite Violine, Viola und Violoncello.

Stille herrschte eine lange Minute, niemand wußte, ob nun wirklich Schluß war. Und ob man in einer Kirche überhaupt applaudieren sollte. Ein Mutiger oder vielleicht ein Verwandter der Musiker, der die Uhr im Auge hatte, brach das Schweigen. Obwohl die Zeiger rückten, obwohl die Stunde auf Mitternacht ging, wurde den Musikern nun noch gründlich gedankt. Im schneller werdenden Takt. Lange. Es gab sogar Bravorufe.

Um so eiliger mußten dann die Autos gestartet werden. Sie flitzten aus allen Richtungen an Adam vorbei. Die Uhr am Kirchturm zeigte Viertel vor zwölf. In der Autokette näherte sich ein Kleinbus, ein Bustaxi. Es hielt. Der Fahrer stieg aus und rumpelte eine Schiebetür auf.

Wohin?

Steinstücken.

Sind Sie allein?

Ja.

Wollen Sie mitfahren auf den Babelsberg? Wir schaffen es grade noch bis zum Mitternachtsfeuerwerk. In einer Stunde müssen wir wieder an der Endhaltestelle sein, dann fahren wir nach Plan retour.

Adam wollte.

Der Busfahrer wurde von einer Frau begleitet. Sie saß auf dem Beifahrersitz, eingemummelt in Mütze und Schal. Sie grüßte maulfaul.

Sie fuhren die Strecke durch den Wald, die Adam schon kannte, bogen aber nicht durch die Doppelunterführung ab, sondern fuhren weiter auf der Straße an einem See entlang.

Wohnen Sie schon lange in der Gegend? fragte der Fahrer.

Seit zwei Stunden.

Ach!

Ich komme aus Cleveland.

Wo ist denn das?

In den USA.

Sie sprechen aber ziemlich gut deutsch für zwei Stunden.

Das konnte ich schon, bevor ich fortgegangen bin.

Rübergemacht?

Aus Dresden, zusammen mit meinem Pflegevater. Aber der ist wieder zurückgefahren.

Na, das war aber gewagt von ihrem Herrn Pflegevater.

Das mag sein, räumte Adam ein. Es war gewagt und auch nicht. Der Alte wußte, daß die ihn gern wiederhaben wollten. Er war ein Mann für ein Ehrenbegräbnis, und das hat er dann auch bekommen.

Ehrenbegräbnis, das erzählen Sie lieber nicht. Das könnte heute schief ankommen. Glauben Sie mir, ich bin von hier, von Potsdam. Da sitzt der Teufel drin. Da müßte ich Ihnen sehr viel erzählen.

Potsdam, das ist doch aber schon der Osten.

Ja, wir sind jetzt im Osten.

Man wechselte die Kontinente, die Reiche der Toten und Lebenden, und nun waren sie ohne Kopfbeulen und Kugeln im Genick durch die Mauer geschlüpft.

Wir sind längst durch die Mauer. Bei Kohlhasenbrück. Ist aber nichts mehr zu sehen.

Doch, ist noch zu sehen, sagte die Frau.

Aber nicht mehr viel, bloß noch der Kahlschlag und der Todesstreifen, der Todesstreifen ist jetzt für Radfahrer. Das hier ist die Karl-Marx-Straße. In dem finsteren Gebäude hat Truman während der Potsdamer Konferenz gewohnt, und gleich zeige ich Ihnen das Stalinhaus. Da hat Stalin gewohnt. Unten am Seeufer entlang verlief die Mauer. Ich bin eigentlich Brückenbauer, hatte eine Professur in Berlin. Eine lange Geschichte.

Das sind lange Geschichten, gab Adam zu. In den Staaten hat beinahe jeder Taxifahrer eine lange Geschichte zu erzählen.

Der Fahrer horchte. Jetzt, sagte er, jetzt geht's erst mal um den Jahreswechsel. Morgen werden sie dich fragen, wie du es angestellt hast, aus dem alten ins neue Jahr zu kommen. Als wäre es was Besonderes.

Mich wird keiner fragen.

Wie?

Ich sagte, mich wird keiner fragen, sagte Adam.

Der Babelsberg lag hoch genug und damit von Warmfronten unangefochten. Die Buchen, die Birken unter zukkerdickem Rauhreif.

Beschwipstes Volk, dazwischen ein paar stille Pilger, strebte hoch zur Kuppe mit der Siegessäule, wo der Engel wartete, der mit den nackten Füßen, die große Zehe des rechten in Startposition, die Flügel schon spannenweit, fertig zum Nachrichtenflug in den Himmel.

Lichtkegel überfluteten den Weg, durchgeisterten das Unterholz. Einige Autos hatten sich durch das Parktor auf die Zufahrtsstraße zum Schloß gemogelt. Sie fuhren langsam, im Schritt mit den dunklen, bergwärts ziehenden Gestalten. Kinder mit Lampions tanzten im Glitzerwald. Knallfrösche und Gesang. Grölen aus Männer- und Frauenkehlen.

Der Professor Bustaxifahrer hatte das Auto vor dem Parkgelände abgestellt, seine Lady untergehakt, so stapfte er voran. Adam eierte auf dünnen Ledersohlen hinter dem Paar her. Er schlitterte, rutschte, stolperte vorwärts, konnte sich gerade noch auf die Schultern des Professors stützen. Zu schnell hatte er sich in die hiesigen Ereignisse einpassen wollen. Er war seinen Schuhen und sich selber nicht gut: Entschuldigen Sie.

Wenns kein Überfall ist.

Sie erreichten die Kuppe, als ein Chor junger Leute anfing, die Zahlen von der Sieben bis hinunter zur Null über die Stadt hin zu brüllen. Ein Echo antwortete. Die Sektkorken knallten, und aus den nebelverhangenen Potsdamer Straßen zischten zögernd die Raketen, sacht regneten die bunten Feuerblumen. Auch hier oben wurde geduldig gezündelt. Jemand schimpfte. Streichhölzer fehlten. Laß mich mal. Jemand reichte ein Feuerzeug. Schließlich hüpfte eine Rakete aus der Startposition. Weitere flippten aus leeren Flaschen. Mit viel Ah und Oh wurde aus den kleinen Flitzern ein Ereignis gemacht. Adam half. Wie es sich für einen Friedfertigen schickte.

Die Babelsberger wünschten sich Gesundes Neues Jahr.

Die Lady brachte aus der Jackentasche ein Fläschchen in die Neujahrsnacht. Das Fläschchen machte die Runde. Adam nahm einen tüchtigen Schluck. Der Professor Bustaxifahrer unterhielt eine Gruppe mit der böse komischen Variante seiner Story, dann erzählte er, daß Adam erst vor ein paar Stunden von drüben gekommen wäre, aus Amerika. Ein paar Pappmützen umstellten den Fremdling, sie wollten ihn mitschleppen: Los, Alter, Alteigentümer, oder bist du ein Investor? Irgendeinen Grund wirst du doch haben, daß du die weite Reise gemacht hast.

Jemand packte ihn an der Jacke.

Wird Zeit, sagte die Lady. Sie hakte die Männer unter. Adam und den Professor.

Liebe Judy, Rosa Morning Glory, Blaue Chicory, ich bin so scharf auf Haut und Haar, auf Johannisbeeren, Achselhöhlen und Schoßgeruch, zerknüllte Laken. Ich liebe das Knistern der weekend times. Ich liebe beagle mit sweet creamcheese. Ach Judy, dein Cello hat es gut.

Homesickness. So daß ich immerzu niesen muß und mit heiserer Stimme rede. Mit wem? Mit den Möbeln im Arbeits- und Wohnbereich, mit dem Küchenherd, mit der Waschmaschine im Bad und dem Kamin, den sie extra für uns Amerikaner eingebaut haben. Ich hause in der unteren Etage. Zum Schlafen habe ich mir eine Matratze von oben heruntergeholt. Mein erster Blick in der Frühe fällt in das schwarze Gezweig einer Buche. Manchmal blinkert darüber ein einzelner Stern. Der will mich zum Weinen bringen. Meinen zweiten Blick fängt eine aufgeplusterte Amsel. Auch die hat es auf mich abgesehen. Sie will mich erinnern. So schwarz, wie sie aussieht, redet sie von unserem roten Cardinal. An all-red bird with a pointed crest, and a black patch at the base of its heavy triangular red bill. Ich kneife die Augen zu und höre ihn singen: what-cheer cheer cheer. Woit woit woit. Birdy birdy.

Die Vögel singen auf englisch, und so träume ich auch.

Adams Brief an Judy liegt immer noch unbefördert im Steinstückener Postkasten, denn seit sieben Tagen fährt ein irre gewordener Wind durch die Bäume. Von all dem gebrochenen Holz riecht es nun noch einmal wie Weihnachten in den Straßen. Du gehst auf einem Teppich aus Kiefernnadeln, steigst über Zweige. Läufst schnell mit eingezogenem Kopf nach Hause hinter die Doppelfenster, machst Feuer im Kamin und sinnst in den länger werdenden Tag.

Gegenüber in der Buche schaukelt ein Ast wie in einem defekten Scharnier. Du schaust noch einmal hin, ob er nicht endlich erlöst worden ist. Aber er schaukelt immer noch. Dafür kracht ein armdickes Stück Birkenholz auf die Straße. Die Frau, die an der Bushaltestelle wartet: schon lange steht sie hier in Wind und Wetter, eigentlich schon seit sieben Tagen, die Frau zerrt den Ast zur Seite. Damit die Autos und auch der Bus ungehindert fahren können. Aber der Bus fährt nicht mehr. Gestern ist er noch gefahren. Auch heute früh, auch vor zwei Stunden hat er noch gegenüber Halt gemacht. Nun aber ist es vorbei. Schluß. Das Anrücken der Feuerwehr war zu hören gewesen. Das Radio in der Küche meldet umgestürzte Bäume. Der Straßen- und Schienenverkehr mußte vorübergehend unterbrochen werden.

Die Frau wartet, wie sie immer gewartet hat. Immer im nämlichen braunen Mantel, schwarze Stiefel, weiße Mütze, weißer Schal.

Sie hat schlechte Laune. Sie wischt sich die Augen. Sie schimpft. Sie flucht. Sie spuckt den Sand aus, der ihr in den Zähnen knirscht. Der Wind fährt ihr über den Mund, wischt weg, bläst, bläst den braunen Mantel über den Kopf. Sie preßt die Arme fest gegen die Kleider, um nicht wie eine Brockenhexe über die Dächer zu wirbeln.

Adam öffnet die Tür einen Spalt. Da weht die Frau im braunen Mantel herein in den Flur und dann in die Stube.

Ihr Gesicht ist naß von Rotz und Tränen. Die braunen Augen schwimmen, die Nase ist rot. Sie streift die Mütze ab. Braunes Haar wölkt hervor.

Sie sitzt im Sessel.

Adam hat schon Kaffee gekocht. Er trägt die Thermoskanne auf.

Sie sollten den Mantel ausziehen, damit Sie hernach nicht frieren.

So zog sie den Mantel aus. Sie versuchte, die schwarzen nassen Stiefel von den Beinen zu zerren. Adam drehte ihr hilfsgefällig den Rücken.

Jetzt zeige ich Ihnen, wie es Reiter machen. Er klemmte den rechten Stiefel zwischen die Beine.

Mit dem andern Fuß müssen Sie mich treten. Sie müssen mir in das Hinterteil treten. Kräftig treten.

Sie trat.

Er kam nach vier Trabschritten knapp vor dem Fenster zum Stehen. Den Stiefel in beiden Händen. Draußen bürstete der Sturm in den Kiefernkronen. Die Wolken jagten. Eine schwarzviolette Wand schob sich von Nordwest hinter den Birken herauf.

Nun noch den anderen.

Adam stand jetzt gewappnet. Den bestrumpften Fuß in der Lende. Er reichte ihr den zweiten Stiefel.

Noch einen? fragte er.

Ich danke schön, flüsterte sie.

Adam hatte die Tür aufgesperrt, ein Vogel war ihm hereingeflogen. Es war eine Spätzin. Eine sächsische Spätzin. Adam hatte es beim ersten Piep herausgehört.

Sie hatte gar nicht erst versucht, wild herumfliegend einen Ausweg zu finden. Sie hatte sich nicht hinterm Schrank oder unter dem Sofa versteckt oder hinter der Gardine, sie hatte nicht vor Angst die Konsole bekleckert, sich nicht im Kamin die Zehen verbrannt, nicht im Computerpapier verfangen und die Lampe nicht umgerissen. Sie hatte sich gleich still auf ein freies Plätzchen gesetzt. Sie hatte vom Kaffee getrunken und Adams Wollsocken angezogen.

Sie sind sehr nett, sagte sie und sah zum Fenster hinaus in den grieskörnigen Schnee, der nun in dichten Schleiern vorübertrieb.

Ich wüßte gern, wer eine so gute Meinung von mir hat.

Ich, sagte die Spätzin. Es sah aus, als würde sie lächeln. Sie hatte einen grauen, haarigen Pullover an und derbe graue Hosen mit Kniebeulen. In der Wärme der Kaminscheite glühten die Ohren, die Wangen, vor allem die Nase.

Sie stellte sich in Socken vor ihm auf, streckte ihm die Hand entgegen, auch er erhob sich:

Amely.

Ich heiße Adam Brühl. Das war wieder einmal so ein Augenblick, wo er fest an seinen Namen glauben wollte.

Kurze Zeit später fuhren zwei Feuerwehrzüge ohne Signal am Haus vorbei, und gleich danach folgte der Autobus. Er kurvte in die Warteschleife zur Endhaltestelle.

Amely knäulte die Socken zusammen. Sie sprang in die Stiefel. Adam hielt ihr den Mantel auf. Sie kroch hinein. Kroch unter die Mütze.

Adam konnte nicht so schnell auf Wiedersehen sagen, wie die Spätzin an ihm vorbei und ausgeflogen war. Er sah ihr hinterher, sah, wie sie sich im leeren Bus davonschaukeln ließ. Endlich kam auch das Postauto.

Ein paarmal schon hatte sich der Wind gelegt. Dann aber tobte er wieder um das Haus, so wild, als wollte er erst recht schrecklich werden, bog die Kiefern, warf ein Stück Zink auf das Dach und verschwand. Die Kiefern richteten sich hoffnungsvoll auf. Blech klirrte. Etwas war vom Dach herab auf das Fensterbrett gefallen. Stille. Große Erleichterung in den Wipfeln.

Adam hatte sich auf das Matratzenlager niedergelegt. Die Vorhänge offen, damit die Fremde herein konnte, wenn sie mit dem ersten Licht Gestalt annähme: als Amely, als schwarzer Vogel, als reglose Kiefer, als altbekannte Sprache. Pflegevatersprache.

Adam will kein Tourist sein. Nichts soll sonderbar scheinen. An dem Ort sei die Zeit nach hinten und vorne offen. Hier soll es keine schnell fertigen Bilder für künftige Erinnerungen geben. Er hat Zeit. Häuser sind Häuser. Bäume sind Bäume. Wie, wenn du ohne Not ein neues Leben versuchtest? Eine Wiedergeburt ohne die Schmerzen der vorigen Inkarnation.

So geht er. Es ist ein Spaziergang. Er läuft auf sandbestreuten Wegen, quert eine kleine Fußgängerbrücke über ein Eisenbahngleis. Wie, wenn er der Frau, der er für einen stürmischen Nachmittag Schutz geboten hatte, wiederbegegnen würde?

Er schlug einen Weg durch ein Gehölz ein. Er begegnete ihr nicht. So bieder und kleinräumig wie der Plumpsack ging das Schicksal nicht um. Aber dann bekam der Ausflug doch einen Sinn.

Auf einem Schneefeld standen zwei haushohe Masten. Die Rotorblätter eines Hubschraubers. Ein Denkmal. Am Sockel zwei Erinnerungstafeln.

76 Einwohner dieses Ortes waren jahrelang durch amerikanische Hubschrauber versorgt worden, weil das Terrain damals von einer streng bewachten Mauer umschlossen war. Man lebte hier in einer Exklave.

Im Frühjahr 1990 hatte es auf dem Platz ein Fest gegeben. Die Mauer war gefallen. Die Bewohner hatten die Amerikaner mit Kaffee und Kuchen verabschiedet und die zweite Tafel an den Sockel der Rotorblätter geschraubt.

Noch zu Zeiten der Mauer hatte ein Offizier der US-Army das Haus, in dem Adam nun wohnte, an die Universität Cleveland als Gästehaus vermittelt, denn es hatte im Laufe der Mauerjahre Zugeständnisse für die Exklave gegeben. Das wichtigste, eine Verbindungsstraße, ein Mauer-Schlauch durch den Osten, von Steinstücken nach Westberlin. Seitdem war es für die Universität möglich, das Haus als Wohnung für Wissenschaftler, die in Europa arbeiten wollten, zu nutzen. Diese Hintergründe kannte Adam vom Hörensagen, und nun hatte er den Beweis. Ein Denkmal und eine Bleibe. Das, was die Hausgäste über die Jahre hin in Kreisen der Faculty über die zur Westwelt gehörende, auf Ostgebiet liegende Exklave berichteten, war schwer zu verstehen. Meist wurde eine Skizze auf eine Serviette gemalt. Ein Kreis, das war Berlin, ein Strich durch und ein Ring um den größeren Teil, das war Westberlin. Von da aus durch den Osten der Mauerschlauch, darin die besagte Verbindungsstraße zu dem Örtchen, das sich Steinstücken nannte. Steinstücken dick umrahmt von einer Doppelmauer. Der Filzstift auf der Serviette zog noch einen Kreis und teilte nun noch dieses Steinstücken mit einer gestrichelten Linie: eine Eisenbahnlinie, die quer durch den Ort lief. So wurde deutlich, daß die kleine Westexklave durch die Eisenbahn noch einmal in sich geteilt war. Es handelte sich um die alte Kanonenbahn, früher eine strategisch wichtige Bahnverbindung von Berlin über Wetzlar nach Koblenz, auch Wetzlarbahn genannt. Gebaut gleich nachdem das Reich, das Deutsche, gegründet worden war. Der Filzstift zeichnete weitere Betonmauern, damit keiner an die Westzüge herankonnte. Steinstücken war absperrtechnisch für den Osten ein besonders schwieriger Fall.

Adam stand wieder auf der Fußgängerbrücke, die man

über das Bahngleis geschlagen hatte. Gelbe Arbeitsgeräte hockten an der Böschung. Es sollten neue Schienen verlegt werden, doppelt und schnurgerade. Ein Bauarbeiter erzählte, die Brücke würde bald abgerissen. Eine neue, große für Autos sei geplant. Er kappte die Waldreben, die über das rauchgeschwärzte Brückengeländer hingen. Wolkiges braunes Gezweig fiel hinunter auf das planierte Terrain.

Wieder würden Anhaltspunkte verlorengehen. Schon stritten die Einwohner. Ein Lehrer, der aus Kassel kürzlich zugezogen war, behauptete, die Mauer sei durch seinen Garten gegangen.

Zwei Schulkinder wußten es besser. Doch die hatten jetzt keine Lust, für nullkommanichts den Mund aufzumachen. Wenn Fremde mit einem Ausflugsbus hierherkamen, boten sich die beiden Spitzbuben als Führer an. Kost ne Mark. Da war die Mauer und dort ein Wachturm, und die Ruine im Wäldchen, das war die Bücherei von König Friedrich. Welchem? Na dem Großen, dem Ollen Fritzen. Kost ne Mark.

Die Wahrheit verzog sich. Sie lebte in Legenden, auf Serviettenskizzen und in Erzählungen früherer Steinstücken-Besucher auf dem Campus von Cleveland, Ohio. Sie verzog sich oder kostete Geld.

Ein Vermessungstechniker markierte den neuen Böschungsverlauf. Spaziergänger, Bürger, schauten ihm auf die Finger, erst aus der Ferne, dann neugierig quer in seinem Weg, wie er mit dem Meßzirkel voranschreiten wollte. Was solln das werden?

Adam kroch durch ein weißrotes Band. Auf einem Trampelpfad durch die Büsche quer über den alten Landeplatz, an der Ruine vorbei, nach Hause.

Was wollte er denn? Anna suchen. Ich will Anna suchen. Adam will Anna suchen. Judy einen Brief schreiben.

Die Sehnsucht von gestern, die wäre schön.

Liebe Judy, ich wohne hier auf einem 50 bis 200 Meter dicken Geschiebe der Eiszeit, auf einer steinigen Ablagerungsschicht, daher der Name Steinstücken. Habe ich dir von der Ruine geschrieben? Es stimmt nicht, die Kinder haben mich glatt verarscht. Hier hat es nie eine Bibliothek gegeben, weder für einen König noch für die Bauern, die hier einst lebten. Das Gemäuer war vielmehr ein Maleratelier, das Erdmannshofer. Martin Gropius und Mies van der Rohe waren manchmal hier zu Besuch. Schade um das schöne Gebäude. Liebe Judy, ich habe mich eingelebt und schon nach Dresden geschrieben, einen Suchantrag, Anna betreffend. Nun muß ich warten.

Hinter dem Fenster die Buche und die Bushaltestelle und ein Gedanke an Amely, die sächsische Spätzin. Einmal schien sie in der Finsternis mit ein paar anderen Leuten auf den Hundertachtzehner zu warten. Der Bus wischte vorbei. Wie ein Saugschlauch hatte er alles Bewegliche mitgenommen.

Für Adam tickte ein geselliger Wecker. Einer mit Rädern und Unruhe, dem man sich verwandt fühlen konnte. Nächstens wollte er den Verbleib seines Briefes erkunden. Er wollte anrufen und nur anfragen, ob er denn angekommen sei. Ein maisgelber Umschlag, aufgegeben kurz vor dem Abflug in New York. Inhalt elf Seiten.

2

Amely wohnte seit zwei Jahren unterm Dach in einem Bauernhaus, das zu den ältesten in Seeburg gehörte. Kleinvieh, Beerenobst, ein verwittertes Hoftor. Die Westberliner Ausflügler freuten sich nach dem Mauerfall über so viel Dorf in der Nähe von Berlin. Es war ein Glück, daß Amely die beiden Stuben gefunden hatte. Ofenheizung und Hofklo. In Notfällen durfte Amely die neue Toilette in der Kellersauna benutzen. Not hatte die erste Zeit hauptsächlich der Hund gemacht, denn der wurde nachts losgekettet. Der ließ niemanden in den Hof, auch Amely nicht. Er pflanzte sich, wenn sie raus wollte, knurrend vor die Hintertür. Nun war er tot. Überfahren. Seit ein paar Monaten verlief die Hauptstraße von Potsdam nach Berlin durch den Ort. Die Hundehütte stand leer. Der Weg zum Hofklo war Tag und Nacht frei. Ein neuer Hund sollte nicht mehr angeschafft werden.

Der Bauer hatte nach und nach sein Großvieh abgeschafft. Er war nun schon fünfundsiebzig. Seine zweite Frau, eine Städterin, hatte ihn gedrängelt. Die Schinderei mit dem Futter und das Misten jeden Tag. Der Alte hatte es eingesehen, mit den Pferden hatte er aber immer wieder gezögert. Gefüttert, gemistet und kleine Fuhren gemacht. Amelys Umzug vom Nachbarort Carolinenhöhe nach Seeburg und die Fahnen zum Ersten Mai, fünfzig Stück, die hatte er längs der Chaussee an den Linden aufgehängt. Bis es schließlich von allein so gekommen war. Das erste Pferd schnitt sich die Beugesehne an einem Drahtseil durch. Da war nichts mehr zu machen. Das zweite Pferd wurde vor Sehnsucht und Kummer immer weniger. Es kränkelte, hustete. Fraß nicht mehr. Es wuchsen ihm Flügel. Es flog dem Kumpanen hinterher in den Pferdehimmel. Die Frau verkaufte die Schweine, auch die Muttersau wurde abgeholt. Die Schafe gingen als Rasenmäher in die Gärten ökologisch gesinnter Städter. Zur Miete, hieß es, doch bald folgten sie den Lockrufen des Bauern nicht mehr. Sie blieben dort, wo das Futter stand, dort fühlten sie sich zu Hause.

So ist das nun mal, sagte der Bauer.

Es wird Zeit, daß das Großvieh fortkommt, sagte die Frau.

Nun, da er keine Pferde mehr hatte, wartete der Bauer jeden Tag auf die Bewohnerin der Oberstuben, er wartete, daß Amely käme, denn er wollte hinter ihr sorglich das Tor abschließen, aufpassen, wegen der Hühner, daß nicht wieder eine Henne verduftete, und er wollte Amely die Kaninchen vorführen. Langohrige Chinchilla. Er würde den schwersten Kerl aus der Buchte heben. Würde ihn auf seinen Armen präsentieren. Seidiges Fell, lange Ohren, klare grüne Augen: das gab Punkte im Vereinsausscheid. Drei Vitrinenuhren hatte er, Theodor Franz, schon im Ausscheid gewonnen und elf Siegerplaketten mit gravierten Dürer-Hasen, meist zweite Plätze.

Der hier geht als Rammler nach Niedersachsen. Amely sollte staunen.

Oft kam dann die Frau in schnell übergeworfener Strickjacke angelaufen. Für Preiskaninchen wollte sie auch etwas übrighaben. Die Hühner unterstanden ihr sowieso. Die Eierbuchführung.

Amely brauchte vielleicht Eier und Gartenpetersilie, oder sie wußte das Neueste über das Neue, wovon Theodor nichts verstand. Die Frau nahm ihm das Wort ab. Sie wollte beim Mittwochverein eine Reise in den Schwarzwald buchen. Mit Bus und Verkaufsangeboten. Ein Leistungspaket. Sie versuchte, Amelys Gesicht zu entziffern. Ob sie mit der Reise vielleicht einen Fehler machen würde? Die Fahrt in den Schwarzwald und die drei Gesundheitskissen von den vorigen Reisen standen in Frage. Man konnte heutzutage seinen Siegerlaunen nicht mehr trauen. Man konnte sich auf die Nachbarn nicht verlassen. Eigentlich auf niemanden. Amelys Gesicht sagte weder ja noch nein. Aber aus welchen Gründen? Von der Rebirthing-Kur an der Ostsee hatte Amely abgeraten. Aber warum?

Amely kam heute spät. Schon wieder später. Der Bauer machte sich am Tor zu schaffen. Er hatte nämlich etwas vorzuführen. Keine Preischinchilla, keinen besonderen Wurf, keine Küken, schwarzglänzende Italiener, das nicht, das wäre ja viel zu zeitig im Jahr. Er schloß das Tor. Er nahm Amely beim Arm, zog sie quer über den Hof. Sperrte die Stalltür auf, schob eine graue Soldatendecke beiseite. Machte die Augen eines Gewinners.

Im Stall stand ein Pferd. Es gehört einem Zahnarzt, er kommt von Kladow drüben. Aus Berlin.

Ich sage nichts mehr, sagte die Frau. Sie war gekommen, um den Kater zu suchen, Mohrle, einen Verbündeten. Mohrle, rief sie. Mohrle. Soviel Unverstand. Und wenn du die Plautze hast, muß ich mich um den Trampel kümmern.

Aber ein schönes Tier, sagte der Bauer, dem wie einem Glücksspieler schon alles egal war. Er brach einen mürben Apfel und ließ das Pferd schnurpsen.

Ein schönes Tier.

Der Zahnarzt hatte für sein Pferd eine Unterkunft gefunden und beinahe noch eine Aufwartung. Er suchte jemanden für die Praxis. Ein gutes Angebot. Amely, wie wärs damit? Amely hatte abgelehnt. Wegen ihrer anderen Putzstellen drüben in Steinstücken.

Aber hatte denn das noch Vernunft? Dieser weite Weg zum Dreck der anderen Leute.

Amely ging seit ein paar Wochen zu einem jungen Mann. Er wohnte in drei Durchgangszimmern, in denen fast gar nichts stand. Nicht einmal ein Bett. Er schlief auf einer Matratze. Es gab trotzdem viel zu tun. Den grünen Auslegeboden von vorne bis hinten saugen. Der lag von einer Woche zur anderen voller Radiergummi- und Kuchenkrümel und ausgeraufter Haare.

Der junge Mann war immer zu Hause. Amely lenkte die Staubsaugerbürste um ihn herum. Er hob die Füße, zog den Kopf ein. Sagte kein Wort. Ich bin ein Dichter, hatte er erklärt, deswegen müsse er bis nachmittags um fünf Uhr schweigen.

Aber darf man sich denn selber so einen Namen geben? Dichter.

Puschkin war ein Dichter.

Er saß krumm an einem Linoleumtisch am Fenster, schrieb, kniff die Augen zu und popelte, so sehr suchte er in seinem Gemüt nach einer besseren Wendung. Oft sah er lange aus dem Fenster auf das Schieferdach gegenüber.

Nachmittags Punkt fünf fing der junge Herr an zu reden, er telefonierte, erzählte: Ich habe ein Kapitel angefangen, die ersten Sätze über einen Dichter, zu dem eine arbeitslose Frau aus dem Osten zum Saubermachen kommt.

Schon wieder Dichter.

Und was schreibt der Dichter? Ein Kapitel oder eine Filmszene über einen Dichter, zu dem eine arbeitslose Frau aus dem Osten zum Saubermachen kommt. Beide heißen Cosimo, Cosimo, der richtige, und Cosimo auf zerknülltem Papier.

Amely schüttelte den Staub aus dem Fenster. Versteckte Lappen und Besen gut hinter einer Lautsprecherbox. Legte den Singlestaubsauger fürsorglich in seine angestammte Kiste. Schob die Kiste in einen schwarzen Spind, zu Cosimos orangefarbener Mülluniform. Die hing da auf einem Bügel. Die Schürze und die Hallenturnschuhe steckte Amely zum Mitnehmen in eine schöne Tüte.

Im Architektenbüro hatte sie freie Bahn. Fenster auf. Radio an. Zigarettenasche in den Frühlingsquarkbecher. Alles, was auf dem Boden herumlag, in den Papierkorb gestampft. Kaffeefilter, Teebeutel. Die Blätter vom Affenbrotbaum. Saugen, mit großer und kleiner Düse, bürstenlos, schonend. Radio aus. Fenster zu. Ihr Geld befand sich unter der Schreibtischlampe. Zwei Zehnmarkscheine.

Beim Pferdebesitzer, dem Zahnarzt aus Kladow, hätte sie mehr verdient. Der Weg vom Zahnarzt nach Hause wäre nur ein Sprung. Eine personenartige Kraft zog nach Steinstücken.

Amely brauchte das Geld, das sie für ihre Arbeit als Putze bekam, aber sie war nicht unbedingt darauf angewiesen. Sie hatte auch ohne den Putzlohn ein Dach über dem Kopf und genug zum Essen. Das Geld fürs Putzen sparte sie für eine Reise oder eine andere leichtsinnige Sache. Vielleicht für ein buntes Swatchauto, das nächstens in Frankreich gebaut werden sollte. Vielleicht für Enkelkinder, wenn Berny mal in feste Hände käme.

Sie wartete an der Haltestelle auf den Bus.

Mithin, es war angängig, daß sie hier stand. Den Blick auf das graue Gemäuer, darin seit neuestem ein seltsamer Geist waltete. Er hatte die Gestalt eines Kerls angenommen. Eines Mannes namens Adam. Grauköpfig, blondbärtig. Bedächtig, ob der Flamme im Kamin, die das Papier mählich griff und verschlang, dann die Späne und die Scheite, das zischende Birkenholz. Der Bus fuhr fort, doch Amely war nicht eingestiegen. Aus dem Finsteren sah sie, wie der Mann in der hellen Stube das Feuer unterhielt. Seit jenem Sturmtag schien es nicht mehr verloschen zu sein. Er bückte sich, blies in die Asche, stapelte noch einmal kreuzweise Scheite über der Glut. Dann setzte er sich unter die Lampe. Wie auf einer Bühne saß er im Licht. Wie in Amerika, Holland, bloß nicht wie in Brandenburg oder in Sachsen. Man mußte sich erst an die neue Mode gewöhnen. Fenster ohne Gardinen.

Adam legte sich ein Blatt Papier hin. Ein Formular. Einen Antrag, der zur Suche von kriegsvermißten Personen bestimmt war.

3

Gesucht wird Anna. Anna Brühl. Geburtsjahr 1944.

Damals hatte Strickzeug, das in nämlichem Muster gearbeitet war, genügt, um ihnen den Status von Geschwistern zuzuerkennen, zwei Kleinkindermützen und -jacken, eine rosa und eine in Hellblau. Es war ein Status, der ihnen nichts nützte, um den sich niemand kümmerte in jener Zeit. Die Leute, die von den Mützen wußten, die auch die Umstände kannten, wie man die beiden Kleinkinder derzeit aus Trümmern gerettet hatte, waren gestorben oder unterdessen uralt. In der Zeit nach dem Kriege war es schwierig, elternlose Geschwister gemeinsam bei Pflegeeltern unterzubringen, und so hatten die Verantwortlichen den Geschwistergedanken aus praktischen Gründen schnell fallengelassen. Warum rätseln und Beweise führen, die zu nichts taugten. Besser, jedes Kind stand für sich allein. Besser, eines findet ein Nest als keines. Für den Knaben hatte sich tatsächlich eine Chance ergeben. Er war untergekommen. Er wurde in einem privaten Haushalt verpflegt und erzogen. Der Haushalt bestand aus einem emeritierten Professor für Physik, der sich um die Kinetik der Phasenbildung verdient gemacht hatte, und aus einer weiblichen Stütze, die Wäsche und Küche besorgte. Das rosabestrickte Kind blieb bis zum sechzehnten Lebensjahr in staatlicher Fürsorge.

Ein Heimerzieher hatte die Strickzeuglegende aufgeschrieben. Sie steckte zusammen mit Impfpapieren und Schulzeugnissen in zwei Kuverts, eins hatte man dem Mädchen bei der Schulentlassung ausgehändigt. Dem Knaben war die nämliche Legende von einem angeheirateten und ziemlich entfernten Verwandten des Professors erzählt worden. Onkel Ludwig, er war Schriftsteller. Er hatte damals das Kuvert mit der Geschichte zu seinen Papieren genommen. Es gab eine Zeit, da wollte er gerne darüber etwas schreiben. Doch Onkel Ludwig wurde ganz plötzlich sehr alt, er wollte sich nur noch um seine Silberschiffe kümmern. Er sammelte Schokoladenpapier und Pralinenfolie. Alles konnte ihm nützen.

Adam wußte heute nicht mehr, weshalb er sich damals auf den Weg gemacht hatte, dieses Mädchen, die rosa Kinderjacke, zu suchen.

Heute sah er in der Erinnerung sein Fahrrad blitzen. Die polierten Chromteile, den mit einem Öllappen auf Glanz gebrachten Rahmen. Neugier war es, oder hatte er nur ein Ziel gebraucht für seine Fahrradtouren? Er sah sich an der Elbe entlangradeln. Dann kreuz und quer durch die Stadt ziehen. Er hatte im Herbst mit der Suche angefangen. Zuerst wirbelte das Lindenlaub, dann streuten die Birken, darauf folgten die Buchen, zuletzt der Ahorn und die Eichen. Er wechselte weite und nahe Fahrten, schnelle und gemächliche. Er sah sich die Heide-Berge hinunterrollen. Die Arme seitwärts gestreckt. Gleich würde er abheben, gleich würde er fliegen. Es war ein sonniger Herbst, ein Herbst, der schließlich für alle Herbste stehen durfte. In der Allee nach Moritzburg hatte er während der Fahrt Äpfel vom Baume gepflückt und Kastanien im Fallen aufgefangen. *Rieche die Kastanie und wisse*. So waren die Herbste der Kindheit und Jugend, sonnig, gelb, kupferfarben und braun, raschelnd, und manchmal lautlos. Es waren schöne, unruhige Monate, mit langen Wochen. In den Wildgehegen der Heide röhrten die Hirsche. Adam konnte ihre letzten resignierten Rufe hören, wenn er im Sonntagmorgendämmer die Tour Richtung Forsthausstraße, Schwarzes Kreuz, Wilder Mann begann. Die Hirsche warfen das Handtuch.

Er hörte es heute noch, er spürte die besondere moorige Nässe, die Kälte in den dünnen Popelinehosen. Regen und Nachtfrost hatten dem Blätterwirbel ein Ende gesetzt. Der Farbteppich war grau geworden. Es war kein Vergnügen mehr, hinauszufahren. Seine Radtouren standen nun unter dem Zeichen einer Pflicht. Er hatte sich Orte zum Ziel genommen, an denen es nicht ganz unmöglich war, das Heimmädchen zu finden. Das Suchen gehörte zum Herbst, das Finden zu einem sonnigen Wintertag.

Adam fährt eine genaue Spur in einen schneeweißen Teppich. Es schneit nicht mehr. Wintersonne strahlt aus blauem Himmel über den Antonplatz vor dem Neustädter Bahnhof. Er lehnt das Rad an die von Lokomotivenruß geschwärzte, sonnenbeschienene Hausmauer.

Er steigt die Steinstufen hinauf, hält vor einer schweren Flügeltür. Eiserne Efeublätter, Ranken, Schlingen.

Die Klinke läßt sich leicht niederdrücken.

Durch hohe, stadtblinde Fenster fällt die Nachmittagssonne, blitzt in goldbeschrifteten Buchrücken, glänzt auf altem speckigen Leder. Kisten und Kartons stehen herum, als sollte es einen Umzug geben.

Ein tuschebeschriebenes Schild auf dem Ladentisch sagt in gotischen Druckbuchstaben: Bücher-Ankauf täglich.

Adam erwartet einen Mann mit Ärmelschonern. Ein kurzsichtiges Männlein mit seiner Rede: Heute ist zu, mein Guter. Adam will, sofort wenn der Kurzsichtige mit Ärmelschonern aus seinem Büchergebirge hervorkriecht, nach dem vergriffenen Bergman-Bayer fragen. – Heute ist kein Verkauf. Und außerdem, hier gibts keinen Bergman-Bayer und gleich gar keine Anna. Eine Station auf der Suchtour. Mehr erwartet Adam nicht.

Da war sie erschienen. Hervorgetreten aus der Bücherwand, getaucht in den Milchbach der Wintersonne: Anna. Von nun an würde sich alles erübrigen. Das Träumen. Das Radputzen. Die Stadt. Die Namen.

Adam hatte auf seinen Touren gehofft, daß sie, die Gesuchte, neben seinem wunderbaren Rennrad würde bestehen können. Er mußte mit dem ersten Blick erkennen: sie konnte es nicht. Es war zum Heulen. Zöpfe. Ein Geruch nach Erde und Staub. Eine Trachtenjacke mit aufgestickten Eichenblättern. Er ahnte, daß er sie verraten würde. Ihr Dasein erschreckte ihn. Er fühlte sich ihr überlegen, empfand aber gleich auch, wie arm seine Stärke war. Er wollte kein Beschützer sein. Er ärgerte sich über ihren Husten, das dauernde Gebell ohne Taschentuch. Er hatte kein Mitleid. Und das war noch das Beste.

Statt ja sagte sie nu, statt nein sagte sie ä oder ä gorne.

Weil es nun einmal soweit gekommen war, hatten sie die überkommene Strickzeuglegende, dazu ihre Fingernägel und in einem Spiegel ihre Ohren und Augen überprüft. Es war ein ziemlich fleckiger Spiegel. Er befand sich im Vorraum zu den Männer- und Frauentoiletten des Neustädter Bahnhofs. Dorthin waren sie gegangen, um sich zu vergleichen. Sie guckten und guckten. Er spürte, wie sie auf sein Urteil wartete, aber er wollte nichts verlauten lassen, wollte nichts sagen. Es war klar, sie hatte seine Ohren, oder er hatte ihre. Sie hatte dreckige Fingernägel und dreckige Ohren. Sie roch nach Staub wie eine Besenkammer.

Er fuhr davon. Hatte versprochen, sich wieder zu melden. Er meldete sich nicht. Später lief sie ihm manchmal über den Weg. Im Martin-Andersen-Nexö-Haus zum Beispiel, wo sich die Oberschüler vom Hirsch gerne trafen. Sie war einfach auch da. Vielleicht war es Schicksal, doch dann war es fürs blinde Schicksal genau einmal zuviel. Große Augen, den Kerl zu suchen. Sein schräger Blick. Sie hatte sich verändert, trug nun eine grüne Latzhose und hatte sich die Haare abschneiden lassen. In einer Minute, wo er mit nichts anderem aufwarten konnte, sagte er zu seinen Freunden: Die Grüne dort drüben an der Tür, das ist meine Schwester. Er wußte, daß die anderen nur lachen würden. Sie brüllten. Schwesterlein, feiner Bruder. Sie grinsten ihm ins Gesicht und lobten wissend: Nettes Püppchen.

Adam lud das Mädchen ein. Wenn du Lust hast, komm mich besuchen. Komm und komm wieder.

Sie hatte die Einladungen angenommen.

Der alte Physiker schätzte ihren Besuch. Die Stütze mochte das stille Mädchen. Annele. Sie gehörte zum Sonntagmittagbraten. Wenn sie kam, roch es nach Frühlingsveilchen, denn sie besaß neuerdings ein zierliches Fläschchen, das nannte sich Schwarzer Samt. Es steckte in einem nachtblauen Seidenbeutel, stammte aus der Drogerie am Altmarkt und hatte einen halben Monatslohn gekostet. Der Alte schnupperte beim Handkuß. Anna machte einen Knicks. Dann ging es gleich los.

Das Weltall besteht überwiegend aus Licht und unterwiegend aus Materie, dies und nichts anderes sollte sie glauben.

Sie lernte Schachspielen und besuchte Französisch- und Lateinkurse in der Volkshochschule.

Damals hätte Adam es bestritten, aber heute als ehrlicher und erwachsener Mann wußte er, daß er sie vor seinen Freunden in Beschlag genommen hatte. Sie gehörte ihm.

Er hatte sich zum Eigner gemacht. Er bewies es sich und ihr und der Welt, indem er Freundinnen zum Sonntagessen nach Hause brachte und mit ihnen nach dem Kompott in sein Zimmer verschwand. Wenn er mit ihnen lachte, wußte er, sie würde es hören. Sein heldisches Wort. Laut. Wie der Hahn auf dem Mist. Das Mädchen mußte statt seiner derweil hinter dem Schachtisch sitzen. Sie mußte den ganzen Nachmittag mit dem Physiker spielen, mußte bereit sein für Weisheiten und Kernfragen, die Adam schon kannte, die jeder kannte, der hier im Hause mehr als einmal zu Gast sein durfte. Überwiegend, unterwiegend, Licht und Materie, oder das Verhältnis der Energie in geordneten und ungeordneten Zuständen. Oder der Zeitpfeil. Es ist etwas merkwürdig, pflegte er einzuräumen, daß die Zeit gelegentlich zurückfließt. Denk dir einen zweiten Pfeil, der im sausenden Zeitpfeil drinsteckt. Vergleiche mit deiner Bahnhofserfahrung, wie manchmal der Bahnsteig rückwärts davonfährt. So gewinnst du von der Sache ein Bild. Ungefähr wenigstens.

Er resignierte. Er hatte sich wieder einmal nur selbst überzeugen können.

Aus diesem Nest war Adam fortgeflogen. Ein trotzig privilegiertes Hähnchen. Der Physiker hatte ihn aus seinen Händen in andere Hände, aus seinem Dresdner in ein Heidelberger Haus vermittelt. Es sei zu seinem Besten. Wenn später in neuer Umgebung unter neugewonnenen Freunden die Rede auf Herkunft und Familie kam, erklärte Adam, wie dankbar er dem Alten für alles und besonders für jene damalige Vorsorge immer wieder sei. Ich könnte ihn jetzt noch küssen.

Die Existenz dieses Mädchen aber hatte Adam in seinen Reden niemals berührt. Nie hatte er von der rosa-blauen Legende gesprochen. Auch gegen sich selber war er still. Er hatte sich lange nicht eingestehen wollen, wie grob er sie verletzt haben mußte, wie gewalttätig er mit ihr umgegangen war. Er brauchte das Mädchen als Gesellschafterin für den Alten, und dazu hatte er es so gefädelt, daß sie es als Gunst verstehen mußte.

Sie verstand es als Gunst.

Anna hatte ihm, als er fortgegangen war, heitere Briefe geschrieben. Meist mit einer alten Schreibmaschine, die mit den i-Punkten Löcher ins Papier schlug. Jedes Jahr schrieb sie mindestens einmal. Er hatte ebenso verbindlich geantwortet. Eine Zeitlang hatte er gewollt, daß sie sich wiedersähen. Er wollte sie besuchen. Eines Tages, es war schon während seiner Cleveland-Zeit, war er nach Europa gekommen. In Wien hatte er plötzlich das Gefühl, ganz in ihrer Nähe zu sein. In der Nähe von Kindheit und Jugend. Sein Paß berechtigte ihn zu einer Fahrt über Prag nach Dresden. Er war mit dem Zug nach Dresden gereist. Er war mit der Standseilbahn zum Weißen Hirsch hinaufgefahren. Er hatte im rostroten Abendlicht in der Veranda des Louisenhofs Kaffee getrunken. Er hatte sich vor Stadtbesuchern am Nachbartisch wie ein Einheimischer aufgeführt, stolz hatte er Wege beschrieben, den Weg zum Institut und zur Dresdner Heide. Er hatte den Fremden die Türme der Stadt und den Lauf der Elbe erklärt. Unten, die Segelfliegerwiese.

Dann war er die Ebereschenstraße entlanggegangen, an der Kastanie vorbei, er hatte die Passanten mit schnellem Blick gemustert und manchen gegrüßt. Er fürchtete, daß niemand ihn erkannte. Aus und vorbei. Gleichermaßen fürchtete er, jemand käme, streckte ihm die Hand hin, als sei alles beim alten. Nichts Nennenswertes zwischen gestern und heute. Auf der anderen Straßenseite trat ein alter Mann aus dem Haus. Das bedächtige Hantieren am Drehknauf der Gartenpforte. Onkel Ludwig. Er murmelte einen Fluch. Eine Frauenstimme rief aus dem Fenster. Adam hörte das schlesische oder Lausitzer, jedenfalls das gerollte Rrrr. Prrrrofesser. Aber sie rief einen Bruno und meinte den Alten, der den falschen Schlüssel gegriffen hatte. Sie warf den richtigen Schlüssel aus dem Fenster. Er schlürfte in der Gasse zwischen den beiden mit Fachwerk gezierten Häusern davon. Adam konnte sich zwar an die Häuser, aber nicht an die Gasse erinnern. Durch diese Gasse war er, das Bürschchen Adam, niemals gegangen. Das Gäßchen der Versäumnisse. Die kleine in die Häuserfront eingepaßte Kirche, er wußte nicht, wie es drin aussah. Nie hatte er die Pforte geöffnet. Obwohl oder gerade weil niemand den Eintritt verboten hatte. Versäumnisse. Lücken und überall bröckelnder Stein, blindes Glas. Ein Kettenschloß am Tor eines verwilderten Gartens. Eine junge Frau trug einen Abfalleimer über die Straße.

Guten Tag.

Das Haus stand unverrückt. Er hatte die fremden Namensschilder gelesen, war sogar durchs Gartentor gegangen. Die Apfelbäume, sein Kletter- und Experimentierfeld, sie standen greisenhaft und gebrechlich auf der abschüssigen Wiese. Immer noch zeigten sie Kalkspuren an den Stämmen. So hatte es der Alte gewollt. Es war seinerzeit Mode geworden im Revier. Weißanstrich gegen die Winterkälte. An der Haustür, schien ihm, roch es wie einst nach Spiritus. Immer wenn er aus der Schule nach Hause gekommen war, hatte ihn dieser Geruch empfangen. Denn der Alte hatte darauf bestanden, die Spiegel und Glasplatten der Chippendale-Tische sollten möglichst jeden Tag mit Spiritus geputzt werden. Und es gab viele Spiegel und mehrere Chippendale-Tische im Haus.

Die Stütze regelte das. Dreimal pro Woche lief sie mit einer großen Flasche durch die Zimmer. Sie versah ihr Amt in einer weißen Schürze, rieb und putzte. Und es quietschte und quieckte im Haus, als säßen überall fremde Vögel. Die übrigen Tage der Woche warf sie die spiritusstinkenden Lappen auf die Konsole neben den Arbeitstisch des Professors. Auf den sauberen Geruch kam es an. Der Professor wußte längst, daß er betrogen wurde. Er nahm es hin.

Adam schien sogar, daß dem Alten der schlaue Ungehorsam seiner Stütze gefiel. Eine gewisse Schlamperei, ein bißchen Betrug und Unflat gehörten zur Kultur des Hauses.

Über Monate hatte der Alte den Knaben, der durch Fügung in sein Haus gekommen war, kaum wahrgenommen. Der Knabe war das Adoptivkind seiner früh verstorbenen einzigen Tochter. Er nannte ihn Findelkind und überließ ihn der rauhen, sauberen Obacht der Stütze. Er stolperte über Spielzeug, vermerkte im Vorbeigehen die wöchentlich frische Kinderwäsche auf der oberen Flurkommode und registrierte das am Abend vorpräparierte Schulfrühstück. Er nickte, und das bedeutete Einverständnis und Lob. Alles Unglück der Menschen beruht darauf, daß sie unfähig sind, allein in ihren Zimmern zu bleiben. Manchmal fügte er seinem Spruch den Autoritätsnamen hinzu. Brummig nickend: Pascal.

Trotz dieser proklamierten Seßhaftigkeit hatte er, um seine Erziehungspflicht abzurunden oder um dem Findelkind ein Stück abzutreten von seinem Latein, eines Tages einen Besuch im Uhrenmuseum bestimmt.

Er ordnete für das Kind Schal und Mütze an, legte fest, daß die Stütze mitzukommen hätte, bestellte ein Taxi vom Hirsch bis zum Postplatz, ging den beiden voran bis zur Brücke über den Zwingergraben. Dort gewährte er dem Kind einen kurzen Blick auf die Karpfen. Er schritt weiter durch das Kronentor, schlug den Weg zum, wie es hieß, Mathematisch-Physikalischen Salon ein, bezahlte das Eintrittsgeld und enthielt sich jeder Erklärung. Die Ausstellung ereignete sich von selbst. Gelegentlich blieb er vor einer Uhr stehen, nicht, weil er sich dafür interessierte, als vielmehr, um dem Kind pflichtgemäß zu Willen zu sein.

Adam sah sich mit dem Alten durch die Säle treiben, sah, wie sie sich gegenseitig belauerten, wie sie sich entweder mieden oder entgegenkamen. Wer folgte wem? Wer bestimmte die Objekte? Adam ahnte schrecklich deutlich, daß er wieder einmal unterwegs war, Gunst und Liebe zu gewinnen. Sein Trachten hier im Uhrenmuseum belief sich darauf, herauszufinden, was dem Alten gefiel, was der Alte für wert hielt. Dem Professor zuliebe, auch um ihn zu verblüffen, gar zu übertölpeln, zeigte der Knabe höchsten Sachverstand. Wie müßte der Alte staunen, wenn er, der kleine Adam, den kindisch die Stunde trommelnden Bären beiseite ließ, dafür auf die kleine Federzuguhr hinsteuerte, sich dazu noch bückte, beinahe auf den Boden legte, um die Innerei hinter Glas zu erkennen. Wie müßte er staunen, wenn er, Adam, vor der Kreuzschlaguhr kniete, nicht wegzulocken wäre von den Schwungarmen, den gegenläufigen Bewegungen, dieser ganzen wunderlichen Mechanik der Zeit. Auch die einfachen Stundengläser, die Kanzleiuhren, wußte Adam im Sinne des Alten zu schätzen. Sand floß von einer Hand in die andere. Rinnender Sand, das ist Zeit. Liebe war leicht zu gewinnen, man mußte nur von sich selber absehen und alle Uhren und Wünsche umgehen, die einem außer der Gunst des Alten verlockend schienen.

Willst du die unteren Räume auch noch sehen?

Großäugiges Schweigen. Die Stütze versuchte ein Kopfschütteln.

Unten befinden sich Meßgeräte, sprach der Alte, und eine Maschine von Blaise Pascal für vielstelliges niedriges Rechnen.

Pascal? Der Knabe haschte den beiseite gesprochenen Namen. Er nickte kurz und ging schon an der Türsteherin vorbei. Die Frau schmunzelte dem Kind und dem Alten nach, sie tauschte einen Blick mit der Stütze. Das Personal hatte den Physiker erkannt. Man fühlte sich geehrt durch seinen Besuch. Das Kind strebte treppab, im unteren Saal vorbei an den Erd- und Himmelsgloben, vorbei an den Geschützaufsätzen. Direkt zum Ziel.

Der Aufsichtsmann schloß vor den neugierigen Knabenaugen die Vitrine auf. Er hob das Kästchen mit den zehn Speichenkränzen heraus: Hier muß man die Zahlen einstellen, hier erscheint das Resultat. Er demonstrierte ein

Beispiel. Nur neun solcher Rechengeräte sind uns auf der Welt erhalten geblieben. Adam durfte den Griffel nehmen und selber dran drehen. Der Alte gab der Stütze, die mit sämtlichem Gepäck, den Mützen, dem Gehstock und der Pfeifentasche, jederzeit bereit zum Heimgehen war, ein Zeichen. Geduld. Sonst aber ging der Alte auf die kollegialen Anmerkungen des Aufsichtsmannes nicht ein. Als der gar von dem Apfel sprach, der nicht weit vom Großvater-Stamm fiele, drehte er sich verlegen um. Er wartete abseits.

Adam vertiefte sich andächtig in die Geschicklichkeit der Maschine.

In dieser Art spekulierend und sich gegenseitig umlauernd, passierten sie förderhin alle Räume, die Straßen, Stadtparks und die darin sich ereignenden Jahreszeiten und Wetter. So saßen sie zum Abendessen am Tisch. Es gab Worte. Aber wenig laute Verständigung. Manche oft wiederholte Wendung blieb im Raum hängen, wie der Spiritusgeruch oder der Duft der runden, blauen Meißen-Seife, die die Stütze zur Körperpflege in der Adlerdrogerie zurücklegen ließ und zweimal monatlich samt Spiritus und anderen aufgelisteten Artikeln kaufte. Der Alte hatte am Abend gern von einem geronnenen Tag gesprochen.

Ein geronnener Tag.

Da die Haustür an jenem Tag, als er sich auf der Durchreise hergestohlen hatte, fest verschlossen und niemand zu sehen und zu hören war, hatte sich Adam weiter hinter das Haus gewagt. Die heutigen Bewohner hatten in der Hälfte des Gartens unter den Apfelbäumen Rhododendronbüsche gepflanzt, während auf der anderen Seite des Weges ein Netz für Ballspiele gespannt worden war. Offensichtlich folgten die beiden Gartennutzer streng getrennten Konzeptionen. Park gegen Sportstätte.

Ein geronnener Tag. Adam blieb stehen. Ein Lächeln flog über sein Gesicht. Eine Rührung, die er nicht gleich verstand. Der Apfelbaum war einem Verjüngungsschnitt unterzogen worden. Er streckte seine schwarz knorrigen Hauptäste so klettergerecht wie am Jüngsten Tag. Es war der nämliche Baum, von dem herab er seinen folgenschweren Versuch gestartet hatte.

Es war ein kalter, ein klarblauer Wintertag. Freund Michael aus der Nachbarschaft mußte unter dem Baum stehen, und er selber war auf den Baum geklettert, hatte die Hosen heruntergelassen und vom höchsten Ast hinuntergekackt, dabei die Zeit abgezählt und hinterher von Michael erfahren wollen, ob die Versuchsmasse schon im freien Fall angefangen habe zu dampfen.

Am Abend hatten Michaels Eltern vor der Tür gestanden. Sie wollten den Herrn Professor sprechen. Adam war von der Stütze herbeigeholt worden. Er hatte sofort zugegeben, jawohl ich habe von der Goldparmäne heruntergeschissen. Es hatte keinen Zweck, daran vorbeizureden. Stimmt! Ich wollte etwas herausfinden über den freien Fall. Eine kühne Behauptung. Doch der Alte hatte sich ernsthaft nach einigen Details erkundigt. Die Erdbeschleunigung betreffend und die Uhrzeit. Er wollte die genaue Uhrzeit wissen. Adam mußte die Achseln zucken, doch dann war es ihm eingefallen. Sonnenstand kurz vor dem Vespern. Nach dem Verhör hatte der Alte Michaels Eltern verabschiedet. Er habe keine Idee, wie er ihnen helfen könnte.

Zu später Stunde war der Alte die Treppe herauf in Adams Zimmer, an sein Bett gekommen. Er legte eine Stoppuhr auf das Kopfkissen, murmelte etwas, das feierlich und beinahe wie ein Vermächtnis klang. Leise, auf Zehenspitzen war er wieder verschwunden.

In Nächten hatte Adam manchmal das Hüsteln und Atmen des Alten neben seinem Bett gehört. Warum schläfst du nicht?

Ich will wissen, wo die Zeit bleibt, wenn sie geht.

Adam brach ein Stück Rinde vom Baum. Dieser greisenweiße Apfelbaum war wieder einmal ein Baum der Erkenntnis. Michaels Verrat. Er hatte ihn damals vorausgeahnt. Mehr noch, er hatte die Schweinerei inszeniert, um Michael zu entlarven. Es war eine Schweinerei, die Sache mit dem freien Fall, der Wissensdrang war nur ein Mittel zum Zweck.

Adam erinnerte sich, daß er in jener Nacht mit der Stoppuhr in der Hand weinen mußte, weil er sofort Heimweh hatte, Heimweh nach diesem einen schon wieder verlustig gegangenen Augenblick. Erkenntnis macht schuldig. Der Verräter hat recht.

Adam ertappte sich manchmal, daß er immer noch die Serviette rollte, wie der Alte es damals tat, daß er den Tee umrührte wie er. Und manchmal sprach er von einem thickened day – einem geronnenen Tag. Heimweh, was ist Heimweh? Es braucht keinen Ort. Was war wohl aus Michael, dem Handlanger und Verräter, geworden? Es blieb beim freundlichen Angedenken vor dem Apfelbaum. Der Baum gab keine Antwort, und das war gut.

Am Parkrestaurant, wo sich immer noch die Taxihaltestelle befand, wartete Adam auf ein Auto. Die Adresse seiner Schwester in der Hand. Auf der anderen Seite des Zettels hatte er die Abfahrt des Zuges nach Wien notiert. Ein Wolga-Taxi fuhr in die Nebenstraße. Es wendete und hielt, Adam stieg ein und wußte immer noch nicht, wohin er fahren sollte. Was er wollte. Wünschte er sich, sie wiederzusehen? In einem plötzlich sehr unumstößlichen Entschluß sagte er: Zum Hauptbahnhof.

Der Fahrer nahm die Strecke über die Marienbrücke, und so kamen sie am Neustädter Bahnhof und an jenem Lagerhaus für antiquarische Bücher vorbei. Der schwarze, verrußte Sandstein, die hohen Fenster. Efeuornamente.

Hier endete einst eine dünne, genaue Radspur im Schnee. Hier hatte er das Mädchen aufgespürt. Hier hatte er seine Kindheitslegende berührt. Die in nämlichem Muster gestrickten Mützen. Die gleichen Leibchen.

Zum Hauptbahnhof, wiederholte Adam, nicht zum Neustädter.

Wir sind auf dem Weg, antwortete der Fahrer.

Aus der Sehnsucht war Neugier und schließlich Furcht geworden. Adam befand sich nun auf der Flucht.

Sie sind wohl nicht zum ersten Mal hier? fragte der Fahrer, dem die Ortskenntnis aufgefallen war.

Doch, sagte Adam, zum ersten Mal.

Das ist die frühere Augustusbrücke, erklärte der Fahrer, als sie über die Elbbrücke fuhren. Adam mußte es leiden. Er mußte es leiden, obwohl er es besser wußte, er wußte, daß sie über die Marienbrücke und nicht über die einstige Augustusbrücke fuhren und die bunte, beleuchtete Glaskuppel keine Moschee war, nie eine gewesen war, sondern die Zigarettenfabrik. Der Fahrer machte den Rathausturm zur Kreuzkirche und die Prager Straße zum Altmarkt. Adam durfte sich nicht wehren. Er hatte sich ausgebürgert. Er sah nichts Schönes mehr, nur noch Verfall und grausamen Neubau. Sich verleugnend, ließ er die Dummheit gewähren. Er war nahe an der Wahrheit. Er mußte schnell fort. Er fürchtete sich vor der Grenzkontrolle. Ob sie ihn als transitreisenden USA-Bürger passieren lassen würden? Er zerriß den Zettel mit Annas Adresse und warf die Schnipsel in den Wind.

Versäumt, dachte Adam zu Hause in seiner verwandlungssüchtigen Welt, ängstlich gewesen und vorbeigefahren. Schade. Nicht einmal die Orte der Toten hatte er besucht, weder Evelynes Grab, noch den Gedenkstein mit dem Namen des Physikers.

Er drehte die Hosentaschen um und schüttelte die zerkrümelten Pfeifenputzer aus. Die Blütenstände von der Eßkastanie, die er an der Straßenecke aufgerafft hatte. Früher hatte es jedes Jahr eine Zeit des Reichtums gegeben. Kisten voll Pfeifenputzer. Bis die Stütze irgendwann das Krümelzeug heimlich verbrannte.

4

Nacht, das ist dein schlafloses Gedächtnis oder die Erinnerung an einen Traum.

Anna Brühl war im Meldeamt nicht aufzufinden. Wenigstens jene nicht. Es gab da eine angeheiratete Brühl, vierundsiebzig Jahre, aus Apolda gebürtig. Die mußte ihm fremd sein. Den Geburtsnamen der Mutter sollte Adam in amtlichen Fragebogen angeben, der würde die Nachforschungen erleichtern. Adam versah die Zeile mit einem Strich, fügte dann erklärend hinzu: unbekannt.

Geboren 1944. Geburtsort: Breslau mit Fragezeichen. Letzter Wohnort: die grüne Umgebung von Potsdam. Sie hatte nach dem Umzug von Dresden in die neue Wohnung nur dreimal und immer ohne Absender geschrieben, weil die Postverbindung mit dem KA, dem Kapitalistischen Ausland, von Staats wegen verboten war. Nicht für jeden, aber für die meisten im arbeitsfähigen Alter und für Anna aus besonderen Gründen: sie hatte eine Bekanntschaft gemacht, die ihr Herz näher anging. Die Bekanntschaft eines Heilkundigen mit Qualitäten, goldenen Händen, die sich bevorzugt herzkranke Mitarbeiter des Staatsapparates auflegen ließen. Kurz, er wäre durch seine Kenntnisse und Fähigkeiten eingeweiht in die Gebrechen der Spitze und streng gehalten, seine Geheimnisse zu hüten. Das mußte auch für Anna gelten.

Ihre heimlichen Nachrichten waren gezeichnet von vielen schwarzen Löchern, die Zeilen wie von Nägeln gespickt und immer ohne Absender.

Lieber Adam, wenn wir einmal fünfzig sind, werden wir uns vielleicht wiedersehen. Eine Zeit so entfernt und so wahr wie das Licht vom Mond. Anna hatte die kleinen Nachrichten an Adam, den vermeintlichen Bruder, in abgelegene Unterwegsbriefkästen geworfen. Lieber Adam, als ich in Dresden war, habe ich einen Gang hoch zum Heidefriedhof gemacht, habe den Alten aufgesucht, dort liegt ja nun auch die »Stütze« und unser alter Arnold. Stell dir vor, Rainer ist nun schon so alt, wie wir damals waren, damals im Nexö-Haus. Damals im Felsengebirge. Und einmal sind wir heimlich nach Westberlin gefahren. Ich hatte meinen neuen Fotoapparat mit. Merkst du nun endlich einen Widerspruch? Ich denke oft daran. Ich war einfältig, du hattest Mut. Lieber Alter, Du wärest mir der Nächste, mit dem ich einmal reden könnte. Jetzt, wo Rudolf, der mit den goldenen Händen, auf einem anderen Stern lebt. Ja, auf einem anderen Stern. Zehn Kilometer Luftlinie. Dazwischen die Mauer. Anderer Stern und anderes Nest. Der Stern heißt Westberlin und das Nest ist ein Weib, es heißt Renate. Nun könnte ich Dir sogar mit Absender schreiben.

Doch nach diesem in einem Postamt von Potsdam abgestempelten Brief hatte Adam nichts mehr von Anna gehört.

Einmal hatte er an einem Vortragszyklus über die neuen Entwicklungen im Osten teilgenommen. Er war hingegangen, weil er ein paar Stunden auf Judy warten mußte. Sie hatte ein Cellokonzert in der Corcoran Gallery zu absolvieren. Da durfte er nicht in der Nähe sein. Sie küßte das Cello und gab auch ihm einen Kuß aufs Ohr. Geh möglichst weit weg. Geh ins Bonsai-Museum oder ins Smithsonian zu den Mondraketen. Wir treffen uns im Skulpturen-Garten, am Balzac von Rodin. Das hatte er versprochen. Die Vorträge fanden im Goldman-Club statt. Adam wußte nicht, daß er damit einen Zipfel von Anna packen wollte, wenigstens in ein paar Daten oder in einem Geruch: Anna, Spiritus oder die Elbe. Er suchte den Ruch einer Religion. Der Hauptreferent analysierte in Kenntnis feudaler Muster die Verwandtschaftverhältnisse der Kombinatsleitungen und der staatlichen und bezirklichen Administration, mithin die Verbindung von Wirtschaft und Politik der realsozialistischen Länder. Der junge Professor kam vom American Institute For Contemporary East-German Studies, das bedeutete, seine graphisch eindrucksvollen Verschlingungen, die vorsichtigen Schlüsse, hatten Hand und Fuß, sie waren sehr gut recherchiert, sämtlich durch Quellen gestützt.

Ein Vortrag, der, wie in einem umgekehrten, sehr präzisen Fernglas, Adams Herkunft und Verwandtschaft mit Anna in eine glasklare ineinander verschmolzene Ferne schob.

Die Jahre waren voll dieser präzisen Entfernungen. Anna entschwand im Nirgendwo. Es gab dort viele Ausreiseanträge. Es hatte dort die Ausbürgerung eines Sängers gegeben. Man hatte dagegen protestiert. Wie paßte das denn zusammen? Warum Proteste, wenn einer dem betonierten Nirgendwo entkommen war, worauf andere eine Ewigkeit zu warten hatten? Die widersprüchlichen Aktionen, die Proteste gegen Ausbürgerungen, das Singen unbotmäßiger Lieder, die Reiseanträge schienen inmitten von Beton und Schießbefehl eine vorgeschobeneList zu sein.

Adam wünschte sich, daß dieser Kindheitsort ferne bliebe, er wünschte sich Anna ganz klein und außer Gefahr. Anna im Nirgendwo.

Nirgendwo ist, was du begehrst. Das hatte das Findelkind gelernt zu vergessen. Adam lebte in der Gegenwart, er konnte Judy, Andrew, den Leuten in New Orleans, Maryland, Chicago, Cleveland, wo immer er landete, ein Gewinn sein.

5

An der Bushaltestelle in Steinstücken schmolz der Schnee, erst auf den Straßen, dann auf den Büschen, dann auf den Mauerkronen und steinernen Treppengeländern.

Amely half der Frühjahrssonne. Körperwärme und Geduld. Sie ließ einen Bus sausen, manchmal noch einen zweiten. Sie hatte keine Eile, sie mußte nicht pünktlich sein. Zu

Hause wartete nur der Hauswirt. Der wollte das Tor abschließen und jemandem seine fetten Kaninchen vorführen, aber sie wollte keine Kaninchen bewundern und keine Ratschläge erteilen, weder über Reiseangebote noch Rheumakissen. Sie hatte Zeit.

Der Warteplatz taute unter ihren Füßen. Die betonharte Erdkruste zerfloß zu weichem Sand.

Die Tage wurden länger. Es war schade, daß die Frühlingsstürme um Steinstücken und überhaupt um Mitteleuropa einen Bogen machten. Die Orkane tobten hauptsächlich am Golf von Mexiko.

Ob sich der Herr noch erinnerte? An das Verkehrschaos? An Stiefeltritte?

Amely klopfte an seine Tür.

Erinnern Sie sich? Ich bin Amely, der Sturm, die Stiefel. Ich wollte mich entschuldigen.

Adam bekam also Besuch. Ein deutliches Zeichen, daß er selbst kein Besuch mehr war. Er schüttelte den Schlaf ab, das Nickerchen. Er war in die Zeitung gesunken. Das Klopfen hatte ihn auffahren lassen, und er hatte gleich gewußt: Ich bin in Steinstücken, ich bin nicht in Amerika.

Ich freue mich, aber warum wollen Sie sich entschuldigen?

Ich will mich entschuldigen, weil ich Sie getreten habe. Mit dem Stiefel.

Adam wußte alles, der Sturm, sein Entgegenkommen, aber den Stiefeltritt, den hatte er vergessen.

Es war ein Tritt von hinten, erklärte Amely.

Da saß sie schon im Sessel und erklärte ihm alles noch einmal, wie es allgemein zu diesem Auftritt und konkret zu dem Tritt gekommen war. Adam erfuhr auch, woher sie diese Kunst perfekt beherrschte.

Es war, weil das Baukombinat, bei dem sie früher einmal gearbeitet hatte, den Pferdestall von einem Republikflüchtling übernehmen mußte.

Es war, weil sie einem Herrn namens Hugo verbunden gewesen war.

Sie erzählte. Ich bin sogar schon mal Hohe Schule geritten, in einem Zirkus. Fürs Fernsehen. Allerdings nur als Ersatz für Angelika und nur als Begleitperson für Hugo. Die Schauspielerin Angelika hatte gleich zu Beginn der Proben für den Fernsehauftritt einen Hexenschuß erwischt. Da hatte Hugo gewollt, daß ich einspringe, denn er und die Doppelte Spanische Hohe Schule sollten in der Solidaritätsvorstellung für das vietnamesische Volk nicht fehlen. Wenn du dir Mühe gibst und auf die Musik hörst, kannst du es schaffen.

Wir mußten sechs Wochen jeden Tag in einem Chapiteau in Berlin-Hoppegarten die Nummer probieren. Die Pferde durften nicht scheu werden, sie durften nicht aus dem Rhythmus kommen. Es mußte alles genau so sein, wie die Zirkusprofis es machten. Mein Pferd war ein weißer Lipizzaner, ein Hengst namens Castro. Hugos Pferd war schwarz. Der Trainer kam aus Prag. Ein Zirkusmann, nervös, wie seine beiden besten Pferde, er schimpfte immer, besonders mit Hugo.

Adam überlegte, ob noch eine Flasche Wein im Schrank stand. Ob sich Wein für den Besuch gehörte oder Tee.

Amely machte vor, wie der Trainer geschnauzt hatte. Leise, zwischen den Zähnen, um die Pferde zu schonen. In gebrochenem Deutsch. Mann gehen auf falsche Hand. Wieder falsche Hand. Pferd ist richtig. O armes Pferd. Frau Amely ist gut. Mann ist falsch. Sehr schlecht.

Es sollte nicht zum Lachen sein.

Hugo ist runter vom Pferd und aus der Manege gelaufen. Fort war er.

Mit dem Trainer aus Prag hat er sich später wieder vertragen. Mit mir nie mehr.

Nichtsdestotrotz, sagte Adam, Sie haben schöne Hände.

Auch das habe ich den Pferden zu danken. Kommt vom Striegeln, sagte sie und erklärte gleich noch, daß es nur gerecht wäre, wenn die Männer ihren Habitus länger als die Weiber flott halten könnten. Es stünde ihnen zu, weil sie über die besten Jahre dermaßen ausgeschlossen würden vom Brutgeschäft. Da ginge ihnen etliches verlustig. Gottes Nachbesserung in Fragen Gerechtigkeit. Ich hoffe, Sie bemerken, daß ich Ihnen Ihr Kompliment zurückzahlen will. Ihr bronzener Teint steht gut zu Ihrem blonden Lokkenhaar.

Adam hatte eine Flasche Frascati gefunden.

Trinken Sie Weißen?

Amely trank. Ihr Glas war schon wieder leer. Es war eine Kindheitsverletzung. Ein Junge hatte Hugo die Zähne eingeschlagen. Die Lippe mußte genäht werden. Darum. Darum hat er die Schimpfe nicht vertragen.

Hätten Sie sich in den Sand schmeißen sollen?

Ich habs versucht, hat nichts genützt.

Amely konnte in Adams Sessel sitzen, Wein trinken und über die Männer reden, weil sie arbeitslos war. Es gab kein Weckerpiepen am Morgen. Keine Pflichten. Die fingen erst am Nachmittag an. Sie hatte hier im Terrain zwei Aufwartungen angenommen.

Aufwartungen?

Aufwartung, das ist ein Mutterwort. Ich gehe Putzen. Meine Mutter war erst vierzehn, da ist sie in einem Dorf bei Leipzig in Stellung gegangen. Dreiunddreißig war sie sechzehn. Bei Hardwigs der Sohn war ein schneidiger Mann. Er hatte eine Uniform und einen Lederknüppel, Ochsenziemer. Seine Stube hatte sie immer mit saubergemacht. Einmal die Woche. Warum? Meine Mutter hat Gott sei Dank nichts weiter erzählt.

Amely wußte sowieso schon zuviel.

Schenken Sie Amely noch einen ein? Amely wird Ihnen was erzählen. Muttergeschichten.

Wie Mutter in Leipzig die Bombentrümmer weggeräumt und auf einen Gerhard gewartet hat, aber der ist aus Stalingrad nicht zurückgekommen.

So hat sie Amely alleine in der Küche großgezogen. Die Stube mit dem Ofen hatte sie an Genossen Maus vermietet. Genosse Maus war ein gebildeter Mensch. Er löste Kreuzworträtsel. Als es wieder Bohnenkaffee gab, ist die Mutter im Hauptbahnhof in die Kaffeeküche gegangen, und Amely fing im Hochbau als Maurerlehrling an. Amely gehörte zum besten Dreiersystem. Deswegen kam sie mit Bild in die Sächsische Zeitung. Die Mutter wurde Mitropa-Aktivistin, und Amely bekam das Abzeichen für Gutes Wissen in Silber. Amely hätte gerne den Ochsenziemermann vergessen. Sie wußte nicht, wie sie ihn loswerden sollte. Er saß ihr im Fleische. Warum hatte die Mutter grade von dem erzählt? Es war Zeit für eine demokratische Erneuerung Deutschlands. Genosse Maus und Amely hatten jeden Morgen denselben Weg zur Straßenbahnhaltestelle. Genosse Maus achtete auf Pünktlichkeit und kümmerte sich um die neue Ordnung. Er paßte auf, daß sie eingehalten wurde. An der Haltestelle schrieb er sich die Nummer eines grauen Autos auf seine Zigarettenschachtel. Der graue DKW hatte die Straßenbahn links überholt. Maus war früher ein Antifaschist, Mitglied der Antifa-Jugend. Amely war froh, daß sie so einen Zimmerherrn hatten. Maus, der Kreuzworträtseler, besaß einen Duden und einen Globus und Bücher. Puschkin, *Die Erzählungen Belkins*, das Buch hatte er Amely geschenkt. Sie hatte sich selbst in schön gemalten Buchstaben eine Widmung hineingeschrieben. Meiner geliebten Amely, Dein guter Vater.

Die Familie ist die kleinste Zelle des Staates. Weil sie keine richtige Familie waren, bog sich Amely den Spruch zurecht: Die Wohnung ist die kleinste Zelle des Staates. Die Einwohner dieses Stube-Kammer-Küche-Reviers wirkten mit am Aufbau einer neuen Welt, in der es keine Kriege mehr geben würde, in der die Deutschen sich nach außen und innen keine Schande mehr machten.

Die Kriegstreiber galt es zu verurteilen. Amely half, wenn bei Frost oder Regen auf der Baustelle pausiert werden mußte, in der Abteilung Plakatmalerei. Adenauer und

Ollenhauer. Sie schraffierte die langen Nasen, die Riesenohren. Blockschrift: OLLENHAUER, ADENAUER, EURE ZUKUNFT RIECHT SEHR SAUER.

Von denen, die im Regime gelitten hatten, durfte man nicht schlecht denken, nicht Abneigung fühlen. Es war Herzenssache. Unverbrüchlich. Maus bestellte die *Tägliche Rundschau*. Er war hilfsbereit, trug Mutters Handtasche und beantwortete Amelys Fragen.

Amely duldete die Umarmungen, die Küsse des Polen, der sich ihr näherte im Eisenbahnabteil auf dem Ausflug nach Dessau. Sie schämte sich ihrer Tricks und Ausflüchte. Er war ein Pole, ein Pole, und sie wies ihn zurück! Wie sollte die Welt friedlich werden, wenn ihr, Amely, die Küsse der Opfer nicht schmecken wollten.

Kriegstreiber, meist Leute, die die Produktionsinstrumente besaßen, gab es nicht nur im Westen, wo die einfältigen Verwandten wohnten, sondern auch hier in der Stadt. Der DKW-Fahrer, der die Straßenbahn links überholte, gehörte nicht dazu. Oder doch? Genosse Maus hatte kraft seines Amtes herausgefunden, daß der Linksüberholer als Schneidermeister in den vergangenen braunen Jahren durch öffentliche Aufträge der Stadt reich geworden war. Solche Verbindungen wunderten Genossen Maus nicht. Er wußte, daß alles zusammenhing. Privateigentum, Mehrwert und Kriege. Es war gut, daß er, Maus, die Nummer aufgeschrieben hatte.

Maus, der Ordnungshüter. Dein guter Vater. Es war, weil alle, denen sie den geschenkten Puschkin zum Lesen borgte, ihre Schutzbefohlenheit erkennen sollten. Meiner geliebten Amely, Dein guter Vater. Amely hatte aus der Zeitung ein Herz ausgeschnitten. Sie hatte das Herz an den Rändern mit Bleistiftmine geschwärzt und dann auf die liebevolle Widmung gelegt. Mit dem Finger hatte Amely das grauschwarze Blei über den Rand gewischt. So bekam die Schrift einen schönen Rahmen.

An der Bushaltestelle in Steinstücken klebte neben dem Fahrplan ein Zettel. Mit Bleistiftfinger hatte einer über eine Schablone ein Herz gerubbelt. In roter Schrift war zu lesen: Wartet auf Fortsetzung.

Amely ließ zwei Wochen vergehen, ehe sie dem Aufruf folgte. Sie klopfte und klingelte. Es dauerte eine Weile, ehe Adam zur Tür geschlurft kam.

Ich dachte, sagte sie forsch, Sie wären neulich gleich eingeschlafen.

Damit wollte sie ihre Redseligkeit zurücknehmen, so gut es ging. Sie habe nur dem Raum und der Nacht beichten wollen, aber niemals Adams Ohren. Die Reiterkunststücke, Hugo und das selbstgemalte Herz in Puschkins Erzählungen, die Mausgeschichten. Es sei hiermit gelöscht.

Adam, barfüßig und ungekämmt, wie er war, kapierte nur soviel, daß Amely den Zettel gefunden hatte.

Sie hielt Adam ihre weiße Mütze hin: Eier, stell dir vor, sie sind weder gekauft noch gestohlen. Ich habe seit neuestem ein eigenes Huhn. Das heißt, es gehört mir nicht, aber es legt für mich Eier, und zwar sorgfältig auf ein Kissen in meinen Fahrradkorb. Dann darf ich doch darüber verfügen? Jedenfalls früher, nach Ostrecht, hätten mir die Eier gehört. Oder nicht?

Amely war ins Schwitzen gekommen durch all die Wagnisse und Veränderungen, und dann auch noch der Pullover, alles viel zu warm. Das Gesicht glühte. Die Nase rot.

Als ich aufwachte, waren Sie fort, erklärte Adam. Mir war, als hätte ich Ihren Besuch nur geträumt. Mit dem Herztest wollte ich mich vergewissern. Traum oder Wahrheit. Warum haben Sie sich nicht längst gemeldet?

Sie hatten ziemlich viel Wein getrunken. Wie hieß der noch mal, ich wollte es mir unbedingt merken. Der war gut.

Frascati.

Frascati, genau.

Amely wußte nicht, ob ihr wohl oder wehe war. Der Zettel mit dem Herz hatte ein kleines Licht aufleuchten lassen.

Nun hieß es, er sollte nur ein Test sein. Der Barfüßler schob sie voran, ins Haus. Ein Test, warum nicht. Freue dich doch, Amely. Sie schlug stehenden Fußes sämtliche Eier in die Pfanne. Sie freute sich, daß ihr ein Huhn zugelaufen war. Ein günstiges Geschick. Du mußt es nur erkennen, ergreifen und erjagen.

Scrambled eggs, rief sie aus der Küche. Haben Sie Post von zu Hause oder eine Nachricht von Anna?

Nichts. Ich werde ins Hospital nach Potsdam gehen. Adam trat an den Herd und übernahm das Rühren. Vielleicht kann ich dort etwas erfahren, über einen Rudolf zum Beispiel, einen Mann mit goldenen Händen, wo er gewohnt hat, wohin er verzogen ist, vielleicht haben die von Anna gehört, oder sie wissen etwas von ihrem Sohn Rainer. Das Archiv, wo sie gearbeitet hat, gibt es nicht mehr. Es ist *abgewikkelt* worden. Was kann das heißen, kennen Sie das Wort?

Wer das Wort nicht kennt, ist ein Fremder.

Machen Sie mich bitte zum Einheimischen.

Es heißt, der Ofen ist aus.

Adam hatte versucht, sie ins Ohr zu beißen. Eine Umarmung sollte daraus werden.

Sie wollen es gar nicht ernsthaft wissen.

Und wie ich es ernsthaft wissen will. Ernst, sehr ernst.

Amely ließ sich umarmen und wußte nicht, ob sie das nun wollte oder nicht. Sie schaltete vorsichtshalber den Herd ab. Auf diese zuverlässige Botschaft hatte Adam gewartet. Wenn sie den Herd abschaltet …

Amely kniff die Augen zu. Ein Schritt vorwärts, ein Schritt seitwärts, ein Schritt zurück und die Frage: Bin ich? Die Antwort aus den Kehlen der Mitspielerinnen: Blitz. Hölle oder Himmel. Hölle heißt, du bist ins falsche Quartier getreten, Blitz heißt, du stehst auf der Grenze des Himmel-und-Hölle-Spiels, nicht hüben, nicht drüben. Himmel, damit weißt du, daß du auf gutem Wege bist. Bin ich?

Amely, murmelte Adam. Wenn die Hühner sich mit Ihnen verbünden, will ich es auch.

Sie hatte den Herd abgeschaltet.

Himmel und Hölle, es ist ja nur ein Spiel. Lauter Kreidezeichen auf dem blanken Asphalt. Geklaute Schulkreide. Weiß, rosa, hellblau, gelb, aber hauptsächlich weiß. Die Hasler hat gemeckert, weil ich aus einem anderen Hof bin, nämlich von hinten: Lauter fremde Kinder. Aber über der Hasler wohnt der berühmte Mittelstürmer von Friedrichstadt. Lehmann, der Vater von Ursel. Ursel Lehmann sagt: Amely spielt mit mir und mit Inge. Inge wohnt gegenüber, also muß die Hasler stille sein. Die Straße ist unser Revier. Kreise, Schneckenläufe, Labyrinthe, quadratisch geschachtelte Kreuze. Darüber die Himmelswolke. Wir müssen nicht sparen. Es gibt Kreide genug, weil man Kreide nicht essen kann. Das Märchen vom Wolf, der Kreide verträgt, ist ein Märchen. Kreide ist nur zum Malen gut. Niemand kann uns aufhalten. Himmel und Hölle. Ursel kennt noch ein anderes Spiel. Ein Häuschen mußt du fertigbringen, ohne die Kreide ein einziges Mal abzusetzen. Wer das nicht kann, bekommt kein Mann. Jede Silbe ein Strich. Dach und Stützkreuz inklusive. Ich kann es beim ersten Versuch und beweise mir stundenlang meine Fähigkeiten. Auf der Straße ist beinahe kein Platz mehr. Häuser. Häuser.

Amely malte das Haus mit dem Finger auf Adams Rücken. Ich kann es immer noch.

Und dann, fragte Adam, was geschah, als die Straße vollgemalt war?

Dann mußten wir beiseite treten, denn ein Auto näherte sich unserer Kreidestätte. Wir sahen es gleich, das war nicht *unser* Auto. Hier in der Ecke gab es nur ein Auto, das von Richter. In den anderen Garagen steckten hinter schweren Schlössern und Riegel die Kaninchenställe. Die Feiertagsbraten. Nachts mußte wegen der Braten ein Selbstschutz Wache halten, denn der Kaninchenklau hatte einmal furchtbar zugeschlagen. Wir hatten Glück, unsere drei hockten noch in der Buchte. Herr Maus meinte, die Viecher sind denen zu mager gewesen. Da war es wieder gut, daß ich zu faul gewesen war, vom Bahndamm Maistöcke ranzuschaffen. Meine Mutter hat mir eine geklebt, aber Herr Maus hat gesagt: Das hat Vernunft, so muß man argumentieren.

Das Auto war ein fremdes, dunkelblaues Auto. Es gehörte nicht hierher. Es hielt auf unseren Mustern, auf den Himmel- und Höllegewölben. Wir verharrten in gehörigem Abstand, bis die beiden Männer ausgestiegen und im Haus gegenüber verschwunden waren. Wir rührten uns nicht. Die Hasler lehnte aus dem Fenster und sah herab auf unsere Rücken. Ihr hatte es die Schimpfe verschlagen. Etliche Gesichter lauerten hinter den Gardinen. Wir hielten die Kreide malbereit in den staubigen Fingern. Die ganze Zeit reglos und immer noch stumm, eine Ewigkeit, bis die Männer wieder aus der Haustür traten, die beiden Fremden, in der Mitte führten sie Inges Vater. Vati. Es schien, als wollte Inge in glücklicher Erwartung ihre weiße Kreide wegschenken, um gleich als geliebtes Kind ein Stück mitzufahren, doch sie behielt die Kreide fest in der Hand. Sie runzelte die Stirn und sah weg. Der Vater sollte ihren Irrtum nicht gewahren. Nicht einmal verlegen wollte sie sein, oder gar betrübt, traurig erschrocken, eher schon böse.

Inges Vater wischte mit dem Kinn über die linke Schulter. Es sollte kein letzter, noch irgendein Blick sein. Nur Kinnwischen. Er trug ein grüngekästeltes Hemd und eine blaue Schlosserhose. Einer der Männer öffnete die hintere Autotür. Inges Vater kroch hinein. Das Auto fuhr nach dem Wenden an uns vorbei. Dunkelblau und undurchsichtig, wie ein schlechtes Kapitel. Die Buchsbaumhecken längs der Häuserfronten zeigten schon wieder Austrieb nach dem Verschnitt und der Falsche Jasmin hatte angefangen zu blühen.

Unser Untermieter Willy Maus saß mit seiner Aktentasche, wie er vom Straßenbahndepot nach Hause gekommen war, in der Küche. Er war auf dem laufenden. Abgeholt, sagte er. Ich wußte nicht, ob ich es hören durfte. Ich stand voll Kreidestaub, noch in Schuhen, im Flur. Abgeholt.

Inge machte ein Gesicht wie alle Tage. Wir malten wie alle Tage, spielten wie: als wären wir trotzdem immer noch Kinder.

Bin ich? Blitz, Himmel oder Hölle?

Ein Stück Himmel, ein Stück Hölle, und wieder stand ich auf der Grenze. Das Ereignis war von einem Augenblick zum anderen ins Vergessen gefallen. Zugedeckt von bündigen Meinungen. Ein Nazi, ein Kriegsverbrecher, ein Aufseher in einem Kazett, hoffentlich nur ein Kriegsgewinnler. Inge sollte unsere Freundin bleiben. Und zwar nicht nur aus Barmherzigkeit. Denn Barmherzigkeit taugte nicht für unsere Art Treu und Glauben. Vielleicht hatte sich Inge, während ich noch Traumschattenspiele trieb, längst von ihrem Vater entfernt. Ihre weiße Bluse, ihr fleißiges Mitsingen und wie sie die Laterne trug beim Laternenfest und dann die Fahne, immer vorneweg, das machte das Rätsel voll.

Ich wünschte mir, Inge würde ihren Vater über unsere neue, schönere Welt hinweg im Gedächtnis behalten. Aber wie?

Schlosserjacke. Grünkariertes Hemd. Ein Blick über die Schulter.

Fragt mich bitte nach meinem Vater. Ihr habt es doch alle gesehen, wie er von zwei Männern abgeholt wurde. Wie das Auto davonfuhr.

Fragt mich nicht. Besser ist, vergessen.

Einmal hat unser Herr Maus das Wort Spionage gesagt. Inges Vater soll für die Amis spioniert haben.

Spionage, das war ein Erlösungswort. Dahinter steckte eine Schuld, die einem ehrlich nichts anging. Inges Vater hätte sich nicht erwischen lassen dürfen, und: wenn nun jeder spionieren wollte. Was wäre denn dann?

Sibirien, das war für uns Kinder blauer Himmel und Birkenwald und finsterer Aufenthaltsraum für finstere Väter.

Adam stöhnte unter der Last der Häuser, die er unterdes auf dem Rücken trug. Amelys Fingerübungen, die alten Geschichten.

Schluß? fragte er.

Fortsetzung folgt, versprach Amely.

6

Steinstücken war nicht mehr Endhaltestelle. Die Wendeschleife gehörte wie in Urzeiten wieder zu einem Garten. Entlang der Sandfelder, wo früher die Mauer verlief, führte eine provisorische Straße. Die Busse fuhren nun bis nach Potsdam hinüber. Man gewöhnte sich langsam daran, auch daß es die Fußgängerbrücke über die Eisenbahngleise nicht mehr gab, war nun nichts mehr als eine Tatsache. Man hatte erst einmal aufgehört zu schimpfen und bewunderte nun mit gemischten Gefühlen die Böschungspfeiler und das mit granitgrauem Stein frisch aufgeschüttete Schotterbett. Zwei Tage lang gab es für die Einwohner ein Extraspektakel. Kreuze am Himmel und aufwirbelnden Sand, Stürme wie in der Wüste. Hubschrauber schwenkten an der ausgebauten Strecke die Masten für die Elektroleitung ein. Hier sollen bald die schnellen Züge von Berlin nach München entlangsausen. Steinstücken rückte in die Mitte. Es gehörte mit jedem Tag deutlicher zur Hauptstadt Berlin. Ob das nun gut ist?

Adam knirschte mit den Zähnen. Er war viel unterwegs gewesen, hatte in Meldeämtern und Detekteien Ratschläge eingeholt. Anna, wo bist du? Hatte er das nicht schon einmal erlebt? Nicht nur die Suche nach Anna, sondern neulich auch Amely, die Lust, etwas Neues zu gewinnen, die Angst, das andere zu verlieren. Judy. Hundert tiefe Einsamkeiten, das ist Berlin. Das war Dresden. Heidelberg, New Orleans. Cleveland. Er wischte sich die Augen. So viel Sand.

Adam fuhr auf langen Wegen aus dem Zentrum wieder nach Hause. Mit der S-Bahn. Kreuzberg, Schöneberg, Friedenau. In Zehlendorf umsteigen in den heimatlichen Bus Hundertachtzehn. Die Maßgabe hieß: nicht Berlin, sondern Potsdam. Das Deutsche Rote Kreuz Potsdam, Abteilung Suchdienst.

Adam kannte die Einrichtung aus Kindertagen. Die Stütze hatte damals den Professor veranlaßt, einen Suchantrag zu stellen, um Anverwandte des Knaben ausfindig zu machen. Sie hatte dem Alten Formulare auf den Serviertisch gelegt, und der hatte sie, als wäre es seine ureigene Idee, nach einem Konsultationsbesuch bei Onkel Ludwig, wo er sich das Kuvert mit den Arnoldschen Schriftstücken, den Mutmaßungen über Adam, hat vorlegen lassen, korrekt ausgefüllt. Der Antrag wurde seinerzeit nach München geschickt. Man erfuhr, daß dort nicht nur für Adam, sondern auch für Anna Brühl längst eine Akte existierte. Der Suchvorgang war für sämtliche Kinder des Heims veranlaßt worden. Der Professor hatte daraufhin die Stütze als Aufrührerin, das Briefeschreiben als unnötig hingestellt und die Einrichtung in München als von der Zeit überlebt beschimpft. Sinnloses Gewese.

Nachdem Adam seine Schwester selbst wiedergefunden hatte, das Mädchen sogar im Hause des Professors aus und ein ging, war die Stütze wiederum aktiv geworden. Sie hatte den Suchdienst in München heimlich informiert. Anna ist da! Der Professor in seinem Unglauben an diese Behörde und in seinem öffentlichen Amte sollte von der Korrespondenz mit dem kapitalistischen Ausland nichts wissen. Sie hatte in ihrem Brief angemerkt, daß das Schicksal in seinem weiteren Weben wohl auf Gottes Hilfe angewiesen sei, denn nur Jener kenne seine Schäflein, die Kinder und ihre Eltern, die Großeltern, die Tanten und Onkel. Er kenne ihre Wege. Er wisse auch ohne Namen und Adresse, wer zusammengehört.

Die Stütze betete, daß eines Tages eine Frau an der Tür

klingeln möge. Eine Mutter für Adam und vielleicht auch für Anna. Wenn sie bescheidener war, betete sie wenigstens um eine Tante. Als von einem Oberkellner des Louisenhofs, der aus Gefangenschaft zurückgekommen war, die Botschaft ausging, daß bald viele aus Rußland heimkehren würden, bekam der Glaube der Stütze neue Nahrung. Sie glaubte nun auch an einen plötzlich in der Tür stehenden Mann. Ein Vater. Ein Onkel. Warum sollte so jemand nicht auf dieser Welt sein? Es war eine Hoffnung und bald auch eine Furcht. Die Ahnung eines Mißwaltens, das sie auch noch durch Beten und Briefeschreiben selber angestiftet hatte. In diesen Augenblicken fühlte sie am ganzen Leibe die Weisheit des Professors. Es war gut, sich dem Schutze des hauseigenen Herrn zu ergeben. Sie bügelte die Professorenhemden, rollte die Socken zu einem Knäuel. Sachte polternd trug sie das Plättbrett in die Bodenkammer. Sie seufzte, wenn die Fensterflügel krachten, schlich auf Zehenspitzen, um die plautzenden Türen, die klirrenden Eimer wiedergutzumachen. Die Phasenverschiebungen, die Struktur der Kristalle, an deren Vermessung der Alte Anteil hatte, das war das eine, das andere seine gründlichen Zweifel, daß sich etwas mit Hilfe der Ämter in München zum Besseren einrichten ließe. An seiner Welt war nur wichtig, daß sie am Freitag Milchreis kochte und daß alle Wohnräume nach Spiritus rochen, dafür hatte sie mit Fleiß und Demut zu sorgen. Es herrschte Frieden im Haus.

Adam hatte die Gleisbaustelle passiert und war an grauen, baufälligen Häusern vorbeigekommen. Villen, so hatte die Zeitung behauptet. Prächtiges Filmgelände. Ufa-Städtchen. Millionenobjekte. Adam wußte seit seinen ersten Stunden am Ort, seit der Silvesterfahrt mit dem Taxifahrer, in einem der Häuser hatte während der Verhandlungen nach Kriegsende Truman gewohnt, in einem anderen Stalin. Wie die Unterkünfte von Siegern sahen die Häuser heute nicht aus. Blinde Fenster. Briketthaufen unter frühlingsgrünen Birken. Verrostete Fahrradständer an den Toreinfahrten. Am Stalinhaus prangten dickleibige Spraybuchstaben. Stasi-Nest. Säufer. Bonzen. Dazu etliche Namen. Neben dem Gartentor das Schild der drinnen waltenden Institution. Hochschule für Film und Fernsehen. Die Straße führte bergan. Adam hatte sich nach Touristenheft nun rechts zu halten. Rechts über eine schmale Brücke durch holprig graues einstiges Grenzgebiet. Zu Zeiten der Mauer haben die Leute hier in einer Ostexklave im Westen gewohnt. Am Jagdschloß Glienicke tangierte Adam auf seinem Weg von Potsdam nach Potsdam einen Zipfel Berlin. Reinlichkeit und Noblesse. Der Park abgegrenzt durch einen prächtigen Zaun. Frischgoldene Spitzen. Frische Stiefmütterchen wie der ewige Frühling. Blumenteppiche in ausgesuchten Farben. Dann die Glienicker Brücke. Ehe sich Adam in seinem amerikanischen Potsdam-Heft belesen konnte, war eine freundlich vorwurfsvolle Stimme an seiner Seite: Da hätten Sie früher kommen müssen. Ein Einheimischer heftete sich an Adams Fersen. Ein Rentner, knapp siebzig. Graue Bürste. Auf den ersten Blick ein aufgeschlossener Typ. Verstehen Sie Deutsch? Er fing gleich an zu erklären, auf Berliner Seite saß der Amerikaner, auf Potsdamer Seite der Russe. Er zeigte in der Brückenmitte den weißen Strich. Hier haben die Großmächte ihre Agenten und Bürgerrechtler ausgetauscht. Gary Power, Iwanowitsch Abel, Schtscharanski. Die Brücke war ein Ort, wo die frisch ausgehandelte Temperatur des Kalten Krieges an die Öffentlichkeit gegeben wurde. Per Reporterstimme und Fernsehkamera.

Da hättest du früher kommen müssen. Er blieb mit Adam stehen, setzte sein Kanisterchen ab, das er bei sich trug, und redete weiter. Oder November 89. Du hättest miterleben können, wie wir Potsdamer hier durch die Mauer geschwebt sind, alle mit Flügeln und bescheidenen Sinnen und sanften Herzen. Töchter des Elysiums. Die

Grenzsoldaten haben nur gelacht und alles mit sich machen lassen. Küssen, Umarmen. Es gab weder Todesschützen noch Bürokraten noch Taschendiebe.

Adam hatte in dem Touristenheft die Seite gefunden. Die Glienicker Brücke. Eine Eisenbetonkonstruktion. Kolonnadengeschmückt. Viel zu schmal für den zwischen Potsdam und Berlin hin- und herflutenden Autoverkehr. Einer von den Humboldtbrüdern, der Alexander, hat gesagt, das wäre einer der schönsten Punkte der Welt. Immerhin, man hat einen Blick auf drei Schlösser. Außer dem Jagdschloß und dem ockerfarbenen Glienicker Schlößchen sieht man von der Brücke aus direkt auf das zinnengeschmückte Babelsberger Schloß.

Der Einheimische folgte Adams Blick. Die Datsche von Kaiser Wilhelm. Nicht die Baustelle unten am Ufer, das ist nur das Maschinenhaus für die Wasserversorgung des Parks. Nein, das Getürmel rechts am Berghang, das ist das Schloß. Sie hätten früher kommen sollen. Früher steckte das alles hinter Beton, dazwischen Tellerminen und Spießgitter. Früher herrschte noch die Zwei-Reiche-Lehre. Hat mich gefreut. Nun muß ich Sie leider verlassen. Die Pflicht ruft.

Der redselige Mann griff nach dem kleinen schwarzen Kanister mit rotem Verschluß. Er ließ eine Frau vorbei, die ein Fahrrad auf dem Fußweg voranschob. Auf dem Gepäckträger fuhr sie zwei Kartons Bier von Berlin nach Potsdam. Was hatte das für einen Sinn? Der Mann mit dem Kanister schüttelte den Kopf.

So jedenfalls hatte Zeuge Adam den letzten Augenblick in Erinnerung, den Moment, als er sich am schönsten Punkt der Welt zum Gehen anschickte. Die Frau mit dem Fahrrad. Die Bierkartons auf dem Gepäckträger. Der Mann mit dem Bürstenschnitt. In der Hand einen kleinen schwarzen Kanister mit rotem Verschluß.

Hinterrücks ein Schrei. Ein Auflauf auf der Brücke. Zwei Autos hielten. Die Frau mit dem Fahrrad rief Adam zu.

Kennen Sie den Mann? Den Mann, mit dem Sie eben gesprochen haben? Er hat sich angezündet. Er hat es versucht. Mit dem Feuerzeug. Im Kanister war Benzin.

Ich kenne ihn nicht. Adam sah, wie man ein in Decken gewickeltes Bündel in eines der Autos schob, wie die Türen zuschlugen und beide Autos davonfuhren.

Sie bringen ihn ins Krankenhaus. Die Frau hielt ein Feuerzeug auf der Hand. Adam sah das kleine Gerät. Er griff nicht zu. Wohin damit? Sie versenkte es rasch in der Jackentasche. Sie rückte die Kartons zurecht, sie mußte weiter.

In welches Krankenhaus? wollte er fragen, aber da war die Radfahrerin schon hinter neuen, freundlichen Müllglocken auf dem neuen Radweg verschwunden. Richtung Baustellenkiosk.

Sie hätten früher kommen sollen. Was heißt das? Sie hätten früher kommen sollen? Um an der verminten Grenze erschossen zu werden? Zum Sterben ist es immer noch früh genug. Das sagte schon der Esel zum Hahn in den *Bremer Stadtmusikanten.*

Adam eilte weiter, wie die Radfahrerin, wie die Autos – die Berliner Straße entlang. Immer geradeaus. Grotesk, dachte er, grotesk. Das glaubt mir keiner.

Amely, ich muß Ihnen was erzählen.

Judy, morgen schreibe ich dir.

Amely, Judy, Anna, wißt ihr, daß sich hinter meinem Rücken einer hinrichten wollte?

Judy, erinnerst du dich? George Winne, am 10. Mai 1970 auf dem Campus, Universität San Diego/California? Er studierte Geschichte. Er war 22 Jahre alt. Benzin. Er verbrannte. *In Got's Name End the War.*

Wieder Mai und immer noch Kriege genug.

Anna suchen.

Das Holländer-Viertel. Eine ziemliche Wüstenei. Auf dem sowjetischen Soldatenfriedhof gabelte ein blonder, rotwangiger Katholik die Wintereindeckung von den Gräbern. Es war, weil, Gott sei Dank endlich, die Gemeinde von Peter und Paul die Pflege übernommen hatte. Zwischen den Zweigen blühte der Löwenzahn. Drunter faulte das weiße, geile Gras.

Das Rote-Kreuz-Haus sah von außen wie ein Hallenschwimmbad aus. Doch das große Portal führte nur zu einer Hintertreppe, die Treppe endete im zweiten Stock in einem schmalen, mit Broschüren und Merkzetteln ausgestatteten Warteflur. Kopftuchfrauen. Bunte Faltenröcke. Männer in engen, über der Brust zugeknöpften Strickjakken, schwarze Begräbnishosen. Das ist es, davon schreiben die Zeitungen. Die Radios reden davon. Überfremdung. Asylproblem, hier sitzt es und wartet.

Die Frau neben Adam streckte die dicken Beine.

Po-russki? fragte Adam. Die Frau schaute finster beiseite. Gegenüber saß ein junges, braunhaariges Mädchen in einer aufgeplusterten blauen Daunenjacke, Filzstiefel. Idi sjuda, rief sie einen daunenverpackten Knaben, der am Fenster auf deutsch die unten vorbeifahrenden Autos zählte. Mit gerunzelter Stirn: Ains swai drai. Adam nickte ihm sehr freundlich zu. Kak tebja sowut?

Anton, sagte der Knabe.

Das braunhaarige Mädchen nahm den Knaben auf den Schoß und legte ihm den Finger auf den Mund. Weil er artig sein sollte. Weiße Flocken zwängten sich aus den Daunenjacken und huschten in der Wartestille auf und nieder. Das Mädchen richtete ihren Blick hinunter auf ihre guten Stiefel.

Otkuda? fragte Adam.

Sie murmelte ein Wort, den Ort ihrer Herkunft. Flaumfedern schwebten, hingen an den langen schwarzen Wimpern, klebten unter der Schnupfennase, flatterten im fiebrigen Atem. Augen leuchteten wie brennender Ost. Sie wiederholte das Wort. Zerlegte die Silben. Adam wurde nicht klug.

Petersburg, half der kleine Anton. Er warf einen gutmütig tadelnden Blick auf die Mutter.

Liebe Judy,
es ist halbschön zu wissen, daß Du Sehnsucht hast. Die schlechte Hälfte fällt auf mein schlechtes Gewissen. Du sollst wissen, wenn es ernst wird, bin ich in zwölf Stunden bei Dir.

Mit meiner Anna-Suche bin ich ein kleines Stück weitergekommen. Aber ein Stück bedeutet ja eigentlich gar nichts. Entweder ich hab sie, oder ich habe sie nicht. Ich habe wieder einmal einen Nachforschungslaufbogen ausgefüllt. Der geht automatisch erst nach München ins Generalsekretariat, und wenn dort kein Antrag vorliegt, der mich, den Sucher, suchen soll, was ich annehmen muß, wird gemäß meiner Angaben die Nachforschung angeschoben. Falls die erfolgreich verläuft, wird die gefundene Person befragt, ob sie einverstanden ist mit der Kontaktaufnahme. Für mich war das kein Punkt. Aber der Mann hat mir verschiedene Fälle erzählt, wo die Gesuchten keine Kontakte haben wollten. Sogar Kinder und Eltern verweigern sich. Es geht um Erbschaften und gesetzliche Verantwortlichkeiten, aber auch um Belastungen seelischer Art.

Apropos Seele. Mir ist es eine Zeitlang ziemlich mies gegangen. Ein Wildfremder hat mir erklärt, ich sei zu spät gekommen. Und das mitten auf der berühmten Glienicker Brücke, die übrigens überraschend klein ist. Zu spät gekommen, das wäre ja noch nicht schlimm gewesen. Aber kurz nach dem Gespräch mit mir hat er sich auf der Brücke zur Fackel machen wollen. Ist ihm aber durch das beherzte Eingreifen von Passanten nicht gelungen.

Ich habe noch am selben Tag auf der Unfallstation nach dem armen Zündelfritzen gefragt. Sie haben ihn gleich wieder laufenlassen, denn er hatte versprochen, es nicht wieder zu tun. Über Anna konnte ich im Hospital nichts erfahren. Sie geben überhaupt keine Auskunft. Können sich jetzt schön herausreden mit: wir bauen gerade alles um. Ich habe so ein Gefühl, als brauchte ich an der Stelle gar nicht weiterbohren. Mir wurde von einem freundlichen Pförtner gesagt, daß etliche Ärzte noch vor dem Mauerfall in den Westen gegangen wären, aber nur wenige von denen kämen zurück. Jetzt kämen nur echte Westler, meist als Chefs. Über einen mit Vornamen Rudolf wußte er nichts.

Das Geschehen auf der Brücke hat mich so verstört, daß ich zum ersten Mal ganz häßliche Mühe hatte, wieder Tritt zu fassen im gehörigen Leben. Das Herz tat mir weh, die Brust, der Bauch. Ich habe nächtelang auf dem Rücken gelegen, um meinen Glauben wiederzufinden und, wie du dir denken kannst, in dieser schwierigen Lage, geschnarcht. Bis ich es, mit Hilfe eines pünktlichen Weckers, herausgefunden hatte: Glaube, stets zur richtigen Zeit am richtigen Orte zu sein.

Aber jetzt läßt mich der Teufel sehr traurig werden. Warum? Weil die hiesige Zeitung vollkommen fleckenlos ist, keine Kaffeeringe, keine Judycremefinger, nichts. Und das soll ein Sonntagmorgen sein? Und Mai ohne Dogwoodblüten! Ohne meine eitel rotköpfigen Kardinäle.

Und dann blieben im Haus sämtliche Rohre kalt. Adam hätte es längst merken müssen, das mähliche Absinken der Temperatur. Das lauwarme Wasser in Küche und Bad.

Dem Fachmann genügte ein Blick. Der Kessel im Keller war hin. Durchgerostet. Das Wasser aus dem Rohrsystem war über dem Brenner verdampft. Ein neuer Kessel mußte angeschafft werden. Adam telefonierte wegen der Kosten mit Amerika.

Help yourself. Look for a sponsor – hieß es von drüben. Adam sollte sich kümmern. In Berlin, wo der Dollar sich festmacht. IBM, Ford usw.

Der Heizungsingenieur aus Steinstücken, der das Haus kannte und die technische Ausrüstung gegen gute Bezahlung seit vielen Jahren betreute, besah sich den Schaden noch einmal. Schweigend. Kopfschüttelnd. Noch ein Achselzucken. Der Kessel ist hin. Ein wortkarger Mensch. Rotblond. Ein Wikingertyp, den jeder noch beim dritten Rückwärtsstart seines Diesel-Pick-up für einen besonders umsichtigen Chauffeur hielt, mit haarscharf kalkulierten Manövern. Dabei hatte er immer nur haarscharf Glück. Dreimal nur Glück.

Beim vierten Start, wieder rückwärts, hätte er nicht nur beinahe das Haltestellenschild umgelegt, sondern auch noch Amely in aller Ruhe überfahren. Einer aus seiner hochspezialisierten Schutzgeisterschar sorgte wieder für den Sekundenbruchteil und für den Millimeter. Diesmal zwischen Ladekasten und Amely, der Frau, die mit schreckgroßen Augen am Zaunpfosten klebte.

Er fuhr weiter, fünf Minuten in seine Werkstatt, um Halbzollstücke gegen Dreiviertelzöller zu tauschen. Wie immer in Seelenruhe.

Amely war buchstäblich aus den Schwedenpantoffeln gekippt. Doch sie lebte noch. Probehalber stellte sie sich in die Schuhe. Tatsächlich, sie lebte. Sie atmete. Sie war wahrscheinlich nicht einmal verletzt. Sie stöhnte, ihr Flatterherz hatte nun einen triftigen Grund.

Sie fand Adam im Keller. Er saß mit gefalteten Händen auf der Tischtennisplatte im Chaos alter und neuer Kesselteile, inmitten von Drähten, Isolierstoffen und Hexenhaar. Hinten an der getünchten Wand hing eine mit Darmsaiten bespannte, sehr verstaubte Violine. Neben Adam lag ein schwarzes Gerät.

Ein Revolver. Mörder. Attentäter. Terrorist. Der Tod. Hab dich wie ein Hätschelkind fürs Leben genommen, obwohl ich es längst besser wußte. Gleich bin ich wirklich tot, oder du – gleich bist du tot.

Ich gehe sieben Schritte, dann packe ich zu. Du hast mich immer noch nicht erkannt. Mich, Amely.

Das bin ich in der Küche.

Ich habe ein Messer gefunden, ein Küchenmesser mit einem Griff aus schwarzem Ebenholz. Die Klinge verrostet und stumpf.

Aber Herr Maus besaß einen taubenblau schimmernden Elbestein. Ich habe es Herrn Maus abgesehen, wozu der Stein noch außer zum Ansehen taugte. Meist wetzte er sein Rasiermesser am Lederband, aber manchmal fluchend am taubenblauen Stein. In der Schüssel unter Wasser färbte sich der Stein blaubeerfarben. Mit dem Stein machte ich mein Messer fein. Damit wurde es scharf wie ein Dolch und so nützlich.

Ich hätte mir das Handgelenk aufschneiden können, um vor allen anderen zu wissen, wie es im Tode aussieht .

Ich hätte Schneeweißchen töten können oder das Reh, das aus Schneeweißchens Händen fraß, immer nur aus seinen Händen. Grünes Gras. Die Leute würden glauben, das tote Reh habe giftige Kräuter gefressen, aus Schneeweißchens Händen, lauter Gift. Niemand hätte das Messer in meinen Händen gesehen.

Helenes Mutter schob den weißen Kinderwagen mit dem blauen Seidenhimmel in die schöne blaue Sommerluft. Brüderchen schläft, sagte sie. Ich trug das Messer in der Jackentasche.

Als die Sonne den Hausgiebel erklommen und auch noch die zwölfte Stunde überstiegen hatte, klaffte in der Wachstuchplane ein breiter Riß.

Helenes Mutter weinte und beschimpfte sich selbst und die Sonne. Sie gab der Sonne die Schuld, die hatte mit ihren spitzen Mittagsstrahlen das Wachstuch zerrissen. Es war ein Jammer, der neue Wagen, das märchenschöne und teure Gefährt. Aber dann tröstete sich die Mutter, sie wollte froh sein, daß nicht noch Schlimmeres geschehen war. Es gibt immer noch Schlimmeres, sagte sie. Solange nur das Kind wohlauf ist. Sie schob den Kinderwagen nahe an das Haus, damit er nun für alle Zeit im Schatten bliebe. Helene und ihre Gespielinnen durften vorsichtig einen Blick auf das Brüderchen werfen. Der Kleine äugelte unter der Wollmütze hervor. Er ruderte mit den Fäusten. Ein Jauchzer. So wohlauf, wie er war.

Von kräftigen Stahlfedern gespannt, das gewachste Tuch. Man mußte es nur mit der Messerspitze berühren und schon platzte der Himmel, ein Riß klaffte für den Sturz in die Tiefe. Mord. Einmal habe ich der Puppe die Augen ausgestochen.

Einmal habe ich den Kinderwagen zuschanden gemacht. Eine andere hat dafür herhalten müssen. Die Sonne. Ich habe die Schuld auf ihr sitzenlassen. Bis heute ist es die Sonne gewesen. Die Sonne, ganz gegen alle Physik. Denn Sonne erwärmt die Gegenstände, auf die ihre Strahlen treffen, das Wachstuch wird weich. Wie kann sich unter diesen Umständen ein Kinderwagenhimmel spalten? Es wäre der Rede wert gewesen, eines Kopfschüttelns, einer Frage. Wer hat ein Messer? Wer hat das Messer? Hände vorzeigen! Wer hat das böse Loch in den Wachstuchhimmel geschnitten? Wer hat das Böse in die Welt gebracht. Es muß lauter Absicht gewesen sein!

Auch du, Adam, auch du. Ein Messer ist ein Messer. Aber das schwarze Gerät in deiner Hand ist kein Revolver, es ist eine friedliche Bohrmaschine. Eine batteriebetriebene Bohrmaschine, also ein Gerät ohne Elektrokabel. Mit einem Kabel hätte ich die Maschine gewiß nicht verkannt. Ich, die Mutter eines kundigen Kindes, eines Sohnes mit Elektriker-Gesellenbrief, nebst Einkaufsschein für Dreipolsachen.

Adam, verzeih, ich habe zu meiner Weisheit aus Kindheitstagen nichts weiter gelernt.

Sie wollen sich doch nicht etwa entleiben? sagte Amely. Sie versuchte ein spöttisches Gesicht. Man könnte die Bohrmaschine für einen Revolver, für einen deutschen Colt 45, halten. Unser Herr Maus bewahrte einen solchen, samt einer Schachtel kupferner Bohnen unter seinen Socken im Nachttischschub.

Adam saß auf der Tischtennisplatte, umgeben von Hexenhaar und schwarzem Fett und lauter Garantiescheinen und Bedienungsanleitungen für Steuergeräte, die er nicht enträtseln konnte. Eins kam zum anderen. Einen Sponsor sollte er suchen und Anna, die verlorene Schwester, die einzige seines Herkommens. Amely in der Tür zum Heizungskeller. Klingelte oben das Telefon? Der Monteur. Amerika. Judy? Er suchte eine Addition sämtlicher Anforderungen. Gerechtigkeit. Flucht.

Amely, sagte Adam, würden Sie mit mir nach Dresden fahren?

Amely schwieg. Ich kann ja nicht, sagte sie.

Warum nicht? Adam schluckte einen neidischen Schreck, er warf das zerrupfte Hexenhaar hin. Wer ist es? hätte er fragen wollen.

Amely fing mit müder Stimme an zu schimpfen. Sie beschimpfte sich selbst, den plumpen Autofahrer und Adam, den vor allem, weil er solche weltfremden Fragen stellte. Ich darf nicht verreisen, weil ich mich beim Arbeitsamt melden muß. Ich muß jederzeit erreichbar sein, sonst könnte ich meinen Anspruch verlieren. Es ist, weil ich meinen Anspruch nicht verlieren darf. Sie beschimpfte ihre lügnerische Schimpfe. Einen Anspruch gegen eine Reise.

Adam griff sich die Violine und den Bogen von der Kellerwand. Er spielte, so schlecht es nur ging. Chanconne, Chanconne. Ein uraltes Pfauenauge klappte mit den Flügeln. Es flatterte über die Tischtennisplatte, um sich auf Adams fidelnde Hand zu setzen.

Sie können wohl alles?

Adam nickte vergnügt.

Ein Zustand, der nicht nach dem Zweck der Zwecke fragt, was ist das?

Glück, sagte Amely.

7

Sein Violinspiel hatte das Herz einer Zuhörerin so sehr gerührt, daß sie ihn liebhaben wollte. Sie hatte sich nach dem Auftritt der Heimkinder zur Freilichttribüne gedrängelt, war sehr nahe an den in Lederhosen steckenden kleinen Kerl herangekommen. Sein helles Haar hatte sie berührt, den Heimgeruch geschnuppert und ein anderes Kind um den Namen gefragt, wie heißt du, und wie heißt der Kleine mit dem Geigenkasten. Sehr eilfertig, mit glänzenden, hoffnungsvollen Augen, hatte der andere Auskunft gegeben.

Eine Frau hat nach unseren Namen gefragt. Vielleicht will sie uns haben ... Die beiden Knaben waren der seltsamen Frau auf den Fersen geblieben. Sie hatten beobachtet, wie sie beim begleitenden Erzieher weitere Erkundigungen einholte.

Noch am selben Abend trug Evelyne ihrem Vater, dem Professor für Chemophysik, Witwer seit fünfzehn Jahren, ihr Pläne vor. Sie wollte das elternlose Heimkind mit dem Geigenkasten adoptieren. Sie war vierzig und lebte ohne Ehemann, ohne Kinder bei dem vielbeschäftigten, an Instituten und Universitäten hochgeschätzten Vater. Selbst wenn sie sich ehelich binden würde, was aus Männermangel nach dem Kriege eher unwahrscheinlich war, könnte sie in ihren Jahren nicht mehr auf eigene Kinder hoffen. Sie wünschte sich dieses Kind. Der Professor versuchte einen Handel. Er wollte einverstanden sein, aber erst, wenn der Junge zehn Jahre alt wäre. Er fürchte sich vor Kindern, wie auch vor erwachsenen Ballspielern und vor Vormittagsbesuchen und duldete keine Katzen in seiner Nähe. Die Tochter handelte herunter auf ein Alter von achteinhalb. Der Alte hatte vorerst das letzte Wort in der Sache. Wenn der Knabenscheitel Türklinkenhöhe erreicht habe und schon etwas von den imaginären Zahlen verstünde, sollte das Mensch eingelassen werden.

Doch schon vom Tage des Pressefestes an kam Adam an den Sonn- und Feiertagen ins Haus des Professors zu Besuch. Manchmal blieb Evelyne für ein paar Stunden im Heim. Sie machten Spaziergänge an der Elbe entlang. Oder sie gingen durch die Stadt Meißen, wo Evelyne in der Schauhalle der berühmten Porzellan-Manufaktur jedesmal eine Mokkatasse oder eine Vase kaufte. Sie rätselte lange, ehe sie sich ein für allemal entschied. Mit der Vase in der Tasche gab es keine Zweifel mehr.

Gefällt sie dir auch? Adam machte ein schiefes, verlegenes Gesicht. Evelyne erklärte dem Jungen die ausgestellten Meißner Porzellanfiguren. Das Affenkonzert und den Harlekin und die Gärtnerkinder.

Möchtste n Kühlstängl?

Er guckte auf seine Schuhspitzen und schüttelte den Kopf. Möchtste n Stückl Kuchen?

Nee. Er schloß die Augen, betonte seine Ablehnung wieder mit seinem Kopfschütteln. Er hörte nicht mehr auf damit, seinen Kopf hin und her zu wiegen. Wie ein fleißiges Uhrpendel, immer hin und her. Soviel Nein.

Willste Mälze?

Nee.

Er sonnte sich in den Angeboten. Wartete, was noch kommen würde. Nee, nee, nee würde er sagen. Nähme er das Stück Kuchen, fräße er es in sich hinein, so wäre es gewiß zu Ende, es wäre gewiß vorbei mit den weichen, zärtlichen Angeboten, den Anträgen, den Liebeserklärungen, der Fürsorge:

Willste ne Brause, ne rote oder ne grüne?

Nee. Nur eine Silbe brachte er hervor. Er duckte sich, wenn sie den Arm um seine Schultern legte. Wie gerne hätte er alles angenommen.

Er saß in Vinzenz Richters Lokal vor dem leeren Tisch. Evelyne bestellte für sich einen Schoppen Weißwein und kaufte dann auch das Glas, aus dem sie getrunken hatte. Gefällt dir das Glas? Er sah höflich hin. Nickte einmal und schwieg. Ihr Herz war schwer. Traurig nahm sie ihn an der Hand. Er hielt diese Hand. Einmal hatte er beim Gehen einen unbedachten Freudensprung gemacht. Einen Hopser, weil ihm so wohl war. Da hatte er ihre Hand verloren. Es war besser, wenn er einfach nur neben ihr herging. Dann konnte nichts geschehen. Er konnte dann nichts verlieren.

An dem Tage, an dem Adam als ein ständiger Einwohner in das Professorenhaus im Weißen Hirsch übernommen wurde, hielt der alte Professor dem Knaben eine Art Einzugsvorlesung.

Adam war von oben bis unten frisch eingekleidet worden. Er trug eine Strumpfhose als Unterwäsche. Eine neue Erfindung. Ein Strickzeug, das aus einem Stück von den Zehenspitzen bis unter die Achseln reichte. Dazu neue Lederhosen mit Reißverschluß. Die Haare klebten ihm glatt gescheitelt am Kopfe. Evelyne hatte ihm vor dem Auftritt im Herrenzimmer die Ohren mit Lavendelwasser ausgerieben. Er saß nun im tiefen braunen Ledersessel bereit.

Es gilt nachzudenken, sprach der Alte. Er schnipste mit den Fingern und nickte Adam zu. Wir müssen uns Klarheit verschaffen über die physikalischen Bedingungen, die herrschen, wenn du das Zimmer betrittst, beziehungsweise wenn du diese Schwelle überschreitest.

Adam hörte Frau Nachtigalle, o singe o singe. Hoch hinaus, als müßten die Gläser springen. Evelyne sang an einem Lied mit sehr vielen Strophen. Sie war dabei, seine Sachen in Schüben und Schränken unterzubringen. Man hörte durch die Zimmerdecke ihre Geschäftigkeit, ihre Schritte und ihre Stimme. Die Lampe klirrte.

Der Professor fuhr fort: Eine Schwelle übertreten, das ist ein Unternehmen, das gemeinhin unterschätzt wird. Erstens mußt du gegen die Atmosphäre ankämpfen, die mit einer Kraft von einem Kilogramm auf jeden Quadratzentimeter deines Körpers drückt.

Er zeigte zwischen Daumen und Zeigefinger einen Zentimeter und schlug mit der Faust ungefähr die Kraft von einem Kilogramm auf die flache Hand.

Dazu mußt du auf einem Brett landen, das mit einer Geschwindigkeit von dreißig Kilometern pro Sekunde um die Sonne fliegt. Wenn du dich um den Bruchteil einer Sekunde verspätest, ist das Brett schon kilometerweit fortgeflogen. Und das Kunststück muß dir gelingen, während du an einer Kugel hängst, einer Planetenkugel …

Der Alte behielt die Tür im Auge, lauschte, wollte nicht gestört oder ertappt werden. Fernes Singen. Hinter der nächsten Tür Putzgeräusche. Ein Lederlappen rieb über Glas. Quietschen. Die Stütze rüstete das Haus für den Sonntag. Noch war sie ferne. Der Alte beeilte sich, dem Anwärter seiner Komplizenschaft weitere Einsicht zu gewähren: … du hängst mit dem Kopf nach außen in den Raum hinein, während ein Ätherwind mit Gott weiß welcher Geschwindigkeit durch alle Poren deines Körpers bläst. Und das Brett, auf das du trittst, ist beileibe nicht nur von fester Substanz. Auf das Brett treten heißt in einen Fliegenschwarm treten. Es ist eine Frage der Sehschärfe.

Der Alte hatte sich vor dem Ledersessel aufgebaut.

Hast du eine Anmerkung zu machen?

Ich könnte durchfallen?

Ja, das wäre möglich. Er hob listig gleich beide Zeigefinger. Möglich, wenn da nicht die Kraftfelder wirkten.

Es mußte bei diesen Andeutungen bleiben, denn die Stütze unterbrach. Spiritusumwölkt, behängt mit Staubtuch und Lederlappen, so drang sie nun ein in das Herrenzimmer, um den hiesigen Chippendale-Tisch zu polieren. Sie folgte ihrer Schürzentaschenuhr. So war es für ewig ausgemacht. Das war jetzt ihre Zeit und ihr Raum.

Bleib sitzen, Jungchen, sagte sie. Der Alte floh stehenden Fußes ins Nachbarzimmer.

Adam lauschte dem Quietschen des Lederlappens auf

der Glasplatte. Feierliche Sauberkeit erfüllte den Raum. Sonntagsstimmung. Spiritusgeruch. Adam dachte an die Kinder, an das Kind, das er dort gewesen war – das im Kinderheim Maxim Gorki jetzt mit den anderen die Schuhe putzen müßte und nichts wüßte. Nichts von Stille. Nichts von wirklicher Einsamkeit und nichts von der Liebe, die er sich erobern wollte, er, der nun noch außer diesem früheren Knaben existierte, ferne vom Lärm und von der heimlichen Kindheit. Er war nun erwachsen. Solange er hier im Haus sein durfte, mußte er klug sein.

Brauchst nich fänsn, sagte die Stütze.

Ich fäns nicht, antwortete Adam.

Er war nun schon lange hier. Bald dreizehn Sonntage. Er beobachtete die Prozedur zur Vorbereitung des kommenden Sonntags zu genauer Zeit von seinem angestammten Sesselplatz her. Den Auftritt der Stütze, ihre Lässigkeit.

Bleib sitzen, Jungchen. Die Flucht des Professors. Oben knarrte das Parkett. Evelyne werkelte in dem Zimmer, das sie Malstube nannte. In der Deckenlampe säuselten die Perlenschnüre. Adam kannte Evelynes Schritte. Sie ging zum Fenster, um es aufzureißen. Er kannte ihr Gesicht. Sie sah aus wie ein Fisch. Sie schnappte nach Luft. Über den Köpfen krachte ein Stuhl um, gleichzeitig polterte ein ungelenker Körper zu Boden. Es klang wie ein abgeworfener Hafersack. Eine Blechdose tanzte, dann sprang eine Holzkugel, sie rollte durch einen unendlichen Raum.

Hilfe, rief die Stütze. Sie warf den Lappen hin. Sie rannte. Hinter ihr schlugen die Türen. Der Alte erschien, wollte beleidigt sein, ob des Lamentos von oben und nebenan, ob des Türenschlagens, doch es war keiner da für seinen finsteren Auftritt. Er lauschte, er schnüffelte genießerisch den Spiritusduft. Er putzte die Brille am Hemdzipfel, wie er es gern in unbeobachteten Augenblicken tat.

Ist sie durchgefallen? fragte Adam aus seinem tiefen Sessel heraus.

Wo? fragte der Alte. Er stopfte ertappt den Hemdzipfel in die Hose.

Durch die Substanz? bohrte Adam.

Ein Krankenwagen wurde beordert. Ein Arzt aus der Nachbarschaft kam. Es war zu spät. Evelyne war mit zweiundvierzig Jahren an einem Herzschlag gestorben. Eine Kugel rollt, eine Blechbüchse klirrt, ein dumpfes schweres Poltern, so geht Leben in den Tod.

Viel wurde in den nachfolgenden Wochen gemutmaßt. Ihre stete Sorge um den Vater. Ihr Ehrgeiz, mindestens finanziell für sich selbst Sorge zu tragen. Sie hatte Sprüche für ein Kunstgewerbegeschäft gemalt. Mit *Lerne schweigen ohne zu platzen* und mit *Haxen abkratzen* war das meiste zu gewinnen. Ihren Wahl-, Leit- und Lieblingsspruch aber hatten sie nicht ein einziges Mal verkauft: *Haben als hätten wir nicht.* Quark, hatten die Geschenkesucher befunden. Die Geschäftsleiterin mußte ihnen recht geben. Quark. *Haben als hätten wir nicht.* Dieser Spruch lag in schönen Rahmen stapelhoch in einem Seitenregal. Unverkäuflich. *Haxen abkratzen,* das war brauchbare Poesie, die konnte das Menschengeschlecht geradewegs zum Besseren führen.

Auch der Umstand der Adoption wurde als Aufregung bringendes Moment und mittelbare Todesursache in Erwägung gezogen. Adam erfuhr, daß er ein aufgeweckter, dazu aber ein schwierig zu nehmender, eigentlich ein schwererziehbarer Knabe sei. Verstockt. Rücksichtslos, wie Kinder eben sein könnten manchmal, besonders die, die der Esel im Galopp verloren hatte. Die Findelkinder, die könnten schuld sein. Außer den Kümmernissen mit dem Kinde habe Frau Evelyne, die Tochter des Professors, am Abend vor ihrem Tode Ärger mit dem Chauffeur der Akademie gehabt. Der Arzt wog die Meinungen, schüttelte den Kopf, räumte aber ein, daß alle diese Gründe ein Herz zum Trickeln bringen könnten. Hatte Adam das Herz von Evelyne zum Trickeln gebracht? Er fühlte ihre warme Hand. Er ließ die Hand los.

Einen Knaben, der sich selbst so vor ein Gericht stellt, wollte Adam nicht kennen. Ich bin es nicht.

Vorläufig kein Erinnern. Haben als hätten wir nicht.

Adam blieb im Hause des Professors. Er wuchs und benahm sich, wie es sich gehörte. Bis zu jenem Experiment mit dem Apfelbaum. Dem Abend, an dem die heimliche Komplizenschaft perfekt wurde. Der Professor benutzte von nun an den Hemdzipfel zum Brilleputzen auch wenn Adam direkt neben ihm stand. Er putzte häufig.

Mit dem neuen Akademieorden am schwarzen Anzug stand er im Zimmer, inmitten von Präsentkörben, Blumenschalen, buschgroßen Gebinden. Die rote Nelke herrschte vor. Geschenke aus Keramik, aus Kristall, ein Teller aus Meißen. Aus Meißen eine Schreibtischfigur, braunes Böttgersteinzeug: *Lenin spricht vor den Putilowarbeitern.*

Er nahm die Gratulationen der Mitarbeiter und Studenten entgegen. Stolz hob er das Sektglas. Stolz empfing er das Telegramm des Präsidenten. Er fühlte sich geehrt, daß die Spitzen der Parteien und Organisationen zum Händedruck erschienen. Als eine größere Gratulantenschar beisammen war, nahm er das Wort. Es wurde nicht nur ein Dank, es wurde eine Rede. Es wurde fast ein Skandal.

Das Volk dieser Gegend, dozierte er, es wird eines Tages erkennen, daß es auf der Verliererseite der Geschichte steht. Zu all dem, was dieser Staat im Namen einer Theorie Fortschritt heißt, muß sein Volk gezwungen werden. Es darf keine Wahl geben. Keine Wahlen. Jeder vorgegebene Volksentscheid wird immer wieder mit 99,9 Prozent Zustimmung abgerechnet werden. Dieses Volk wird das Staatsterritorium verlassen. In hellen Scharen. Westlich gibt es vielleicht eine bessere, mindestens aber eine andere Möglichkeit.

Die Gäste wollten ihren Ohren nicht trauen. Ist der Alte verrückt geworden? Die Grüppchen formierten sich neu, versuchten Boden zu gewinnen. Glücklicherweise verlor sich der Alte nun in wilden Spekulationen. Vorübergehender Behelf für dieses Terrain wird eine Mauer sein, rief er, eine fünf Meter hohe Doppelmauer, mit Wachtürmen, dazwischen Schnellstraße, Patrouillefahrzeuge, Minenstreifen, Hundestaffeln, Schießbefehl.

An allen Straßen und Wegen, sogar an den Waldwegen? war die ungläubige, die Gespinste des Alten zurückweisende Zwischenfrage des einzig Geduldigen, der es auf sich genommen hatte, immer noch, bis zu diesem Mauerende, zuzuhören.

Nicht nur an den Straßen, philosophierte der Alte, rings um das Land. Ich sage dir, es wird unmöglich sein oder den Einsatz des Lebens fordern, künftighin dieses festummauerte Land zu verlassen.

Westberlin, warf der Zuhörer als Gegenzug hin.

Wird gleichfalls eingemauert.

Und was wird mit den Leuten dort? Sollen die vielleicht im Ghetto verhungern?

Ende des blöden Spiels. Jeder vernünftige Mensch hier im Raum wußte, daß der Alte sich in kindische Phantasien verstieg. Es geschah, um zu provozieren oder aus politischer Einfalt, wie man es sich von Nobelpreisverdächtigen gefallen lassen mußte. Man mußte ihm manche Marotte zugestehen.

Er ist verrückt geworden.

Die Leute werden aus der Luft versorgt, wie schon einmal, oder auf Transitwegen. Es geht ja nicht gegen Westberlin, nein, wir sollen an unserem Platz eingesperrt werden.

Eingesperrt, das war das Wort, das den letzten devoten Verehrer abdrehen ließ. Sie kehrten dem Spinner ihre schwarzen Rücken.

Ein Vierteljahrhundert wird der Knast währen, rief der Spinner hinter ihnen her.

Im herbstlichen Garten brutzelten die zur Feier der Ordensverleihung von der Akademie gestifteten Bratwürste.

Es roch nach Spiritus.

Ran an die Bouletten, rief der Koch. Er winkte den Disputanten mit nackten behaarten Armen aus der Qualmwolke zu. Er trug eine Igelitschürze über dem Armeeturnhemd. Ran.

Das war ein Wort.

Dem Alten blieb wieder nur Adam. Der hatte im tiefen Ledersessel versteckt die Gratulationen und Ansprachen, auch die Dankesworte des Professors und seine anschließenden Erklärungen verfolgt. Er spielte immer noch mit der Stoppuhr, hielt den Daumen auf dem Startknopf. Wartete, bis der Professor den Mund aufmachte.

Was folgen wird, willst du wissen?

Adam nickte. Knips, lief der große Zeiger los.

So irre rannte die Zeit, wenn man ihr zusah.

Du sollst es wissen, bestimmte der Professor. Die Menschen werden ein paar Jährchen mit der Lüge von der nun versperrten böswilligen Einmischung zu bändigen sein, mit dem Versprechen, daß die Dinge im Mauerring nun endlich unter diesen seltsamen mittelalterlichen Bedingungen vorankommen werden. Welche Dinge, willst du fragen. Ich meine die Lebensdinge, warmes Wasser, Telefon, Obst, vernünftiger Geschichtsunterricht.

Der schwarze Sekundenzeiger auf Adams Uhr schlug Runde um Runde.

Glaubensfreiheit, eine glänzende Elbe. Das nur als Beispiel, sagte der Alte. Er fügte, mit dem Hemdzipfel seine Brille putzend, hinzu: Wegen dieser Hoffnungen werden die Menschen dieses Terrains sich betrügen und betrogen werden.

Er ging weg. Stieg über die Blumen. Trat in eine Azaleenschale.

Adam hatte die Stoppuhr gedrückt, ohne die Zeit abzulesen. Er konnte es nicht leiden, wenn der Alte sich mit dem Hemdzipfel die Brille putzte.

Alter Trottel, murmelte Adam. Er wußte längst aus der

Schule, daß sich solche Sätze, wie sie der Alte vor sich hin brabbelte, nicht gehörten, bei Strafe nicht. Beim Leben nicht.

Der Professor stolzierte aufrecht durch die Flügeltür. Stolz mit dem im Oktoberlicht glänzenden Orden stand er in seiner schwarzen Würde auf der Terrasse. Er war erschienen. Die Gäste auf der Wiese verhielten in ihren Reden, manche nickten ihm verstohlen zu.

Von flatterndem roten Weinlaub umkränzt, verharrte er, einsam. Seine kühne Dummheit immer noch im Schutze der Physik der Kristalle. Einsam, einsamer, am einsamsten. Bis sich einer der tapferen oder devoten Gäste ermannte. Der kränklich stille Aspirant wagte es, seinem Professor auf einer Pappscheibe eine dampfende Bratwurst zu offerieren. Er schlug damit gleich mehrere Brükken. Schließlich war auch ein Gast aus Heidelberg da. Der Professor dankte und biß munter hinein. Er bat um den Senftopf. Und sagte nun sehr schön: Das ewig Unbegreifliche ist die Begreifbarkeit der Welt.

Das war das Zeichen für die anderen, sich wieder in seine Nähe zu spielen. Vergessen, Begraben war angesagt.

Doch bei nächster Gelegenheit ging es weiter.

Ein Mann aus dem Apparat, es hieß, er wäre für ein oberes Amt, wenn nicht gar für das erste ausersehen, hatte dem Professor eine Einladung in die Sowjetunion zu überbringen. Der Dortige wolle sich zum Ausklang eines Parteitages mit Wissenschaft und Kunst aus aller Welt umgeben. Des Professors Teilnahme werde gewünscht, oder vielmehr: sei angeordnet. Eine Weisung, nannten sie es in den Etagen der Akademie.

Ein schwarzes Hängebauch-Auto mit Berliner Nummer parkte vor dem Gartentor. Der Professor hatte nicht nur den Funktionär, sondern auch dessen Fahrer samt seiner großen Aktentasche ins Haus gebeten. Er wies die beiden Herren in die Sesselecke am Chippendale-Tischchen. Die Stütze brachte Tee.

Es gab kein gedrucktes Einladungsschreiben. Kein gedrucktes Programm. Nichts, was morgen noch gelten mußte. Der einstmals blonde, nun ergraute Funktionär übergab einen Zettel mit handgeschriebenen Daten und Details, auch die Flugtickets Berlin – Moskau, Moskau – Berlin hatte er gleich mitgebracht.

Dereinst, erklärte der Professor den beiden Männern, dereinst wird die von mir prophezeite Mauer hinfällig werden. Der Wille der heranwachsenden Generation wird das Monstrum zum Einsturz bringen. Die Frage wird nun sein, wie ihr am elegantesten Boden gewinnt.

Der Professor ließ sich vom Chauffeur Tee nachgießen. Er dankte, lachte: Oder wie hoch die Rente sein wird, die euch die jungen Leute zubilligen werden.

Sobald der Alte die Mauer erwähnte, in Sicherheitskreisen bekannt als des Alten buntscheckige Vision und damit nicht mehr gefürchtet, jedenfalls in geschlossenen Räumen nicht, schlug der hohe Funktionär eine wissend gelangweilte Lache an. Aber wie der Professor zu den verstiegenen Hoffnungen in die heranwachsende Generation kommen konnte, das hatte ihn ziemlich erschrecken lassen. Hoffnungen, das Wort brannte. Hoffen auf Hoffnung, na soll er doch hoffen. Zynismus als moralisches Manko? Seine Wurzeln steckten viel tiefer. Diktatur des Proletariats. Herrschaft seiner Mehrheit über die Minderheit solcher Herren, solcher Triebdenker … Die Mehrheit, mein Alter, ist keine mathematische Größe, sondern eine im Nahkampf trainierte Armee. Er wies auf das mitgebrachte Papier.

Alles klar? Er klatschte und ließ die Hände wie ein Pilger vor der Brust gefaltet. Befehl und Fürbitte.

Der Professor aber blieb in Fahrt: Vor allen Vernunftsversuchen, erklärte er deutlich in Richtung der großen Aktentasche, die zwischen den Beinen des Chauffeurs stand, vor allen Vernunftsversuchen wird es zu einem Zerwürfnis zwischen Peking und Moskau kommen.

Noch Tee? Der Chauffeur klirrte mit der Tasse.

Und der Name des Derzeitigen wird von allen Schildern verschwinden. Kein Kombinat, keine Schule, keine Straße, kein Nichts mehr seines Namens. Nicht einmal ein Sportplatz, wo er doch der große Förderer des Sportes sein will und heute auch überall als solcher genannt wird. 1273 Fußballplätze heißen nach ihm. Sein Name wird ratzekahl verschwinden. Akademien, Kombinate und Ferienheime werden namenlos bleiben. Keine Rede mehr von ihm. Er wird sterben als ein alter, kranker Mann. Seine Leiche wird auf Eis liegen müssen, bis Sie, meine Herrn, einen freien Tag gefunden haben, an dem sein Begräbnis nicht stört. Seine Witwe wird heimlich in die Schweiz fahren. Rentnerreise. Die Kontonummer von der Kantonsbank im Kopfe. Sie wird bleiben. Drübenbleiben wird große Mode ...

Noch Tee? Der Chauffeur betrieb sein mühsames Amt. Was wird er noch alles zu hören kriegen. Da redet sich einer um Kopf und Kragen. Um Kragen und Kopf. Peking und Moskau im Streit. Das war die Höhe. Und der Kommunismus? Und die vielen Lehren des Kurzen Lehrgangs? Machs halblang, Alter.

Der Chauffeur hatte längst mit dem linken Fuß den Knopf des Gerätes getreten. Das Band lief. Die Aktentasche stand an erprobter Stelle zwischen seinen Beinen, so konnte er unauffällig die Position korrigieren. Das Blinzeln des Chefs und der Tritt ins Schienbein aber sollte heißen: Ohne Gerät. Er deutete beide Signale glücklicherweise noch zeitig genug.

Bis zur Autobahnauffahrt hatte der jetzt ergraute Funktionär nicht geredet, immer noch nichts abgesprochen. Auf der Überholstrecke endlich bat er mehr als ordentlich zu befehlen: Fertig. Schluß. Keine Silbe zu niemandem. Verstanden? Die Hauptsache, er fährt nach Moskau.

So liegt die Sache, dachte der Chauffeur. Er fuhr zügig am Sonderparkplatz vorbei, wo er sonst immer, wenn er aus Dresden kam, den Gerätecheck machte. Das Band mußte fort, schnellstens in eine sichere Ecke. Er wußte nicht, ob er eine Beute oder eine Bombe in der Tasche trug. Wer konnte das wissen. Wer wußte hier was?

Ohne Mitteilung? fragte der Chauffeur.

Ohne. Hieß es von hinten.

Gut, sagte der Chauffeur.

Der Professor reiste mit sämtlichen Orden, die er besaß, und in Begleitung seines Sekretärs nach Moskau. Hier traf er alte Bekannte wieder. Freunde, Wissenschaftler, mit denen er auf manchem Felde gemeinsam geackert hatte. Jetzt saßen die hier für ein paar Jahre auf der Krim, unter besten Bedingungen, was die Forschung und den Alltag betraf. Kein Zweifel, sie bauten an Bomben. An besseren Bomben, wie es hieß. Man saß in Gruppen beisammen und feierte Wiedersehen. Bald kommen wir wieder heim …

Irritiert nahm der Professor aus Dresden die heimlichen Bewunderungen und Glückwünsche entgegen, die ihm von Leuten im Vorübergehen, oft anonym, bekundet wurden, weil er sich nicht habe verlocken lassen, weil er standhaft geblieben war, weil er nicht mittat an einem Werk, das auf Menschenvernichtung zielte, auch wenn es unter Friedensbeteuerungen vorangebracht würde. Der stille Held aus Dresden. Er dankte mit versteckter Genugtuung. Verteilte unterderhand seine Adresse. Er wußte selber nicht mehr, was ihn damals hatte so und nicht anders entscheiden lassen. Hatte er denn eine Wahl gehabt? Kann sein. Kann sein, daß er krank gewesen war. Die Augengeschichte. Ja, es war die komplizierte Augengeschichte. Eine Tränengangoperation, damit sein ewiges Weinen aufhörte. Das ewige Tränenvergießen beim leichtesten Wind und bei Sonne und Schnee. Die Operation war kurz und schmerzlos. Er war bald wieder im Institut erschienen. Hatte am lichten Tage die Lampen angeknipst und wie ein Theaterdirektor »Vorhang auf!« gerufen. Überall mußten mindestens Hundertwattbirnen eingeschraubt werden. Er werkelte im Scheinwerferlicht. Tag und Nacht. Nicht zu übersehen.

Die Herren aus Berlin hatten ihn plötzlich nicht mehr behelligt. Niemand kam mehr, ihm zuzureden. Die erste Garnitur war schon weg. Ihre letzten Spuren verschwanden im Alltag und in den Reißwölfen. Einige nebengeordnete Spezialisten packten noch große, mit kyrillischen Buchstaben beschriftete Holzkisten. Möbel, Geräte, Bücher und Kleider. Er dagegen tat seine Institutsarbeit wie in alten Zeiten. Helles Licht brannte. Jemand mußte ihn rausgehauen, unterderhand von der Liste gestrichen haben. Es konnte sein, jemand wollte das Ausbluten der hiesigen Naturwissenschaft verhindern. Oder hatte man ihn vergessen? War er den Schicksalsregenten nicht mehr wichtig genug? Alle guten Leute waren fort. Entweder abberufen, Richtung Osten befohlen oder in den Westen getürmt. Er aber saß im alten Stuhl. Meine Augen! gab er sich ein. Niemand kann es mir zumuten unter diesen Umständen. Niemand. Er sprach nun plötzlich wieder von seiner schweren Operation, von Flimmern, Jucken und Tränenvergießen. Redete von Leseschwäche. So hielt er Bedrängnisse fern, vor allem das Bedrängnis möglichen Versagens. Jahrelang ließ er sich nachbehandeln mit Spülungen und Salben. Er trug jahrelang eine dunkle Brille. Es war die Wahrheit. Er hatte seinen Platz im Institut nicht aufgegeben. Er wünschte endlich die Sache in die Reihe zu schieben, die Sache mit den Kristallen, ihr Wachsen und Werden, die Thermodynamik des Kristallwachstums.

Er war der Übriggebliebene, gut für hohe heimische Orden. Gut für die erste Reihe beim Bankett, gut für ein internationales Aufgebot erster Namen.

Einer der Moskauer Gratulanten, ein junger Experte, was die photochemischen Prozesse in organischen Kristallen betraf, bot dem Dresdner Professor an, ihn aus Moskau hinauszuchauffieren, obwohl das verboten war. Der junge

Mann gab in Schnörkeln zu verstehen, er dürfe das Auto seines Vaters benutzen. Sein Vater besitze ein Freifahrtschild. Man klemme es an die Windschutzscheibe, und die Sache sei po sakonje. Damit kämen sie durch die Sperren.

Ohne Kontrolle? fragte der Professor.

Du brauchst nichts, beteuerte der junge Mann, nur ein bißchen Spritgeld.

Abgemacht. Der Professor klopfte dem Jungen verschmitzt auf die Schultern. Er ging forsch an der Genossin Kljutschmama, die seinen Schlüssel und rundherum seine Tugend zu bewachen hatte, vorbei in sein Hotelzimmer, dachte sich ein paar Telegramme aus, damit schickte er seinen Sekretär und Begleiter zur Post.

Die heimliche Ausfahrt gelang.

Die Posten an der Stadtgrenze winkten den blauen Wolga vorbei. Wenige Kilometer außerhalb der Stadt an einer Brücke, die über einen kleinen Bach führte, hielt der junge Mann an. Er begrüßte einen Bekannten, der dort sein Auto von Feuerwehrleuten per Löschpumpe waschen ließ. Die Autos standen in Reihe. Chauffeure, die keine Geduld hatten, schleppten Bachwasser in Eimern heran. Arbeiteten mit Schwung und Zurufen. Der Bekannte hob zwei Kaninchen an langen Ohren aus dem Kofferraum. Sie wurden bestaunt und belacht. Ein anderer brachte eine Schreibmaschine herbei. Man probierte die Typen. Der Handel Kaninchen gegen Schreibmaschine dauerte noch an, als die beiden weiterfuhren.

Das ist so, erklärte der junge Mann dem Professor, man reinigt das Auto, bevor man nach Moskau fährt. Die Kontrolle ist streng. Man wird nicht eingelassen mit Schmutz. Was für ein Handelsgeschäft er gerade am Waschplatz befördert hatte, behielt er für sich.

Sie fuhren hundert Kilometer weiter bis zum Kloster Sagorsk. Als sie vor dem Gatter des Klosters parkten, schlug der junge Mann vor, daß sie sich für zwei Stunden trennen sollten. Treffpunkt hier am Auto. Der junge Wissenschaftler entnahm dem Kofferraum einen kleinen Kanister, winkte dem Professor. Hier mußt du gehen. Er zeigte die Richtung. Und schon war er unter den Besuchern, die den Weg entlangzogen, verschwunden. Da liefen Junge und Alte, darunter auch Leute, die zu Fuß von weither gekommen sein mußten. Die Jungen trugen Rucksäcke, die Alten schleppten Beutel – auf beide Hände verteilt Proviant: Brote und Wasser.

Nahe am Wege unter einer Birke fand der Professor eine Bank. Von da her leuchtete eine maigrüne Strickjacke, in der ein altes Weiblein steckte. Er steuerte auf die Sitzgelegenheit zu. Er grüßte, wie er es in den Tagen hier schon gelernt hatte. Sdrastwuitje, towarischtsch. Er nahm Platz. Aus gehörigem Abstand sah er zu, wie das Leuchtweiblein andächtig in einem mit Packpapier eingeschlagenen Buch blätterte, um die Bilder zu betrachten. Mit andächtigem Finger zog sie die Umrisse der Bilder nach. Engel in langen weißen Hemden, große aufgefächerte Flügel, blauer Himmel, bärtige Heilige, gedrechselte Möbel, nackte Füße. Die nächste Seite alles rot. Mauern und Kleider. Gesichter, wie im Feuerschein. Und dann das schwarze Kreuz mit dem, der daran glauben mußte. Der Professor erwartete die nächste Seite. Die Alte blinzelte ihm kameradschaftlich zu. Sie legte ihm das Buch auf die Knie. Zog einen Stift aus einer Bauchtasche unter der Strickjacke und auch ein kleines Stück Papier. Sie rückte näher an den Professor heran, drückte ihm Zettel und Bleistift in die Hand. Sie redete auf ihn ein, zeigte, deutete gegen den Himmel, bekreuzigte sich. Ihre Stimme klirrte, flehte, stieg in die hohen, weinerlichen Töne. Sie saß nun bald auf seinem Schoß. Pischitje.

Der Professor beeilte sich zu verstehen. Er sollte schreiben. Er sollte eine Wunschliste aufstellen. Das Leuchtweib hatte in ihm eine unverhoffte Chance erkannt. Sie mußte nicht warten, bis ein schreibkundiger Pope vorbeikäme. Sie würde mit ihrer fertigen Wunschliste noch vor den anderen, jetzt gleich, zum heiligen Sergius eilen können. Sofort, noch bevor dessen Wunderkraft wie so oft für die Bitten der Zuspätgekommenen aufgebraucht und vertan wäre. Es kam darauf an, bei den ersten zu sein. Pischitje.

Der Professor schrieb so gut er konnte in kyrillischen Buchstaben und einigermaßen russisch, daß sich das neben ihm sitzende Erdenkind Gesundheit, Glück und Reichtum wünsche und eine fröhliche Himmelfahrt. Das nämliche auch für die Schwiegertöchter und Enkelkinder. Das Leuchtweib verfolgte seine Schreibhand mit kritischem Blick. Gesundheit für Väterchen Stalin, das sollte er noch hinzufügen und eine gute Kartoffelernte, das bitte auch. Sie zwinkerte ihm bedeutsam zu. Zerrte ein kleines Fläschchen aus der Bauchtasche unter der maigrünen Strickjacke. Sie entkorkte. Roch. Auch er sollte riechen und kosten. Es war ein hochprozentiger Kartoffelschnaps.

Nu schto?

Der Professor nickte anerkennend.

Für dich, sie schob ihm die Flasche in die Tasche. Und nun komm, Söhnchen.

Sie zog ihn mit sich fort, in die Reihe der mit Beuteln, Körben und Wasserkrügen behängten, langsam voranziehenden Babuschkas. Haselnußbraune Kutten wehten auf den Querwegen. Haselnußbraune Bärte. Schwere Kreuze auf Männerbrüsten. Weibergesang aus offenen Portalen. Noch über den hohen Pappeln blaue und goldene Zwiebelkuppeln, goldene Doppelkreuze.

Einer der fromm beschäftigten Popen zog den Professor aus der Weiberwolke heraus. Er erlöste ihn, um ihn gleich für sich ins Gebet zu nehmen.

Er führte ihn mit ziemlich harter Hand in Richtung eines alten Gemäuers, an einen besonderen Ort. Der Professor verstand nur soviel, daß heute an diesem besonderen Ort ein besonderer Tag sei. Man öffne den Schrein mit den Knochen eines Heiligen, der sehr hohe Wunder vollbracht habe. Er, der Fremde, sei vor allen ausersehen, sich am heiligen Schrein zu verneigen. Dieser heilige Schrein werde nur alle fünfzig Jahre einmal geöffnet. Man spare aus Vorsicht und Rücksicht und Gesetz. Je seltener ein Ereignis, um so höher der Feiertag.

Der haselnußbraune Pope lotste den Professor durch das Spalier seiner Ordensbrüder. Gewöhnliches Volk war hier nicht. Als sie das kleine ausgetretene Treppchen vor der Pforte erreicht hatten, brach unter den Brüdern ein dunkles Murmeln aus. Zwei schwenkten qualmende Kessel. Einer hielt eine Schüssel mit Wasser bereit. Der Pope benetzte dem Professor Stirn und Schultern. Der Professor mußte die Stufen hinaufgehen. Es war ein Zeichen, denn gleich fing ein Glöcklein zu läuten an. Aufgeregt bimmelte es, bis der Pope mit dem Professor am Schlawittchen hinter der Pforte verschwunden war.

Drinnen in dem holzgetäfelten finsteren Raum herrschte für einen Augenblick Grabesstille. Um die Andacht noch mehr zu steigern, tönte plötzlich von nebenan ein genau kalkuliertes Signal. Wie vor dem Salto mortale. Bing, bing, bing. Ein rotes Flämmchen rang züngelnd nach Luft.

Jemand hatte den Deckel schon aufgemacht.

Der Professor mußte sich hinknien. Er saß auf den Fersen, das Kinn auf der Brust. Der Pope hatte ihm die Hand ins Genick gelegt. Er drückte das Haupt des Professors noch tiefer hinab, so weit, bis seine Stirn eine Glasplatte berührte.

Unter dem Glas ruhte in einem Nest zerschlissener moosgrüner Seide ein weißer Knochen. Der Knochen eines Schienbeins.

Die Unvernunft einer Sache ist kein Argument gegen ihr Dasein. So wollte er das Erlebnis dem Kinde zu Hause erklären. Eine Nachmittagsphilosophie. Stell dir vor, ein Bein von zarter Klaviertastenfarbe oder von bestem sonnengezogen Blumenkohl …

Der Professor stützte die Hände auf die Truhe, in der

sich der Knochen befand. Der Pope, der ihn niedergehalten hatte, griff ihm nun unter die Arme, er half ihm auf, dem alten Mann. Er drehte ihn mit kräftigem Griff zu sich herum. Der Professor blickte in ein dicht von haselnußbraunen Locken umwölktes Gesicht. Das Haselnußbraun rieselte über Brust und Schultern. Schwarze Brauen. Bohrende Blicke unter schweren Lidern.

Stradanije, sagte der Pope.

Der Professor kannte das Wort nicht, aber er merkte sich die Silben Stra-da-nije.

Er hatte später dem Kinde die Geschichte erzählt, so wie er es sich vor dem Knochen schon vorgenommen hatte. Dieses seltsame Geschehen. Er hatte sich zum Charmeur gemacht vor dem alten Weibe. Knoblauchgeruch war ihm in Erinnerung geblieben, dann Zedernholzduft und Moder und Weihrauch. *Die Unvernunft einer Sache ist kein Argument gegen ihr Dasein.* Dann hatte er nebenbei auch dieses Wort genannt. Der Pope habe es am Ende gesagt. Drei Kreuze über seinem Kopf geschlagen und ihn dann, wie der Alte es nun beschrieb, *aus dem Tempel geworfen*. Vor der Pforte habe er sich durch die plötzlich unterm Glockengeläute herandrängende Menge geschoben, durch den Weibergesang. Hände hätten sich ihm entgegengestreckt. Alle wollten ihn, den Ausgezeichneten, berühren. Kneifen, Zerren an seiner Jacke. Ins Gesicht hätten sie ihm gelangt, an den Haaren gezogen, auf die Füße getreten. Knöpfe abgerissen. Schuhbänder abgeschnitten. Hände geküßt. Sein Leuchtweiblein sei wieder dagewesen, habe ihm mit ihrem einzigen Zahn in den Daumen gebissen. Schließlich sei er entkommen. Auf einem Seitenweg habe er den jungen Mann, seinen Chauffeur, wiedergefunden. Der habe sich mit vielen anderen vor einem Trog gedrängelt, an dem ein haselnußbrauner Pope Krüge und Kanister entgegennahm, um sie mit frisch gesegnetem Wasser zu füllen. Der Professor habe in Entfernung abgewartet, bis der junge Physiker fertig war mit Beten. Auf Knien liegend. Den Kanister küssend. Das Kreuz schlagend. Alle machten es so. Es gehörte zur hiesigen Vorschrift.

Der Professor hatte die Geschichte haarklein erzählt. Die Entdeckung seines Begleiters, des Chauffeurs, vor dem Brunnentrog. Du bist mir ja ein schöner Komsomolze, habe er ihm auf der Heimfahrt auf den Kopf zu gesagt.

Doppelt hält besser, sei seine Antwort gewesen. Am Ende habe er etwas von dem Wasser aus dem Kanister in ein Fläschchen umgefüllt. Gesegnetes Wasser. Für dich, zur Erinnerung. Vor Sonnenaufgang auf nüchternen Magen einen Schluck. Am besten, du nimmst den Schluck abends, gleich nach Sonnenuntergang. Dann liegst du richtig. Und nüchtern? Was heißt nüchtern? Dafür hatte der junge Physiker eine brauchbare Theorie parat. Relativität spielte eine Rolle. Der Professor erzählte, wie er am Ende seinem Sekretär, den er mit Telegrammen zu Post geschickt hatte, ein Gläschen kredenzt habe. Wasser. Er beschrieb dessen Gesicht. Wasser statt Wodka. Aber der Sekretär habe kein Protestwort gewagt. Auch darüber, daß er einen langen Nachmittag aus Konferenzkreisen verschwunden war, fiel kein Wort.

Das Kind konnte schon russische Buchstaben und einfache Sätze. Mama i papa i Adam guljajut po lessu. Mama und Papa und Adam spazieren durch den Wald. Es ließ sich vom Professor das Wort wiederholen.

Was hat der haselnußbraune Mann zu dir gesagt, als du dich vor dem Knochen hinknien mußtest?

Stradanije, mit scharfem S und Zungen-R, der Professor machte es vor. Sss und Rrrr, Strrr. Das Kind versenkte sich in sein rotes Wörterbuch.

Was heißt es denn, wollte der Professor wissen.

Ach nichts, sagte das Kind. Gar nichts. Steht überhaupt nicht drin, so wenig heißt es.

Nichts. Der Professor tat so, als wäre er damit zufrieden.

Am Abend schlug der Professor selber in diesem roten Schulbuch nach.

Dann suchte er das Kind, das ihm durch seine Tochter ins Haus geraten war. Er fand es im Keller, dem ehemaligen Luftschutzkeller, hinter der eisernen Tür, eifrig beschäftigt, Feuerholzscheite gegen Brikett, eine Schachparty zu Ende zu bringen. Es spielte eine in der Rätselecke der Sächsischen Zeitung vom Schachexperten Ullmann vorgegebene Aufgabe.

Der Professor wischte sich die Augen, aus einem die Furcht, aus dem anderen die Freude. Er sah von oben herab den Zügen zu. Holz muß gewinnen. Kohle muß gewinnen. Holz. Kohle. Kohle. Holz. Solus rex, für die Kohle stand nur noch der König.

Kohle hatte verloren. Eine Wasserleitung rauschte schicksalhaft zu diesem Ende. Die Kohle ist aber selber schuld, behauptete das Kind.

Später wollte sich der Alte weder an das Wort noch an den Ausflug ins Kloster, ja kaum an die Fahrt nach Moskau erinnern. Er stellte sich alt und vertrottelt. Die Augenschwäche war wieder akut geworden. Er durfte nun nicht mehr reisen. So redete sein Arzt, so wußten es die Herren in den Etagen der Apparate.

Leiden, so hieß das Wort.

Der Alte hat es selbst herausgefunden. Er hat die ganze Geschichte der Stütze erzählt, und Adam hat die Story in seinem Lauschesessel noch einmal mit angehört. Der Professor war der Stütze noch nie so vertraulich gekommen. Stradanije heißt Leiden.

Das wird nichts Gutes bedeuten, sagte der Professor nach einer dunklen Pause.

Aber Professor, sagte die Stütze, Sie sind einem Kinderschreck begegnet. Vergessen Sie sofort den Spuk.

Gut, so versprach er, ich will es versuchen.

Adam hatte viele Jahre den Professor für einen Trottel und die Stütze für einfältig gehalten.

Vorsätzlich vergessen, wie sollte das möglich sein?

8

Schon mit dem Sommerfahrplan ab Mai sollten die Züge auf dem neuen Gleis von Berlin aus in Richtung Süden fahren, aber der Termin mußte verschoben werden. In Steinstücken standen immer noch Baumaschinen an der Strecke. Manchmal kamen drei Männer, ein Krisenstab, sie guckten besorgt, aber nicht hoffnungslos. Sie telefonierten, während ihnen der Wind in die gebügelten Anzüge fuhr, schrieben ihre Zuversicht auf harte Unterlagen, dann gingen sie zum Auto. Sie fuhren aber erst los, wenn sie den Computer gefüttert hatten. Wenn die neuen Daten fest und gesichert waren, erst dann und nicht ohne Hoffnung.

Adam genoß nun noch ein anderes Spektakel. Auf dem strauchbewachsenen, von mannshohen Kiefern eingenommenen Nachbargrundstück war eine Baugrube ausgehoben worden. Zwei Tage hatte sich ein Kran abgerackert. Er war in die Hocke gegangen, hatte sich gebückt, gebeugt, darauf kräftig aus dem Kreuz heraus federnd seine Sandlast in die Kipper geworfen. Manchmal hatte der Kran dagestanden, verharrt und verschnauft, trotzig abwartend, was nun werden sollte. Wie ein geschundener, schwitzender, den Feierabend herbeiwünschender Sklave, wie eine Trümmerfrau. Lieber Gott, laß es Abend werden. Möglichst noch vorm Frühstück. Schon als Kind war es Adam wunderlich vorgekommen, daß es nie einen Aufstand gegeben hatte gegen die, die sich abwiegelnd Kopfarbeiter nannten. Adam hörte das Schnaufen und dann die lauernde Stille. Eines Tages kommt einer und packt mich am Schlafittchen, denn die Kräne werden es besorgen, die werden aufstehen und zubeißen. Im Namen der Trümmerfrauen.

9

Der junge Mann, dem Amely den Dreck wegräumte, hatte seine Prinzipien verletzt, den ganzen Grund seiner Dichter-Potenz angetastet, er hatte geredet.

Amely hatte kaum den Mantel und die Tasche an den Haken gehängt, da war er schon in einem Sprung da. Er hatte Amely kommen hören, wie die Schlüssel rasselten, die Tür schlug. Er hatte sie erwartet. Während Amely in die Hallenturnschuhe schlüpfte, brach es aus ihm heraus.

Ich wußte, sagte er, daß die Pfeifen meinen Artikel kürzen würden, denn er war um ein paar Zeilen zu lang. Er fuhr sich durch die blonden Haare, legte seine blasse, rosa bepickelte Stirn frei. Amely öffnete die Fenster, machte den Singlestaubsauger liebevoll startklar. Sie hätte nun loslegen können, doch der Junge saß da und erwartete ihre Anteilnahe. Er hielt eine spitze Papierschere hoch. Argumentierte damit in Richtung Amely.

Machen Sie sich nichts draus. Sie stellte den Apparat hinter die Tür, als müßte sie den vor Angriffen schützen. Sie hörte abwiegelnd zu.

Es ging um einen Aufsatz, den Cosimo für ein Reisejournal geschrieben hatte. Titel: »Johann Sebastian Bach in Potsdam«, und es ging um seine gute Absicht, einmal beim Schreiben aus den vielen Legenden auszusteigen. Es sollte nur ein kurzer Beitrag werden, ein Corso, wie die Fachleute sagen. Er habe sich daran gehalten, nur eine Kleinigkeit länger sei der Text geworden. Fünf Zeilen vielleicht. Amely sollte sich setzen, um, wenn er sie erst gefunden hatte, die zwei Manuskriptseiten zu lesen. Danach könnte sie verstehen, was er meine. Er hatte die Schere hingelegt und wühlte in seinen Papieren. Amely schloß das Fenster. Ein schwerer Fall. Sie dachte an die Hausordnung, die heute zusätzlich fällig war.

Johann Sebastian Bach sei im Mai 1747 auf Einladung Friedrich II. für zwei Tage, genau am 8. und 9., zu Besuch in Potsdam gewesen: Der König hatte sich aus der Silbermannwerkstatt ein paar Hammerklaviere angeschafft. Der allerwärts gerühmte Kantor Johann Sebastian Bach sollte die Instrumente begutachten. Das Hammerklavier war eine Neuheit. Der König glaubte daran. Die Kenner der Szene aber wußten: Bach konnte das Hammerklavier nicht leiden. Der Kantor wurde von zweien seiner vielen Söhne, dem Organisten Friedemann aus Halle und dem in Berlin wohnenden, am hiesigen Hof als Cembalist wirkenden Philipp Emanuel, begleitet. In etlichen nachträglichen Beschreibungen des Besuchs tönt es, als habe Johann Sebastian die Reise auf sich genommen, um vor allem sein Berliner Enkelkind zu sehen. Erst von Berlin aus seien die Bachs nach Potsdam gefahren. Ins Stadtschloß an der Havel.

Cosimo warf eine Broschüre in Richtung Papierkorb. Alles Legende. Er stapelte den Turm mit den Leihbüchern aus der Musikbibliothek um. Blätterte und fand endlich wenigstens Bachs berühmte Vorrede zur Notenschrift. Die Widmung des Stücks *Ein Musikalisches Opfer* an den König von Preußen. Darf ich Ihnen das mal vorlesen?

Amely erinnerte an die Hausordnung, aber Cosimo ließ sich nicht abbringen. Er schnurrte den Text herunter. Bachs blumige Huldigungen an den Preußenkönig bis zum Schluß: Ew. Majestät geruhen gegenwärtige wenige Arbeit mit einer gnädigen Aufnahme zu würdigen, und Deroselben allerhöchste königliche Gnade noch fernerweit zu gönnen.

Meine Herren, sagte Amely, indem sie die Birnenstiele vom Fensterbrett klaubte, die ihr sehr ins Auge stachen. Wie der Bach sich in den Sand geschmissen hat! Als wenn der das nötig gehabt hätte!

Cosimo ließ die Papiere und die Schere liegen. Wenigstens vorläufig.

Finden Sie? sagte er und fuhr friedlich fort: Die Unterwürfigkeit, das ist nun wieder ein anderer Aspekt. Das

Widmungsschreiben ist in den drei Jahrhunderten so oft hin und her gewendet worden. Pro und contra König, wie überhaupt der ganze Potsdam-Besuch. Eine Zeitlang wurde das Treffen Bach–Friedrich II. immer nur am Rande erwähnt. Erst später, als die Verbindung zwischen Friedrich und Voltaire, das heißt zwischen Preußen und dem Erzfeind Frankreich, nicht mehr so gut ins Geschichtsbild paßte, hat man sich auf den Besuch besonnen und daraus ein Ereignis gemacht. Der König spielt ein geniales Thema, und der Musiker macht gleich ein unsterbliches Stück daraus. Und das auf dem neumodischen Piano aus der Freiberger Werkstatt der Silbermanns.

In Sanssouci, in Sanssouci, wußte Amely beizutragen, steht heute noch so ein alter Kasten. So ein Pianoforte von Silbermann.

Das hatte Cosimo gründlich recherchiert. Das wußte er. Schloß Sanssouci war, als Bach Potsdam besuchte, noch ein feuchter, kalter Bau. Es war erst vierzehn Tage vorher eingeweiht worden. Cosimo vermutete, daß das heutige Sanssouci-Instrument zusammen mit den anderen Silbermann-Instrumenten im Stadtschloß gestanden haben könnte.

Bach könnte also darauf gespielt haben?

Er könnte. Es ist das einzige aus der Zeit, das es noch gibt. Die anderen sind sämtlich verschwunden, ausgelagert, geklaut, zerstört. Vielleicht taucht nächstens eins in Rußland wieder auf. Johann Sebastian Bach, so will es die Legende, konnte die Hammerinstrumente nicht leiden. Er schrieb nur Stücke für das gezupfte Cembalo. Das ist nun wieder eine Tatsache, und fest steht auch, daß Bach beim Komponieren des Flötenparts in den Musikalischen Opfern keine Rücksicht auf beschränkte Spielkünste nahm. Es ist möglich, daß der König seine Schwierigkeiten damit hatte. Wie war denn sein Flötenspiel? Manche nennen es mittel-, manche saumäßig. Einige sagen: er spielte gut.

Cosimo griff wieder nach der Schere. Er beschwor seine Zuhörerin: Sage mir, was sollte ich mit so wenig gesicherter Überlieferung und mit so viel Legende? Den Auftrag der Zeitung ablehnen? Im Ton seiner Frage lag schon die Antwort.

Auf keinen Fall. Amely warf einen schrägen Blick auf die Lautsprecherbox, wo manchmal Geld für sie lag. Der Platz war leer. Nein, damit sich ein anderer die Beute an Land zieht!

Cosimo kämmte mit den Fingern die Haare zu Berge, legte seine blasse Stirn frei. Armes Kind, dachte Amely, bloß gut, daß mein Berny-Junge einen anständigen Beruf hat. Elektriker.

Darum ging sie so zärtlich mit Staubsaugern um und mit Kaffeemaschinen, deswegen die Irritation vor einer Bohrmaschine, der das Kabel fehlte. Sie, die Mutter eines Elektrikers, glaubte an den Saft aus der Wand, sie verehrte Steckdosen.

Es war, weil Cosimo etwas wirklich Wahres und dazu Neues über Johann Sebastian Bach habe kundtun wollen.

Darf ich?

Cosimo nahm die Beine hoch in den Schneidersitz. Amely schob ihn samt Drehstuhl zur Seite. Er fragte: Was glauben Sie, wie das Wetter an jenem 7. und 8. Mai 1747 in Potsdam war?

Vielleicht wie heute?

Vielleicht! Sie sagen vielleicht. Cosimo drehte sich zum Fensterbrett, um wieder in Papieren zu kramen. Er fischte einen Brief mit einem blauen Kopf hervor, murmelte, bis er den Text fand. Bezugnehmend auf o. g. Schreiben, las er laut vor, erhalten Sie beiliegend eine Kopie aus den Originalbeobachtungsunterlagen der 300jährigen Klima-Reihe von Berlin. Demnach lag am 7. Mai die Lufttemperatur um 7°C – nach der Umrechnung von Grad Kirch in °C. Es war vormittags bewölkt, tagsüber fielen schauerartige Niederschläge, danach schien kurz die Sonne. Nach einer synoptischen Betrachtung muß es sich beim Durchgang einer Kaltfront um sog. »Aprilwetter« gehandelt haben. Cosimo las auch noch die Grüße eines im Auftrage schreibenden Pätzold, danach legte er den Brief an einen besseren Platz.

Ist das nicht wunderbar? fragte er.

Man muß staunen, sagte Amely, wofür sie noch alles Ämter eingerichtet haben, sogar für altes Wetter. Sie hatte sehr viel zerknülltes Papier in einen blauen Müllsack gestopft. Kann das auch weg? Cosimo hockte mit gekreuzten Beinen auf seinem Stuhl. Schon wieder ziemlich verkannt. Er nickte traurig. Amely nahm den angebissenen Apfel.

Sie ging in die Küche. Er rief ihr hinterher, was er ihr eigentlich hatte erzählen wollen, von der gedrückten Seele weg, daß nämlich ein einfältiger Redakteur gerade diese wichtigen Zeilen, die das Wetter am 7. und 8. Mai 1747 dokumentierten, mit dem Hinweis »unglaubwürdig« getilgt hatte.

Amely brachte ihm seinen Teller geraspelter Mohrrüben. Wie jede Woche, bevor sie sich fertigmachte zum Gehen.

Komm, Junge, iß! Er nahm ein Fuder zwischen Daumen und Zeigefinger. Es dauerte eine Weile, bis er seinen offenen Mund fand. Er schluckte.

Aber ich bin nicht Ihr Berny!

Habe ich Sie wieder Berny genannt?

Es kam mir so vor.

Es wäre schön, wenn ich Berny von hier aus einmal anrufen dürfte.

Amely sollte es gleich mal probieren. Den Apparat finden Sie unter dem Kopfkissen. Die Zahlen piepten. Aber Berny war nicht zu Hause. Er mußte ja arbeiten.

Berny war damals mit dem großen Schub über Ungarn rübergegangen oder von drüben gekommen. Wie man es sieht. Jedenfalls von Ost nach West, aus Carolinenhöhe nach Hannover. Er arbeitete als Elektriker bei VW. Erst hatte er in Lehrte bei Margot, einer Cousine von Amely, gewohnt.

Dann hatte er selber eine kleine Wohnung gefunden. An der Sandstraße, eigentlich ein Rotlichtviertel, aber was solls. Die Häuser, die Wohnungen, waren in guter Verwaltung. Es gab sogar einen neuen Fahrstuhl. In der Wohnung unter Berny wohnte so eine. Einmal hatte aus Versehen ein Kunde von ihr bei Berny geklingelt. Der Mann hatte sich entschuldigt, und alles war gut. Einmal hatte Berny ein Versandhauspaket vom Lieferanten angenommen. Eine Mini-Hollywood-Schaukel für den Balkon. Berny hatte geholfen, die Schaukel zusammenzuschrauben. Da war gar nichts dabei. Die Frau, ungefähr fünfundzwanzig oder dreißig, sah sauber aus und war flott angezogen. Sie lachte viel. War immer aufgelegt für einen Scherz und gab Berny ein Trinkgeld.

Zu Margot ging Berny nicht mehr. Sie war von Tag zu Tag frömmer geworden und wollte das Wort Zufall nicht mehr zulassen. Alles war höheren Orts vorherbestimmt. Auch daß die Mauer verschwunden war, hatte Gott gemacht. Wer denn sonst, Berny. Doch nicht ihr Menschen, ihr nicht. Was Berny sagte, galt nicht. Gezankt hatten sich Berny und Margot nicht. Berny sollte wenigstens ein bißchen dankbar sein. Gegen Gott und Margot. Margot hatte ihn aufgenommen. Sofort. Keine Widerrede. Du gehst mir nicht ins Aufnahmelager. Das läßt Gott nicht zu. Ich folge seinem Gebote, das wird ihm hoffentlich gefallen. Und du kannst von Glück reden.

Für Amely war das erst einmal eine Beruhigung. Auch daß Berny so schnell Arbeit gefunden hatte in seinem anständigen Beruf, durfte sie freuen.

Trotzdem hätte Amely ganz allgemein Lust gehabt zu ein bißchen Klage. Ein Anruf. Ein Brief in die Sandstraße zu Berny, wo sollte sie sonst hinschreiben? Ein Wort über das frühe Aufstehen jeden Donnerstag, wenn sie mit dem Bus von Seeburg nach Steinstücken zu Diensten fuhr, oder über die sonstigen langen Tage, die voll waren mit selbstgemachten Verboten.

Wehe, du machst dir einen Weg am Institut vorbei, dienstags nach dem Termin auf dem Arbeitsamt mit der Vier von, früher Platz der Nationen, heute Louisenplatz, in Richtung Rehbrücke. Aus der Zeitung hatte Amely erfahren, wie die Forschung dort jetzt ausgerichtet werden sollte. Auch ihr Trockenhafer spielte eine Rolle. Windbestäubung der Monocodiledonen ohne Wind. Das einstige Amely-Programm. Ein Projekt in Tunesien sollte angeschoben werden. Es würde gewiß schon am Laufen sein. Amely verbot sich in der Bibliothek einen Blick in die neue Fachzeitschrift. Sie ging gar nicht erst am Botanik-Regal vorbei.

Wehe, du äugst in den Straßen nach dem Kindesvater, wehe, du versuchst ein Telefonat.

Wehe, du pflanzt dich an jene Bushaltestelle, nachdem du beschlossen hast, daß der Weg zur Haltestelle Stahnsdorfer Gäßchen viel näher an der Putzstelle Architekten-Bude liegt. Du hast die Strecke mit ehrlichen Schritten abgemessen. Es gibt keinen Grund, an jenem anderen Ort fürderhin auf den Bus zu warten. Es war von vornherein falsch, dort zu stehen. Wehe, du wagst dich, diesem Menschen von Übersee einen Besuch abzustatten, wehe, du gibst ihm ein wie immer geartetes Lebenszeichen.

Es war gut, bis Donnerstag reglos unterm Dach zu bleiben. Es war richtig, nicht zu schreiben, ohne Post wußte Berny am besten, wie es um Amely stand. Gut.

Amely hieß Amely. Cosimo konnte nicht mehr absehen von ihrem Namen. Er schrieb das Wort mit dem A am Anfang in Spiegelschrift auf den Deckel des Kartons, in den er die beschriebenen Blätter hineinwarf.

Während er den Rest der geraspelten Mohrrüben aß, sann er, wie das Fahrrad aussehen sollte, mit dem er sie in historischen Räumen herumschicken wollte. Ein altes Mifa, mattschwarz gestrichen, die Lampe und sämtliche Chromteile, alles schwarz. Es sollte ein geborgtes Rad sein … Eine

Nachbarin, eine mindestens zwanzig Jahre jüngere Frau, mit der Amely noch nicht lange bekannt war, hatte es ihr, so lange Amely das Rad brauchen konnte, geliehen. Die Nachbarsfamilie hatte sich moderne Fahrräder gekauft. Mann, Frau und die vierzehnjährige Tochter. Sportgeräte. Noch aus Zeiten, als die Tochter klein war, hing ein Kinderkörbchen vorn am Lenker des alten Rades. Die Nachbarin war jahrelang nicht damit gefahren. Amely hätte das Körbchen abmachen können, aber sie ließ es dran, erst, weil sie das Rad übermorgen zurückgeben wollte, dann, weil sie einen Milchbeutel, den sie nicht in ihrem kleinen Rucksack unterbringen konnte, hineingelegt hatte. Es sah praktisch aus, es kleidete sie, wie die Frisur, das locker zusammengeraffte, von einer Spange gehaltene Haar, wie die olivgrüne, wetterfeste Jacke.

Das Kinderkörbchen war nicht nur praktisch, es gab Amely eine besondere Sicherheit. Cosimo suchte nach Worten. Knautschzone, Balancierstange. Familie. Das Kinderkörbchen sah nach Familie aus.

Auch für Amelys zerkratzte Beine, für die weiß liniierte Haut, die frischen hellroten Blutperlenschnüre und die schon verheilten Grindstriche suchte der Dichter einen Sinn.

Brombeerbüsche zum Beispiel oder eine vom Muttertier verjagte Aprilkatze, die sich hartnäckig an Amely hielt. Es gibt viele Dinge, außer dem Sein, die das Bewußtsein bestimmen. Eines dieser Dinge ist die Sprache. Amely. Das A in diesem Wort und das B in den Brombeerbüschen.

Er zerknüllte die Seiten, die er beschrieben hatte.

Amely steckte den Abfall in blaue Säcke, aber ein paar der weggeworfenen Seiten glättete sie, für die Heimfahrt zum Lesen. Das soll wohl ich sein? Sie erkannte ihr Fahrrad und ihren Namen.

Keine Katze.

Kein Hund mehr, der war ja tot. Ein Verkehrsopfer.

Der Urenkelsohn hatte trotzdem ein neues Schild gekauft und ans Hoftor geschraubt. *Vor dem Hund wird gewarnt.* Das Schild ist so gut wie ein Sicherheitsschloß, hatte er erklärt. Auch ohne Hund.

Für Besuch gabs neuerdings eine Vordertür. Der Urenkelsohn hatte die Eingangsveranda frisch getüncht, und Amely hatte geholfen, das alte Holzgitter zu streichen und die Regenrinne. Das war der Anfang. Dann hieß es, die Wassertonne muß aber weg, die stört nun erst richtig, wo alles andere schön ist. So wurde der Weg vom schmiedeeisernen Vorgartentor bis zu den Verandastufen gepflastert und seitlich eine Fertigrinne als Wasserabfluß verlegt. Theo Franz, der Urgroßvater, Amelys Hauswirt, hat dann mit der Drahtbürste das eiserne Tor bearbeitet und schließlich, wennschon dennschon, Meter für Meter den Vorgartenzaun abgekratzt. Pinsel, schwarze Farbe und Goldbronze standen auf den Verandastufen bereit.

Na Theo, ob sich das noch lohnt? Herr Wrangel war extra, um die Zweifel anzubringen, über die Straße gekommen. Im Schweinsgalopp zwischen den Autos, die eins am andern nach Potsdam oder Berlin vorbeiflitzten. Ob sich das lohnt, so lawete wie das Ding ist?

Theo konnte Wrangel eine Blechbüchse zeigen. Rostumwandler! Es war zum Staunen. Wie Ostern. Wie Jesus' Auferstehung.

Es hat sich gelohnt. Sieben Meter eiserner Gartenzaun mit lanzenartigen goldenen Spitzen.

Die Frau des Hauses ging zweimal im Monat zum Friseur, trotz der neuen Preise, und alle acht Wochen auf eigene Kosten zur Fußpflege. Jetzt, wo sie bis auf die Hasen und Hühner das Vieh abschaffen und etliches Ackerland als Bauland verkaufen konnten, jetzt durfte sie wieder wie eine Städterin leben. Ungefähr wie eine, die altershalber auf dem eigenen Landsitz wohnt.

So frisch frisiert und gut zu Fuß hatte sie sich eines Tages angemeldet für eine Fahrt nach Königsberg. Sie wollte zusammen mit dem Mittwochverein ihre Geburtsstadt besuchen. Die Stätten ihrer Jugend. Es wird ja sicherlich alles ganz anders sein. Aber manches erkennst du vielleicht doch. Amely hatte ihr zugeredet. Selbstverständlich, Frau Franz, da nehmen Sie mal teil. Frau Franz hatte eine Weile geschwiegen. Dann hatte sie das vorgesehene Programm beschrieben.

Mit der Eisenbahn ab Berlin-Hauptbahnhof. So sollte es losgehen. Das Abenteuer. Fünfmal auswärtige Übernachtung. In Amelys Gesicht hatte sie Bewunderung und Zuspruch gesucht, aber nicht zuviel, denn sie wollte sich zu nichts und gar nichts überreden lassen.

Sie sind doch nicht allein unterwegs, Frau Franz. Das als Zuspruch.

Naja. Als wollte die eingebrockte Suppe nicht richtig schmecken.

Aber als die Reise ins Wasser gefallen war, weil die Polen den Sonderzug mit den Reisenden, die in ihre Geburtsstadt Königsberg fahren wollten, nicht durchließen, da war die Schimpfe groß. Es wäre zu schön gewesen.

Der Mittwochverein hatte bald eine neue Reise in Aussicht gestellt, kombiniert, mit dem Bus bis nach Stettin und dann weiter mit dem Schiff. Frau Franz wollte sich in die Liste nicht eintragen. Vorbei. Zu spät. Nun nicht mehr.

Es ist ja auch wegen Theo. Der will nicht alleine bleiben, der fürchtete sich. Amely wußte, daß Frau Franz es selber war, die sich fürchtete. Vor dem Schiff, dem Unterwegssein, den vielen Leuten, der heimatlichen Fremde. Wer weiß.

10

Die Sorge um Theo war vorgeschoben. Theo blieb gerne alleine. Er freute sich, wenn seine Frau zu den Kindern und Enkeln nach Wittenberg fuhr. Zum Helfen oder zum Feiern. Er reiste nur zu runden Geburtstagen und zu

Hochzeiten mit und zum Dachumdecken. An den vielen anderen Festen von Hildegards Anhang blieb er zu Hause. Ich bleib hier, mach dich mal los, Hildegard. Nimm einen schönen Gruß mit und vergiß das Kuvert nicht und auch nicht das Wiederkommen. Er machte in jeder Hinsicht eine Gönnermiene. Er würde sich Linsen aufwärmen, das andere Mal Kartoffeln einschneiden. Ich werde mich behelfen und sag allen einen schönen Gruß. Hildegard hatte das Kuvert mit dem Schein für das Geburtstagskind längst in der Stadttasche verschwinden lassen. Überübermorgen bin ich wieder da. Mach dich nicht verrückt, wenns einen Tag länger dauert.

Hildegard hatte Max Seide mit dem Taxi bestellt. Das Auto wartete schon vor dem prächtigen Tor. Theo sah vom Fenster aus zu, wie seine Frau mit sämtlichen Obstkörben und Eierkisten im morgenfrisch gewaschenen Auto verschwand. Wie Seide ringsherum behilflich war. Wie er dienerte und die Türen klappte, das hatte er im Alter alles noch gelernt. Bitte anschnallen. Sagen Sie, wenns zieht, Frau Franz. Möchten Sie gerne Musik?

Nun saß Theo alleine in der Stube beim Nachmittagsfernsehen und Zeitunglesen und keiner wartete, bis er endlich das Blatt hergab. Er durfte lesen, so lange es ihm gefiel, und er konnte ohne ein weiteres Wort aufstehen und konnte sich, ganz wie er wollte und ein bißchen wie früher, um die Ställe und den Garten und die leergeräumte Scheune bekümmern.

Amely hörte ihn in der Frühe unter einem lauten Nachrichtensprecher die Fensterläden aufklappen, sie hörte, wie er sich im Hof an der Pumpe zu schaffen machte. Wasser für die Hühner, für die Katzen, die Spatzen.

Ein junger Mann war mit dem Auto vorgefahren. Der Junge, ein Hobbyreiter aus Berlin, besorgte das Pferdefüttern, trug aus dem Kofferraum einen Preßballen Spezialrauhfutter in den Stall und dann einen Eimer mit Pferdeextra. Theo sah zu, wie der das Pferd striegelte: Schwanz auskämmen. Mähne bürsten. Hufe salben und schwärzen, ein ziemliches Brimborium. Wenn Amely nun an die Tür klopfen würde, könnte Theo erzählen, wie das war, achtzehn nach dem Kriege drüben in Döberitz in der Kavallerie-Kaserne, was habe ich für Pferde unter mir gehabt. Die ganzen Viecher von der Front. Schöne kräftige Tiere. Hannoveraner. Oldenburger, auch Trakehner. Vor allem aber Hannoveraner mit einem Sommerfell wie ein Plüschsamtsofa. Der Hobbyreiter hätte vielleicht die Ohren gespitzt.

Als Amely die Döberitz-Story zum ersten Male hörte, hatte sie sich getreidegeschichtlich gewundert. Ich denke, es herrschte damals große Hungersnot. Pferde bedeuteten schließlich Fleisch, Pferdewurst und so weiter. Und außerdem, wo wurde seinerzeit der Hafer hergenommen, um die vielen Pferde zu füttern?

Amely hatte sich die Fragen verkniffen. Es gab für den alten Theodor schon fragwürdiges Gewese genug. Daß einer von auswärts kommen mußte, um ein Pferd in Theodors Stall zu füttern, und in welcher Manier der das machte, manchmal im hellen Oberhemd, und wenn er mistete, gabelte der auch das beinahe noch gute Stroh unter der Futterkrippe weg, anstatt das trockne Stroh auf die andere Seite umzuschichten, da machte Theo am besten die Augen zu. Trotzdem, Theo konnte sich freuen über das Tier.

Der junge Mann, Hobbyreiter, wie er sich selber nannte, der Sohn vom Freund des Besitzers, der ein echter Turnierreiter bei den A-Senioren war, hatte ihm – immer eilig zwischen Stall und Auto – ein Hallo zugerufen. Einen Gruß, die Ellenbogen spitz: Hallo Theo. Zu einem Händedruck war keine Zeit. Gestern nicht und heute auch nicht. Theo hatte die Hände deswegen gleich tief in seine Hosentaschen gesteckt.

Guten Morgen, murmelte Theo. Er ließ sich nichts anmerken. Hier nichts und da nichts. Nichts von den Schmerzen im Knie, noch von der Freude, der Abenteuerlust, die er manchmal unter der Schädeldecke spürte. Der Junge preschte davon. Theo beobachtete eine Weile das Pferd, wie dieser Fuchswallach die Krippe abschnupperte. Ein untergestelltes fremdes Tier in einem auf Monatsmiete vergebenen weiß getünchten Stall. Es hatte spitze Hüftknochen, und die Rippen, wenn es sich über die Schulter drehte, konnte man zählen. Dabei war die Krippe schon leergefressen. Theo raffte heimlich noch zwei Hände voll Pferdeextra aus dem Sack. Na siehste, Poltergeist, hier haste noch was. – Poltergeist, das soll nun ein Name sein für ein Pferd. Der Name stand groß mit weißen Buchstaben auf einer schwarzen Tafel. Dazu konnte man gleich noch die Namen des Hengstvaters, der Mutterstute und eines Tierarztes lesen. Ein Schild von der Versicherung mit Sitz Berlin klebte daneben. – Warte, Poldi. Poldi, du kriegst schon noch was auf die Rippen, keine Angst, alter Freund. Und nun noch ein Apfel aus der Hosentasche.

Die Hasen füttern. Manchmal fühlte er sich den Kerlen so verbunden, daß er dachte, es könnte doch sein, ich bin ein Hase und träume, daß ich zwei Beine habe und daß mich die Menschen Theo rufen. Ich träume einen langen Traum, träume, wie ich als Mensch über den Hof gehe.

Theo nahm die Eier aus den Gelegen, zählte die Eier in Sechserschachteln. Als träumender Hase. Als Mensch. Jedenfalls ging das weiter mit etlichen Pflichten. Bis er gegen elf, deutlich feingemacht, in den Bus nach Potsdam einstieg.

Markt auf dem Bassinplatz. Theo studierte an den Ständen die Obst- und Gemüsepreise. So erfuhr er, was der eigene Garten nutze und wert war, was die ganze Arbeit und, wenn er abtreten würde, der Grund und Boden brächten an Reingewinn. Man staune, ein Korb Sauerkirschen kostet soviel wie drei chinesische Oberhemden. Ein Kilo Kartoffeln *Ackersegen* war soviel wert wie eine Glühbirne. Zufrieden schwenkte er an den bunten Kleiderständern und den aufgetürmten Socken und Unterhosen vorbei. Das Rosa und Hellblau, das Schneeweiß – Berge seidener Schlüpfer.

Aber das sollte erst der Anfang sein. Es gab noch einen anderen Markt. Weberplatz, an der Friedrichkirche. Hier ging Theo nicht als Unternehmer und Besitzer, sondern als Verbraucher herum. Er freute sich, wie kurz vor Schluß die Preise fielen. An einem Auto aus Holland gab es meterhohes Grünzeug zu kaufen, für zehn Mark. Gummibäume und Palmen. Nimm, soviel du tragen kannst. Theo sah zu, wie sich eine kleine dicke Tante zwei Gummibäume, ein Schiefblatt und eine Zimmertanne aufhalsen ließ. Sie zog wie ein Tropenwald vom Platze. Woanders wurden von der Ladefläche kistenweise Weintrauben heruntergereicht. Vom Laster daneben schmiß ein schnauzbärtiger Kerl mit Bananen. Er krächzte, denn er hatte sich in Konkurrenz mit Eberswalder Wurst heiser geschrien. Frauen hielten die Röcke auf. Schulkinder machten sich einen Sport. Sie rannten durch den Bananenhagel und fingen mit beiden Händen. Theo stand an der Seite. Eine Banane hätte er jetzt auch gerne gegessen. Eine Mutter neben ihm verteilte an ihre drei marktbunten Kleinen. Jeder eine. Unter ihren Schildmützen bissen sie zu. Süß? fragte die Frau.

Die Kinder nickten. Theo traute sich endlich, er griff, und schon hatte er eine schöne gelbe Banane im Flug erwischt. Die Frau fing auch noch eine und biß selber hinein. Lauter Gewinner. Und dazu auch noch Musik. Russen spielten am Zaun. Schöne deutsche Lieder.

Zum Mittagessen ging Theo in die Lindenklause. Dort gab es immer noch Sauerbraten, Rotkraut und Klöße. Ein Sonntagsessen. Theo zeigte genau die Zeile auf der Speisekarte. Der Kellner las. Er war einverstanden mit Theos Wahl, er kritzelte eine Nummer auf seinen Block. Das Bier, ein Rex-Pils, wurde auf der Stelle serviert. Aber auf den Braten mußte Theo warten und warten. Ein Ehepaar am Nachbartisch, das nur zwei Eisbecher geordert hatte, löffelte längst und schenkte ihm mitleidige Blicke. Wie lange das dauert, guter Herr, hauen Sie auf den Tisch, sonst lernen die das nie. Sie müssen sich beschweren.

Theo hob verbindlich sein Bierglas. Den Chef rufen, meinte das Ehepaar. Er blieb ruhig, denn er wußte nicht genau, warum er sich ärgern sollte. Daß die Zeit verging, daran konnte er sowieso nichts ändern. Ob sie sich hier beim Warten, bis endlich die Klöße kämen, verlor oder erst draußen, erst hinterher. Danach und später, gab es da einen Unterschied?

Der Kellner trabte herbei. Er schob alles erst einmal auf die Küche, auf den Koch, der die Klöße hat zerkochen lassen und noch mal neue aufsetzen mußte. Und am meisten schuld waren die Kartoffeln. Jeder Kartoffelkloß benimmt sich anders, weil jede Kartoffel anders ist, was den inneren Halt angeht. Ganz besonders unzuverlässig sind die neuen Kartoffeln. Entschuldigen Sie, mein Herr.

Kein Ursache. Theodor schüttelte ihm sogar zum Zeichen der totalen Versöhnung die Hand. Beim Tellerabräumen wiederholte der Kellner sein Bedauern. Es war nicht nötig, Theo hätte sowieso sein normales Trinkgeld hingelegt.

Nach dem Essen wanderte Theo die Straße entlang. Eine Friedhofsmauer. Es gab hier den einen und den anderen Friedhof, sogar noch einen dritten. Eine Friedhofsgegend. Man konnte sich in den Mauerwinkeln verlaufen.

Theo fand sich wieder in den verschiedenen Eingängen nicht zurecht. Aber das Blumengeschäft hinter der Mauer, das erkannte Theo gleich, die Blumenverkäuferin, die sich gerade Kaffee aus der Themoskanne eingoß, mitten zwischen ihren Pelargonien und Petunien. Unter einem großmächtigen Lindenbaum. Eine freundliche Frau, ganz anders in ihrer Freundlichkeit als andere freundliche Frauen. Theo erkannte ihre Stimme, wie sie die Leute grüßte, die das Tor passierten. Jeder bekam ein freundliches Wort. Auch die, die keine Blumen haben wollten. Er verweilte vor der Mitteilungstafel mit den Neuigkeiten. Wassergeld und Steinmetzannoncen.

Herr Zirgiebel, rief die Blumenfrau plötzlich sehr aufgebracht.

Theo drehte sich nicht um, weil er ja nicht gemeint war. Die Aufregung galt einem Mann, der mit seinem Fahrrad hinter Theo her und dann an ihm vorbei geklappert war. Die Frau hatte die Tasse hingestellt und lief dem Alten entgegen. Was denken Sie, wir haben uns Sorgen gemacht. Wir haben Sie eine ganze Woche nicht gesehen.

Ich war bei meiner Tochter, sagte der Alte ein bißchen verwirrt, aber mit gutem Gewissen.

Das dürfen Sie nicht machen, Herr Zirgiebel, Sie müssen uns schon eine Nachricht zukommen lassen, wenn Sie verreisen. Die Blumenfrau nickte Theo wie einem Verbündeten zu. Es konnte ja was passiert sein.

Der Wortwechsel wurde noch eine Weile in den Nachmittag hineingetragen. Hin und her. Die Sorgen der Jüngeren und das Gottvertrauen des Alten. Der Alte zeigte sich einsichtig, er erklärte zum Schluß: Auf eine Art würde er ganz bestimmt wiederkommen und anwesend sein. Durch dieses Tor. Das könnte er ihr und den anderen Besorgten versprechen.

Er hielt sich am Fahrrad fest, schob es voran. Auf dem Gepäckträger eine Zinkgießkanne, an die Querstange festgebunden ein Rechen, dessen kurzer Stiel durch einen Gummigriff vom Fahrrad besonders handlich gemacht worden war.

Theo schlug das Herz hoch. Es war etwas Gutes in der Luft. Es kam eins zum anderen. Die Blumenfrau war wieder zu ihrem Stand gegangen.

Theo verbrachte die Zeit. Er wanderte die Wege entlang, die Hauptwege, wie ein Spaziergänger, langsam bis zum Wasserhahn, an den Franzosengräbern vorbei, bis zu den drei Birken. Da wußte er wieder, wo er hinwollte. Schon lange, den ganzen Tag, seit sieben Wochen. Er hatte ein Ziel. Bis hierher war er richtig gegangen, und nun schlug er rechts den Nebenweg ein. Hier mußte es gewesen sein. Lauter zertretenes Farnkraut, dazwischen verwilderter Phlox, hoch aufgeschossene Goldrute. Umwachsen von kleinen, wildwüchsigen Eiben, ein schief eingesunkener Stein, grauverregneter Marmor, darauf in Goldspuren ein unleserlicher Name. Theo kniete sich hin, er zupfte das Kraut vorsichtig aus, die Vogelmiere, den Breitwegerich, verweilte, bis genug Zeit vergangen war.

Bevor er von dem fremden Grab, dem er sich verpflichtet hatte, fortging, richtete er den Phlox und die Goldrute wieder auf, auch die Eibenzweige breitete er wieder vor dem Marmorstein aus. Vorhang zu. Damit niemand ihm auf die Schliche käme. Kein Mensch. Eine Amsel verschwand im Efeu an der Mauer. Raschelnde Besorgnis. Warmes, weizenfarbenes Licht ruhte weich auf den Gräbern, hielt die Tagblüher noch wach und weckte schon die gelben Blumen der Nacht. Ein heimlich jubelnder Farbchor. Es war Abend.

Das Geschäft am Tor war nun geschlossen, die Pflanzen eingeräumt, der Tisch hochgeklappt, die Blumenfrau fortgegangen.

Amely sah den Alten kurz vor den Fernsehnachrichten nach Hause kommen. Er brachte ihr die heutige Zeitung und machte dazu ein Gesicht, als käme er aus seiner Kirschplantage und wüßte nichts mehr vom letzten Krieg.

11

Cosimo hatte seinem Fabelwesen namens Amely einen dunkelblauen Herrenanzug verpaßt. Einen mit Weste. Chinahemd, ohne Krawatte oder höchstens eine, die wie ein bunter Kälberstrick locker um den Hals hängen sollte. Den Pferdeschwanz durfte das Wesen behalten. Männer kämmten sich unterdessen gern ihr langes Haar so. Erst derjenige, der sich zum Pferdeschwanz noch einen Vollbart wachsen ließ, wurde nach außen hin wieder zu einer geschlechtlich eindeutigen Erscheinung.

Gegen das Milchgesicht des Modells war nichts zu machen. Das stand ja auch nicht im Sinne des Dichters. Amely sollte Amely bleiben. Der Anzug sollte ein lässig geschneidertes Tarnkleid sein.

Amely, ein Fabelwesen, das auf den ersten Blick nicht zu unterscheiden sein sollte von einem Mann mit Pferdeschwanz und Ring im Ohr.

Zur Probe wurde Amely in ein Café gesetzt. Nicht in irgendeins, sondern in das, wo die Film- und Fernsehschaffenden hingingen, weil die Kantine im Studio nichts taugte. Sie kamen, zerstörten die Tortenecken auf ihrem Teller zu einem Krümelberg, tranken nebenbei Tee oder Kaffee oder manchmal ein Glas Sekt. Es regnete. Die frontgroßen Fenster waren trotz des Wetters zur Straße hin offen. Die in den grauen Vormittag lichtelnden rosa Kerzen behaupteten über die lümmelnden Gestalten hin unverwüstliche Friedfertigkeit. Keine Prügelei angesagt. Jedenfalls nicht am Vormittag. Amelys Tisch zierte außerdem eine gelbe Rose. Ein armes, angegriffenes Geschöpf, denn jeder befingert die Blütenblätter, um zu prüfen, weil sie so echt aussehen, ob sie auch tatsächlich echt sind. Die Rose ist echt und wahrhaftig am Verblühen. Nur die Dornen am Stiel, das sind keine Dornen, keine Ausstülpungen der Epidermis. Es sind nur Stacheln, nur verwandelte Blätter. Stacheln lassen sich leicht vom Stengel entfernen. Wie Blätter. Die Stachelbeere hingegen ist ein echter Dornenträger. Dornen kommen von innen und sitzen fest. Die Stacheln der Rose, alles echt.

Nicht weit von Amely, im Dunkel einer raumteilenden Säule, hatten sich junge Leute ein paar Stühle von anderen Tischen herangeholt. Sie sprachen von einem, der nicht zur Runde gehörte, nicht zuviel Gutes. Draußen rauschte indessen der graue Vorhang hernieder. Die Autos schlitterten gefährlich und spritzten beinahe bis zu den Cafégästen. In einem nichtlinearen dynamischen System kann dasselbe physikalische Gesetz sowohl Ordnung als auch Chaos schaffen. Nimm zum Beispiel den Regen. Es gießt vom Himmel, daß die Schweine rein und dic Menschen dreckig werden.

Die älteste der drei Kellnerinnen versuchte, so gut es ging, die Pfützen auf dem weißen Kunstmarmor trockenzuwischen. Sie bat von Tisch zu Tisch, auch die jungen Männer der Gesprächsrunde, die Füße mal kurz zu heben. Amely schlüpfte aus ihren Schwedenpantoffeln. Sie nahm die Holzklötzer auf den Schoß, so hockte sie auf ihrem Stuhl. Was sollte sie hier? Warten, bis der Regen aufhörte. Wenigstens vorübergehend. Wenigstens bis zum Ende des Kapitels.

Hatte Amely das Café mit den wirklichen Rosen wirklich bei Regen besucht?

Sie glättete die beschriebenen Seiten.

Am vergangenen Donnerstag hatte Amely dem jungen Herrn Cosimo wieder Birnen mitgebracht. Davon hatte er sich die Woche über ernährt.

Er hatte alles aufgegessen, die Schale, das Kerngehäuse, sogar die Blüte. Nur die Stiele lagen wieder überall auf dem grünen Teppich herum. Amely besaß neuerdings für die Wohnungstür einen eigenen Schlüssel. Cosimo hatte im Schnelldienst einen machen lassen, weil er seine Anwesenheit nicht mehr garantieren konnte. Er hatte sich als Urlaubsvertretung bei der Sperrmüllentsorgung gemeldet.

Amely klaubte die Birnenstiele und die zerbissenen Bleistifte auf, raffte das zerknüllte Papier zusammen. Glättete die Seiten. Sie entzifferte einen durchgestrichenen Satz. *Der Mensch ist wie die Sonne, erst wo Licht auftrifft, gibt es Farbe.* Aus Vorsicht klemmte sie den Staubsauger unter die Türklinke. Es war nicht leicht, in den nichtnumerierten Seiten einen Sinn zu finden. Die Augen taten weh. Ein Summen lag in den Ohren. Es war wie eine Heimsuchung. Rauchen. Trinken. Viele Stimmen redeten. Eine Maschine dröhnte. Ein Schiff trieb voran. Ein Dampferchen auf

Havelgewässern. Das Ufer blieb nahe. Am Horizont über den westlichen Wäldern gegenüber der Stadt zog sich ein schmaler zitronengelber Streifen. Dort ging gerade die Sonne unter. Darüber hing der Himmel voll Blei. Woher die Stimmen? Zu sehen ist nur eine einzige dunkelblaue Menschengestalt. Sie wirft etwas hinunter ins Wasser. Papier, zerknülltes Papier. Der Wind treibt die Blätter wieder herauf. Sie kämpft mit dem Wind. Sie will etwas loswerden. Das vorige Leben. Amely in Männerkleidern.

Es war Zeit zu gehen. Amely räumte die Geräte und Putzmittel auf. Versteckte den Lederlappen wie einen Schatz. An der Garderobe hing ihre Jacke und die Tasche.

Es geschah, als Amely das Bündel der geretteten Seiten, die sie noch lesen wollte, in die Tasche steckte, als sie die Jacke vom Haken nahm ... Amely hielt den Atem an, denn im Garderobenspiegel öffnete sich plötzlich leise klirrend die Tür des Blechspindes, der hinter ihr, und somit dem Spiegel gegenüber, stand. Es war der Spind, in dem gewöhnlich der orangefarbene Anzug von der Müllabfuhr hing. Amely drehte sich um, weil sie dem Spiegel noch weniger als ihren Augen traute. Im Schrank in ganzer Größe der beredte Anzug, die männlichen Schultern, die Ärmel, die langen Beine. Dunkelblau mit feinen Streifen.

Es war, weil Cosimo sich selbst verstehen wollte, es war, weil er vor der Fremden kapitulierte. Amely hängte sich das Jackett wie eine Legende über die Schultern, alles andere stopfte sie in die Tasche. Gute Wolle konnte das vertragen.

Der Marshall-Fonds hatte Amely zur Jahresfeier eine Einladung geschickt. Man hatte die Post nach Carolinenhöhe in die alte Wohnung adressiert, wie früher nicht auf Hugos, sondern auf Amelys Namen. So war das damals ausgemacht, damit sich Hugo in seiner Stellung keinen Ärger einhandelte mit solchen westlichen Verbindungen. Aber eigentlich waren die Einladungen vielmehr für Hugo. Für Hugo nebst Gattin.

Die Postfrau hatte den Einladungsbrief mit nach Seeburg gebracht. Sie war extra bis unters Dach gestiegen. Frau Amely, rief sie, ein Brief mit einer Einladung für eine Dampferfahrt. Sie müssen sich aber beeilen! Das Schiff geht schon heute.

Amely kämmte sich nach Cosimos Rezept. Flimmereffekte im glattpomadisierten Haar. Pferdeschwanz, gefaßt von einem silbernen Krokodil. Der dunkelblaue Anzug, das Chinahemd. Weste. Am Nasenflügel eine silberne Klemme. Am Ohrknorpel eine walzenartige Spange, auch die aus Silber. Dazu ein Duft wie trockene Heide. So machte sie sich auf den Weg, um Cosimos Phantasien einen triftigen Grund zu geben. Amely gefiel sich sogar.

Ein weißes Schiff, polierte Messingbeschläge, eine gebügelte marineblaue Mannschaft. Aber wo blieb die Sonne? Haare kräuselten im Dauerregen, die Kleider lappten. Die Frischluftfanatiker vertrugen den Wind. Sie hielten die Gesichter unerschrocken in die freie Fahrt

Die meisten aber drängelten nach ein paar Minuten ins Unterdeck zum Büfett. Keine Panik auf der Titanic. Man hob sich die heruntergefallenen Servietten auf, reichte sich gegenseitig die Gabel, machte sich miteinander bekannt. Bald waren die silbernen Platten abgegessen, die Obstpyramiden bis auf das Dekorationslaub und ein paar grüne Äpfel geräubert.

In einer Runde am Tresen sprach man über Eigentumsfragen. Amely wäre beinahe in die Debatte hineingeraten. Eine Frau mit kräftigem, ausrasiertem Genick hatte sie nach der Herkunft gefragt. Amely hatte den Namen ihres Wohnortes wie eine Weltnachrichtensprecherin hingeworfen, aber keine Erklärung folgen lassen. Seeburg. Eine Nachfrage, aus Ost oder West?, schickte sich nicht. Man wollte sich nicht *auseinanderdividieren*, wir sitzen alle in einem Boot, das jedenfalls hatte der Vertreter des Fonds zur Eröffnung des Büfetts als Motto ausgegeben, dies, und daß wir uns durch das Wetter genausowenig verdrießen lassen.

Amely war ganz Ohr in einer anderen Richtung. Hinter ihrem Rücken hatten zwei Frauen einen Vierertisch ganz für sich eingenommen. Die Ellenbogen aufgestützt. Das Bier halb ausgetrunken. Das Tischtuch hing schief. Der Ober hatte eine Handtasche mit dem Fuß beiseitegestoßen. So auf einen Kern gerichtet, debattierten sie. Sie lachten laut auf. Schoben lachend das Tischtuch zurecht.

Amely rückte ihren Stuhl, legte die Beine hoch, tat, als genieße sie über den lauten Betrieb hinweg das an den Fenstern vorbeigleitende, schwere grüne Ufer. Eine der Frauen wischte sich mit dem Handrücken die Tränen. Der anderen war vor Lachen ein Schluck Bier in die falsche Kehle geraten. Sie hustete und lachte, nieste sogar und knallte das Glas wie ein sieghaftes Ausrufungszeichen in die Mitte des Tisches. Sie zerrte am Tischtuch. Der Schiffsmotor tuckerte, als lachte er mit.

Das kann ich mir vorstellen, rief sie, ganz genau wie bei mir!

Nachdem sich die, die das Wort geführt, vor allem über ihren eigenen Bericht ordentlich ausgeschüttet hatte, kommentierte sie nun mit gespielt ernster Miene: Da war unser lieber Herr ziemlich erschrocken. Das kannst du mir glauben. Sie lachte schon wieder.

Die bisher das Gespräch geführt hatte, war etwas jünger als die andere. Ungefähr fünf Jahre. Amely hätte sie für Geschwister halten wollen, für Schwestern, die sich an eine gemeinsam verzapfte Dummheit erinnern. Ihr Haarschnitt war beinahe gleich, nämlich kurz gefranster Pony, der Farbton ein ins Kupfer spielendes Dunkelblond, bei beiden schauten die Ränder der Ohrmuscheln wie kleine Henkel unter den Kupferhelmen hervor, beide in Jeans, Shirts und groben Folklore-Strickjacken. Darunter versteckt zur Fülle neigende Busen. In runden, munteren Gesichtern kleine Puppennasen, deutlich blaue Augen unter schmalen Brauen, linksseitig ein riesiges schaukelndes Ohrgehänge, ein Holzpapagei, gegenüber ein silberner Eiffelturm. Auch ihre Stimmen ähnelten sich sehr. Jeweils das linke Augenlid zuckte synchron, als gäben sie sich gegenseitig Signale. Aber dann hörte Amely, wie sie sich gegenseitig Monika oder Moni nannten, zweimal Monika, also keine Schwestern. Ihre Bindung und Ähnlichkeit kam aus einem anderen Grund, sie kam von nichts anderem her als von einem einzigen lieben Wolfgang, an dessen Dasein sie Anteil genommen hatten. Eine kleine schreckliche Zeit sogar gemeinsam. Wie Heraklit sprach: Mit dem Herzen zu kämpfen ist hart, denn jeden deiner Wünsche erkaufst du mit deiner Seele.

Wohl siebenmal jubelte die ältere Monika, weil sie es ganz genau so erlebt haben wollte. Des lieben Wolfgangs Zorn, seine Eifersucht und sein Eifer, wenn ihr die Formel, der Kuchen oder die Dissertation mit summa cum laude gelungen waren. Liebe, meine Liebe, muß gekreuzigt und ins Grab gelegt, das Grab zugeworfen und versiegelt werden.

Die Jüngere erzählte von einem runden Eierkuchen, den sie von hoher Warte wie eine Diskusscheibe auf das langsam lichter werdende Haupt des Herrn geschleudert habe. Vorsätzlich. Er habe auf seinem Drehsessel am Schreibtisch gesessen, ihr auf die dritte Bitte, auf ihr Betteln, doch nun zum Essen zu kommen, immer noch nicht geantwortet, mit Absicht nicht, weil er ihr ein Telefongespräch mit einer Schulfreundin aus alten Tagen nicht verzeihen wollte. Da sei sie mit dem herdwarmen Diskus in der Pfanne auf den Schemel vor dem Schreibtisch gestiegen. Das schwerste Kreuz war, er konnte mir meine alten Tage nicht verzeihen. Ich meine das frühere Leben. Die Ältere sah bewundernd auf. Donnerwetter. Ein Generationsschritt! In den Jahren, die zwischen ihr und der anderen lagen, mußte sich etliches in den Beziehungen zwischen den Geschlechtern geändert haben. Einen solchen Aufstand hätte sie sich niemals getraut. Sie stellte sich das Bild vor und lachte. Ohne Vorwarnung, klatsch, aufs Haupt. Die Jüngere lachte mit, stockte manchmal, als müßte sie sich vergewissern, daß sie ernsthaft aus Fröhlichkeit lachte und Tränen vergoß. Es war noch gar nicht so lange her. Die letzte Umarmung, der Eierkuchen. Die Asche war noch heiß. Funken glühten. Bier sollte kühlen, der Zuspruch der Älteren sollte die Schmerzen tilgen oder wenigstens niederhalten. Schläge mit der Feuerpatsche, mit nassen Hadern. Löschsand, viel Sand auf die heimlich knisternde Glut.

Das Gelächter, das Bier, es half nichts. Die linken Augenlider zuckten wie verletzte Falterflügel. Erst warf die jüngere Monika den Kopf auf den Tisch, raffte in einem Fraueninstinkt die verrutschte Decke und barg ihr Tränengesicht in den Armen. Der schluchzende Katzenbukkel zeigte, wie sehr sie in ihrem Kummer allein war. Die ältere Monika streichelte über den Buckel und versuchte einen Trostspruch.

Ich wußte, daß es so kommen würde.

Der Buckel rückte fort. Da rückte auch die ältere ab, bedeckte das Gesicht mit den Händen und murmelte durch die Finger: Ach, lassen Sie mich doch in Ruhe, Sie mit Ihrem langweiligen Wolfgang.

Eine näselnde Lautsprecherstimme mischte sich ein, der Kapitän kündigte die Pfaueninsel an, das Schlößchen und dann die Sacrower Kirche, eine kleine italienische Basilika. Zu Mauerzeiten habe sie im unzugänglichen Sperrgebiet gelegen, im Todesstreifen. Weihnachten 89 habe es in der Kirche und an den Ufern im Osten und Westen ein Freudenfest gegeben. Sein schönstes Weihnachten. Er habe unterm Jubel der Leute einen Christbaum von hüben nach drüben gerudert. Es war nicht auszumachen, was er mit hüben und drüben meinte, von West nach Ost oder umgekehrt. Von der Ostkirche aus zu dem am Gegenufer singenden Westchor. Oder vom Westchor zur Ostkirche.

Die jüngere Monika hob den Kopf, lugte über die Arme.

Die nebelverhangene Sacrower Friedenskirche zog an dem Schiffchen vorbei, vorüber zog triefendes Grün, saftiges Ufergehölz.

Wenn Sie sich beeilen, können Sie ihn sich wieder holen, sagte sie mit einer Stimme, als sei sie, Monika die Jüngere, nun reif für ewige Einsamkeit.

Wieder holen und wiederholen, die Ältere redete auf den Tisch hinab, betonte die Silben, um ihre Erfahrung deutlich zu machen: Nein, das geht nicht. Der greift niemals zurück. Haben Sie vielleicht eine jüngere Schwester?

Beide ließen den Blick zu den Gästetischen schweifen. Trafen sich an einem rundlichen Kind, das ganz in schwarze, knittrige Viskoseseide gekleidet war, kupferfarbenes Haar mit dunkelbraun geschminkten Lippen, ein Puppennäschen im blaßgepuderten Gesicht. Eine Monika, die dem lieben Herrn den gebündelten Schmerz heimzahlen würde, jung und neu und ungebärdig mit sieben Schulfreundinnen. Die würde niemals Pfannkuchen backen. Die würde mit der nackten Hand belehren und strafen, strafen, strafen mit ihrer unvergänglichen Jugend.

Die Monikas lächelten. Sie gewahrten, daß auch dieser Mensch in dunkelblauem Anzug ein Auge auf die schwarzknittrige Viskoseseide geworfen hatte. Jedenfalls sahen sie sich plötzlich erkannt in ihrem Durst. Sie hoben die Gläser, zogen die Tischdecke zurecht und tranken sich und dem Menschen am Nachbartisch, der die Debatte mit angehört hatte, liebäugelnd zu.

Amely gab ein verständnisinniges Grußzeichen, sie winkte, dann aber erschrak sie. Sie verließ den Tisch, verließ das Unterdeck, um oben die Fahrt durch die Glienicker Brücke zu erleben.

Der Kapitän erklärte durch die Lautsprecherboxen, daß man nun jenen berühmten Ort unterfahre, wo über die Jahre des Kalten Krieges die Agenten aus Ost und West ausgetauscht worden waren. Die Geschichten von Gary Power, Iwanowitsch Abel, Schtscharanski und anderen.

Ein Satz noch zur Baugeschichte, früher habe eine Backsteinbrücke die Havelufer und damit Potsdam und Berlin verbunden. Der berühmte Baumeister Schinkel habe sie entworfen und die Preußenprinzessin Charlotte, die Frau des russischen Zaren Nikolaus, habe sie eingeweiht. Die Schiffspassagiere schauten andächtig in den nachmaligen stählernen Brückenbauch.

Der Kapitän mußte seine Passagiere ohne Überleitung zum Nächsten rufen. Das Babelsberger Schloß. Türme und Türmchen im Tudorstil. Die Fotoapparate klickten. Nebelbilder. Matrosenhaus, Wasserwerk, lauter zum Schloß oder wenigstens zum Park gehörende historisierende Gemäuer.

Der Kapitän erzählte, wie Fürst Pückler, der berühmte Gartengestalter, seine Not gehabt habe mit dem Märkischen Geschiebe, dem Sandhaufen, genannt Babelsberg. Die Bäume und Blumen wollten in seinem schön geplanten Pleasureground nicht ordentlich wachsen. Später, unter Lenné, habe mit künstlicher Bewässerung das Grünzeug endlich Fuß gefaßt und in den letzten, in den Mauerjahrzehnten, waren Bäume und Sträucher über alles hinweggewachsen. Ein märkischer Urwald hinter dickem, dreifach gestaffeltem Beton. Ja, meine Herrschaften, hier am Ufer entlang verlief die Mauer und am Bergrücken die zweite, die dritte genau vor dem Schloß. Zwischen den Mauern die Todesstreifen. Der Gärtner haben nun wieder die alten Pücklerschen Sichtschneisen freigelegt.

Ein sauberer Grasteppich zog sich vom Ufer hinauf zum Schloß, eine robuste, gleichmäßig grüne Tiergartenmischung. Wie hingemalt eine einzelne prächtige Buche, in schönem Verbund eine Eichengruppe aus Pücklers Zeiten.

Ich bin dabeigewesen, dachte Amely. Ich weiß, liebe Ururenkel, Bernybernykinder, warum euer Fahrradweg, wie etliche andere Uferwege an den Seen Berlins, *Todesstreifen* heißt. Ihr sagt: Wir fahren auf dem *Todesstreifen*, das ist der kürzeste Weg oder der bequemste oder beste, oder das ist der Weg mit den Brombeerbüschen. Ihr benutzt die überkommenen Pfade und nennt sie mit überkommenen Namen. Eure Ururgroßmutter könnte euch erklären, warum der Todesstreifen *Todesstreifen* heißt und warum eure Ururgroßmutter diesen Namen nicht einfach für einen Fahrradweg gebrauchen wollte und will, weder damals, da sie noch keine Ururgroßmutter war, noch in ihrer Urahnenfunktion.

Amely dachte in den treibenden Nebel hinein, als hätte sie in allernächster Zeit mit späteren Geschlechtern umzugehen. *Todesstreifen*. Nein.

Das Schiff steuerte nun am Klein-Glienicker Horn mit dem Jagdschloß vorbei, dem in Jahrhunderten mehrfach gemodelten Gemäuer, steuerte durch die Enge in den Griebnitzsee. Es ging wieder in Richtung Berlin, Richtung Wannsee, erst durch den Kleinen, dann in den Großen. Auch hier war der Nebel über dem Wasser dichter geworden, als brodelte in der Tiefe ein Eisberg.

An der letzten Anlegestelle wurde die Geschlossene Gesellschaft vom Veranstalter verabschiedet. Traditionsgäste, die sich nun noch nähergekommen waren, tauschten während der Drängelei und der letzten Bierscherze rasch noch Visitenkarten, schrieben Telefonnummern auf Servietten. Weil es so schön war.

Man betrat mit zugeklappten Schirmen und guter Stimmung den Hafen. Wißt ihr, warum Milch Fett enthält? Damit es beim Melken nicht quietscht. Man dankte dem Kapitän und seinen Leuten, die am Steg in ihren Uniformen Haltung angenommen hatten.

Amely schob sich dicht hinter die kupferroten Monikas. Am Ende der Leitbarrieren lockerte sich die Gesellschaft pilzförmig auf. Amely beobachtete, wie die Monikas ebenfalls auseinanderstrebten, aber nur, um sich aus der Ferne im Auge zu behalten. Würde das geliebte Ungeheuer auf der gegnerischen Seite erscheinen? Es gab schrecklich wenig Örtlichkeiten, unauffällig zu verweilen. Die Uhr, der Fahrplan an der Bushaltestelle, der Zeitungsstand vor der Bahnstation.

Kurze Zeit später hatte sich die Geschlossene Gesellschaft unter den Passanten verlaufen, man hatte sich stadtwärts aufgelöst.

Amely hatte sich das Fahrrad aus dem Ständer am Bahnhof geholt, sie trug es die Treppen hinab zurück zur Anlegestelle. Sie wollte, so wie sie zum Treffpunkt gekommen war, mit der Kladower Fähre nach Hause fahren. Der Fährmann nahm Räder mit. Er machte sich ein Vergnügen daraus, immer noch einen Drahtesel auf Deck zu hieven, auch wenn der Kahn längst überladen war. An schönen Wochenenden bei viel Ausflugsbetrieb kam es vor, daß die Fahrgäste beim Ablegen des Fährschiffs seiner Freundlichkeit und Kunst im Räderstapeln applaudierten.

Während Amely die Fahrplantafel studierte, trat ein Mann in einem grünen Jägerpullover auf sie zu. Sie sei doch mit dem Ausflugsschiff mitgekommen. Er sei besorgt, habe hier jemanden abholen wollen. Er kaute aufgeregt einen Kaugummi hin und her, versuchte, die Person zu beschreiben. Eine Frau, eine Schönheit in Kupfer.

Beeilen Sie sich, beschwor Amely den Mann, oben am Bahnhof warten mindestens zwei. Sie lächelte hinauf zu ihm. Vielleicht warten sogar drei. Eine jünger als die andere.

Amely stellte sich einen Eierkuchen auf diesem Kopfe vor. Auf diesem lichten, schwarzgrau melierten Bürstenschnitt. Sie spürte, wie sie von einer gefährlich sanften Welle überflutet wurde. Mitleid. Lauter Mitleid. So hatte es bei ihr immer angefangen.

Darf ich Ihnen eine Geschichte erzählen? hörte sie den Suchenden fragen.

Nein, bitte nicht. Um keinen Preis, ich kann nämlich nicht gerecht sein. Zeigen Sie mir eine Verletzung, und schon bin ich in Ihrer Partei. Sie schwang sich aufs Fahrrad.

Feigling, murmelte er hinter ihr her.

Sie radelte kilometerweit durch ein Waldgebiet immer an der Havel entlang. Warum war sie geflohen, warum hatte sie seine Geschichte nicht hören wollen? Eine Narbe hatte er am Kinn, wie von einer Verwundung. Großväter und Väter hatten solche Narben an Waden und Oberarmen, die hatten sie von der Ostfront mitgebracht. Erst jetzt sah sie das Gesicht unter dem Bürstenschnitt, jetzt, in der Freiheit. Sein linkes Augenlid zuckte, wie die linken Augenlider der Monikas. Sollte sie umkehren? Als sie am Industriegelände angelangt war, stellte sich die Frage nicht mehr. Sie mußte geradeaus, sie mußte weiter, zwischen schweren Zementfahrzeugen und Tiefladern. Sie befand sich auf der Stecke nach Hause. Es war ein riesiger Umweg, eine schreckliche Strecke …

Was hätte die Salzsäule von Mann ihr erzählen wollen? Ein Geheimnis. Er wollte ein Geheimnis loswerden, und sie hatte es nicht angenommen.

Von Geheimnissen, die man nicht los wird, kann der Mensch platzen.

Amely will nicht platzen.

Ihr Fahrrad ist schwarz, doch es fehlt das Kinderkörbchen an der Lenkstange. Dafür hat sich Amely einen schwarzen Einkaufskorb auf dem Gepäckträger anbringen lassen. Wenn sie neuerdings mit dem Fahrrad fährt, gibt sie sich eine Haltung, wie sie es von der Amely im blauen Herrenanzug kennt. Sie fährt mit buckligem Kreuz, nimmt die Steigung, ohne aus dem Sattel zu gehen. Manchmal spürt Amely, wie sie die Geschichte berührt, an leichterem oder schwererem Atem, manchmal erkennt sie erst in der Erinnerung, daß sie mit der Dichter-Erfindung eins ist, manchmal fühlt sie den Augenblick der Berührung. Es ist, als gleite sie durch einen unzerbrechlichen wasserweichen Spiegel. Manchmal ist es wie ein Traum. Wenn sie unterwegs ist, mit dem Fahrrad zum Beispiel, dann fühlt sie sich wieder wie ein Kind mit einem ewigen Leben.

Wie, wenn Cosimo seine Amely sterben ließe? Amely fände die einschlägigen Seiten. Zerknüllte, geglättete und wieder zerknüllte.

Amely darf nicht sterben. Du wirst doch gebraucht.

Im dichtem Unterholz des Kiefernwaldes nah an der Autobahn, wo der nächste Parkplatz kilometerweit entfernt liegt, kannst du es finden, das Dornröschenareal. Lauter menschenleer ausgeschlachtete Baracken. Die Verwalter haben sich auf die Dächer gesetzt und sind samt Dach und sämtlichen Unterlagen fortgeflogen. Die Betonwände bröckeln wie Marzipan. Fensterhöhlen mit einbetonierten Eisenstangen, so daß nicht einmal ein Kinderkopf durchpaßt. Stacheldraht haushoch, der stumpfe Winkel als Falle nach innen gezogen. Autowracks, Kühlschränke. Gemütliche Sesselgarnituren. Brombeerhecken riesengroß.

Cosimo will herausfinden, wer hier zu Hause war. Er telefoniert und telefoniert. Bei den Behörden in Potsdam meldet er sich als ein Mitarbeiter des *Tagesspiegel.*

Noch blasser als sonst, steilt er sich mit den Fingern die Haare zu Berge. Amely stellt ihm die geraspelten Mohrrüben hin.

Guten Morgen, mein Name ist Cosimo. Ich bin Journalist, Tagesspiegel, Redaktion Modernes Leben. Ich schreibe eine Reportage über den ehemaligen Kontrollpunkt Drewitz an der Autobahn nach Berlin. Und da hätte ich mal eine Frage. Ich möchte wissen, was das Stacheldrahtareal ungefähr fünf Kilometer vor dem Grenzübergang zu bedeuten hat.

So was nennt man Objekt, flüsterte Amely.

Cosimo dankte, stopfte Mohrrüben, erklärte genauer: Das *Objekt* liegt versteckt im Wald. Nahe der Autobahn, beim Vorbeifahren ist nichts zu sehen. Ich würde sagen, es könnte ein Knast gewesen sein, ein Zauberkasten für die hohe Kunst, einen Herrn, eine Herrin und noch jemanden, soviel und so lange du willst, verschwinden zu lassen.

Antwort: Da weiß ich nicht so richtig Bescheid. Ich kann Sie ja mal verbinden, oder rufen Sie doch mal selbst beim Ordnungsamt an.

Guten Morgen, mein Name ist Cosimo …

Cosimo trägt sein Anliegen vor. Der Mann am Apparat unterbricht.

Keine Zufahrt mit dem Auto?

Nein, ich sagte ja, das *Objekt* liegt im Wald. Einziger Zugang mit dem Auto wäre durch einen verkehrswidrigen Halt auf dem Randstreifen der Autobahn. Von da aus führt ein Trampelpfad die Böschung hinunter zu einem Gatter im Drahtverhau.

Mag sein, daß Sie mit Ihrer Knast-Vermutung richtig liegen.

Könnten Sie mir jemanden nennen, der Näheres weiß?

Da wüßte ich jetzt nichts. Guten Tag.

Wer soll das denn noch wissen, sagt Amely. Höchstens vielleicht ein Rentner von der Zollverwaltung.

Eine Woche später warf Amely die Mutmaßungen in den Müllsack. Der Dichter hatte etliche Varianten durchgespielt. Amely auf dem Fahrrad beim Pilzesuchen.

Sie quert eine einspurige, immer noch abgesperrte Fußgängerbrücke über die Autobahn und stößt auf das besagte Objekt. Cosimo läßt Amely das einstürzende Gebäude entdecken. Sie fürchtet sich vor versteckten Minen, dann aber viel mehr vor der Einkehr neuer Einwohnerschaft. Grüne Farbe. Nazis raus. Es sind Leute mit Sprayflaschen dagewesen. Buchstaben in Schwarz. Ausländer raus.

Cosimo hatte mit Bleistift an den Rand geschrieben: Hier fehlt noch ein guter Witz.

Amely findet an der Böschung im Brombeergesträuch die Reste eines kleinen Kinderschlittens, das rostige Gestell, Hörner, Kufen aus Eisen. Mitnehmen oder nicht? Lange steht Amely unentschlossen. Cosimo erleidet das unsinnige Zusammentreffen. Es ist eine Qual. Die Knastreste. Der Kinderschlitten. Und dann noch der Gedanke an Rosebud, an das Schlüsselwort im Orson-Welles-Film über den Zeitungszaren.

Die Aufklärung des Rätsels hatte als neues Rätsel auf dem Sitzbrett des Kinderschlittens gestanden: *Rosebud.*

Das Sitzbrett des Schlittens hatte das Zeitliche gesegnet. Es konnte einfach nur verfault sein. Oder verbrannt, wie im Film. Das Gestell ist noch da. Der unverwüstliche Rest des Schlittens aus Orson Welles' Film liegt im Wald, in der Nähe der Autobahn unweit des ehemaligen Grenzübergangs Drewitz, neben dem Drahtverhau des einstigen Geheimknastes.

Schon am Vormittag fing Cosimo an zu reden, immer noch entschlossen, nicht aufzugeben.

Kennen Sie Orson Welles, wollte er von Amely wissen.

Ist das der, der gestern im Stadion gesungen hat? Ich habe heute früh von einer Prügelei im Radio gehört.

Hat man im Osten keine Filme von Orson Welles gezeigt?

Wenn Sie *Spiel mir das Lied vom Tod* meinen?

Nein, den meine ich nicht. Cosimo schluckte seine Enttäuschung hinunter. Der Film kommt zwar auch aus Amerika, aber mit Orson Welles hat er nichts zu tun. Ich meine einen Film mit einem Schlitten. Cosimo beschrieb das altmodische Gefährt. Holz und Eisen. Er zeichnete eine Seitenansicht aufs Papier. Die Kufen, die Hörner.

Sie reden von einer Käsehitsche, sagte Amely.

Ich meine einen Schlitten mit einem Sitzbrett aus Holz, das aussieht wie eine Doppelsemmel oder wie eine Acht. Das Gestell ist aus Eisen. Der Schlitten ist das wichtigste Requisit in diesem Film von Orson Welles, den Sie nicht gesehen haben. Leider

Cosimo mußte nun ernstlich böse sein auf den Osten. Es war, weil sein Amely-Kapitel sämtliche innere Logik verlor. Amely kannte den berühmten amerikanischen Film *Citizen Kane* von Orson Welles nicht.

Was sollte mit Amely geschehen im ehemaligen Grenzgebiet vor den Resten des Knastgebäudes, dem immer noch stabilen Stacheldrahtgeviert: sollte sie einfach vorüberradeln, die abschüssige Böschung hinunterholpern? Vielleicht wuchsen am Waldrain schon Pilze. Amely würde sie sammeln, mitnehmen im Kinderkörbchen, ohne Rücksicht und Furcht vor Schwermetallen. Einmal im Monat ein Pilzgericht, das könnte der Gesundheit nicht schaden. So ging die dortige, die östliche Rede. Die Philosophie des Amely-Terrains. Aber das war schon die nächste Frage, der nächste Unterschied. Cosimo mußte aufpassen, daß sich Amely nicht in eine farblose Fremde verlor. Er mußte Amely festhalten. Er wollte sich festhalten an ihr.

Auch wenn seine Putzfrau Amely diesen Orson Welles-Film nicht kannte.

Käsehitsche, was sollte er mit so einem Wort?

Ich hatte den Schlitten *geplündert*, erklärte Amely. Aus dem Haus des Fotografen Bruchardi. Wählen Sie selbst, hatte Herr Bruchardi zu meiner Mutter gesagt. Ein Schaukelpferd, ein Fliegenpilzhocker, ein Bündel Luftballons, ein Eisbärenkopf. Ich für mein Teil empfehle für Ihren Zweck diesen Schlitten und die Winterlandschaft. Meine Mutter war der Empfehlung gefolgt.

Herr Bruchardi hatte mich über einen roten Teppich zu diesem Schlitten geführt. Ringsherum ein Zauberland, Hase und Reh an einer Futterkrippe, hinter mir verschneite Berge und Tannenbäume. Ein klarblauer Himmel.

Das Foto *Amely auf dem Schlitten* sollte eine Weihnachtsüberraschung für die Großeltern in Schlesien werden.

Amely hatte ein Gefühl, als habe sie die Geschichte schon zwei, dreimal erzählt, Berny, als er noch klein und zu Hause war, als sie noch – vermeintlich – in Familie lebten, und auch Cosimo, genau hier in seiner Bude voll Knüllpapier. Er saß da und kaute auf dem Bleistift, dann fing er an, weiße, leere Seiten zu numerieren.

Neuigkeiten sind das aber nicht, sagte er.

Amely fing trotzdem noch einmal von vorn an.

Ein Foto. Ich auf dem Schlitten. Sieben Jahre alt, aber schon wie eine Königin. Das Foto im Adventbriefkuvert.

Nu guckt euch amol dos Madl!

Die Großmutter heult und steckt das Foto mit dem stolzen Kind zusammen mit wichtigen Hypothekpapieren und Rabattansprüchen in den Fluchtrucksack.

Zwei Wochen später fielen die Bomben auf Leipzig. Überall Trümmer. Aber – die Leute sagten: wundergleich – am Haus des Fotografen waren nur die Fenster kaputt. Das Atelier mit sämtlichen Apparaten und Utensilien existierte noch. Der Schlitten auch. Ich hatte diesen Schlitten nicht vergessen. Das war mein Schlitten. Daß er mir gehörte, dafür galt mir das Foto, so wahr ich Amely hieß und ich mit mir auf dem Foto eins war, als ein Beweis. Bis in den Frühling hinein, als die anderen nichtausgebombten Kinder ihre Schlitten schon auf die Dachböden geräumt hatten, zog ich meine hohe Meinung von mir aus dem Bruchardi-Foto. Aus der Erinnerung daran und daß es in dieser Welt einen Beleg gab für mein Leben im Schneegebirge und auf großer Fahrt. Als es richtig Frühling wurde, kamen die Amerikaner und dann gleich die Russen, und die Einwohner stürmten die Heeresbestände in den Lagerhäusern hinter dem Güterbahnhof, schleppten Wurstbüchsen und Honigfässer aus dem *Görlitzer*. Stoffballen aus den Magazinen, Zahnpasta, Seife. Herr Maus fuhr mit einem Fahrrad nach Riesa in die Streichholzfabrik. Er brachte einen Rucksack voll Streichhölzer heim. Ich stürmte das Haus von Herrn Bruchardi. Er war, wie es hieß, mit Familie nach Tirol geflüchtet. Getürmt, wie es hieß. Die Nachbarn hatten schon sämtliche Einweckgläser aus seiner Vorratskammer abtransportiert. Ich stürmte den langen, dunkelgetäfelten Korridor. Das Atelier war aufgeräumt wie zum Großreinemachen, der rote Teppich zusammengerollt, das Gestühl gestapelt, das Tischchen an die Wand gestellt, obendrauf in schwarze Tücher gehüllt – spießbeinige Stative, verpackte Apparate. Unter einem schwarzen Tuch – mein Schlitten. Ich nahm noch einen Kinderkorbstuhl und einen Brummkreisel mit. Ich versteckte die Schätze unter einem blühenden Holunderbusch und schleppte sie am Abend in zwei Gängen nach Hause.

Nun wartete ich auf den Winter. Über die Monate blieb der Schlitten zwischen geschenktem Vertiko und ausgeborgtem Sofa als Schlitten tot – er diente als Sitzbank.

Mit den ersten Schneeflocken aber erschien ich auf dem Paradiesberg in der Gartenkolonie – endlich leibhaftig als Schlittenfahrerin, Pelzmütze, grüne Militärjacke, die mit rotem Filz bepaspelt zu einer Schuljacke abgerüstet worden war, Holzschuhe und mein fotogener Hörnerschlitten.

Käsehitsche, riefen die nichtausgebombten Kinder im Chor. Es hatte sich längst ein anderes Modell durchgesetzt. Alles aus Holz, die Kufen mit Eisenbeschlag. Die Hitsche, mein Glück, aber war mindestens so alt wie der alte, tapprige Bruchardi, so alt wie seine dreibeinigen Apparate, die Erneman-Kameras mit den Messingschrauben und den gewachsten Ziehharmonikabälgen.

Käsehitsche. Ein großes, meckerndes Gelächter. Trotzig versuchte ich mein Glück zu behaupten. Bis zum Finsterwerden den Paradiesberg hinunter, bis zum Mond, bis aus dem Altschnee eine Eiskruste geworden war und der Neuschnee in der Nachtkälte knirschte. Bis ich meinen kostbaren Handschuh verloren und meine lappenumwickelten Füße in gebrochenen Holzschuhen erfroren hatte.

Wie alt sind Sie eigentlich, warf Cosimo dazwischen, wenn ich fragen darf?

Kälte, Hunger, die ganze Geschichte paßte ihm nicht. Amely hatte einen Schlitten geklaut, einen, der so aussah wie der geheimnisvoll mit dem Wort Rosebud beschriftete Schlitten in dem Film von Orson Welles. Geklaut! Amely, eine Diebin, eine Schuldige von Kindesbeinen, das wäre vielleicht noch eine Möglichkeit, ein Beispiel, um die Urgründe für die Verstrickung in die jüngste Diktatur zu beleuchten, aber Amely tat so, als habe sie sich mit dem Schlitten einen zustehenden Gewinn abgeholt, als habe sie mit der Käsehitsche den Weg zur Seligkeit gefunden. Rosebud.

Sie dürfen fragen und dürfen sich wundern. Ich wurde in die braunste Zeit hineingeboren. Ich fand mich im Recht, wenn ich mit den Tätern nichts zu tun haben wollte. Sie müssen mir verzeihen, wenn ich mich wiederhole.

Cosimo hatte sich von einer zweckgebundenen Geldüberweisung, die seine Großmutter endlich wahrgemacht hatte, einen Computer angeschafft. Er kaute nicht mehr am Bleistift. Er biß sich neuerdings auf den Daumen und schwieg wie früher bis zur fünften Stunde. Wenn die Zeit gekommen war, da er seine Fragen hätte stellen können, war Amely schon gegangen. Die geraspelten Mohrrüben standen bereit. Hinter der Lautsprecherbox steckten die gehüteten Lappen und das Scheuerkleid, ein Jeanshemd aus einem Menshop, das sich ihr Gefährte Hugo einst als Schatz von einer Dienstreise aus Mailand mitgebracht hatte. Ein über viele Jahre hin sorglich in Shampoo-Handwäsche gepflegtes Utensil. Die Ellenbogen hatte Amely mit einem blauen Seidenrest untersetzt und mit Webstich gewiebelt.

Cosimo breitete das Hemd auf dem Teppich aus. Die Ärmel hoch. Er studierte die Farbkleckse an den Manschetten. Grün. Russischgrün. Unverwüstliche Farbe. Ein Nest stecknadelfeiner Brandlöcher im Vorderteil. Verschwitzte Achseln.

Amely als Schlittendiebin, das paßte ihm nicht. Noch weniger konnte er einen Mann gebrauchen, der dieses Hemd abgelegt hatte, um nunmehr in einem neuen auf der Welt zu sein. Womöglich in der Nähe von Amely, mindestens aber noch in ihren Gedanken. Es könnte sein, daß so ein Mensch plötzlich käme. Er könnte vor der Tür stehen, mit Amtsstimme oder besoffen, um Amely zu suchen. Cosimo hätte das Hemd am liebsten in Stücke geschnitten oder verbrannt, er war nahe daran, den Namen Amely zu ändern.

Ehe er sich ganz entschlossen hatte, klingelte das Telefon. Cosimo? Ist da Cosimo? Ich bins. Mit unanständiger Genugtuung, daß mit der deutlichen Stimme kein Auge ins Zimmer gekommen war, streckte er die Beine. Er sah das Hemd liegen, er schob die Hand in seine Hose, dorthin, wo es schön warm war. Die Großmutter wollte wissen, ob das Geld auf seinem Konto eingetrudelt wäre.

Er bedankte sich und zählte auf, wieviel schon in dem neuen Computer steckte. Briefe. Gedichte. Artikel. Eine Fortsetzungsgeschichte. Rechnungen und eine Adressenkartei. Danke, Omi. Er schnupperte an der Hand. Es roch nach Nest. Das Hemd lag noch so da, wie er es hingelegt hatte, als müßte es sich ergeben.

Namen ändern. Das war mit dem Computer gar kein Problem mehr. Ersetze Amely durch Amely.

Von der zweckgebundenen Geldüberweisung der Großmutter war noch Geld übriggeblieben, und nun hatte SAT.1 Honorar überwiesen. Gleich alles auf einmal. An Herrn Cosimo Engel, wir freuen uns, Ihnen mitteilen zu können. Auftrag, Lieferung und Abnahme. Cosimo wähnte sich reich.

Er lud Amely zum Essen ins Salina ein. Perlhuhn mit Pilzen. Amely dachte im Kerzenschein an das Putzgeld, das Cosimo ihr noch schuldete. Voriges Jahr zu Silvester hatte sie ihm außerdem für die Gasabrechnung zweihundert Mark ausgelegt. Hundert Mark kostete das Perlhuhnmenü. Eigentlich war es ein zähes Stück Putenfleisch gewesen, das ihnen die Italiener untergeschoben hatten, aber sollte Amely hartherzig und humorlos die Dinge beim Namen nennen? Sie löffelte das erste Tiramisu ihres Lebens. Cosimo war gerührt. Käse sollte Amely auch noch probieren, da tat sie weiter so, als habe sie den Schimmelgorgonzola noch nie gegessen. Es sollte weiter so schön bleiben. Sie kaute, wiegte den Kopf. Nun bin ich auf den Geschmack gekommen. Cosimo goß unverzüglich Wein in Amelys Glas. Amely legte die Hand auf seinen Ärmel. Wunderbar weich, englisch fein. Eine neue Jacke. Wie Seide, hätte die Mutter gesagt. Alles Feine fühlte sich an wie Seide und alles Gute schmeckte wie Nuß oder Speck. Mühselig gesammelte Pilze zum Beispiel schmeckten wie Speck. Und Speck konnte wie Nuß schmecken. Etwas Besseres gab es darüber hinaus nicht mehr.

Cosimo schmunzelte über der Kerzenflamme. Käsehitsche?

Schon wieder das alte Lied.

12

Adam war immer zu Hause. Er war anzutreffen. Telefonisch und persönlich. Der Briefträger lieferte bei ihm für die Nachbarn die Päckchen und Eilbriefe ab, auch einen Gartenteppich vom Versandhaus hatte er für die Nachbarn in seiner Garage unterstellen lassen, weil er als einziger in der Umgebung zu Hause war. Kein Schwein anzutreffen, hatte der Chauffeur von der Spedition gemeutert.

Die verbindlichsten Unternehmungen hatte Adam in den ersten Stunden nach der Landung in der Alten Welt unternommen. In den letzten Stunden des vorigen Jahres. Der Konzertbesuch in der Kirche. Die Fahrt auf den Babelsberg. In den nächsten Tagen und Winterwochen die Erkundung des Terrains. Steinstücken. Und Amely, die in der Nachbarschaft putzte, die in den ersten Wochen häufig an der Haltestelle gestanden und auf den Bus gewartet hatte und an einem Sturmtag zu ihm eingeflogen war. Einige Male hatte sie ihn noch besucht. Oft nur, weil der Bus grade weggefahren war.

Er hatte die Nachforschungen Anna betreffend angeschoben. Der Suchantrag lief. Er sollte Geduld haben, hatte der junge Mann vom Roten Kreuz im Büro in Potsdam gesagt und später am Telefon wiederholt. Geduld! Er würde sich, sobald er einen Rücklauf in der Hand hätte, seinerseits bei ihm melden.

Die Fahrt nach Dresden hatte Adam aufgeschoben. Nur aufgeschoben, er würde noch hinfahren. Zum Grab des Alten und zu dem Haus, von dem er soviel Wesens gemacht hatte in der Fremde: vor Judy und seinem Freund Andrew und vor allem vor sich selbst. Er hatte das Haus zu einem Hort ausgebaut, von dem aus er einst in die Welt hinausgegangen war. Er liebte und fürchtete das Gemäuer in Dresden, wie er den Alten geliebt und gefürchtet hatte. Er fürchtete die Umwandlung des Horts in ein von Unbekannten bewohntes Haus. In eine wesenlose Unterkunft. Wie er es während seines Kurzaufenthaltes, den er über die Jahre nicht wahrhaben wollte, erlebt hatte. Das zersplitterte Terrain.

Es war schade, daß er sich nicht zur Obstbaumblüte aufgemacht hatte. Das war nun vorbei. Zum Haus des Alten gehörten die deutlich und lange in einen blauen Himmel hinein blühenden Birnen- und Apfelbäume. Hier unter den Kiefern hatte nur einen Augenblick eine wilde Prunus geblüht.

Adam besuchte die Sonntagskonzerte in der Stolper Kirche, wie andere vielleicht in eine Stammkneipe gingen. Seit er Silvester dort eingekehrt war, hat er eine Tradition daraus gemacht. Die Konzertbesucher grüßten ihn. Der Pfarrer schüttelte ihm die Hand.

Ein junger Mann, der sehr auffällig mit drei kleinen Kindern zu den Konzerten kam, legte ihm wie den anderen Mitgliedern der Sonntagmorgengemeinde vor der Kirchentür eine Unterschriftenliste vor. Er sei doch auch dagegen, daß im Dianawäldchen drüben im Osten – nach der Himmelsrichtung in südwestlicher Richtung – von zugereisten Unternehmern gebaut werde. Die neuen Deutschen ließen sich eben alles gefallen. Ein Waldstück sollte dran glauben. Er sei doch dagegen? Adam war dagegen. Er unterschrieb und bekam ein vorgedrucktes Blatt, damit sollte er in seiner Nachbarschaft Aktivitäten entwickeln. Er reichte den Zettel über die Gartenzäune. Ein Berliner, der zwischen seiner Unterkunft und dem nächsten Haus einen Neubau vorantrieb, hatte auch unterzeichnet. In der Baugrube steckte nun ein Fertigkeller, das Plateau für die Garage war angelegt. Bagger und Walzen hatten Sandberge abgebaut und Sandberge aufgebaut. Nun ruhte der Betrieb für drei Ferienwochen. Was sollte Adam mit fünf Unterschriften? Er zerknüllte das Blatt.

Der junge Mann mit den drei kleinen Kindern startete am nächsten Sonntag eine andere Aktion.

Die Kinder hatten sich wie immer an Adams Ärmel gehängt. Ihr seid ja schon wieder gewachsen. – Nun laßt mal den Onkel. Der junge Mann versuchte, die Kinder von der Drängelei abzubringen. Es sind meine, erklärte er, aber alle von einer anderen Mutter. Ihr sollt den Onkel in Ruhe lassen. Entschuldigen Sie, es ist bei ihnen nur Vaterhunger, weiter nichts. Rennt mal los, bis zur Brücke. Nun beschrieb der junge Mann die neue Aktion. Gegen den Havelausbau. Adam nahm die Liste. Tun Sie was, denken Sie an meine Kinder. Diesmal wollte sich Adam bewähren.

Früh um sieben klingelte der Eilbote, und Adam durfte nicht einmal ärgerlich sein. Ein hellwacher Mann von der Post brachte einen Eilbrief für Herrn Adam Brühl, dazu eine in der Wartezeit auf der Vortreppe bereits ausgeschriebene Nachzahlungsquittung. Der Eilbrief war nicht frankiert. Adam schüttelte vor der Matratze sämtliche Hosen aus. Aus den kurzen Shorts kullerten ein paar Markstücke. Gebühren und Trinkgeld.

Der hellwache Postmann steckte seine Beute ein. Tschüß! rief er, und : Schönen Tag noch.

Adam gähnte. Er hatte es gleich gesehen, der Brief kam

aus Amerika von Freund Andrew Neil. Er habe, so meldete der alte Andrew in seiner typisch großzügigen Linkshänderschrift, leider keine Briefmarken zur Hand, dafür aber eine eilige Mitteilung und eine Bitte.

Er werde ihn besuchen.

Einer Erbschaft halber.

Mache Umstände! Andrew.

Eine gute Nachricht, wenn auch immer noch kein Signal von Anna und immer noch keine Antwort auf seinen maisgelben Brief an die Klimaleute. Er hatte die Wochen, die Monate geduldig gewartet. Seit Silvester. Inzwischen wurde hier Spargel gegessen. Gestern hatte der Hausverwalter ein Körbchen Erdbeeren aus dem Havelland vor die Tür gestellt. Adam wollte ja nur hören, wie die Experten woanders dachten. Er wünschte sich ein Signal und damit einen zweiten oder dritten Sinn für seine Reise. Daß er nur um Anna zu suchen hergekommen war, das wollte er sich beinahe selbst nicht mehr glauben. Seine Zeit hier bestand im Warten. Arbeiten nach herkömmlicher Art, weil irgend jemand etwas über sein Warten hinaus erwartete, brauchte er nicht. Er hatte den Brocken während vieler Nächte im voraus gewälzt und, um ihn los zu sein, auf dem Kennedy-Airport der Post übergeben.

Adam zuckerte Erdbeeren ein. Er versuchte schnell noch eine Zeitung zu abonnieren, denn Andrew würde frühmorgens eine Zeitung vermissen. *Good Morning, Ohio* auf der blauen Banderole der Times, das führte freundlich fromm in den Tag hinein. Er liebte den feierlichen Schauer in der Frühe. Waschpulver, schrieb sich Adam auf den Besorgungszettel. Waschpulver durfte er nicht vergessen.

Ich komme, mach Umstände, Andrew. Das war typisch für den alten Indianer.

Ich könnte dein Vater sein. Andrew hatte die Übertreibung zu Beginn ihrer Freundschaft an der Uni in Maryland kreiert und über die Jahre hin beibehalten. Später schien sogar noch ihr Altersunterschied von zehn Jahren einzuschmelzen. Ich könnte dein Vater sein. Sie waren nun beide ausgemustert aus den jeweiligen Kernmannschaften und gehörten zu den Senioren. Adam wie Andrew. Andrew fühlte sich seinem Freund gleich. In Schmerzen und Freuden. Was Adam an Lasten aus Europa mitgebracht hatte, sein Kinderschmerz, die Heimerziehung, die Station bei einem alten Physiker und die windigen Erfahrungen seiner Jugend, die Trennung von einer Zwillingsschwester, der Wechsel der Kontinente und Systeme, vom Kommunismus in die Neue und die Freie Welt, das konnte er in seiner Waagschale mit einem tief waltenden indianischen Erbteil, einer chronischen Kinderkrankheit, mit den Monaten im Koreakrieg und später mit einem bleiernen Kummerberg um Erika aufwiegen. Erika, seine Frau, die ihm fortgelaufen war. Einfach auf und davon. Zu einer Zeit, da Fortlaufen längst nicht mehr Mode war.

Er hatte damals in einem Nebensatz zum Weihnachtsgruß Adam und Judy gebeten, ihn endlich nach fünf Jahren wieder einmal zu besuchen. Er hatte nicht geschrieben, warum. Er hatte nur betont, daß er genügend Platz hätte, jetzt, und Erika hatte nicht unterschrieben.

Judy war in jenen Tagen als Cellistin für das Youth Orchestra bei Bernstein ausgewählt worden und gleich sehr in Proben eingebunden. Eine ziemliche Ehre. Sie war glücklich und unabkömmlich. In jenen Tagen fing Judy an, sich in Musik zu verwandeln.

Adam hatte sich sofort nach dem Jahreswechsel aufgemacht von Chicago, wo Judy und Adam damals noch wohnten, nach Cleveland, von dort mit einem Leihauto nach Lorain. Er konnte so tun, als wolle er in Cleveland bei den Biologen im Department, genauer, bei den Biophysikern, mal ein bißchen schnuppern, zwecks Universitätswechsel. Vage Sache noch, aber man mußte sich kümmern. Eine Gelegenheit für einen Überraschungsbesuch. Ihre Begegnungen sollten immer nach einem gottverdammten

Zufall aussehen. Und die Begrüßung nach Tagen, Monaten oder Jahren: Du nun schon wieder!

Erikas Foto hatte bewacht von einem geflügelten Leoparden, einem Phurbu aus Tibet, auf dem Schreibtisch gestanden. Ein Mädchengesicht, eingeschweißt in Plexiglas. Ihre stumme Anwesenheit machte die Stille um die beiden Männer im kleinen weißen Holzhaus am Eriesee noch stiller, den Schneefall noch lautloser. Sie saßen in tiefen rostroten Sesseln und schauten zu, wie hinter der wandgroßen Glasscheibe die dicht fallenden Schneeflocken im kurzgeschorenen braunen Ufergras verschwanden. Ein beinahe stehender Nordwestwind stachelte den Eriesee zu einer platten, bleigrau geriffelten Fläche, auf der nichts geschah. Nicht einmal ein Schiffsuntergang.

Erika lächelte wie Giulietta Masina in *Julia und die Geister*, so hatte sie den Kopf possierlich in ihre ringgeschmückte Hand gestützt. War vorbildlich den Anweisungen eines Fotografen gefolgt. Hatte den Gehorsam übertrieben. Echt Erika. Wer sie nicht gut kannte, hielt ihre Showposen für Eitelkeit. Doch sie konnte nicht anders. Sie mußte sich verstellen, sie mußte spielen. Sie war Schauspielerin von Geburt. Eine Komödiantin. Manche lachten sich kaputt über ihre Faxen, manche meinten, die lügt sich doch sogar was vor, wenn sie auf dem Klo hockt. Nun war sie fort, hatte ihren Indianer, das Zimmer, den Schnee und den Eriesee verlassen.

Gehört sich denn das? stöhnte Andrew.

Debatten über Erika. Sie entzündeten sich. Brachen aus. Beim Frühstück, wenn Andrew den Kaffee eingoß, mit fast gar nicht zitternder Hand. Abends vor dem Fernsehapparat, wenn der Film, an den sich beide behelfsweise festhielten, durch Werbespots unterbrochen wurde oder während der Autofahrt zur Mall auf der schnurgeraden Ausfallstraße. Beim Spaziergang längs des See. Schweigen bedeutete: Erika.

Gehört sich denn das?

Luft schnappen, komm, Bewegung.

Nun zum zweiten Male auf gleichem Wege: wo denn das erste Staunen und Wimmern sich in ein Mitleben und in ein reines Gefühl für den Wert der Sache auflöst. Vorsicht, Psychologie. Vorsicht, Freud.

Vorsicht, die Ufersteine sind glatt. Ein widriger Wind, nicht stürmisch, oft beinahe stehend, aber immer kalt, saukalt, er sticht mit eisigen Nadeln durch die Kleider. Den Windfaktor mußt du hier immer mit bedenken. Der Wind bringt zusätzliche Kälte zum sowieso schon herrschenden Frost. Ein scheußlicher, gottverlassener Ort, aber man kann sich daran gewöhnen. Die Universität hat gute Historiker, mindestens einen, und das Konservatorium hat Ruf, jedenfalls seit Billy als Countertenor sogar in Opernhäusern von Europa singt.

Billy?

Ein Junge aus dem Schwarzenviertel von Saint Louis, der mit sieben Schwestern aufgewachsen war und einfach nach dem Stimmbruch weiter wie die Schwestern gesungen hatte. Hier an der Universität nahm er Unterricht in Klavier. Seine Lehrerin hatte bei einer Gelegenheit Billys Singstimme gehört und nach ein paar Proben seine kostbare Anlage erkannt. Das hat sich an diesem zugigen Ort zugetragen.

Sie werkelten in der Küche. Adam blätterte in einem deutschen Kochbuch. Bunte Bilder, Torten, saftige Braten. In der Hoffnung, daß der Bauch die Seele besiege. Aber Andrew sah und hörte nicht, er schnitt Zwiebeln, um sich dahinter zu verstecken. Zwischen den Seiten des Kochbuchs fand Adam eine Haarklemme und Erikas Butterfinger. Schokolade. Prinzregententorte. Ein prächtiges Abbild. Adam spürte das Wasser im Maul. Er klappte das Buch schnell wieder zu. Versteckte die Zeichen von Erika.

Die Torte hat sie mir jedes Jahr zum Geburtstag gebakken. Sie hat es vielmehr jedes Jahr von neuem versucht.

Wie sollte ich da merken, daß sie mich eines Tages oder bald verlassen würde, murmelte Andrew unter Zwiebeltränen.

Adam blieb eine lange Woche und hängte noch eine Woche an.

Vormittags trabte Andrew zu seinen Vorlesungen, während sich Adam von den Therapiegesprächen erholte und für die nächsten fit machte. Bis über die Ohren im Daunenanorak verkrochen, lief er, halb in Trainingsmanier, halb auf ein fernes Ziel aus, quer durch den Campus der Universität.

Ein neuer Supermarkt lag am Ortsausgang neben der Tankstelle. Ein Tag-und-Nacht-Shop. *25 hours per day,* versprach das Werbeplakat.

Wie geht's heute? hatte das schwarze Mädchen an der Kasse gefragt und Adams Einkäufe in Papiertüten eingepackt. Sie hatte dem Mädchen an der Nachbarkasse zugerufen: Das ist er. Er heißt Adam. Beide hatten hinter ihm her gelacht.

Schneeflocken krochen in die knistersteifen Tüten. Das Papier wurde weich und riß. Adam brachte die Seife und das Mundwasser in seinen Taschen unter. Das Brot unter der Jacke.

Nicht einen einzigen Vagabunden hatten sie hier. Keine Straßenmusikanten. Niemanden, der sich mit Handständen, selbstgemachten Ohrringen oder Breakdance auf der Straße Geld machen wollte. Eine feine Gegend. Hier saßen sie hinter den Fenstern in den warm beheizten Zellen, in den Fluten von computerbedrucktem Papier. Haufen von Sweatshirts und Turnschuhen, Baumwollkutten, welken Palmen. Wände voller Poster. Manchmal wohnte ein Musikinstrument mit in der Zelle, ein verpönter Fernsehapparat oder eine professionelle Video- und Fotoausrüstung. Auch Fahrräder gehörten zur Ausstattung. Sie dienten in der Zelle gleich auch als Kleiderständer. Doch die meisten Fahrräder lagen vor den Häusern, alte verrostete Vehikel. Tauwetter brachte sie immer wieder unter dem Schnee hervor. Schneefall und Tauwetter wechselten in diesen Breiten oft.

Ein Auto von der Sicherheit fuhr langsam an Adam vorbei. Die Besatzung, zwei Männer, eine Frau, musterten den streunenden Mann. Adam bog von der Straße ab, querte das Gelände auf einem erstaunlich trockenen Plattenweg, unter dem höchst sinnvoll die Rohre des Heizungssystems verliefen. So jedenfalls zimmerte sich Adam eine Erklärung zurecht. Das Auto hielt in schuldiger Entfernung. Doch es zeigte deutlich Präsenz. Den jungen Leuten sollte hier nichts fehlen und nichts geschehen. Besorgt umsorgt. Ihre Eltern mußten viel dafür bezahlen, daß sie hier studieren durften. Es hieß, wer hier studiert hatte, mußte sich um die Zukunft nicht mehr sorgen. Der Universitätsname galt. Doch der Name wurde jedes Jahr teurer. Und jedes Jahr erhielt er neue Politur, noch mehr Glanz. Bald würde die neue Bibliothek fertig sein. Noch großzügiger als der Klotz, der im Westen den Campus begrenzte, wo auch das Computerzentrum untergebracht war. Die Etagen des monumentalen kubischen Gebäudes waren sämtlich auch am Tag hell erleuchtet. Jeder Sektor hatte anders getönte Beleuchtung – helles Violett, zartes Grün, Gelb und ein warmes Rot. Der Weg führte quer durch ein parkähnliches Gelände, in dem hundertjährige Bäume standen. Gepflegte Tradition. Dieser Weg war Tag für Tag bis in die Nacht hinein belebt von eilenden, gegen Wetter und Zeit anrennenden Gestalten. Die Sturmläufer hielten Bücherbündel schützend umarmt. Hier auf diesem Weg war Adam dem dunklen Kind in diesen Tagen schon dreimal begegnet. Ihre Füße steckten in grauen Arbeitssocken und in Schuhen, die um einige Nummern zu klein und deswegen hinten runtergetreten waren. Dazu trug sie einen grauen Rock und ein mit Ölfarben bekleckertes Shirt. Beides mit faustgroßen Löchern, die mit Sicherheitsnadeln zusammengehalten und damit besonders betont wurden. Alles der Mode wegen. Einer bestimmten Mode. Der andere Stil wollte das

Gegenteil. Der verlangte Pastell – Rosa, Hellblau, sanftes Gelb von oben bis unten und reine weiße Strümpfe. Adam folgte den heruntergetretenen Schuhen. Das Mädchen verschwand mit ihrem Bücherbündel, das sie wie einen an der Brust liegenden Säugling unter der Jacke hielt, hinter Bäumen in Richtung des Dritte-Welt-Hauses. Jeden Mittag liefen solche Gestalten mit niedergetretenen Schuhen und zerrissenen Hosen dorthin, um Selbstgekochtes zu essen. Es sei billiger und fördere den social contact ... Adam eine Salzsäule im Flockenwirbel. Ach, dachte er.

Er eilte nach Hause. Er wollte ein wahrer Freund sein.

Er holte aus der Küche zwei Joghurtbecher, grüßte Andrew, der schon in seinem rostroten Sessel auf Adam wartete, längst! – wie es aussah, und drückte ihm schuldigst einen Joghurt in die Hand. Sie löffelten.

Hast du Nachricht von Erika?

Andrew kratze im Becher. Er schielte wieder vor Eifer. Sie hat geschrieben! Stell dir vor, sie hat geschrieben. Sie schreibt, ob ich ihr vorschlagen könnte, noch eine Weile zu bleiben. Sie würde meinen Vorschlag gerne annehmen. In Gedanken Deine Erika. Er spuckte einen Kirschkern aus. Sie ist ein Miststück, fügte er hinzu. Was meinst du? Schon die Frage klang einvernehmlich.

Sie ist ein Miststück, wiederholte Andrew. Adam nickte. Sie einigten sich darauf. Erika – eine bitch – Hündin, Füchsin, Wölfin, ein Miststück.

Kannst du mir sagen, warum ich so erschossen bin? Tue ich mir leid, oder sorge ich mich um sie ?

Beides. Nun spuckte auch Adam einen Kern. Kirschjoghurt, kommentierte er.

Joghurt? Andrews Augen richteten sich gerade. Er starrte. Ich esse nie Joghurt. Weißt du das nicht?

Adam nutzte den Schreck, den Schock, er versuchte Andrew mit einer ganz direkten und anderen Frage vom Erika-Gleis wegzurangieren. Es war genug.

Sag mal, Alter, wie verdienst du eigentlich dein Geld?

Andrew hatte den Becher weit von sich gestellt. Er legte den Kopf in den Nacken auf das Sesselpolster, redete zur weißen Zimmerdecke: Von Montag bis Freitag spaziere ich Viertel vor elf hinüber ins King. – Er meinte die südlich gelegene King Hall. – Punkt elf fege ich in den Hörsaal 223. Würdige niemanden eines Blicks und sehe doch alle. Wie sie lauern, die Kinder. Immer fertig für einen Widerspruch. Bei mir nicht, ihr Lieben. Ich gebe ein rasantes Tempo vor. Sie können kaum folgen. Es gelingt ihnen nicht, mich wörtlich festzuhalten. Die meisten sind Linkshänder. Entweder äffen sie mich nach, oder es ist gerade in Amerika Mode, mit der linken Hand zu schreiben. Oft hocken Väter und Mütter mit drin. Meist hinten im Saal unter der Uhr. Wer sein Töchterchen oder den Sohn besucht, besichtigt die Schwimmhalle und schaut auch bei mir vorbei, denn ich bin so eine Art Legende. Ich bin ein Muß. Ich rede bis fünf Minuten vor zwölf. Meist streue ich zwei, drei Anekdoten oder Witze dazwischen, gebe ebensoviel Lesetips und male dreimal was an die Tafel, manchmal bloß dreimal einen Strich. Das macht munter und zementiert meinen Ruf. Bei dem lernst du was, den mußt du gehört haben. Wie gesagt, nach einer Stunde ist die Prozedur überstanden. Fünf Minuten vor zwölf lasse ich zwei Minuten applaudieren. Das ist üblich hier. Bleiben noch drei Minuten, in denen verteile ich Anträge, leiste Unterschriften und lasse mich beriechen. Wenn der große Zeiger der Hörsaaluhr genau auf zwölf springt, husche ich durch das Studentenknäuel und verschwinde durch die untere Hörsaaltür. Ich bin weg. Vom Erdboden verschluckt. Es muß sehr schnell gehen. Wie bei jedem Zaubertrick ist auch bei meiner Manipulation Geschwindigkeit wichtig. Unverhoffte Eile. Manchmal werfe ich noch ein Problem oder einen Schlußwitz in das Knäuel, damit sie abgelenkt sind, wenn ich wegtauchen will. Immer dasselbe. Immer den alten Text. Manchmal, während der Veranstaltungen, fällt mir ein Wort ein, Essig zum Beispiel, und ich denke an den Schwamm, mit dem sie Jesus' Wunden tränkten, oder ich denke gleich an die Wunden. Sie hätte nicht weggehen dürfen. Ihre Flucht ist Sünde, meinst du nicht auch?

Stell endlich das Foto von ihr hinter die Bücher und verleite mich nicht, falsch Zeugnis zu reden. Ich nehme das Miststück zurück, denn ich will mal ehrlich sein, ich kann Erika verstehen.

Das Rangierkunststück war mißlungen.

Andrew hatte den Kopf aus dem Polster gehoben. Die aufgestauten Tränen stiegen aus den schwarzen Augen, flossen in stillen Bächlein über das feinknittrige, jasminfarbene Indianergesicht.

Adam erschrak, weil er solche traurigen Augen schon einmal gesehen hatte. Damals im Keller, dem einstigen Luftschutzraum. Der Alte, der große Entdecker der Struktur der Kristalle, hatte in der aus Eisen geschlagenen, mit zwei Sperriegeln versehenen Tür gestanden, ein rotes russisches Wörterbuch in Händen. Er hatte es herausgefunden, das russische Wort stradanije, es hieß Leiden. Er, Adam, hatte es dem Alten verschweigen wollen. Er wollte ihn schützen.

Viel wußte Adam nicht mehr aus jenem Leben. Er wußte aber noch, daß es ihm selten gelungen war, ein guter Mensch zu sein.

Er hörte das Wasser rauschen. Andrew polterte mit einem Eimer, um sich mit einer kleinen Wäsche zu trösten. Einer Verrichtung, die er von einer Deutschlandreise in den fünfziger Jahren mitgebracht hatte. Während seiner Studienzeit hatte er den Dom von Magdeburg besucht. Heißes Wasser, Waschpulver, eine Bürste.

Hast du was, ein Hemd, Socken? rief er.

Adam suchte in seinem Koffer. Das Angebot durfte er nicht mißachten. Es war ernst gemeint.

Andrew rettete sich in sein Ritual, das er ein europäisches, Adam dagegen ein indianisches, nannte.

13

Andrew ging nicht mehr in Kirchen, schon lange nicht mehr. Heute aus Trägheit oder Gewohnheit, aber viele Jahre mied er den Ort aus Prinzip. Eine Folge seiner chronischen Kinderkrankheit. Die Krankheit hatte ihn für lange Zeit gegen die Institution des Glaubens immun gemacht.

Es war noch vor seinem zehnten Geburtstag gewesen.

Damals hatte er zusammen mit einem Jungen aus der Nachbarschaft, er hieß George, zum Kirchenchor gehört. Jedes Kind, das einen Ton in der Terz aushalten konnte, mußte hin. Wer sich einmal hatte mit dieser Fähigkeit erwischen lassen, war zum Chorsingen verdammt. Die beiden Knaben Andrew und George aber fanden einen Fluchtweg besonderer Art.

Wenn sie vorn am Altar aufgereiht standen, konnten sie sich in viele blaue Sterne versenken. Sie konnten zählen, längs und quer. Die Sterne waren mit Seidenfäden auf eine von der Orgelempore herabwallende weiße Fahne gestickt. Zweiunddreißig Sterne.

Hinter jedem blauen Stern stand ein Name, hinter jedem Namen stand ein Held. Sie kämpften, wie es hieß, in Europa für die Ehre der Welt, für die Freiheit und für die Menschenrechte. Mußte einer dieser Helden für Ehre, Freiheit und Recht sein Leben lassen, war er erschossen worden, feindliche Kugel, feindliches Schwert ..., so wandelte sich das Blau seines Sterns in Gold. Der Zauber geschah nachts.

Die Frau Schneiderin ließ sich mit einer Kanne Tee, ihrem Goldzwirn und den fertig zugeschnittenen goldenen Stoffsternen bis zum Morgengrauen in der Kirche einriegeln. Sie mußte die blauen abtrennen und die goldenen Sterne annähen. Die Frau Schneiderin war ein Nachtmensch geworden. Immer Husten. Die Hände zitterten. Es gab viel zu tun im Jahr 1944.

Als der Kinderchor am Neujahrstag zur Motette aufzog, fanden Andrews Augen wieder drei Sterne verwandelt. Der Pfarrer segnete das Gold. Von zwei Sternen hieß es, sie dürften, müßten noch blau bleiben, obwohl man von den Jungs, die ihre Namen trugen, lange nichts mehr gehört hatte, Paul und Simon. Sie waren, hieß es, vermißt. An diesem Neujahrstag beschlossen Andrew und George, für die beiden Vermißten zu beten, für den blauen lebendigen Stern Simon und für den blauen lebendigen Stern Paul. Durch Los fiel Simon an Andrew und Paul an George. Andrew und George beteten fleißig, wie besessen. Während des Singens, wenn sie vor dem Altar aufgereiht standen, der Fahne ansichtig, oder im Probenraum in Gedanken bei ihren beiden blauen Sternen. Während des Unterrichts und beim Turnen, sogar unter Wasser beim Tauchen. Lieber guter Gott. Sie flehten jede freie Minute. Bester Gott, Allmächtiger, beschütze Paul, beschütze Simon. Anderntags in der Kirche – die beiden Sterne leuchteten immer noch blau. Wunderbar die Kraft ihrer Wünsche, die Macht ihrer Frömmigkeit. Andrew kniete sich auf ein Waschbrett. Mache wahr, was dein Dasein verspricht. Er ging mit nackten Füßen über das Eis des Susquehanna und sprach: Wer sagt, für Gott da zu sein, aber die Sterne nicht sieht, der ist ein Lügner. Ist er nicht für die Sterne da, die er sieht, wie kann er für Gott da sein, den er nicht sieht. Ich will, daß Simons Stern blau bleibt.

Das Eis des Susquehanna schmilzt von einem Tag zum anderen. Von einem Tag zum anderen wechselt die Frau Schneiderin blaue lebendige Sterne auf der weißen Fahne in goldene tote Sterne.

An einem Aprilmorgen strahlt Pauls Stern golden. – Aber Simons Stern bleibt blau. Andrew betet. Jeden Tag. Er geht barfuß über brachliegende Maisfelder. Er ißt nur Butter, trinkt nur Milch. Er geht dreimal am Tag hinter den Glockenturm. Gibst du mir statt Fisch eine Schlange, statt Brot einen Stein, statt Leben den Tod? Gott, gib, daß Simons Stern blau bleibt. Am siebenten Mai 1945 gehörte

Simons Stern zu den sieben übriggebliebenen blauen Sternen. Es war der Tag des Friedens. Kein Schießen mehr. Kein Tod mehr. Andrew mußte nicht mehr beten. Sein Simon-Stern war außer Gefahr.

Später im Jahr, als Simon leibhaftig in der Township herumging, hatte Georges Mutter die Geschichte vom Gebetswettbewerb der beiden Knaben erzählt. Simons Leben gründe sich auf die Gebete dieses Knaben Andrew. Lehrerssohn, Kirchenchorsänger. Auch Simons Mutter hörte davon. Sie war gerührt. Am folgenden Sonntag ließ sie sich den Knaben vorn im Kirchenchor zeigen. Der kleine Zehnjährige mit den dunklen Indianeraugen, der dritte von links. Zweite Reihe. Viele in der Gemeinde kannten die Geschichte und konnten um das fromme Geschehen Auskunft geben. Ihre Blicke und Gedanken wanderten zwischen dem Knaben Andrew und dem aus Europa heimgekehrten Soldaten Simon, der mit Orden behangen in der Kirchenbank saß. Es grenzte an ein Wunder, oder es war ein Wunder. Simon nahm das Spektakel zur Kenntnis. Er zuckte die Achseln. Well … why not? Simons Mutter erzählte die Geschichte dem Pfarrer. Zwei Sonntage später wollte Andrew seinen Ohren nicht trauen. Sein Ritterspiel mit dem Herrgott tönte von der Kanzel. Er wurde mit Namen genannt. Er, seine Gebete, Gott habe Andrews Bitten erhört, Andrews Fleiß zur Kenntnis genommen und belohnt. Mit Simons Leben.

Die Orgel schlug an. Die weiße Fahne mit den goldenen Sternen erzitterte.

Im Chor ein unterdrücktes Gelächter. Unser kleiner Gottesliebling. Andrew bekam die ersten Kniffe und Nadelstiche zu spüren. Aus der Tasche eines älteren Tenorknaben, in der immer ein Schabernack vorrätig war, wanderte ein lebendiges Schlänglein durch die Reihen. Der Hintermann steckte es in Andrews Kragen. Andrew blieb ruhig bis zum letzten Halleluja. Mit gefrorenem Blut. Der Pfarrer sprach den Segen.

Als sich an dem Tage die Kirchentür schloß, sollte es für den Chorknaben Andrew für immer sein.

Andrew wurde in Ecken gestellt, geschlagen, und schließlich zum Psychiater gebracht.

Er habe mit der Kirche gebrochen, erklärte der Zehnjährige dem Spezialisten, noch bevor der seine raffinierten Fragen stellen konnte. Andrew blieb so einsilbig, wie er es auch gegen seine Eltern, die Lehrer und den Pfarrer war. Ich will nicht mehr hingehen.

Die Verstocktheit des Knaben verletzte den Psychiater sehr. Er strich sofort die bereits vereinbarten Konsultationstermine und forderte das Honorar von Bank zu Bank. Sein einziger Rat: Simon, der Heimkehrer, sollte mit Andrew, seinem Schutzengel, reden. Doch Simon weigerte sich, mit der Rotznase zu verhandeln. Under no circumstances. Never.

Wenn sich die beiden downtown trafen, es kam nur dreimal bis zu Simons Versetzung vor, grinsten sie sich komplizenhaft zu. Und flogen jedesmal wie gleichgeladene Körper in verschiedenen Richtungen auseinander. Simon ging zu seinem Auto auf dem Parkplatz. Andrew rannte in Richtung Bahnhof.

Andrews neue heimliche Leidenschaft war der Bahnhof. Der Betrieb dort. Signale. Weichen. Fahrpläne. Es war ein Durchgangsbahnhof. Halt für Personenzüge und gelegentlich auch Stop für den Fernverkehr. In früheren Zeiten hauptsächlich ein zentraler Holzumschlagplatz. Doch die Nebengleise zum Abstellen und Verladen der Hölzer wurden in jenen Tagen nur noch wenig und immer weniger genutzt. Die Bewohner des Ortes merkten es kaum. Holz war nicht ihre Sache.

Der Hauptschienenstrang kam auf hohem Damm aus der Ebene vom Osten her, schnitt die Ansiedlung in zwei gleiche Teile und lief Richtung Fluß über eine eingleisige Stahlskelettbrücke weiter nach Westen. Früher war es streng verboten, über die Brücke zu gehen. Andrew kannte die genauen Durchfahrtzeiten der Züge. Er ging dieser Tage furchtlos drüber. Auch Anwohner der Brückenköpfe benutzten manchmal die Eisenbahnbrücke, wenn sie von einem zum anderen Ufer wollten. Die einstige Furcht und das schlechte Gewissen verflogen. Es konnte mit Gottvertrauen nichts geschehen. Die wenigsten merkten, daß ihr Wagnis kein Wagnis mehr war, weil nur noch selten Züge fuhren.

Der alte Coupland pflegte über die Eisenbahnbrücke hin seinen Abendspaziergang zu machen. Von hier aus grüßte er den rasch strudelnden Susquehanna. Er stakste weiter auf dem Bahndamm entlang und begutachtete neugierig die Hintergärten der Häuser, die hinteren Balkone, die Hintertreppen.

Andrew lief, zwei Schwellen überspringend, oder er balancierte auf einer Schiene. Er brachte es fertig, ohne Fehltritt auf der Schiene entlang von Ufer zu Ufer zu rennen.

Früher hätte der Sheriff uns hochgenommen, sagte der alte Coupland zu dem Jungen, ohne damit etwas für die Zukunft zu meinen. Es war eine Feststellung.

Lilablumige Stiff-Astern, auch Michaelmes Daisies genannt, sprossen in hohen Büschen am Rande der Gleise. Zwischen den Schwellen lagen aufgeplusterte gelbe Steinbrechkissen. Die Abendsonne brachte das viele wilde Blühen zum Leuchten.

Das hat es früher auch nicht gegeben, meinte der Alte. Und die vielen Autos. Habt ihr schon eins? Andrew nickte. Du bist doch der kleine Neil? Andrew nickte. Der Walnut-Neil? Andrew nickte. Walnut-Neil, das war sein Großvater. Der nächste Güterzug würde erst in der Nacht hier entlang fahren. Über hundert leere Waggons. Früher war das anders.

Andrew sah, wie nun schon Gras wuchs zwischen den Schwellen. Er sah, wie die Fahrpläne in der Bahnhofshalle mit jedem neuen Aushang kürzer wurden. Motorisierte Langholzfuhren querten neuerdings die Stadt. Trecker. Von einem Tag auf den anderen glich das Schienenbett einem gelben Fluß. Gleichsam über Nacht waren von Horizont zu Horizont Dandelions aufgeblüht. Es war der Tag, an dem Eltern und Verwandte nach dem Abendessen am elektrischen Kamin über das Verkaufsangebot eines Hauses berieten. Ein Brickstone-Haus, mit englischem Gitterwerk und englischer Traufe, preisgünstig, nicht allzusehr heruntergekommen, lauter Vorzüge: ein Eckgrundstück, großer Garten, alte Bäume, Platanen zum Beispiel, und uralte Fliederbüsche. Alles gut, nur, die ganze Herrlichkeit lag direkt an der Bahn, der Garten wurde vom Bahndamm begrenzt. Man stellte sich vor, wie die Fenster zitterten, die Mauern bebten, wenn ein Zug vorbeidonnerte. Für und Wider wechselten. Eine Wahnsinnsgelegenheit der Grundriß, die Bauausführung. Ein Irrwitz die Lage. Ein furchtbarer Konflikt.

Andrew hatte der Debatte mit halbem Ohr zugehört. Ihr könnt es ruhig kaufen, rief er, als die Familie zu einem vernünftig abschließenden Aus-der-Traum gekommen war.

Was quäkt der Junge da? Der Großvater Carpentier war der einzige, der noch ein Ohr für Andrew hatte seit dem bockbeinigen Kirchenstreik.

Weil hier bald keine Züge mehr fahren, erklärte Andrew.

Großvater Carpentier winkte ab. Die anderen hatten ihn gar nicht gehört. Ein Beschluß war gefaßt. Es sollte nicht mehr darüber geredet werden. Fing einer wieder an, den Kopf zu wiegen: Fensterläden gut erhalten, Steineichendielung – hieß es: Still jetzt ... Nerven schonen. Großmutter Carpentier, geborene Günter, hatte zum Trost eine prächtige Prinzregententorte gebacken – wie sie es gelernt hatte von ihrer stolzen Frau Mutter, die in der Hofkonditorei nahe der Preußen-Stadt Potsdam aufgewachsen war. Preußenkunst war selten in Amerika.

Drei Jahre nach jener Prinzregententorte wurde der Bahnhof geschlossen. Die Ortsansässigen wachten plötzlich auf, sie fürchteten Verluste. Nicht nur, daß der Bahnhof zu einer Lagerhalle verkam, es fuhren nun immer weniger Züge an dem Ort vorbei. Und schließlich fuhr gar keiner mehr. Jedenfalls kein richtiger, keiner mit Lokomotive, mit Waggons. Manchmal quietschte eine Draisine vorbei. Die Schienen waren für so ein handbetriebenes Gefährt gerade noch brauchbar. Die Draisine mußte langsam fahren, weil das Kraut wuchs ... Moose und Flechten siedelten in den Schwellen, Birkensämlinge gediehen zu jungen blonden Bäumen. Die Bolzen und Schienenstöße fingen an zu rosten. Hasen bauten Höhlen im Beifußgesträuch.

Hättet ihr mal in dieser Sache auf den Jungen gehört, sagte Großvater Carpentier.

In welcher Sache?

Na, als es um den Hauskauf ging. Der Junge hat schließlich vorausgesagt, daß die Bahnlinie euch nicht mehr lange stören würde.

Andrew horchte von seinem Platz unter der Leselampe auf den Streit, der nun ausbrach. Zuerst wurde Großvater Carpentier ein Spinner genannt. Huan-toa, jemand nannte ihn bei seines Vaters Namen. Red skin. Niemand habe das voraussehen können ... Dann wurde Andrew aufgerufen und befragt, ob er tatsächlich derartige Anmerkungen gemacht habe, damals um Ostern am elektrischen Kamin, wie der Großvater nun behauptete.

Andrew zuckte die Schultern und nickte vorsichtig. Ihm war unheimlich. Er war sich nicht sicher, ob er es abstreiten oder zugeben sollte. Ja, er habe nach bestem Fühlen geurteilt, nein, gewußt habe er es direkt durch nichts. Er habe nichts weiter gesagt, als daß bald hier auf diesen Schienen keine Züge mehr fahren würden. Nur der Großvater Carpentier habe ihm zugehört.

Alle fielen nun über den Großvater her. Er habe mit Absicht den Kauf vereitelt. Er habe nie für den Fortschritt eingestanden, für das Fortkommen der Familie. Als sie vor Jahren die walnut acres vergrößert, als sie die Annonce vervollkommnet hätten. Carpentier-Neil sendet Nüsse in die ganze Welt. Ships all over the earth. Wer war dagegen? Huan-toa.

Aho, eine solche Lawine hatte der Großvater Carpentier nicht erwartet. Er sah sein Weib flehend an.

Come on, Konditortochter, sprich! Eine Prinzregententorte hätte vielleicht etwas Frieden gebracht.

Aber das Weib schüttelte den Kopf. Sie wollte nicht bakken. Preußisch, nannte der Großvater ihre sture Haltung. Preußisch nannte er das, was er immer noch an ihr liebte. Ihren Stolz. Dypaloh, im Angedenken – damit fängt bei den Indianern eine Geschichte an. Qtsedaba – und wenn sie nicht gestorben sind, so endet jede. Der Großvater drückte seinem Weib unter dem Tisch die Hand.

Vom Großvater wechselte die Schimpfe wieder zu Andrew. Wie er so was habe behaupten können und wenn schon, warum nicht laut und deutlich. Nuschelpeter. Ein ganz gerissener, ausgepowerter, ausgepichter Fatzke sei er. Ein hinterlistiger Lausebengel ... Er kann nichts dafür, wagte die Mutter zu flüstern. Es steckt etwas Preußisches in ihm. Sie tat, als beschreibe sie einen schwarzen Fleck, für den der arme Junge nichts konnte. Ein urgroßmütterliches Erbteil. Heimlich aber hielt auch sie den Fleck für einen Vorzug. Alter Preuße, flüsterte ihm die Großmutter Günter-Carpentier jedesmal zärtlich ins Ohr, wenn sie den Jungen zu einer Umarmung eingefangen hatte. Er hat es nicht mit Absicht gemacht.

Aber nur. Lauter Absicht.

Mitten im Familienkrach hatte Andrew sein Buch über das griechische Delphi beiseite gelegt. Er war fortgegangen. Die Schienen entlang, über den Susquehanna, aus der Stadt bis ins Valley hinein. Hier, mit Blick ins Tal unter dem Gebrüll der Büffelherde, hatte Andrew sich fest vorgenommen, Historiker zu werden. Vielleicht brächte ihn das weg von den dauernden Vorhersagen, den Kopfnüssen, dem ewig gewärtigen Ärger. Ich will nur noch zurückschauen.

Viele Jahre blieb Andrew bei seinem Vorsatz, keine Kirche mehr zu betreten. Während der Studienzeit in Maryland und später auf seinen Reisen nach Europa, in die Potsdamer Archive zum Beispiel, verlor sich mählich die Konsequenz. Aus Berufsgründen schlich er sich an seinem Vorsatz vorbei wieder in die Gemäuer ein. Ein König Otto hatte ihn im Magdeburger Dom zu Hause sein lassen. Er ging in Kirchen, um Konzerte zu hören. Meist Jazz. Meist Foxtrott. Glaubensdinge blieben davon unberührt. Dafür brauchte er kein Gebäude, keinen Verein und keine Worte.

Andrew zitierte den Griechen Diodor: Nicht Bürger, nicht Anhänger, nicht Christ – ein Mensch seiest du.

Ein guter Historiker sollte weder Vaterland, noch Religion, noch Freunde haben. Adam bildete eine Ausnahme.

Immer noch glauben Leute, daß sich jedes Ereignis eindeutig einer genauen Zeit zuordnen läßt und daß alle guten Uhren das Zeitintervall zwischen zwei Ereignissen übereinstimmend anzeigen.

Adam, Stiefkind des Physikers, du dürftest dich nicht wundern, du müßtest es besser wissen, denn du bist seit Kindesbeinen gut unterrichtet, du weißt, daß es mindestens drei verschiedene Zeitpfeile gibt. Zum ersten den Pfeil, in dessen Richtung deinem Gefühl nach die Zeit fortschreitet. Es ist die Richtung, in der du die Vergangenheit, aber nicht die Zukunft erinnerst: erst die besagte Prinzregententorte, dann dein satter Bauch, nie im Leben umgekehrt. Zum zweiten die kosmische Zeit der unendlich driftenden Milchstraßenwege. Zum dritten die thermodynamische Zeit, deren Richtung dem modernen Menschen verheißt, daß es ringsherum mehr Unordnung als Ordnung gibt. Der Alte in Dresden hatte es dir geweissagt, du weißt Bescheid: Das Chaos wächst, und damit gilt: alles was schiefgehen kann, wird auch schiefgehen.

Drei Maschinen aus den USA hatte Adam in der Empfangshalle abgewartet. Dann hatte er aufgegeben.

Auf dem Rückweg im Bus sind ihm vom langen Wachen und Warten die Augen zugefallen. In der Kurve, nach der Strecke an der Eisenbahntrasse entlang, ist er von einem bekannten, sanften Schaukeln aufgewacht, er wußte noch halb im Schlaf, daß er jetzt aussteigen mußte. So wie einer, der die Zeichen kennt, weil er hier zu Hause ist. Die Unterkunft hatte sich in sein Fleisch eingeschrieben. Adam ein eingefleischter Einwohner von Steinstücken. Sein Ärger war fortgeflogen. Aber irgendwie typisch war es doch – wieder einmal echt Andrew.

Sie hatten sich verfehlt

Adam half einem Arbeiter von der Fertigkellerfirma die Absperrgitter beiseitetragen. Es sollte mit dem Bau im Nachbarterrain nächstens ruckzuck vorangehen. Doch für heute erst einmal Feierabend. Adam roch den erinnerten Duft seiner letzten Zigarette vor Zeiten im Pausentrakt der Bibliothek. Der Arbeiter hielt ihm die Schachtel hin. Lieber nicht. Adam wollte eine Flasche Bier holen, da kurvte ein Auto heran. Braune Bergschuhe. Ein honiggelber Rucksack, ein Teleskopstock, ein Strohhut, jemand kroch aus dem Fonds. Der Indianer Andrew. Er verabschiedete einen jungen Berliner, der für den Fremden aus lauter Gutmütigkeit einen Umweg gemacht hatte.

Ist das möglich, wo kommst du denn her?

Aus Lorain, ich soll dich grüßen. Er wischte sich die Reiseanstrengung von der Stirn. Hier wohnst du also. Es klang zufrieden. Er suchte ja nur eine Unterkunft.

Nach Tagen klärte sich auf, Andrew war auf dem anderen Flugplatz gelandet. Pünktlich in Tempelhof. Ja wieviel Flugplätze gibt es denn in Berlin? Andrew war alt geworden. Und wunderlich. Er wuselte, gefangen in etliche eigenbrötlerische Gewohnheiten, im Haus herum. Wartete pfeiferauchend auf seinen Stuhlgang. Rieb sich die Hände, wenn es vollbracht war. Aß schnell und hörte ungemütlich plötzlich wieder auf. Er war genügsam und rücksichtslos.

Andrew fuhr erst einmal nach Magdeburg. Zu Otto, wie er sagte, und zwar total ohne berufliche Pflichten. Nur, um noch einmal mit den Steinen zu reden. Mit den Spoilien, die Otto I., um seine Macht schön zu stützen, damals aus Rom hatte anfahren lassen, die der nächste Herrscher aber schnell wieder weggepfeffert hatte, weil sie seinem Neubau samt seiner gotischen Ideen im Wege waren. Der übernächste Herr des Gemäuers hatte die römischen Säulen wieder haben wollen. Glücklicherweise hatten sie die Epoche gut überstanden. Man mußte sie nur aus dem Jahrhundertschutt graben und aufpolieren. Die Säulen paßten nun wieder ins neue bodenständige Denken und in die neue Kirche, es war gut, sich auf Otto den Großen, der einst diesen Ort hochgehalten und zu seiner letzten Ruhestätte bestimmt hatte, zu besinnen. Säulen festigten das Gebäude. Tradition.

Andrew machte sich nichts draus, wenn die Studenten lachten. Wieder Magdeburg, wieder Otto. Otto paßte nahtlos und überzeugend in seine Konzepte und Weltbilder. Er konnte es nicht ändern.

Überrascht war er allerdings doch, beinahe beschämt, als er beim Abschiedsbesuch im Dom noch einmal besonders lange an der Kapelle mit dem sitzenden Herrscherpaar verweilte. Manche Forscher meinten, es handele sich um das Himmlische Paar, der Mann halte die Sphaira, die von außen als Scheibe gesehene Himmelskugel. Die meisten aber blieben dabei, die beiden sollten Editha und Otto vorstellen. Die vermeintliche Himmelskugel sei eine Schüssel, und die neunzehn Kugeln darin seien die neunzehn Tonnen Gold, die der Kaiser seiner Grabeskirche gestiftet hatte. Die Haltung der Männerfigur mußte Andrew darauf bringen. Otto saß da wie Andrew. Auch Andrew hielt den Rücken so gerade, auch er stellte die Knie nach außen. Der eine Fuß zeigte genau nach vorn, während der andere grob nach außen gestellt war. Kaiser Otto I. hatte seine Haltung angenommen. Auch schien die linke Hand des Abgebildeten, wie bei ihm, die aktivere Hand zu sein, denn sie lag in einer bewußten Freiheit auf dem Knie, frei, um sofort zuzupacken. Mit Andrews lässig in der Hosentasche ruhenden Rechten hielt der Kaiser die teuere Schüssel. Das war nun keine auffällige Übereinstimmung mehr, das wäre eine Frage der Auslegung. Die ruhende Rechte hält die Schüssel mit dem Gold. Als Andrew den Dom verließ, kannte er die Gründe für sein steifes Kreuz. Die Kaiserhaltung.

Auf der Rückfahrt war ihm beklommen zumute. Hoffentlich würde es ihm nicht so gehen wie nach dem ersten Besuch, da hatte er hinterher ein Gefühl, als habe er nichts richtig gesehen. Es blieben ihm so viele Fragen. Erst Bücher brachten Licht in die Schattenbilder. Doch immer hatte er sich getröstet: eines Tages fahre ich noch einmal hin. Jetzt mußte er sich sagen: das wars. Das war Magdeburg. Das war Otto. Alles muß mal vorbei sein. Ein drittes Mal würde er nicht nach Magdeburg reisen. Andrew kam es so vor, als wäre er nun ziemlich ohne Grund auf der Welt. Leider hatte er wieder nicht fotografiert. Damals hatte jemand gesagt, fotografieren wäre im Osten verboten. Diesmal hatte er sich keine Angst einjagen lassen. Er hatte sogar mit Russen gesprochen, die volluniformiert am Elbufer lagen. Einer war aus der Tundra weit hinter dem Ural. Bald zu Hause, hatte er erzählt. Zur Zeit arbeiteten sie alle schwarz in einem Gartencenter, dem größten Europas, das sollte in der Magdeburger Börde entstehen.

14

Die Furcht kommt nicht aus Deutschland zu uns, sie kommt aus unserer anmaßenden Seele. Mit dem Satz kam der Indianer aus der Landeshauptstadt Sachsen-Anhalts zurück. Er roch nach Rauch und Bier. Er trug eine dicke Zeitung unter dem Arm. Die teuere New York Times. Leichtsinn und Heimweh, er ließ das Bündel im Rucksack verschwinden.

Adam schenkte ihm einen Whisky ein. Andrew griff mit der rechten Hand zu, zudem ließ er sich deutlich anti-ottonisch in den Sessel fallen. Ich sollte gleich noch aufhören zu trinken, sagte er mit einem geschulten Sinn für Epochen, aber mit schwachem Fleische.

Es war der Jahrestag, auf den Dresdner Beamte den Beginn von Adams Erdenbürgerschaft festgelegt hatten. Judy hatte in der Frühe telefoniert. Sie wollte die erste Gratulantin sein. Wie zu Hause. Zu Hause, da saß sie schon Tage vorher auf dem Sprung. Am Vorabend blieben sie wach. Judy schaute dauernd heimlich auf die Uhr, ob es schon soweit wäre. Mitternacht. Happy birthday. Eine unerschütterliche Tatsache. Sie wollte sich nicht die Mühe machen, einen Zweifel hineinzulegen. Der siebente Juli wurde Jahr für Jahr kräftig mit viel Besuch gefeiert. Es gab wortreiche Parties, Gelächter und Debatten, manchmal beleidigte Gäste, trotzdem hieß es: Wir freuen uns schon auf nächstes Jahr. Adam fürchtete den Tag. Er übersah, daß auch an gesicherten Geburtstagen viel Falschspiel getrieben wurde. Er war froh, wenn das Datum vorüber war.

Er konnte sich nicht mehr erinnern, wann genau ihm seine Weltverlorenheit bewußt geworden war. Einmal, das wußte er noch, war er, ein Zehnjähriger, von draußen kommend ohne jede Notwendigkeit vor den Spiegel in der Flurnische getreten. Er trug Winterkleider, seinen dunkelblauen Westanorak mit kariertem Futter in der Kapuze, eine gesteppte blaue Mütze mit Ohrenklappen und einen von der Stütze gestrickten Schal, weißgrün gestreift, die Sachsenfarben. Er erkannte damals, daß er ein zusammengewürfeltes Wesen war. In allen Formen, den Haaren, den Augen und den Fingernägeln und vielleicht auch in dem, was er dachte.

Einmal sollte er in der Chemiestunde Vater und Mutter eines rostfarbenen Salzes bestimmen. Der beflissene Lehrer hatte behauptet, es sei entstanden aus Gegensätzen. In dem Salz stecke Sanftmut, Heiterkeit, aber auch Stolz und Ernst. Er zitierte einen Vers : Vom Vater hab ich die Statur, des Lebens ernstes Führen, vom Mütterchen die Frohnatur und Lust zu fabulieren.

Adam machte Experimente. Man konnte die Sache umdrehen. Von Mutter, vom Väterchen. Es brachte nichts ein. Der Spiegel in der Flurnische blieb stumm. Das Gesicht – ein Rätsel.

Adam wollte ergründen, aus welchen Stoffen er gemacht war. Er träumte. Er baute sich außerordentlich warme, gemütliche Nester. Malte sich strenge, gegen den Alten argumentierende Väter. Gewinner. Seine Mutter trug ein erikafarbenes Kleid aus Plauener Spitze, ihre Stimme glich ungefähr der Stimme von Alice, einer jungen Frau, die schon zweimal ins Haus gekommen war, um die Hosen zu verlängern und des Professors Hemdkrägen zu erneuern. Sie schnitt, dies fertigzubringen, vom Hemd ärschlinks einen Streifen ab, ersetzte das nun fehlende durch ein Stück von einem ausrangierten Bettuch, aus dem gewonnenen Hemdenstoff machte sie den neuen Kragen. Adam behielt die Professorenkrägen im Auge. Die Stütze mußte sich wundern, als der Knabe altklug erklärte: die Hemden vom Professor seien schon wieder einmal total ramponiert. Alice redete beim Schneidern mit den Stecknadeln und mit dem Stoff, ihr goldener Ehering klirrte auf dem Handrad der Nähmaschine. Adam lauschte. Er stellte sich vor, sie wartete vor dem Schultor, sie sähe hoch auf die Giebeluhr, weil sie sich Sorgen machte, wo er denn so lange bliebe.

Später strich eine blonde, in Wellen über die Schultern fließende Mähne durch Adams Träume. Eine Schaufensterpuppe aus dem ADRETT-Kaufhaus in der Prager Straße. Sie trug ein papiersteifes, wunderbar wie Perlmutt changierendes Taftkleid. Achtzig Mark. Größe 40. So offerierte das Schild an ihrem Fuß. Keine Chemie, keine Dichterverse. Träume sind Schäume, sagte die Stütze.

Es war die Wahrheit. Adam wirbelte in haltloser Weltgeschichte, in der nichts weiter als Farben abrufbar waren. Grün, violett und schwarz oder gelb und grün, oder blau und schwarz. Adam wirbelte, ohne sich wehe zu tun. Spiegel erinnerten ihn an ungeklärte Hintergründe.

Andere Menschen wußten, wem sie ihre krummen Beine anlasten durften, ihren Haarausfall, ihre Größe, ihre braunen Augen. Andrew war so einer, der in einem Verbund von Preußen und Indianern bestimmen konnte, warum er mit so herrlichen Zähnen herumlief und warum er eigentlich keinen Whisky vertrug. Es war für Adam nicht zu verstehen, warum dieser Mensch trotzdem als Schussel durchs Leben lief.

Adam suchte Halt, Griffe, an die er sich klammern konnte. Manchmal beschlich ihn ein Gefühl der Zugehörigkeit, ohne daß er etwas Besonderes dazu tun mußte. Er fuhr mit dem Bus und dann mit der Stadtbahn. Plötzlich fühlte er sich zu Hause. Eine lärmende, nach Walderde riechende Kinderschar brachte das Cliquengefühl mit in den Waggon. Achtjährige schmetterten ein freches Lied von der dickbeinigen und dickbusigen Tante Anna. Adam nahm belustigt wahr, daß ringsherum lauter weggetretene Frömmler saßen. Leute, die so taten, als könnte man Ohren wie Augen zuklappen. Er verbiß sich das Grinsen und machte auch so ein Grabesgesicht.

Ein Mädchen, gezeichnet von dicken getrockneten Tränenbächlein, ließ den gegenübersitzenden Adam nicht aus den Augen. Sie starrte ihn an, als würde sie gleich seine Verwandlung in einen Bären oder Prinzen erwarten.

Wandertag? fragte Adam.

Das Mädchen nickte.

Im Grunewald?

Wieder nickte das Mädchen.

Habt ihr Tiere gesehen?

Das Mädchen schüttelte den Kopf. Dann aber fiel es ihr ein. Einen toten Igel! rief sie. Sie erzählte, lispelte durch ihre Zahnlücke, daß sie zum Drachensteigen unterwegs gewesen wären.

War aber nichts los mit dem Wind. Bloß wie 'n Furz, verstehste!

Ein Akkordeonspieler stieg ein. Die Kinder sprangen auf, warfen ihre Beutel, Rucksäcke und angebissenen Äpfel weg und fingen an, nach seinem Spiel zu tanzen. Shanghai Noodle Factory. Noodle Factory. Factory. Sie kannten den Text. Am Ende des Stücks reichte der Akkordeonspieler, ein junger Kerl mit einem Ziegenbärtchen, vielleicht ein Student, seinen Pappbecher durch die Reihen. Die Kinder hingen in Trauben, nestelten in den Hosentaschen, an den Klettverschlüssen ihrer papageifarbenen Jacken, weil jeder etwas in den Becher legen wollte.

Kids, predigte der Akkordeonspieler, besser dreckige Hände als einen schmutzigen Charakter.

Aus den Zeitungen wußte Adam, daß die Leute aus Ostdeutschland um das Milieu ihres vergangenen Lebens stritten. Wer weniger als fünfundvierzig Jahre zählte, war in die Umstände hineingeboren, für die Älteren waren diese fünfundvierzig Jahre die Hälfte der Zeit, die ihnen wie einem jeglichen höchstens auf Erden bei günstigem Walten des Geschicks gegeben wird. Manche wuchsen von der Kindheit in die Jugend, andere von der Jugend in die Berufe und Berufungen. Und dann gab es noch die Alten, die letzte Generation, die aus der Nazizeit herüberreichte. Für die wurde gleich ordentlich Epoche gemacht – von 1933 bis 89. Die braune und die rote Diktatur. Sie warteten im Wirrwarr von Angleichungen, Überleitungsgesetzen und Mieterhöhungen, in schicksalhaftem Abriß und Aufbau auf ein gutes Ende.

Adam vergaß den Whisky, wenn er mit Andrew debattierte. Der aber wurde stets durch seine Tabakpfeife an seinen Durst erinnert. Nachstopfen. Trinken. Schweigen. Er scheuchte eine Fliege. Hörst du mir zu?

Of course, Andrew war bereit, einiges über die Wiedervereinigung hier in Deutschland aufzunehmen und zu bedenken. Adam nun wie ein Augenzeuge. Die Konstellationen des neunundachtziger Herbstes.

Intrige ist schrecklich, sagte Andrew. Er wolle ein Seminar über die Chinapolitik in Tibet vorbereiten. Neuerdings laufe in Lhasa wieder eine Kampagne gegen Fotos mit dem Dalai Lama, und die Grenze zwischen Tibet und Indien sei wieder abgeriegelt.

Die Geschichte der Menschheit ist die Geschichte des Schmerzes.

Adam stieg nicht mit hinauf in die Schmerzeshöhen, er ließ sich nicht nach China hinüberziehen. Er blieb beharrlich hier und unten, er regte sich auf. Aus einem tiefen Dresdner Grunde. Es ist schlimm, er schlug auf das Polster der Armlehne, daß unter diesen nun auch für den Osten geltenden marktwirtschaftlichen Bedingungen menschliche Werte und Potenzen zerstört werden. Das Kapital hat gesiegt, das ist normal, aber daß damit auch Denkmuster und Strukturen, innerhalb derer sich Ideen formulieren könnten, zerstört werden, das sind leider mittelalterliche Methoden. Damit kommen Abzocker zum Zuge oder, was noch die beste Variante ist, Grünschnäbel.

Er erzählte von einer Frau namens Amely. Die habe man aus einem Institut für Getreideforschung vor die Türe gesetzt, um einem jungen Doktor aus Bayern ein ganzes Labor einzuräumen.

Andrew horchte auf. Amely? Es war, als hätte er mit dem Namen endlich ein überzeugendes Argument gehört. Er kippte einvernehmlich den nächsten Whisky.

Sag mal, hast du nicht heute Geburtstag?

Adam wollte nichts davon hören. Er redete weiter, stritt, er war augenblicklich froh, daß er jemanden wie Andrew im Hause hatte. Jemanden, der aber auch gar nichts verstand. Adam verteidigte sein altes Terrain, seine Kindheit. Eine Vision jenseits der Marktwirtschaft, ein Anliegen neben deinem Eigennutz und ferne deiner egoistischen Liebhabereien.

Ich hätte damals nicht fliehen dürfen. Es war gut, Russisch zu lernen. Wir hatten an der Oberschule einen Chor, ein Dunajewski-Ensemble. Er deklamierte einen russischen Vers über ein Vögelchen, das singt, spielt, fliegt und eigentlich am Ende sterben sollte. Er suchte das Wort und die Melodie. Umirajet, ptitschka umirajet.

Andrew gähnte. Er sank mit dem Whisky, den er sich immer wieder nachgoß, tiefer und tiefer in indianische Erdenschwere. Mit Mühe setzte er sich aufrecht. Er geriet in ein anderes Thema, über das die Menschen einmal gründlicher nachdenken sollten. Warum die Deutschen keine Hunde, keine Katzen, keine Igel äßen. Was unterscheidet einen Hund von einem Suppenhuhn? Er versuchte eine Theorie. Die Tabakspfeife war ihm ausgegangen. Er fand die Streichhölzer nicht. Er mußte sich nun entscheiden, lärmen, sich von Adam das russische Lied beibringen lassen oder schlafen. Er ließ alles, die Pfeife, die Gläser, den angebissenen Apfel, stehen und liegen. Er verschwand. Adam grübelte alleine weiter. Er war von der neuen Deutschlandpolitik samt der trunkenen Zurede des Indianers abgekommen. Anna, grübelte er. Anna. Wenn ich geblieben wäre.

Er öffnete die Haustür. Der Pfeifenrauch suchte sich Ausflucht. Die Argumente wölkten an Adam vorbei. Das ganze Für und Wider zog in die finstere Nacht. Zierlich zunehmender Mond über dem lichten Sandstreifen, wo früher die Mauer stand. Dahinter der schwarze Wald. Andrew stieg im Haus geräuschvoll treppan, gurgelnd, dreimal den Rachen putzend.

Kühle, keine Sommernachtstemperatur, vielmehr die fröstelnde Frische des einsamen Wanderns. Adam lief auf der schnurgeraden, von Mauerbuschwerk begrenzten Straße. Parallel zu der in der Senke verlaufenden, seit neuestem unter Strom stehenden Eisenbahnlinie. Tags standen noch

Neugierige auf der Roten Brücke, um das Durchflutschen der silbernen Züge zu bestaunen. Die Bauwagen und Absperrgitter waren weg. Die Transportschäden auf der Straße ausgebessert. Rechts, bevor die ersten Häuser von Kohlhasenbrück anfingen, leuchtete im Licht einer imitierten Gaslaterne ein kleines Beet mit Sommerastern. Immer blühten hier Blumen. Ein Holzkreuz bezeichnete den Ort. Jemand war hier auf der Flucht von Ost nach West erschossen worden. Paul Lemmel. 13. Mai 1967.

Unter einem parkenden Auto jagten zwei Katzen hervor, querten die Straße, kreischten. Adam bog rechts ab, durch die Eisenbahnunterführung.

Hier war die Nacht hell. Tiefstrahler beleuchteten ein hohes glitzerndes Maschendrahtgeviert, hinter dem in rauchende Kaltnebel gehüllt ein Ungetüm zu lauern schien. Riesig und schlohweiß, eisig. Nimm dich in acht. Am Sicherheitszaun versprach eine Tafel, es sei zum Guten: eine Sauerstoffanlage zur Verbesserung des Wassers im Teltowkanal. Und trotzdem, Adam machte, daß er Boden gewann. Am Wasser entlang, dort, wo Kohlhaas seinen Schatz versenkt haben sollte, im Tal der Bäke. Der richtige Kohlhaas, der Hans, nicht der vom Dichter Heinrich von Kleist erfundene Michael.

Weiter. So sagten die Beine, noch bevor Adam zu einem Entschluß kommen konnte. Weiter.

Über den Teltowkanal führt eine Brücke, dann bist du im Wald und am Wannsee. Am Kleinen Wannsee, genauer gesagt. Die ersten Häuser, parkende Autos, eine Straße, die Bismarckstraße. Helle Fenster. Die Spätnachrichten. Der Nachtfilm. Kostüme. Eine Prozession in einem Gebirgsdorf. Im nächsten Apparat ein nacktes auf und ab wippendes Hinterteil. Ein großes Frauengesicht, ein Mund, eine gestreckte, wackelnde Zunge.

Prächtige Häuser. Seegrundstücke. Gegenüber die S-Bahnstrecke Potsdam–Berlin. Betriebsgeräusche vom Rangiergleis. Ein Nachtzug. Die Zunge. Das Hinterteil. Finstere

Häuser, versteckte Häuser. Eine breite, abschüssige Uferzone. Wald längs der Straße. Hier müßte es sein. Das Dichtergrab. Kleists letzte Ruhestätte.

Faß dir ein Herz, sprach das Reh.

In einer kleinen Serpentine führt ein von Geländern geleiteter Weg von der Straße weg den Hang abwärts zum See. Auf dreiviertel der Höhe öffnet sich der Weg zu einem Plateau. Eine Ruhebank gegenüber dem Grabstein. Auf dem Stein in braunen Buchstaben der Satz: NUN, O UNSTERBLICHKEIT, BIST DU GANZ MEIN.

Die Bank, der Spruch. Anna.

Vor ein paar Wochen war Adam, auf langem Irrweg vom S-Bahnhof Wannsee aus, um zu Fuß nach Hause zu kommen, in die Bismarckstraße geraten. Er hatte den Bus verpaßt. Er war den Beschreibungen eines Passanten gefolgt. Nach Steinstücken, immer durch den Wald, immer an den Bahngleisen entlang. Der See zur Rechten. Eine befestigte Straße. Eine Böschung. Zwei Fahrräder hatten am Geländer gelehnt. Zuerst hatte er gedacht, unten im Wald sei vielleicht eine Badestelle. Er wollte zum Wasser, doch dann hatte er den Spruch und den Grabstein wiedererkannt.

An dieser Stelle hatte er schon einmal gestanden. Vor dreißig Jahre ungefähr. Er hatte den Ort und alles drumherum drei Jahrzehnte vergessen.

Vor drei Wochen hatte er den Ort wiedergefunden.

NUN, O UNSTERBLICHKEIT, BIST DU GANZ MEIN. Wie war es möglich, daß das Andenken so ungeschickt mit sich selber verfuhr? Deswegen schnitten manche ein Herz in die Rinde. Ritzten ein A in den Stein.

Anna hatte damals ein Herz in den Sand gemalt, außerdem hatte sie Fotos geschossen. Bei ihrem nächsten Besuch im Hause des Alten hatte Anna die Fotos von der Berlinreise präsentiert. Zwölfmal Berlin. Anna, fünfzehnjährig, mit Pferdeschwanz, in einem kurzen weißen Röckchen. Sie hockt neben dem Grab, der Rock streift die Erde, und Adam steht direkt am Stein. Fünfzehnjährig, ganz in

Schwarz, in seinen spitzen schwarzen Schuhen. Ein Foto vom Grab des Dichter Heinrich von Kleist. Der Dichter hatte sich an einem schneeig nebligen Novembertag im Jahr 1811 gemeinsam mit seiner Freundin Madam Vogel, der Frau eines Königlichen Redanten, ungefähr an dieser Stelle mit zwei Pistolenschüssen ums Leben gebracht. Er hat sich entleibt. So hatte der Physiker den Sachverhalt beim Betrachten des Fotos beschrieben. Und ihr beide – wie aus einer Liebe, so hatte die Stütze kommentiert und die beiden, Adam und Anna, mit einem Blick abgemessen. Die Stirnen. Die Augen. Die schmal gezeichneten Brauen.

Adam hatte an jenem hellichten Tag, als er den Bus verpaßt hatte, die Erinnerung an die heimliche Reise nach Berlin hinnehmen wollen, den Schreck über seine Vergeßlichkeit und die Erinnerung an Anna.

Es war kein Hochmut, es war Furcht. Furcht vor einer endgültigen Wahrheit.

Adam saß, die Fäuste in seinen warmen Achselhöhlen, auf der Bank, dem Feldstein mit dem hochfahrenden Grabspruch gegenüber. Eines ahnte er, er wollte nicht ihr Bruder sein. Heute nicht wie damals nicht.

Das Foto von der Berlinreise habe ich zu Hause beim Sonntagsessen nur eines schrägen Blicks gewürdigt. Sie sollte sehen, daß es mich überhaupt nicht interessierte, kein Stück. Sie war stolz auf die Fotos. Auf dem, wo sie am Grabstein hockte, sah man den Schatten des Fotografen. Adam wie eine Bohnenstange. Der Alte ließ sich den Grabspruch aufsagen. Annas Stimme: NUN, O UNSTERBLICHKEIT, BIST DU GANZ MEIN. Er nannte diesen Kleist einen pfiffigen Burschen. Bei dieser Gelegenheit konnte er es nebenbei anbringen, er hatte gedroht: Wehe, ihr setzt mir mal so einen Steinklotz auf den Pelz und, wehe, ein Wort.

Aber warum wollte ich nicht ihr Bruder sein?

Er saß lange, er dachte an seinen Freund, den Indianer Andrew, der war vielleicht wieder munter geworden, und an Judy, es könnte sein, daß sie vor dem Telefon zu Hause oder unterwegs wieder einmal vergessen hatte, daß bei ihm jetzt noch tiefe Nacht war. Die Glocke gockelte durchs ganze Haus. Er wollte aufbrechen, doch er blieb sitzen.

An dieser Stelle auf dieser Bank hatte er damals gesessen. Anna hatte ihm die Arme hinterrücks um den Hals gelegt. Ihr Mund an seinem Ohr. Die Lippen. Ihr Geruch. Er wollte nicht ihr Bruder sein. Sie roch nach Wald. Sie hatte schwarze Fingernägel. Sie hatte sich eine mohnblumenfarbene Baskenmütze gekauft. Einen furchtbaren Deckel. Weil er das Ding so heruntermachte, hatte sie die neue Mütze auf der Rückfahrt aus dem Zugfenster geworfen.

Adam schloß die Augen. Jetzt muß ich aber heim. Er wollte dieses brüderliche Ich nicht sein. Nicht Annas Bruder Adam. Vom Wasser herauf meldete sich ein Vogel, eine Rohrdommel. Sie bestimmte das Ende der Nacht und den Anfang des Tages. Adam hörte nicht, wie es hinter seinem Rücken in den Efeublättern raschelte. Er hörte Annas Stimme. Brüderchen. Und die Rohrdommel. Mit mir fängt die Welt an, rief sie.

Er riß die Augen auf, er hielt den Atem an.

Zwei Schäferhunde schnüffelten mit feuchten Nasen an seinen Händen. Einer leckte ihm das Gesicht.

Wo kommt ihr denn her? Die Dommel schwieg.

Die beiden Hunde schauten aufmerksam in das Mannsgesicht, als stünde ihnen diese Frage zu.

Ihr seid doch gute Hunde, nicht wahr?

Die unverwandt forschenden Hundeblicke: Wir sind diejenigen, die Fragen stellen. Weil der Mann ihnen nichts zu sagen hatte, ließen sie ihn sitzen.

Adam sehnte sich nach diesem Mädchen im weißen Tennisröckchen, das er nie als Schwester hatte dulden wollen, weil er sich immer ihrer geschämt hatte. Ihrer schmutzigen Fingernägel, ihrer Frisuren, ihres Heimkind-Geruchs. Er schämte sich seiner Scham.

Er hatte sich mit seinen Grobheiten vor Anna großgetan und – in Sicherheit gebracht. Am Ende war er auch noch vor ihr geflohen. Es sah so aus, als hätte es aus anderen Gründen sein müssen: weil er keinen Sinn mehr fand, keine Perspektive, er war Mitglied der Studentengemeinde, er hatte die Bezeichnung *Antifaschistischer Schutzwall* für die Abgrenzungsmaßnahmen, die sich über Jahre hinzogen, in Frage gestellt. Lächerlich gemacht, wie es hieß. Aus einer Stacheldrahtabsperrung war bald eine hohe Betonmauer geworden, parallel war eine Patrouillenstraße und eine zweite Sicherheitsmauer entstanden. Wachtürme kamen dazu. Es sah aus wie für tausend Jahre. Der Professor hatte ihn rausgehauen. Der Alte hatte fluchend einen Brief geschrieben. So geht das nicht weiter, selbst wenn das Gebäude noch in diesem Jahrhundert platzt.

Das war das eine, aber dahinter war noch etwas anderes. Er ahnte, daß er seiner eitlen Launen nicht mehr Herr werden würde. Er hatte es gerade noch als Famulus im zweiten Semester fertiggebracht, Anna von einem Knaben zu entbinden. Er half auf der Station. Er durfte unter Aufsicht den Nabel des Kindes versorgen. Sie war als ehemaliger Heimzögling beinahe gesetzmäßig vom ersten Mann, der ihr nahegekommen war, schwanger geworden. Das Mädchen, das den Vater ihres Kindes nicht nennen wollte, sollte seine Schwester sein? Obwohl die Gleichgültigkeit ihrer Amtspapiere doch Abstand genug geboten hätte, versuchte er, dieses Weibswesen ganz besonders zu mißachten. Er verleugnete sie. Er drehte der glücklichen jungen Mutter und dem bläulichen Zappelwesen den Rücken. Er lebte lange vom Salz einer Träne, die auf seiner rauhen Oberlippe getrocknet war. Salz einer Freude.

Anna grub sich stachelnd in sein Gedächtnis. Sie schrieb ihm an seine Zufluchtsorte in den Staaten manchmal einen Brief. Sie lernte Englisch. Erst in Dresden, dann in Potsdam, immer an der Abendschule. Er antwortete, korrigierte, gratulierte, wünschte frohe Feiertage. Sie schrieb vom Umzug aus ihrer Unterkunft, die sie mit dem Kind immer noch in Dresden-Neustadt bewohnt hatte, in ein Dorf ziemlich dicht an der Grenze zu Westberlin. Später schrieb sie von Besuchsreisen zum Grab des Alten auf dem Dresdner Heidefriedhof, von ihrem ins Kraut schießenden Knaben Rainer und seinen Schwierigkeiten in der Schule, einmal hatte sie einen Mann erwähnt. Da wäre jemand, sie malte ein kindisches Herz und viele Pfeile. Adam machte sich Bilder. Es tat weh. Heimweh, dacht er. Die Elbluft, das Quietschen der Straßenbahnen, das sächsische Gebabbel, die vielen babschen (weichen) Bs, eigentlich Ps, derentwegen Adam noch heute für einen New-Orleans-Man und in New Orleans sogar für einen Einheimischen gehalten wird. So war es gut, daß sich die Schreiberei auf Kartengrüße reduzierte und schließlich ganz verlief. Die Schuld hatte keinen Namen, und die Sehnsucht pendelte leer in Zeit und Raum.

Judy verstand, daß er in die Staaten gekommen war, um neu anzufangen. Er war ja noch gar nicht so sehr alt. Noch nicht mal fünfundzwanzig. Das ganze Leben lag noch vor ihm. Vor uns liegt das Leben. Sie galten als vernünftiges und auch als leidenschaftliches Paar. Weil sie keine Kinder hatten, blieben sie selber Kinder. Judy-Kind und Adi-Mousy, sie spielten brav miteinander. Es gab selten Zank. Um zärtlich zu sein, redeten sie in der Kindersprache.

Adam machte sich Judys Meinung zu eigen: Noch einmal, es war gut, daß von drüben keine Briefe mehr im Kasten lagen. Es war ja überhaupt nicht geklärt, ob sie beide, er und Anna, Geschwister waren, und wennschon, sie waren in absolut verschiedenen Sphären aufgewachsen. Anna im Heim und er viele Jahre im Hause des Professors. Jahre, die doppelt und dreifach zählten, die Zeit zwischen acht und zwanzig.

Dann hatte das Schicksal Anna und Adam auch räumlich weit auseinander geführt. Man mußte Annas Zurückhaltung akzeptieren. Man mußte nicht unnötig alte Lasten herumtragen, alte Schmerzen. Judy war froh, weil Annas Schweigen für Adam das beste war.

Einmal hatte Adam laut Telefonrechnung ein Gespräch

mit Dresden geführt. Mit wem? Mit Anna? Judy verbiß sich die Frage. Warum nur? Neugier war eigentlich ringsherum erlaubt. Man durfte die Nase in Notizbücher stekken und in Pullovern schnüffeln. Ohne Neugier keine Liebe, Gleichgültigkeit ist Gleichgültigkeit. Das galt als ein wichtiges Kapitel ihrer Badewannenphilosophie. Anna war kein Thema mehr.

Im Jahr, als mich der Professor mitnehmen durfte zu einer Dienstreise nach Heidelberg, hatte der Stadtfürst kurz vorher ein Kabarettprogramm verboten und Filme und so weiter. Mein Freund Karl, er war Schauspieler, eigentlich noch Student, aber er spielte schon am Dresdner Staatstheater, er wurde verhaftet. Er sollte zu einer Gruppe gehören, die auf einem sowjetischen Ehrenfriedhof Grabsteine umgeworfen hatte. Der Alte machte einen kleinen Versuch, Karli zu helfen. Karl Tempel wirft keine Steine um. So rief er im Schlußkapitel eines Festvortrags zu Ehren des in Buchenwald ermordeten Physikers Chotwitz den versammelten Physikern und fünf öffentlichen Häuptern zu. Er klopfte mit beiden Fäusten auf das rot verhangene Pult. Er war mutig und feige zugleich. Er war komisch. Ja, ja, der Teufel weiß viel, weil er alt ist. Das Publikum verbiß sich das Lachen. Der Vorstand der Gesellschaft beschloß, den Alten nicht mehr predigen zu lassen.

Von Karl, vom 11. Plenum usw. wollte eigentlich keiner hier in der Neuen Welt was hören. Von Anna nicht und auch nicht von der Melancholie des Fortgehens.

Adam behalf sich mit einer Laufbahn und ließ sich von Judy umgarnen. Weißt du noch, wie ich dich eingefangen habe an der Autowaschanlage in East twenty-two?

Ich habe dich eingefangen!

Beide glaubten an beide Möglichkeiten, und das war ein Glück. Wei tu noch? Sie schliefen meist in einem Bett. Sie kannten jeden Millimeter ihrer Haut, die kleinsten Klüfte. Judy vertiefte sich in Adams Ohr, ob ein deutscher Däumeling darin wohnte? Festumschlungen schliefen sie ein.

15

Die Tage wurden kürzer. Es war nun schon deutlich zu spüren. So lebendig wie am ersten Tag bist du nie mehr. Während der ersten Stunden in Berlin hatte Adam sogar vom Gewese der Toten einen Hauch zu spüren bekommen. Es war ein besonderer Tag, es war Silvester.

Die Zeit war verronnen.

Nun mach was.

16

Andrew, der zeitfressende, gern und nicht nur heimlich furzende Freund – er hielt das im Lande Luthers immer noch für eine gültige Sitte –, war mit einem lauten protestantischen Abschiedsgruß nach Bornstedt in der Nähe von Potsdam gefahren, dort sollte ihm ein Haus gehören.

Es hing mit den Konditor-Vorfahren in Preußen zusammen. Mütterlicherseits reichten die Wurzeln bis ins preußische Brandenburg. Eine prächtige Prinzregententorte, deren Herstellung in der Cleveländer und Pennsylvania-Verwandtschaft immer noch kultiviert wurde, sollte in der Familie als Zeichen der Verbundenheit mit der Alten Welt gelten. Sogar Erika hatte sich beherzt in die Tradition begeben. Ergebnis: die berüchtigten Andrew-Geburtstagstorten.

Der Erbschaftsangelegenheit mußte er pflichtgemäß nachgehen. Es war vor allem wegen der Flugkosten, die konnte er mit der Erledigung dieser Geschäftswege besser begründen, nicht so sehr vor seiner Ex-Frau Erika oder vor Onkel Eduards Sohn oder vor den Steuerämtern als vielmehr vor seinem Gewissen. Leidenschaften durften nämlich nichts kosten. Oder nur wenig. Wie das dicke Buch, der Bildband über den Dom, den er auf einem Magdeburger Ramschtisch für eine Deutsche Mark erworben hatte. Das Buch stammte noch aus einem liquidierten Ostverlag, dessen

Lager man wegen der Rückübertragung des Hauses an den Alt-Eigentümer ausräumen mußte.

Andrews Reisegrund: die Preußische Konditorei. Das Beste war gratis. Der Magdeburger Dom. Kaiser Otto. Freund Adam, samt seiner Unterkunft in Steinstücken.

Das Gewese im Haus. Wenn Andrew nicht gekommen wäre, nicht immer noch bleiben wollte, wenigstens bis das mit der Erbschaft geklärt sei – dann wäre Adam gestern nach Dresden gereist.

Karli, er wollte wissen, was aus Karli geworden war, auch Sklave Michaels Geschick wollte er in Erfahrung bringen. Das Haus auf dem Hirsch, der Heidefriedhof mit dem Grab des Alten und das Lagerhaus, vielmehr der Buchladen, das Antiquariat, wo er in Vorzeiten Anna gefunden hatte. Er würde längst davorstehen und alles wiedererkennen. Er wäre zu Hause. Sein Fahrrad, was mag aus seinem Fahrrad geworden sein?

Wenn nicht nach Dresden, so wäre er gewiß nach Potsdam gefahren, oder er hätte sich hinter die Bauwagen an der Eisenbahnstrecke gestellt, von da aus liegt die Bushaltestelle Rote Brücke im Blickfeld. Und Amely. Sie stieg jetzt immer eine Station nach der früheren Endkurve ein. Weil sie damit sieben Minuten gewinnen konnte. Adam hätte sie im Auflicht des Nachmittags entdeckt. Er hätte einen Entschluß fassen können. Dresden. Potsdam. Amely. Leicht. Wenn er nur gewollt hätte. Wenn Andrew ihn nicht anders bestimmen würde.

Denn Andrew blieb noch. Er hatte seine Hemden in einer Schüssel gewaschen. Ich brauche keine Maschine, hatte er wieder behauptet. Ich brauche nur Chat noir. Das war eine Kernseife, ein durchsichtiger Rest, den er nach Gebrauch in einem Schraubglas hütete. Er hatte sich mit einem Taxifahrer verabredet. Der wußte einen Dreh, wie er das Bornstedter Haus, ein Fachwerkhaus, Baumannvilla, so genannt nach einem bekannten Architekten der zwanziger Jahre, samt dem Grundstück, immerhin 3000 qm, am besten loswerden konnte. Der Taxifahrer wollte behilflich sein bei der Überschreibung des Rückübertragungsanspruches. Damit könnte die Angelegenheit für Andrew ohne Formalitäten aus der Welt geschafft werden.

Geschichte schreiben ist schwerer denn Geschichte machen. Mit dem Glauben war Andrew nach Bornstedt gefahren. Als er zurückkam, verlangte er die Flasche. Egal was – Whisky oder Wodka. Ich will, glaube ich, mit mir nichts mehr zu tun haben.

Er warf sich noch mit der Wetterjacke in den Sessel. Ich habe am heutigen Tage mit meiner linken Hand einen Zwölfmannbetrieb liquidiert. *Günter Brod- und Feinbäkkerei. Hoflieferant.* Eine schwarze, in roten Backstein gemauerte Giebelinschrift. Über dem Hoftor ein aus gelbem Glas gebautes Leuchttransparent, gekreuzte Brote, verschlungene Brezeln. Steinwurf Sterne. Vier dicke Buchstaben BAKO. Was das heißt, konnte keiner sagen. BAKO heißt Bako, wie BROT eben Brot heißt. Einer der drei Männer im Büro sagte: Backkombinat.

Ich hatte mir ein Kombinat anders, mindestens viel größer gedacht. Da wurde mir noch erklärt, daß der Günter-Betrieb nur einer der vielen Kombinats-Brot-Betriebe gewesen sei, einer von etlichen alten Bäckereien, und dazu habe noch ein neuer Betrieb, eine automatische Backstraße aus Schweden, gehört, dort habe dann auch die richtige Verwaltung gesessen. Bei BAKO eben. BAKO.

Lauter Bäcker. Die Großmutter Günter-Carpentier hatte immer von Torten und Schokolade gesprochen, von Prinzregententorte – mithin von einer Konditorei.

Der Giebel soll abgerissen werden, samt der Schrift, dem Firmenzeichen von Großmutter Carpentiers Großvater aus Kaisers Zeiten. BAKO stürzt schon von alleine. Spitzes gelbes Glas liegt unter der Toreinfahrt.

Da kann man nichts machen. Und es hat sowieso nichts

zu bedeuten, die plötzliche Erbschaft, BAKO und die alte Giebelschrift. Oder doch?

Andrew schenkte sich den guten Rest aus der Flasche ein.

Für die späteren Historiker darf das alles gar nicht wahr sein. Er redete, nannte Namen, Michel de Certeau zum Beispiel.

Nie gehört, warf Adam ein. Andrew redete weiter, immer weiter über fehlplazierte Begebenheiten, die in die allgemeine Entwicklung nicht paßten und den stilbewußten Zeitgenossen neuestens immer wieder schockartig überfielen.

Wenn nicht soviel Meinung in der Welt wäre, sagte Adam, dann könntest du die Steine verstehen. Die Steine von Rom und Magdeburg genauso wie die von Bornstedt.

Habe ich dir erzählt, daß Simon gestorben ist? warf Andrew ein. Die Sternengeschichte.

Adam gab endlich den gehörigen Anstoß. Simon? fragte er.

Simon, mein blauer Stern, er hat sich die Pulsader aufgeschnitten, und niemand weiß, warum. Hätte ich nicht für ihn gebetet, wäre er wenigstens heute ein toter Held – nun ist er nur ein toter Mann. Einer, um den es im Leben trübe bestellt gewesen sein muß.

Vor dem Haus schlug eine Hupe kurz an. Froschkrawatte kommt, sagte Adam. Ein zweites Signal. Ich bins noch mal. Es war der Taxifahrer. Froschkrawatte. Ein Name als Fingerzeig für Andrew.

Er plazierte das Auto auf dem Bürgersteig, schloß die Fahrertür ab, stampfte mit den Schuhen, als wäre er durch ein Moor gewandert, putzte ausführlich die Sohlen.

Andrew sollte noch eine Unterschrift leisten, sollte bestätigen, daß es außer dem Herrn Professor Andrew Carpentier-Neil nicht noch weitere Erbberechtigte gäbe. Nach bestem Wissen und Gewissen. Sie sprechen ein perfektes Deutsch, und das Alter sieht man Ihnen nicht an. Obwohl, wenn man nicht mehr der Jüngste ist, sollte man sich nicht lange in Geschäfte verwickeln. Ab nächsten Monat wird von Amts wegen sowieso alles ganz anders werden. Viel schwieriger für die Erben. Steuermäßig. Es kommen Neuigkeiten auf alle Auswärtigen zu, speziell auf Leute von Übersee.

Die Halsschlagader des hilfsbereiten Taxifahrers, des Engels, den der Mann mit der Froschkrawatte noch nicht mit letzter Übung spielte, tuckerte wild. Mancher Zuspruch blieb in der Gurgel hängen. Herr Professor, Sie haben aber ein unverschämtes Glück.

Andrew tat so, als würde er die vorgelegten Papiere studieren. Er schob die alte Reservebrille von der Nasenspitze dicht vor die Augen. Überflog ein paar dick geschriebene Sätze. Überlassungen zum wesentlichen Vorzug. Investitionsanträge. Gewinnübertragung bis zu einem vom Eigner bestimmten Termin.

Vom Geschäftsanzug des Unterhändlers her wehte ein überzeugender Duft durch das Zimmer. Andrew unterschrieb.

So einfach hatte sich der Taxifahrer, Froschkrawatte, das ganze Manöver nicht vorgestellt, er hatte nach der Besinnungspause, die leider durch die fehlende Unterschrift entstanden war, mit Komplikationen, sogar mit Widerruf gerechnet. Er hatte sich innerlich schon auf zwei extreme Touren, auf die harte, die Aufrechnung aller Altschulden, und auf die weiche, die sogenannte Bestechung, vorbereitet.

Es ging reibungslos. Die Hände, die die unterschriebenen Papiere entgegennahmen, zitterten. Ein schneebleiches Gesicht. Schweigen.

Meine Herren, soeben wurde ein Millionär gezeugt, wenn nicht gar schon geboren. So feixte ein Schlänglein aus der augenblicklich zuschnappenden Aktentasche.

Der Gewinner machte, daß er mit der fest verschlossenen Tasche unterm Arm schnellstens davonkam.

Adam wollte sich wenigstens die Autonummer merken, doch als er die Haustür geschlossen hatte, war ihm die Nummer wieder aus dem Kopf gefahren. Vielleicht hat sie sich draußen in der Buche verfangen, oder sie steckt in einer grünen Flasche, vielleicht kam sie bei Bedarf wieder hervor. Vielleicht. Soviel hatte sein kränkelndes Vertrauen noch festgehalten, der erste Buchstabe des Autokennzeichens war ein B.

Nun könnte ich die Koffer packen. Andrew tat geschäftig, er steckte planvoll die Brille ein. Er trank mit Schwung die Schnapsneige aus. Ihn stachelte plötzlich die Ahnung, daß der geschniegelte Kerl mit der Froschkrawatte ihn zum Tölpel gemacht haben könnte. Er wußte es eigentlich von Anfang an. Er hatte sich leichtlebig der Erbschaft entledigt. Der Stachel stach, warum forderte Adam ihn nicht zum Hierbleiben auf oder zum Mitkommen, zu einer gemeinsamen Fahrt nach Dresden zum Beispiel? – Er wollte überredet werden. Bleib hier, komm mit, Freund. Freund, du würdest mir einen Freundesdienst erweisen.

Adam schwieg.

Auf dem Flugplatz, als Andrew den honiggelben Rucksack los war und das Einchecken erledigt hatte, standen sie sich einen stummen Augenblick gegenüber.

Adam spürte die Tränen, die ihm in den Hals hineinliefen und die Kehle verschnürten.

Andrew stand da in seinem Reiseanzug, braun, klein wie eine Feldmaus, wie der alte Andrew. Dunkle Indianeraugen in einem runden, fein geknitterten Pergamentgesicht.

Adam nickte und schniefte, schüttelte den Kopf. Alles nur Neid, so begründete er sein Elend mit der Nase, dem Papiertaschentuch.

Andrew drehte sich ab, legte seinen Teleskopstock auf das Laufband für die Sicherheitskontrolle und verschwand hinter dem Vorhang zur Leibesvisitation.

Adam trat in den Abend. Er lief an den Betonplanken entlang straßabwärts in Richtung Stadt. Der Bus fuhr vorbei. Autolichter sprangen wie weiße Tiere über den Bordstein, hüpften über seine Schuhe. Er weinte. Kalte Salzspuren verloren sich im sieben Tage alten Bart. So einsam war er. So vom Leben verlassen wie nur einmal, wie damals, als ihm der junge Hase gestorben war. Seine Engels-Evelyne hatte das Tier mit der in Wasser getunkten Kleiderbürste bespritzt, der Hase, ein Findeltier, das er Michael abgenommen hatte, weil er es, im Gegensatz zu Michael, mit in die Wohnung bringen durfte, der Hase war unter dem Wasserschauer der Kleiderbürste vor Schreck erstarrt und in diesem Augenblick gestorben. Evelyne hatte den dunkelblauen Anzug des Alten gebürstet, und Adam hatte Krüge voll Tränen geweint, er war im Schmerz weit in die Heide gelaufen, in vorauseilender Trauer, die erst im Laufe der Zeit ihre richtigen Gründe fand. Evelynes Tod. Das Fortgehen. Und vielleicht auch die Erinnerung an Anna, an ihre nebelhafte Gestalt. Weil sie in seinem Herzen als Schwester nicht taugen sollte.

Adam lief weiter. Von Trauer übermannt.

Die Behausung in Steinstücken würde noch kälter sein als die ostwindigen Straßen. Adam wollte wenigstens so lange auf den Beinen bleiben, bis sein Indianer droben im dunklen Himmel steckte.

Am U-Bahnhof Jakob-Kaiser-Platz war ihm, als müßte es soweit sein. Zwischen den Sternen am städtisch ausgeleuchteten Gewölbe wanderte eine Lichterkette, Bullaugen einer Boeing. Am Ende – zuckendes, herzflimmerndes Rot. Schlußlichter. Adam stieg die Treppe hinunter zum Bahnsteig.

Er fuhr bis Charlottenburg. Hier stieg er um in die S-Bahn.

Er setzte sich ans Fenster zwischen sein Spiegelbild und einen dunklen Damenmantel. Gegenüber das Spiegelbild einer hellgelockten Frau. Die beiden Frauen, Potsdamerinnen, erwogen die Frage, ob sie sich neuerdings im Finsteren vor Männern fürchten müßten. Neuerdings, nach der Wende, so sagte die eine, da habe ich Angst.

Die Weizenhaarige gab ihr recht: Vorher habe ich mich nie gefürchtet. Heute getraue ich mich nicht einmal mehr, abends den Müll runterzubringen.

Die andere neben Adam, die ihr Grauhaar zu einem strengen Zopf geflochten trug, antwortete: Deswegen waren die Leute damals froh, als endlich wieder Ordnung einkehrte. Mit einem Schlage war Ruhe.

Die Weizenhaarige fragte: Mit welchem Schlag?

Mit den Nazis, warf die Bezopfte hin.

Damit gerieten die Argumente ins Strudeln.

Jedenfalls hat unsere Angst mit dem Fall der Mauer angefangen.

Die im Westen glauben, der futterneidische Osten ist Schuld. Die im Osten vermuten, das ist der Preis der Freiheit, das ist der Westen.

Aber warum hat es die Angst in beiden Teilen zu Mauerzeiten nicht gegeben? Für den Osten könnte man sagen, die allgegenwärtige Polizei und Überwachung hat die Gewalt verhindert, vor der wir uns nun fürchten.

Außerdem war im Osten das Geld nicht viel wert. Klauen hat sich nicht gelohnt.

Und im Westen? Adam beobachtete die beiden eifernden Frauen im dunklen Fensterspiegel. Das Getön.

Wie der Westmensch, im Gefühl, auf der besseren Seite zu leben, einst ein besserer Mensch war. Wie er Gott und dem Schicksal dankbar sein durfte, daß er nicht in Leipzig und gleich gar nicht in Wrocław lebte. Er war tüchtig. Sein Egoismus hielt sich in Grenzen. Er gönnte sich, im Schutze der Mauer, gegen die Brüder und Schwestern Duldsamkeit, Hilfsbereitschaft, er gönnte sich Güte. Gewiß ahnte er in tiefster Seele, daß sein Verwandtschaftsgefühl, so wie der Gesetzesartikel, der die Anerkennung der Staatsbürgerschaft versprach, auf einer frommen Lüge beruhte. Im Grunde des Herzens wollte er seinen besseren Stand, und damit die Mauer, so erhalten, wie sie war. Das Bewußtsein, der Bessere zu sein, hatte den Westler im Status quo wirklich besser gemacht und schöner. Über die böse Magie des Geldes hinweg. Freundlichkeit herrschte. Ein guter Umgangston. Der brandschatzende Terrorismus – eigentlich ein Medienereignis. Wie Hochwasser oder die Fußballweltmeisterschaften. Jetzt, ohne sauber abgegrenztes Hüben und Drüben, ohne den Windschatten der Mauer: wo soll der gute Mensch da noch das wunderbar stille Gefühl der Überlegenheit hernehmen? Jetzt muß der Westler seine Güte laut behaupten. Im Chor, als Solist, immerdar. Der Ostler kann sich wehren oder ducken. Er kann sich schämen für sein schlechtes Benehmen früher und heute.

Adam konnte die Stimmen, die Argumente nicht unterscheiden.

Vielleicht hatten die Frauen recht, oder eine von beiden, die ältere Weizenblonde oder die Graue. Die Debatte strudelte fort. Wie dem Ostler die Schuld gehörte. Dann hieß es: Keine Utopie stirbt allein. Sie zieht ihre Gegenutopie mit in den Abgrund. Sie sterben gemeinsam. Ein Liebestod. Sozialismus und Kapitalismus wie Tristan und Isolde.

Der Tod ist die Voraussetzung für die Auferstehung.

Wer aber steht zuerst auf?

Der zuerst gestorben ist?

Zwischen Grunewald und Nikolassee blieb die Bahn mit zwei kräftigen Bremsstößen plötzlich stehen. Am Nebengleis wurde gebaut. Die Schnellverbindung von Berlin in Richtung Süden. Die beiden Frauen blieben bei ihrer Angst. Angst vor den Männer und den neuen Umständen. Auch als der Zug weiterfuhr. Angst. Vielleicht gab es noch einen anderen Grund für den Halt auf freier Strecke. Ein Unfall. Ein Mord. Hatte jemand jemanden aus dem Abteil geworfen?

Am Griebnitzsee stieg Adam unter den wachsamen Blicken der beiden Frauen aus.

Da geht das Gespenst. Der Dieb. Schänder. Schinder. Bube, warum hast du deinen Freund vertrieben. Das Gespräch der Weiber hing ihm an.

Er war zwar ein Kerl, aber immer noch oder neuerdings wieder einer aus dem Osten. Ein Ostler.

Man durfte Mitleid haben, Mitleid mit diesem von Freunden verlassenen, elternlosen, in der Nachtkühle fröstelnden Mann, der von niemandem in seiner vorübergehenden Aufenthaltsstätte empfangen wird. Armer Adam.

Adam öffnete die Fenster. Pfeifenrauch hing in den Räumen.

Andrew hatte das Buch über den Magdeburger Dom auf dem Fernsehapparat liegenlassen. Vergessen.

Adam blätterte, las, es war nicht ausgeschlossen, daß er nächstens Magdeburg besuchen würde, es war, weil Andrew nicht mehr leibhaftig neben ihm saß, es war, weil keiner mehr da war, dem er alle Schuld abbitten konnte. Er trug das Buch zur Post. Air mail. Beiliegend ein Gruß. Ich hoffe, du bist gut gelandet. Mehr nicht. Die Eile war schon Zeichen genug.

Nun wollte Adam alles andere wahr machen. Jogging zum Beispiel. Äpfel essen. Er kaufte Äpfel. Doch er aß keine, vielleicht wegen der Rasierklingen, die in Äpfeln stecken konnten. Es war eine amerikanische Krankheit. Eine Hysterie noch aus den Zeiten des Vietnamkrieges. Adam hatte jedesmal den Atem angehalten, wenn Judy einen großen Macintosh verschlang, oder wenn Andrew hier seine Zähne in einen Apfel schlug. Alle glaubten unterdes wieder an die Unschuld der Äpfel, nur er enthielt sich, weil ihm immer noch der Apfelhunger fehlte. Er rannte auf dem Grenzstreifen Richtung Potsdam und wieder zurück.

Als er vier Tage nach Andrews Abflug schwitzend nach Hause kam, klingelte das Telefon. Judys Stimme, ganz nahe. Weißt du, wer nebenan wartet? Erika! Weißt du warum? Adam war einen Augenblick verwirrt wie ein Kinoheld, er schnaufte noch. Vielleicht hatte er doch ein zu strammes Tempo gehalten. Vielleicht war die Strecke zu weit bis zum Kleist-Grab. Nebenan? Er starrte die Wand an. Nebenan, Erika?

Judy dämpfte die Stimme. Er hörte ihr Flüstern: Andrew ist nicht zurückgekommen. Nun will sie sich nicht beruhigen, sie möchte wissen, ob er noch bei dir ist.

Seit wann kümmert sich Erika um Andrew? Und warum ist er nicht angekommen?

Er ist nicht bei dir?

Andrew ist vor drei Tagen von Berlin nach New York geflogen. Ich habe ihn zum Flugplatz gebracht. Ob das Flugzeug gestartet ist? Das habe ich nicht abgewartet. Als er durch die Sicherheitskontrolle war, bin ich gegangen.

Erikas Stimme, sie war ins Zimmer gekommen, hatte Judy den Hörer abgenommen: Ich habe immer gewußt, wo Andrew ist. Ich wußte die ganzen Jahre, wie es ihm geht. Ich hatte Kontakt zu unseren, zu Andrews Nachbarn und zu Judy auch. Wo ist er? Sag mir, wo Andrew ist!

Ich weiß es nicht.

Judy hatte den Hörer wieder übernommen. Ist das nicht wieder einmal typisch Erika? Typisch, typisch – lauter Sätze, die keine Antwort verlangten. Dann Stille. Adam lauschte der Stille. Judy, rief Adam.

Er spielte die Zahlen auf dem magischen Quadrat, quer und diagonal und in Rösselsprüngen. Dreizehn Rufzahlen. Judy, ich liebe dich. So etwas Ähnliches wollte er sagen. Er wollte ihre Argumente hören. Aber immer war drüben in Übersee nach der dreizehnten Zahl besetzt.

Eine Stunde später klingelte endlich wieder durch das Haus in Steinstücken das Telefon. Adam rannte. Erika wußte Neuigkeiten, tröstende. Andrew habe in der Passagierliste gestanden. Er sei mit der PAN AM mitgeflogen. Die Maschine sei ohne Zwischenfall sicher auf dem Kennedy-Airport gelandet.

Das sage ich doch. Vielleicht ist er noch woanders hingereist.

Hat er nichts erzählt? forschte Erika.

Nichts. Vielleicht hat er sich erst unterwegs dazu entschlossen. Vielleicht hat er jemanden kennengelernt. Adam redete, er stellte sich vor, was sie sich für einen herrlichen Tag machen würden, wenn Andrew jetzt hier an Telefon, listig an einem zweiten Hörer, Erikas Sorge mithören könnte. Hinterlistig, v-männisch, warum nicht. Habe ich es nicht gewußt. Adam würde seinem Freund in die Rippen boxen. Kneifen, damit er zu sich und zur Wahrheit käme. Cherchez la femme. Aber leider, Andrew hatte sich planmäßig auf den Weg gemacht. Erikas Trost, den sie aus der Passagierliste bezogen hatte, der war nun ausgeschöpft. Adam übernahm den aufmunternden Schluß: Gib ihm Zeit für den Weg nach Hause.

Andrew blieb verschwunden. Erika telefonierte. Sie hatte alle möglichen Stationen abgeklappert. Sogar die bucklige Verwandtschaft am Susquehanna hatte sie besucht. Keine Spur von Andrew. Adam sollte erzählen. Die Sache mit der Erbschaft, der alten Bäckerei, Andrews Reisen nach Magdeburg. Lange, teuere Gespräche. Er konnte kein Zeichen von Verstörung melden. Glaube mir, liebe Erika, er war der alte. Ein bißchen schusselig, aber wenn es darauf ankam, hatte er besseren Durchblick als wir alle zusammen.

Hat er etwas mich Betreffendes gesagt? Erikas Stimme zitterte. Die Reste der Verstellung fielen ab von ihr. Der Satellit aus dem Weltall brachte einen Schluchzer an Adams Ohr.

Er schwieg, er antwortete: Ach Erika.

17

Adam setzte sich auf die Haustürstufe. Der Nachmittagsschatten eines Rhododendronbusches traf seine Turnschuhe. Er beobachtete das Gedränge der schwarzen Amseln. Sie scharrten und schimpften im trockenen, vorjährigen Laub, das Adam im Frühjahr, als die Nachbarn ihre Gärten in blaue Säcke stopften, einfach hatte liegenlassen.

Die Säcke hatten dann tagelang vor den Toren gestanden, wie chinesische Tempelwachen. Treublaue Löwen.

Die Amseln scharrten, flogen in die unteren Äste des Busches, hüpften weiter hinauf, zankten, flatterten, fielen übereinander her, und Adam sah zu. Er sah die braun verholzten Fruchtstände des Busches, er sah hellgrüne Triebe: ihr mikroskopisches Werden. Irgendwann hatte der Rhododendron geblüht. Weiß, wie Adam meinen wollte. Nichts weiter konnte die Meinung im Augenblick stützen: weder die im Herbstlaub modernden Blütenblätter, noch die frischen schreibfederkleinen Knospen, nichts weiter als die Erinnerung. Weiß.

Haben Sie die Schande drüben im Osten schon gesehen? Ein junger Mann rief von der Straße her. Er tippte zum Gruß an seine schwarzseidene Baseballmütze, an das breite schwarze Schild, das ihm wie ein schwarzer Schnabel auf der Stirn saß. Adam wischte sich mit dem Handrücken über die Augen, er sah kurz in die Himmelsferne, dann brachte er sich mit einem Sprung auf die Beine. Er reichte dem Jungen die Hand.

Cosimo Engel stellte sich als Ortsnachbar vor. Er kam mit einem Anliegen. Er und seine Freunde hätten drüben im Osten eine Aktion vor. Drüben in Potsdam, wo vor ein paar Tagen ein Stadtwald niedergemacht worden war.

Adam hatte das röchelnde, schadenfrohe Geschrei der Motorsägen gehört. Das Splittern und Krachen.

Auf dem freien Plan soll nun ein Medienzentrum gebaut werden. Ein Hotel und Verwaltungsgebäude für eine Firma, die nächstens Filme über weltweiten Naturschutz drehen will. Sie haben, indem sie den Wald umlegten, die Vögel vertrieben, um Filme über Vögel zu machen. Verstehst du, Bruder? Wenn der Pope das Zölibat bricht, kriegt er Ärger mit seinen Schäfchen und mit dem lieben Gott, wenn der Beamte den Vorgesetzten beleidigt, fliegt er raus. Aber der Zynismus aus dem bunten Apparat, der läuft unangefochten!

Die Sache ist die, wir wollen das schnarchende Gewissen der Bauherren an den zarten Fußsohlen kitzeln, und aus dem Grunde wollte ich dich fragen, ob Sie uns als Nachbar Ihren Fernsehapparat und, wenn vorhanden, auch den Videorecorder ausleihen könnten. Wir stellen ungefähr hundert Apparate im Kahlschlag auf und bestücken die Geräte mit Filmen: bunten Ökostreifen, Träumen – süßen Schnulzen vom rauschenden Walde. Mit lauter grünem Beschiß. Amselgesang, Finkenschlagen. Nachtigallen. Ein Happening, verstehst du, und darüber machen wir einen Film.

Weil der Herr Nachbar so begriffsstutzig dasaß, fügte Cosimo noch hinzu: Oder willste rumhängen wie n Klops am Christbaum, bloß weil die Sache keinen Sinn hat?

Adam und Cosimo transportierten den Apparat vor die Tür. Cosimo tippte an den schwarzen Schnabel. Er zog weiter. Der Apparat sollte noch heute von einem Auto abgeholt werden.

Adam hockte wieder auf der Stufe. Die Amseln scharrten immer noch, sie warfen das Laub nervös hin und her. Lauter Vertriebene. Heimatlose. Die meisten kamen von drüben, sie stammten aus dem einstigen Waldrevier zwischen Dianastraße und Jägersteig. Käuze. Tauben. Spechte – alles drängte sich im knappen Holz. Und wohin waren die Geister gezogen? Die Wurzelzwerge und Elfen, aber nicht nur die, auch die Fee, die die Birken mit hellgrünen Schleiern versah und die Nadelbäume mit Hoffnung? Wohin waren die Waldschmetterlinge? Der blaue Orpheofalter, das Pfauenauge? Wo war Andrew?

Adam ging mit gesenktem Blick durch das Haus. Er fürchtete vergessene Bücher, liegengelassene Fausthandschuhe, Spuren. Auch den kalten Pfeifengeruch, der immer noch platzhalterisch in den Sesseln hing, versuchte er zu ignorieren. Er vergrub die Ungewißheit, tat so, als wäre die gute Nachricht schon unterwegs. Eine Ansichtskarte vielleicht. Schönen Gruß, Dein alter Indianer. Ich bin nach

Reting gegangen. Genaues folgt später. Nur soviel. Es ist ein Kloster auf dem Dach der Welt. Als wartete Andrews eigensinnige Linkshänderschrift draußen im Briefkasten.

Wenn er wollte, könnte er sich ins gute Bild setzen.

Doch er ging nicht zum Briefkasten, er mied ihn sogar, er konnte ja nicht einmal mehr den Sesseln und dem Pfeifenrauch trauen. Es war möglich, daß sie eines Tages zuschlugen, unbarmherzig mit einer endgültigen Aussage.

Ein Auto hielt vor dem Haus. Es war nicht der Kombi, der den ausgeliehenen Fernsehapparat zurückbringen sollte – die jungen Künstler hatten die Kiste für heute versprochen –, es war ein Taxi. Froschkrawatte stand in der Tür. Duftend, schuhsohlenputzend. Mit einem verbindlichen Spruch. Warum einfach, wenns kompliziert geht.

Der Besuch trat mit Schwung über die Schwelle. Da Adam weder zu schreien noch anders zu argumentieren vermochte, Schmerz und Zorn und was es sonst noch an Elend gab, legten die Zunge lahm, aber nicht die Hände, packte er die Revers des schönen Sommeranzuges, er packte die Froschkrawatte und schüttelte den Mann hin und her. Er riß ihm die Unterschriftspapiere aus der Hand, die der ihm zu einem Fächer geordnet entgegenhielt. Adam griff in die Papiere, in seiner Not, wie ein Krallentier.

Wo ist mein Freund? Sie haben den Historiker Andrew Carpentier-Neil auf dem Gewissen!

Bei Ihnen piepts wohl? Wir sind hier nicht in Wildwest. Nicht in Amerika.

Adam griff noch einmal zu.

Der Taxifahrer floh mit blutender Nase ins Auto. Kennzeichen B.

Scheißkerl, warf Adam ihm hinterher.

Er wählte von den vier Flaschen die taugliche braune. Er suchte sich das zugehörige Glas. Einen Schwenker. Er schwenkte lange, bis der Cognac überaus handwarm geworden war. Er nahm sich Zeit. Später goß er das Glas voll bis an den Rand. Er kniete sich hin, schlürfte, kippte das auf der Tischkante stehende Glas. Er setzte sich auf den Boden. Er trank. Er nuckelte an der leeren Flasche. Es war gut, daß der Mann mit der Froschkrawatte gekommen war. Ich mach dich zu Staub. Dann schlief er.

Adam träumte. Anna trug Judys Bergschuhe.

Er wunderte sich. Er fand für den Schuhtausch keine Erklärung,

Er ließ die Sache bis zum Ende auf sich beruhen. Sehenden Auges im dunklen Schoß der Nacht.

18

Adam hatte gefragt, ob sie mitfahren wollte, mit dem Schiff ins Sandsteingebirge. Anna hatte nicht ja gesagt, sie hatte gefragt: Wann denn? Er hatte gesagt: Am Sonntag um zehn ab Anlegestelle Schillerplatz. Sie hatte gefragt: Und wer kommt mit? Adam hatte gesagt: Verschiedene, Elke und die anderen, die du aber nicht kennst.

Sie hatte nichts versprochen. Sie hatte geschwiegen. Aber er wußte, daß Anna am Sonntag um zehn da sein würde.

So sah die Vorgeschichte oder das Vorgefühl des Traums aus. Er träumte, als würde er sich selbst durch ein Vorhangloch zusehen. Sich und Anna. Sie trug schon ganz passend die irritierenden Schuhe. Er hatte ihr gezeigt, wie man doppelte Schleifen bindet, und wie man die Schnürbänder sichert. Dankeschön, sagt sie.

Das nächste Bild ist maiblumengelb und grün und lautlos wie ein Sonntagvormittag und gleich auch zu warm.

Adam auf dem Uferweg hinter dem Elbehotel.

Anna sitzt auf der Steinbank. Anna zählt Geld. Sie hat alles mitgenommen. In einem kleinen Hufeisenportemonnaie beinahe zehn Mark. Sie spürt seinen Schatten, sie schaut nicht hoch. Sie weiß, daß hinter ihr kein Dieb lauert. Kein

Wolf, kein chinesischer Drache. Trotzdem der Schreck bis in die Knochen, bis in die Fingerspitzen ein Blitz. Adam möchte irgend etwas halten, umarmen. Einen Blütenbusch, einen Wunsch, einen Sack voll Jazzmusik. Er hält der erstarrten Geldzählerin von hinten die Augen zu. Mit warmen Händen ihr warmes Gesicht. Er beugt sich so weit, daß seine Nase, sein Mund die Weizenhaare berühren. Sein Atem streift ihre Stirn.

Brudertier? fragt sie. Du riechst nach Sonntagskuchen. Sie schnüffelt mit feuchter Nase seine Handgelenke.

Die Stütze hat heute in der Frühe gebacken, sagt er.

Anna war seinem Lockruf gefolgt.

In den Loschwitzhöhen blühten die Kirschen. Man konnte auf dem Bergsattel am Wiesenhang zwischen blühenden Bäumen das Haus des Alten erkennen.

Dort oben, siehst du.

Ja klar, sagte Anna.

Aus dem Weiß lugten die beiden blauen Schiefertürmchen in einen sauberen blauen Himmel.

Adam kroch aus seinem blauen Anorak, nicht so sehr wegen der Vormittagssonne, als vielmehr um Anna anzustiften, ihre furchtbare SPOWA-Jacke auszuziehen, bevor die anderen kämen. Er stellte sich hemdsärmlig in das Hummelgebrumm und das Maiblumengelb und behauptete den Sommer. Ein Vorbild. So wartete er auf die anderen, die eingeschworenen Freunde, denen sein Wohlgefallen gehörte. Elke, Rosemarie, Karl, die die Mode bestimmten. Nietenhosen. Karierte Hemden und Anoraks. Anna zog die braune Jacke nicht aus. Im Gegenteil, sie knöpfte die Jacke bis unter das Kinn zu. Verbarg die weiße Bluse mit den winzigen blauen Punkten und das, was unter der Bluse steckte. Sie wollte ihren Oberkörper geheimhalten. Daß der kein Brett mehr war, das brauchte niemand zu wissen. Adam gleich gar nicht. Es war schon genug, daß sie hergekommen war. Auch noch als erste.

Adam lief hinunter zum Wasser, zum Anlegesteg, wo

andere Ausflügler das Schiff herbeiwarteten. Festen Glaubens blinzelten sie stadtwärts, von dorther mußte das Ereignis in der schrägen Morgensonne herbeischwimmen. Es roch nach vormittäglicher Elbe, nach Teer vor allem. Nach Elbkieselsteinen und grüner Wiese.

Schon tönten drei dunkel heulende Tutsignale. Schon zeigten sich kleine Wellenbrüche auf dem gegenströmenden Wasser. Schon schob sich das schneeweiße Schiff, ein Schaufelraddampfer, mit gekipptem Schornstein unter dem Blauen Wunder hindurch. Das Schiff steuerte zügig der Anlegestelle Loschwitzbrücke entgegen.

Anna wartete wie eine Zinnwächterin oben an der Steinbank. Wetterfeste Judyschuhe, weiße Socken. Nackte Beine. Ein schwarzer, von einem bunten Saum gezierter Rock, ein Bordürenrock. Eine bis unter das Kinn zugeknöpfte erdbraune SPOWA-Jacke.

Sie hielt ringsherum Ausschau, besonders in Richtung Straßenbahnhaltestelle. Von Elke und den anderen war nichts zu sehen. Weder in der Tiefe der Straße noch auf dem Weg, der von hier aus zum Schillergarten hinüberführte. Kein Mensch.

Das Schiff hatte den Dampf gedrosselt. Die Brücke lag schon am Steg.

Es war Zeit, einen Entschluß zu fassen.

Aber Anna faßten keinen. Anna stand auf ihrem Ausguck. Schwalben jagten über ihren Kopf hinweg. Das Herz klopfte unter der Jacke, es klopfte bis in den Hals. Vor Erwartung, was aus dem blauen Tag noch werden sollte.

Die Leute kauften Fahrscheine. Der Steuermann half zwei älteren Frauen an Bord.

Komm, rief Adam, komm, es geht los.

Anna gehorchte.

Adam ging, ohne sich nach Anna umzusehen, voran. Hinter Anna zerrte der Schiffsjunge die Brücke auf das Schiff, er machte die Leine los. Das Ufer rückte gleich meterweit ab.

Wer nun noch käme, würde zu spät kommen.

Anna lehnte über die Reling, sie beobachtete das vom Schaufelrad aufgequirlte Wasser, weiße Schäume, sonst nichts. Ihr Herz schlug still, wie es sich für einen Schiffsreisenden auf sanftem Fluß gehörte.

Neben ihr schaute Adam ins Wasser. Auch sein Herz schlug still, und er war sehr einverstanden mit sich, mit dem Schiff, das den Namen Königstein führte, mit der Sonne, auch Annas Jacke konnte er nun ertragen. Er ertrug seine jungen Jahre, einen Rest von Kindheit und die aus lauter kühler Luft bestehende Zukunft. Der Fahrtwind hatte Annas Bananenfrisur aufgelöst. Sie hatte den Kamm herausgenommen. Die Haare wehten ihr ins Gesicht. Als sie in die Felsregion einfuhren, warf sie den blonden Vorhang zurück, sie lächelte, schickte einen Blick in die Landschaft und sagte:

Bastei. Da oben bin ich schon mal gewesen.

Sie kannte die meisten Tafelberge mit Namen. Er kannte die Berge auch, aber sie kannte die Felsgebilde besser. Aus Heimatkunde bei Fräulein Strohbach. Die Elbe, ein Urstromtal. Die grünen Wiesen mit den blühenden Bäumen, das ist die Ebenheit. Lilienstein. Pfaffensteine. Adam war in die Pestalozzi-Oberschule gegangen. Da hatte man keine Heimatkunde. Da hatte man Geographie. Und nun als Student bis zum Physikum nur noch theoretische Anatomie.

Was ist das, Anatomie?

Menschenkunde, erklärte Adam. Er spürte den wetterfesten Stoff von Annas Jacke, weil er nach dem Schiffshalt in Königstein unverhofft neben sie geraten war.

Ich weiß was, sagte Anna. Wir fahren bis Bad Schandau und dann mit der Kirnitzschtalbahn bis zum Lichtenhainer Wasserfall, von da wandern wir bis zum Zollhaus, dann hoch bis zum Wurzelweg über den Großen Winterberg bis nach Schmilka. Oder lieber zum Kuhstall?

Kennst du denn die Wege?

Klar kenne ich die Wege. Anna erschrak. Sie nannte noch einen Felsen beim Namen und schwieg nun wieder. Es war zum Verzweifeln schön, so viel strudelndes Wasser, weiß geschlagenes, aufsprühendes. Sie ließ die Stirn im Wind trocknen, das Gesicht, die Hände. Alles wieder ganz naß und nur gut zu merken.

Wenn ich denke, daß ich nicht mehr an dich denke, denke ich immer noch an dich. Ich will versuchen, nicht zu denken, daß ich nicht mehr an dich denke.

Wer denkt? Adam denkt.

Anna denkt: So soll es auch morgen noch sein. Ich werde im Schieferturm wohnen. Mein Klappbett zwischen den Balken. Ein Stuhl, ein Tisch, von dem ich aber die Beine absägen müßte, die müßten ab, ungefähr zehn Zentimeter, und Grün wäre meine Farbe für Vorhänge und Kissen, grün die Tür und dran eine Klinke aus Glas. Frühstück machte mir die Stütze in der Zeit und an der Stelle, wo auch du die Milch trinkst, bevor du studierst. Ich müßte ein paar Minuten früher aus dem Haus, um die Bahn zum Antonplatz zu erwischen. Ich muß die Pakete mit den aufgekauften neuen alten Büchern von der Bahnpost holen. Ich nehme dafür den Rollfix, erzähle ich dir. Du hörst mir zu und erzählst mir schnell noch vom Lernen und wie du durchgekommen bist in Anatomie, die Geschichte, die du schon dem Alten erzählt hast. Der Alte soll dein Vater und auch mein Vater sein. Aber nicht unser Vater. »Unser Vater«, darüber müßte Anna stolpern. Sie würde fallen und aufstehen mit einer Wunde im Herzen.

Ich höre dir zu. Ich rede mit dir, mit vollen Backen, im Schlaf, im Traumtraum. Aber meist bin ich still, aber meist bin ich zu den anderen gegangen, oder ich habe meine Freundin empfangen. Elke, die lustige, kluge, die Mathematikerin der Gefühle, mit der ich alles bereden kann. Das Gestrige und die Pläne für morgen. Was kam und kommen mag. Ich frage, und sie redet von Mutter und Vater, von den Konflikten der Generationen, wie alt und wie neu sie sind.

Sie ärgert sich und kann sich freuen. Sie weiß genau, wann sie Geburtstag hat. Sie kennt das Jahr, den Monat, den Tag und sogar die Stunde. Ganz groß will sie feiern. Sie hat sich etwas Besonderes ausgedacht. Eine Überraschung für Adam, sagt sie.

Sie gingen, wie Anna vorgeschlagen hatte, in Bad Schandau von Bord des Raddampfers »Königstein«. Zuerst bestimmte Anna den Schritt. Adam folgte in einzelgängerischem Abstand. Eine Gruppe zog an Adam, dann an Anna vorbei. Drei im Gemeinschaftswandern erprobte Ehepaare. Zielstrebig klickten die sächsischen Wanderstöcke. In den Frühlingsnachmittag. Ins Tal der Kirnitzsch. Adam zog an Anna vorbei. Genau vor ihren Augen stieß er sich an einem listig lauernden Stolperstein. Dein Gleichmut ist Lüge. Wir Steine aber reden die Wahrheit.

Hast du dir wehe getan? Anna trabte bekümmert an seine Seite.

Die Bahn war voll besetzt. Auf dem Perron drängelten Schulkinder. Ihr fußlahmer Lehrer hatte noch einen Sitzplatz erwischt. Adam und Anna kämpften sich zwischen die losgelassene Meute.

Die Ehepaare schritten an der Haltestelle vorbei. Geraden Blicks, steten Schrittes voran, als sie von dem höhnisch quietschenden Gefährt, den johlenden Kindern überholt wurden.

Die Bahn fuhr am Fluß entlang, passierte das wechselnd weite, dann wieder enge und dunkle Felsental. Annas Vorschlag, die Kirnitzschbahn. Körper wurden aneinander geschoben, gepreßt. Ein wogendes Ährenfeld, kein Stürzen, immer ein weicher Halt. Gerüche und Stoffe und Haut und Lippenfeuchte und Nasenkühle. In der Tiefe einerseits Einverständnis mit jeglicher Nähe, andererseits Fremde. Die Kinder probierten ihre Stimmen und ihren Mut: In den dichten Narzissen hat ein Hund gebellt, rief einer. Ein anderer schrie: Das Gras ist hoch, man kann kaum blicken. Ein Chor brüllte. Das ist die rechte Zeit zum Rasenmähen.

Adam kannte seine Hände nicht mehr, wie sie Annas Hinterteil berührten. Es war, als wollten sie den beiden Halbmonden einen Schutz gewähren oder als suchten sie, diese Hände, eine Möglichkeit, einen Platz auf der Erde.

Irgendwann, jedenfalls nach dem Halt an der Buschmühle, wo einige ausgestiegen und ein paar Neue mit Seilzeug und Rucksäcken eingestiegen waren, konnte Anna die Berührung nicht mehr für die seltsam aufregende eines fremden Bergstockes halten. Sie ahnte, daß die Ursache bei Adam lag. Sie wollte sich nicht umdrehen. Sie wollte stillhalten und zerfließen.

Nach dem Lichtenhainer Wasserfall haben sie den Weg über den Kuhstall genommen. Anna voraus. Adam hinterher. So sind sie die Längsspalten der Felsen entlanggekrochen. Vorsprünge. Überhänge. So ist Anna den mit Birkenwurzeln durchsetzten Kamin hinaufgestiegen. Sie konnte die am Sandstein festgewachsenen Birkenwurzeln erreichen oder niedrighängende Äste packen, sie stemmte Rücken und Füße von Fels zu Fels, so schob sie sich stückweise aufwärts.

Adam kletterte ihr nach.

Wohin willst du denn noch?

Hierhin. Anna zeigte in eine Felsschüssel, die mit Heidekraut und Moos ausgepolstert und nach Süden hin offen war.

Sie stieg auf einen Steinbrocken und prüfte den Ausblick hinüber ins böhmische Land. Da oben ist es vielleicht noch schöner.

Nein, hier ist es besser.

Adam hatte sich in die Felsschüssel hineingeworfen. Er hatte seine Hand ausgestreckt, und Anna hatte die Hand genommen.

Ein heißer, nach Heidekraut duftender Nachmittag. Anna hatte den zerfetzten Bordürenrock ignorieren wollen. Sie hatte ein zerrissenes Schuhband geknotet.

Ich gehe fort, hatte Adam gesagt. Es war, weil er hier in der Felsschüssel in der blendend heißen Sonne zu einem

Entschluß kommen mußte. Es war die neben ihm liegende Anna, die einen Entschluß verlangte.

Ich gehe fort.

Aus Annas flimmernden Augenlidern flossen die Tränenbäche zu beiden Seiten ins Kraut. Adam drehte sich zu ihr. Er gab ihr Schatten und Trost. So liegen Zwillinge in einem Leib, wie sie in der Felsschüssel beisammen hockten.

Es war ja schon ausgemacht, daß er fortgehen würde. Über Adams Stirn brach die Nacht aus. Anna umschlang ihn, und er war so kühl wie der Mond. Die Wange der Nacht. Des Mohren Ohr. Gehorsam wie ein guter Bruder.

Mein armer Bordürenrock. Sie hatte den zerrissenen Rock beklagt.

Wenn ich erst drüben bin, schicke ich dir einen neuen.

Ich bleib hier.

Ja, du bleibst.

Ja, ich will bleiben.

Ich muß fortgehen. – Wann? Morgen? Nächstes Jahr?

Der Sandstein gab mählich die Tagwärme an die Nacht ab. Die Nacht war kalt. Kalt rief die Eule. Dann schlug ein vorlauter Bergfink. Er schwieg wie erschrocken, denn es war der Augenblick, wo alle Welt den Atem anhielt, weil der Tausch perfekt war, der zwischen Kälte und Wärme, der zwischen Licht und Finsternis. Die Luft hing unbewegt in Strauchwerk und Bäumen. Nebel füllte das Tal.

Es wird schon Tag, flüsterte Anna.

Tatsächlich, in der Ferne am Morgenhorizont schimmerte ein goldener Streifen. Und gleich fing in der dünnen, noch braunstämmigen Birke direkt über der Felsschüssel eine Amsel zu singen an. Der Fink schlug nun wie losgelassen. Jetzt durfte es sein.

In der Mitte des goldenen Streifens tauchte mit einem kaltroten Buckel die Sonne hervor.

Gleich frierst du nicht mehr, sagte Adam.

Ich friere nicht.

Später hieß es, der alte Physiker habe Adams Fortgehen bestimmt, weil es für Adam das Beste wäre. Die Möglichkeiten, das Fortkommen, die Ausbildung, das Klima, die Freiheit, die Währung, die westliche Welt.

Selbst Adam glaubte an keinen anderen Beweggrund. Er hatte sich im neuen Studienjahr wieder einem Lernaktiv angeschlossen und die ersten Prüfungen abgelegt, dann hatte er im Krankenhaus in der Wurzener Straße in verschiedenen Abteilungen gearbeitet. Das nächste Frühjahrssemester lief schon in Richtung Physikum. Manchmal, wenn er sich in der Küche bediente oder rasch am ovalen Tisch eine Sonntagsmahlzeit verschlang, meist Salzkartoffeln, Falscher Hase und Mischgemüse, begegnete er Anna. Er traf sie im Gespräch mit dem Physiker, dem Alten. Einmal sah er, wie der Alte seiner Schwester in einen Mantel half. In eine schwarze Pelerine, einen Umhang. Adam hatte sich ein Stück Streuselkuchen vom Teller gegriffen. Er war in Eile, wandte sich auf der Treppe noch einmal um.

Mein Schwesterchen wird fett. Es sollte mit jedem Wort ein Scherz sein.

In welchem Fach wirst du morgen geprüft? fragte Anna, schon den Topf mit den Essenresten, die ihr die Stütze am Sonntagabend immer mitgab, im Netz verstaut, schon an der Haustür.

Anatomie. Menschenkunde. Bete für mich.

Der Stütze war aufgegeben worden, einen mittelgroßen Koffer zu kaufen. Der Koffer, Vulkanfiber, stand etliche Wochen neben der Treppe. Die Stütze und Adam gingen dem Koffer aus dem Weg. Sie ignorierten das Zeichen. Auch der Physiker verlor kein Wort.

Er war höchst beschäftigt. Er hatte sich eine neue Brille mit grüngetönten Gläsern besorgt. Er hatte einen Aufsatz über Molmassenbestimmung veröffentlicht, er hatte zu Ehren des in Buchenwald ermordeten Physikers Chotwitz einen Festvortrag gehalten, und er hatte sich zum Schirmherrn machen lassen.

In Potsdam sollte ein Internationales Symposium ausgerichtet werden. Anlaß: der 50. Jahrestag, an dem Albert Einstein seine Allgemeine Relativistische Gravitationsgleichung an die Preußische Akademie übergeben hatte. Als Schirmherr war der Professor im dunklen Anzug zu Vorbereitungsgesprächen unterwegs gewesen.

Schnee schmolz ihm im Haar und in den grauen Brauenbüschen. Der Alte war den Weg bis zum Haus durch den dicken Neuschnee gestapft. Das Dienstauto hatte schon an der Hauptstraße halten müssen. Bloß nicht noch kurz vor Feierabend steckenblieben. Es schneite immer noch. Der Winter, Feind Nummer eins beim Aufbau des Sozialismus, hatte in diesem Jahr zeitig zugeschlagen. Adam hatte dem Alten aus dem Mantel geholfen.

Sie hatten schweigend den Milchreis gelöffelt, den die Stütze in der Wärmekiste bereithielt. Es war ein Freitagabend. Mithin, sie saßen am polierten Eßtisch, wo jedes Wochenende mit einem gesunden Milchreis, dazu Apfelmus, eingegessen wurde. Es roch, wie es sich gehörte am Freitagabend, in allen Stuben nach Spiritus. Der Kulturnachrichtensprecher berichtete aus der Radiotruhe von einem Kirchenraub in Zellerfeld und von einer Reise des Gewandhausorchesters nach London. Wie die Musiker im Odeon Swiss Cottage und erst recht in der Royal Festival Hall gefeiert worden waren. Vom Kreuzchor war die Rede, vom neuen Programm, mit dem er die Elbestädter nächstens erfreuen würde. In das Lied der Knaben, das darauf erklang, sagte der Physiker, indem er den Löffel standfest im Brei aufpflanzte: Am Montag sechs Uhr fünfzig. Hauptbahnhof. Gleis siebzehn. Heidelberg. Die Stütze hat dir einen Koffer hingestellt. Einer muß genügen, ein zweiter würde dich verdächtig machen.

Adam hatte seinen Löffel am Tellerrand abgelegt. Er hing seine Augen fest an das Bild mit dem Lamm über der

Radiotruhe. Das glückliche Lamm. In der rechten Pfote den Stecken mit dem Kreuz, von welchem im Vorwärtsschreiten eine karierte Zipfelfahne wehte. Das Lämmchen trabte mit artig erhobenem Kopf, eine Mütze mit gelbem Strahlenkranz über den Ohren.

Der Physiker fuhr fort: Das Institutsauto wird uns Punkt sechs hier abholen. Ich halte meinen Vortrag am Dienstag. Am Mittwoch fahre ich wieder zurück. Wir wohnen für zwei Nächte im Schloßhotel. Am Dienstag abend sind wir bei Heimbold zum Abendessen eingeladen. Es steht dir frei, deinen Koffer an dem Abend schon mit zu Heimbold zu nehmen.

Die Chorknaben priesen das Glück des gesegneten Sachsen und sangen dem Herren ein neues Lied. Draußen fielen immer noch dicke Schneeflocken. Es schneite wie für drei Winter zusammen. Der Physiker hatte noch ein paar gute Worte zu Heimbold fallen lassen, was der in seinen frühen Jahren zum Kristallwachstum beigetragen, wie er sich aber dann anderen Dingen zugewandt habe und wie es um die Phasenverschiebungen bei flüssigen Kristallen in Heidelberg bestellt sei. Leider nicht so gut. Es klang, als hätte er für Adam gerne einen besseren Ort in der Welt ausgesucht. Der beste Ort war nun einmal – nicht ganz allein nur, weil er hier lebte und wegen der hiesigen Physik, sondern auch der Elbe und des Zwingers wegen – Dresden. Aber Adam sollte fort. Der Physiker wollte die Gründe nicht im einzelnen nennen. Er zweifelte, ob er für Karli etwas hat erreichen können mit den Bemerkungen am Schluß des Festvortrages zu Ehren von Chotwitz. Keine Puste mehr, sagte er. Die Augen wäßrig, als schmelze immer noch Schnee.

Als sie wieder gemeinsam löffelten, hatte der Physiker noch einen Zuspruch für Adam, vielleicht brauchte er ihn auch selber.

New Orleans ist auch ganz schön, sagte er.

Ich weiß. Adam dachte an Jelly Roll und Nick LaRocca.

Er hatte seine Beatles-Platte getauscht. Heidelberg sollte nur ein Zwischenstation sein.

In jedem Morgen steckte das Tagwerden in der Felsschüssel. Und manchmal steckte in den Nächten die Unschuld der einen Nacht, in einem Herzschlag schwang die Zuversicht des roten Streifens über dem Talnebel. Wie die Erde in weißen Windeln steckte. Wie sie als Zwillingsgeschöpfe frisch geboren hinüberblinzelten in das kühle, unfertige Licht. Zuversichtlich, obwohl die Trennung gewiß war, obwohl die Himmelsstrahlen das frühe Signal zu einem Abschied bedeuten sollten. Hier in der Felsschüssel, in dieser Stunde, lag die Bestimmung. Der Grund der künftigen Glücksumstände und die Ursache der Sehnsucht nach diesem ins Vergessen fallenden Ort.

Statt eines Bordürenrockes hatte Adam aus Heidelberg an Fräulein Anna Brühl ein paar Hot pants geschickt. Heimbold hatte sich beim ersten Abendessen als Frohnatur erwiesen. Als Alleinunterhalter. Hört mal zu: Ein Dunhill, vielleicht ein Verwandter des Zigarrenkönigs, hatte vor seinem Tode der englischen Regierung sehr wertvolles Porzellan vermacht. Auf die Kisten hatte Dunhill die Adresse geschrieben: Downingstreet Nr. 10. Und in großen Buchstaben: Bitte nicht stürzen. So was hatte er am Tisch zum besten gegeben. Der Professor hatte gelacht, so hatte Adam ihn nie lachen hören. Er war ganz außer sich, ganz aus dem Häuschen geraten.

Das falsche Lachen hatte Adam mitgenommen, wie die Stoppuhr und das dunkle Annabild.

New Orleans war schön. Er wohnte im Garden District bei der Familie Staar. Er studierte nach einem Heidelberger Semester zwei Jahre an der Tusculum University Biologie, daneben besuchte er Kurse in Physik.

In der street car named Desire wurde Adam von einem Fotografen gebeten, für einen Werbeprospekt das Modell abzugeben. Zwei Koffer, Lederjacke, I like Hotel Moonlight.

Manchmal hatte Adam erzählen wollen, wie er vom Dresdner Stadtviertel Weißer Hirsch an den Golf von Mexiko geraten war. Wie der Alte sich über eine lange gepflegte Krankheit hinweggesetzt hatte, wie er sich zum Schirmherren hatte ernennen lassen für ein Potsdamer Symposium. Wie der Alte die Koryphäen hatte persönlich aufsuchen wollen. In Prag und Budapest und Wien und Heimbold in Heidelberg zum Beispiel. Der Alte hatte ein Gespür dafür, wie wichtig den Leuten im Ministerium, und schließlich auch in der Akademie, das internationale Symposium geworden war. Es war ihnen ans Herz gewachsen. Sie benahmen sich, als hinge ihr Leben an so einem Physikertreffen. Sie gaben unbegrenzt Geld und versprachen das Blaue vom Himmel. In Sanssouci sollte ein Ball stattfinden. Schloß Cäcilienhof wurde extra für die internationalen Teilnehmer zum Hotel umgemodelt. Devisen und Kontingente aus dem Produktionsaufkommen für das kapitalistische Ausland standen für den Ausbau bereit. Handgewebte Seidentapeten und Sanitärporzellan zum Beispiel. Als der Punkt Heidelberg und damit Heimbold auf dem Programm stand, hatte der Alte eine gesundheitliche Schwäche behauptet, einen Rückfall. Die teuere Sauerstoffkur, die man ihm für seine Gesundung bezahlen wollte, hatte er dankend abgelehnt. Die Kur, die Sie mir andrehen wollen, ist Humbug. Statt der Angebote hatte er stur auf einer Reisebetreuung bestanden. Er beantragte, daß ihn niemand anderes als sein Hausgenosse, der Medizinstudent Adam Brühl, als Kofferträger und Pfleger nach Heidelberg begleiten sollte. Der Alte ließ alle Flügel hängen, blieb zu Hause, rührte sich drei Tage nicht. Das Telefon klingelte sich tot.

Am vierten Tag nahm er den Hörer auf. Hallo, ich bin ganz Ohr? Eine Stimme, der man die Sondersitzungen, die

Krisen, deutlich anhörte, meldete freudig aufgeregt, daß der Antrag positiv entschieden sei. Ein Kurier werde den blauen Paß mit dem Ausreisevisum am Reisetag direkt zum Hauptbahnhof bringen. Auf Gleis 17. Gute Reise und achten Sie auf Ihr Wohlergehen.

Wie Sie wollen, sagte der Alte.

Die Aktion Heidelberg mußten die Verantwortlichen als bösen Reinfall verbuchen. Heimbold hatte die Teilnahme am Symposium abgelehnt. Das war schlecht.

Adam war drüben geblieben. Das mußte man nicht als Verlust rechnen, das konnte man auch anders sehen. Ein Querulant weniger. War der nicht ein Freund von Karl Tempel? Na also. Am besten alle in einen Waggon und ab die Post mit den Verbrechern.

Das schlimmste: der Alte war zwar zurückgekommen, aber er hatte in einer unerschrockenen Verlautbarung den Schirm hingeschmissen. Macht euren Dreck alleene. (Genau wie der letzte Sachsenkönig im Revolutionsjahr 1918 die Arbeiter- und Soldatenräte abgefertigt haben soll.) Der Alte wollte kein Schirmherr mehr sein.

Er sei krank, ließ er durch seine Stütze melden. Er hat sich weder aus dem Nest herauslocken lassen, noch hat er eine Notwendigkeit gesehen, sich selbst wieder einmal hinauszutreiben.

In der Woche nach dem erneuten Abtauchen des Alten konnte man im *Neuen Deutschland* einen seitenlangen Artikel lesen. Überschrift: Schluß mit der Geheimratsphysik. Der Alte putzte sich die Brille mit dem Hemdenzipfel. Niemand mehr da, der ihn deswegen getadelt hätte. Er putzte lange. Weil er die Übersicht verloren hatte. Kein Benehmen mehr. Auf dem Pullover die Zeichen der letzten Mahlzeiten. Spinat und Ei, Rotkraut und braune Bratensoße.

Adam hatte aus New Orleans geschrieben.

Er habe sich eingelebt, dank der Musik von Jelly Roll, auch einem Flüchtling aus Zwickau habe er vieles zu danken. Der Zwickauer habe sich über Bulgarien, die Türkei und Griechenland bis nach New Orleans durchgeschlagen.

Adam traf den Zwickauer manchmal beim Abendessen in der dining hall. Der Zwickauer erzählte wieder von der Flucht. Er redete immer von der Flucht: Mein blauer Personalausweis liegt bei der deutschen Botschaft in Athen. Er trauerte ersatzweise dem Ausweis nach. Hast du deinen noch?

Was soll ich denn damit. Adam wollte davon nichts mehr hören. Trotzdem war er froh, wenn er den Zwickauer abends neben einem großen Glas Bier in der dining hall entdeckte. Der Zwickauer gab Zeichen. Hierher. Adam schlug sich an den Tischen vorbei. Stieg über Taschen, Jakkenbündel, ausgestreckte Beine, balancierte das Tablett, samt dem großen Popcorneimer und der Cola, über die Köpfe und den Lärm hinweg. Ehe er sich versah, hatte ein Ventilator wie ein Hurrikan das Popcorn erfaßt. Wolken weißer, butterduftender Flocken wirbelten über die Köpfe, fegten dem Zwickauer um die rote Mütze. Es war, weil er sich wegen der Tropenhitze einen Platz unter dem Ventilator gesucht hatte. Es schneite Popcorn auf seine roten Tischleruniform.

Schmeckt denn das, hä? fragte der Zwickauer.

Dann ging es wieder um die Flucht. Erzähl du mal, sagte der Zwickauer wie ein Kind, das auf eine Geschichte fixiert ist. Von einem, der auszog, das Fürchten zu lernen. Also, wie wars?

Meine Flucht war eine Reise.

Als Adam die Wegbeschreibung von Dresden hierher geendet, seinen Status als Begleitperson, ausgestattet mit einem Reisepaß und Ausreisevisum – der Paß liege in einem Panzerschrank im Ordnungsamt Heidelberg – in Details beschrieben hatte, verstand sich der Zwickauer zu einem umfassenden Kommentar. Beipflicht und Frage. Er sagte: Ää?! – Für einen Sachsen das wichtigste Wort am Ende einer Geschichte.

Der Sprecher gab damit zu verstehen, daß er alles kapiert hatte. Er anerkannte das Außerordentliche und drückte vornehmlich Bewunderung aus. Das Wort, das leicht nuanciert gleichzeitig mit dem zustimmenden Verständnis einen fein abgewogenen Zweifel ausdrücken konnte, sprach Bände.

Ungefähr ein halbes Jahr später war der Zwickauer einem Team zugewiesen worden. Er arbeitete nicht mehr allein und aß auch nicht mehr allein. Er saß an einem größeren Tisch zusammen mit anderen rotbehosten Handwerkern, ein Weißer unter fünf Schwarzen.

Es kam zwischen Adam und dem Zwickauer Tischler nur noch zu kurzen freundlich sächsischen Begegnungen am Essentresen oder vor der Popcornmaschine. Der Zwikkauer raffte einen large cup aus der schlaraffisch duftenden Trommel. Er hatte sich an Popcorn, aber immer noch nicht an Wattebrot und Peanutbutter, gewöhnt. Sein Abendschulenglisch hatte New Orleanser Farbe angenommen.

Häällo, rief er und auf sächsisch Guten Tag, also Dach, Adam, haste geheerd, Ullmann hat verpucht.

Ullmann, der schachspielende Dresdner Bäckermeister, hatte in Europa drüben eine Hängeparty verloren. Einmal verständigten sie sich über das Wort Bäbe. Bäbe, you know? Ein sächsischer Sonntagskuchen.

»New Orleans« – auf die Betonung kommt es an. Die Studenten aus dem Norden sagen:

NuORlins, die aus dem Mittelwesten sagen: NooAH-Linz, oder auch Nee-yew Or-LEENZ. Bei Louis Armstrong heißt es. Nu-WALnz, und damit bist du im Süden, du bist zu Hause. Noo OR-li-unz, auch damit darfst du dich hören lassen.

Adam mit seiner sächsischen Zunge wurde schnell als Südstaatler anerkannt. Ein Immigrantennachkomme von einer französischen, englischen, deutschen oder irischen Einwanderungswelle. Adam hätte bei seinem hellen Bart und seinem weichen Noo OR-li-unz eine karibische Großmutter behaupten können. Im tango belt gab es sogar Dunkelhäutige mit blondem Haar. Blonde Kreolen.

Liebe Anna,
New Orleans ist schön. Besonders der Garden District. Auch das French Quarter.

Aber den Mississippi habe ich mir anders vorgestellt. Von ferne siehst du nur einen Damm, auf diesem eine schneeweiße wandernde Wolke. Das ist ein Schiff. Es schwebt über der Stadt Richtung Golf oder umgekehrt, vom Golf nach Nord. Das kommt, weil New Orleans beträchtlich unter Flußniveau liegt. Das stell dir vor, und nun, liebe Anna, denk dir mal Regen. Einen Himmel voll lila Platzwolken, oder gleich rabenschwarze Wassersäcke. Denk dir ein verstecktes Kommando – ein Ultrasignal – am Himmel über der Stadt: Auf los gehts los. Es funktioniert jedesmal prima. In fünf Minuten ist sämtliches Wasser aus den aufgeschlitzten Säcken runtergeplatscht. Das Wasser steigt kniehoch und höher. Jetzt wird von oben Licht ausgegossen. Einen Wimpernschlag lang herrscht Ruhe. Eine letzte Träne fällt in den stadtweiten goldenen See. Dann gehts um die Wette. Die helle Sonne und tausend Stadtpumpen schlürfen los. Eben noch klatschte dir das Hemd am Leibe, die Haare hingen in Strähnen, kniehoch, knöchelhoch quirlte das Wasser, quietschte in deinen Sandalen. In wieder fünf Minuten gehst du als Lockenkopf trocken in einer trockenen Stadt. Die Knospen springen, zentnerweise wuchert das Grün in den wuchtigen Bäumen, quellen die Kräuter. Molliger Fön haucht in die Zweige mit dem herabzottelnden Spanischen Moos, streichelt, bürstet die langen krausgrauen Bärte. Die ganze Stadt frisch frisiert. Locken, überall Locken. Glasperlen tropfen, springen lautlos, spurlos. Vorbei. Die Sonne hat gewonnen. Aber der Mississippi auch. Die weißgewaschenen Schiffe ziehen nun hoch über dem sattgrünen Damm. Von St. Louis kommend Richtung Golf von Mexiko. Das Wasser zieht mit ihnen. Der Pegel sinkt. Nicht lange, und das ganze fängt von vorne an. Lila Wolken, das Ultrasignal ... Ungefähr fünfmal am Tage.

Soviel für heute, ein nächstes Mal mehr. Dann sollst du von meiner Bleibe hören. Vom Unialltag und von Staars, die den Professor freundlich grüßen, sei auch Du und das Bündel gegrüßt von mir, dem überseeischen Adam

P. S. ... Staars haben eine ganze Wand voll Schallplatten. (LPs). Your eyes will pop out of your head. Jazz ist nicht Jazz, Jazz ist eine Welt.

Sweet Judy. Adam hatte, weil er einmal bei der Sache war, gleich noch an die Cellospielerin in Maryland (Wenn verzogen, bitte weitersenden!) geschrieben. Sweet Judy, auf einer dreifach geklappten Karte, in der Mitte ein Hase mit Herz. Ei in den Pfoten. Ein Ostergruß. Aber damit sollte es nicht genug sein. Sweet Judy. Er hatte angefangen, den Anna-Brief ins Englische zu übersetzen. New Orleans ist schön. *Geplatscht* hatte er sehr ungefähr mit: it's pouring with rain wiedergegeben.

Den Schluß konnte er nicht gebrauchen, dafür schrieb er: Maybe, I could see you again? und wischte flüchtig an den Rand: Love, Your Adam.

Es mußte alles blitzschnell gehen. Schreiben, aus dem Haus laufen, in den Briefkasten stecken. In dieser Sekunde wurde er wach, ihm war, als hätte er sich gerade jeden Schutz genommen. Als stünde er nackt. Sollte er bis morgen früh auf den Postmann warten, um die Briefe, mindestens den einen an Judy, wieder herauszubitten? Aber der Postmann durfte, was einmal im Kasten war, bestimmt nicht mehr rausgeben, weil jeder so dastehen könne, und wo bliebe dann das Postgeheimnis, ja überhaupt die Post, wenn alle alles zurückverlangten. Er hatte die Briefe in den

Kasten geworfen. Er könnte nur noch den eisernen Kasten sprengen, ein Streichholz genügte vielleicht, um das Papier darin anzuzünden. Er wußte, es gab kein Zurück. Ein Nackter. Ein Mann aus Glas. Sämtlicher Geheimnisse ledig. Warum hatte er an Judy geschrieben, warum I could see you again mit so einem jämmerlichen Fragezeichen versehen? Warum hatte er seine Übersetzungsversuche in Briefumschläge gesteckt, mit Adressen versehen und in die Welt geschickt, Das deutsche Original nach Dresden, die englische Fassung nach Cleveland? Darauf konnte er sich keine Antwort geben. Er verbot sich die Fragen. Er wollte an die Osterkarte mit dem Hasen, der sich an einem Herzen krummschleppt, nicht mehr denken. An das scheußliche Glitzern.

Wochen später, als sein Gemüt sich beruhigt hatte, als er in einem brütenden Sommer an gar nichts mehr dachte, traf von Anna eine freundliche Antwort und von Judy eine Einladung zum Konzert ein.

Judy wunderte sich, daß Adam in New York nicht mit hinauffahren wollte ins Chrysler Building. Es war ja nur 319 Meter hoch, aber immerhin, und Art déco.

Du bist ein Ignorant, sagte Judy.

Das ganze Hinaufwollen sei ihm, so argumentierte er, schon immer ein Rätsel. Der Sinn von Aussichtstürmen und Höhenrestaurants wolle sich ihm nicht erschließen. Warum zu den Glocken und Uhren und Guckfenstern der Kirchtürme steigen? Warum, wenn es nicht nötig war, bergan gehen?

Weil er keine Erklärung wußte und nicht streiten wollte, fuhr er später doch mit hinauf ins Washington-Monument. Dort oben ließ er sich von Judy umarmen.

Das Gedächtnis arbeitete hartnäckig gegen die Erinnerung.

In Adams Kopfe geisterten die frechen Sprüche der Kinder in der Kirnitzschtalbahn. Weil Judy ihm die liebste war, durfte er von Herzen froh und glücklich sein. Manchmal roch ihr Haar nach Heidekraut. Ein genauer Duft. Und Adam stieg dann tief atmend in ein Gefühl ein, das er schon kannte, aus einer früheren Zeit. Es mußte an ihm irgendwann vorbeigeflogen sein. Eine Wärme. Nun wartete sie wieder auf ihn. Er kannte sie. Sie ruhte in einer Felsschüssel. Anna.

Sein Kopf berief sich auf alte Fürsorgepflichten und Mitleid.

Er hatte Anna von einem männlichen Säugling entbunden. Der Nabel dieses Kindes war der erster Nabel, den er selbständig versorgen durfte. An ihm hatte er die erste selbständige Tauglichkeitsuntersuchung für diese Welt vorgenommen. Unter den prüfenden Blicken einer Dreierkommission, die Punkte verteilte. Praktische Geburtshilfe, Professor Tauber, Titten-Tauber, galt als streng. Sie hatten beide bestens bestanden. Der Knabe und auch er, Adam. Geburtshilfe konnte er abhaken.

Das Mädchen, das Mutter geworden war, hatte ihn in großer Freude umarmt. Auch er hatte, nachdem er von der Hebamme für seine Umsicht gelobt worden war, die Gewinnergeste gezeigt. Beide Daumen gedrückt. Bestanden.

Er hatte niemandem eine mögliche Verwandtschaft angezeigt, den Bruder, den Onkel. Eine besondere Verbindlichkeit. Irgendeine Liebe. Nicht einmal sich selber. Anna zog als Schatten an ihm vorbei. Er wußte wenig von ihr. Obwohl sie häufig zum Sonntagsessen und als Schachpartnerin für den Alten hoch auf den Weißen Hirsch kam. Zweimal hatte er sie in ihrer Unterkunft besucht, ohne näher mit ihr bekannt zu werden. Einmal hatten sie in einer Felsschüssel übernachtet. Er hatte an ihr eine Prüfung bestanden. Er hatte beide Daumen gedrückt. Sie hatten beide gewonnen.

Freust du dich? hatte sie gefragt.

Das haben wir gut gemacht, hatte er geantwortet. Drei

Wochen später war er als Begleitperson des Physikers nach Heidelberg gereist. Er hatte sich von Anna, aus konspirativen Gründen, nicht verabschiedet. Es gab auch gar keine Möglichkeit. Sie hatte sich erst für die Tage nach der Heidelberg-Reise zum Besuch angesagt. Das Knäblein vorzuführen. Der Physiker hatte verwundert die Fotos mit dem Neugeborenen betrachtet, die mit der Post ins Haus gekommen waren. Er hatte der Stütze Geld gegeben. Sie sollte einen Stuhl und Kleider für den frischen Menschen besorgen.

Über Zeiten hatte Adam das Mädchen und sogar ihren Schatten vergessen. Aber das Felsschüsselgefühl, das hatte er, von Anna getrennt, mitgenommen. In guten Tagen hüllte er Judy darin ein.

Pflicht, Verantwortung – vorauseilendes Mitleid. Er wollte nun endlich auf die Suche nach seinen Angehörigen gehen.

19

Für einen Augenblick gab es keinen Zweifel.

Sie war ihm erschienen, am Heiligen See, an einem warmen Nachmittag zwischen Ostern und Pfingsten.

Die Stimme.

Eine bekannte Gestalt?

Die Potsdamer hatten wieder, wie schon seit Jahren, ein Stück Seeufer als Badestelle eingenommen. Wild, unstatthaft, schön. Das hatte sich bis über Steinstücken nach Berlin herumgesprochen. Ein großes sauberes Wasser mitten in der Stadt, begrenzt von Parkwiesen und prächtigen Uferbäumen.

In grauen Morgenstunden trabten die Gesundheitsschwimmer an. Stille Individualisten mit Armbanduhren. Der Sommer sollte noch manches bringen. Für den Kreislauf, fürs Herz und die Rückenmuskulatur. Unter jungen Leuten war dagegen das Mondscheinbaden beliebt. Juchzende Rudel, aufklatschende Bäuche. Aufrührerische Reden über dem schwarzen Wasser. Musik.

Über Tag galten sofort wieder die alten Grenzregelungen: für Nacktbader, für Kurzbader, für die Arbeitslosen mit Thermostaschen, Kindern und Enkelkindern – jeder besetzte sein angestammtes Revier. Die letzten Russen aus den Bornstedter Kasernen lagerten gern auf der Wiese in der Nähe vom Cäcilienhof. Der Stätte des Potsdamer Abkommens. Da, wo immer noch jedes Jahr aus roten Begonien ein roter Siegerstern angepflanzt wurde.

Die Kulturbehörden hatten einen vorsichtigen Appell versucht. Problem Nacktbaden. Muß das sein? – Das Baden an nicht dafür ausgewiesenen Orten schade dem Ansehen der Stadt. Der Aufenthalt oben und unten ohne in der Umgebung der historischen Schlösser sei doch eigentlich ein Skandal. Man habe im vergangenen Jahr von Reiseveranstaltern Beschwerden hinnehmen müssen. Berechtigte Beschwerden. Der internationale Tourist verdiene ein kulturvolles Stadtbild.

Adam hatte sich vom Hausverwalter ein Fahrrad geliehen, eins von den beiden, die eigentlich zum Inventar des Gästehauses gehörten. Er war nun schon ein paarmal nachmittags die lange Karl-Marx-Allee entlang, über die Brücke zum See geradelt. Er hatte das Rad im Revier der Gruppenbader unter eine dicke Eiche gestellt, seine Kleider dort abgelegt und war jedesmal bis hinüber zum Marmorpalais geschwommen, gegen das Licht der untergehenden Sonne. Und wieder zurück. Das Wasser war immer noch ziemlich kalt. Man badete kurz. Man lag in der Sonne. Studenten hatten sich heute in der Nähe des Eichbaums in alle Richtungen der Windrose ausgestreckt. Einer referierte aus einem Buch. Die zusammengesteckten Köpfe stritten und versuchten, einen Sinn zu packen. Prüfungszeit. Und in diesem Augenblick war es geschehen. Das Mädchen kam in flinken Schritten über die Wiese. Sie rannte beinahe. Ein kleiner schwarzer Lederrucksack tanzte ihr wie ein schwarzer Kater auf dem Rücken herum. Sie trug grünglänzende, dreiviertellange Hosen, Radlerhosen, und ein weißes Shirt, das so groß wie ein Männerhemd war. So lief sie auf die jungen Leute zu.

Wart ihr schon drinne? Sie hielt vor den vielen nackten Füßen. Sie schluckte vor Eifer.

Niemand antwortete ihr. Der Student las, blickte durch sie hindurch, als wäre sie Luft. Sie sollte wohl nicht dazugehören. Nicht zu diesem Kreis. Das Schweigen war groß. Und ihr Schluckauf. Adams Herz pochte gegen die triefende Brust. Er kam vom Wasser her. Er hatte seine Strecke zum Marmorpalais und zurück in kürzerer Zeit absolviert. Er war gut gewesen. Er nahm das Handtuch. Unter der Eiche, neben dem Fahrrad rieb er sich trocken.

Anna.

Tatsächlich, einen Augenblick hatte er Anna erkannt. Anna achtzehn Jahre alt. Adam blinzelte das von der Stirn rinnende Wasser von den Lidern, fröstelnd erschrocken – seinen anmaßenden Irrtum. Anna.

Das junge Mädchen stieg schnell aus der Radlerhose, sie warf das Hemd hin, rannte zum Wasser, stürzte sich hinein, tauchte. Zwischen ballspielenden Kindern erkämpfte sie sich eine Bahn. Nun schwamm sie zügig hinüber zum Marmorpalais am Gegenufer. Der Mann unter der Eiche lächelte über seinen Irrtum, seine Verschiebungen der Jahre. War er selbst einen Lidschlag lang in die Vergangenheit zurückgefallen oder war Anna ihm, dem Mann unter der Eiche, wie im Gletschereis konserviert erschienen?

Auf dem Heimweg blieb ihm die auffallende, die beinahe schockierende Ähnlichkeit im Sinn, die ein junges Mädchen mit Anna hatte, ein Mädchen, das ihm nach dem Baden im Heiligen See über den Weg gelaufen war. Ähnlichkeit mit Anna, wie er sie kannte. Anna am Sonntagstisch, schachspielend, dem Physiker gehorchend, Anna als Reiseführerin in der Sächsischen Schweiz. Anna im Felsennest. Anna auf einem Foto am Kleist-Grab. Anna.

Wie sollte sich Adam das Mädchen als weiblichen Menschen seines Alters vorstellen?

Er sah in den Spiegel. Er deckte die Hände über die Bartwangen. Männerhände. Ein Männerblick. Das Haar grobes Männerhaar. Die Ohren, die er und Anna vor Zeiten im Vorraum der Neustädter Bahnhofstoilette als Gleichheitszeichen hatten gelten lassen, auch die konnte er sich nicht mehr als Weibsohren denken.

Er betrachtete die Hände. Die Fingernägel hatte man damals im Kinderheim mehr noch als die gleichen Babyjäckchen zum Indiz ihrer Geschwisterschaft genommen. Zum Beinahe-Indiz. Anna und Adam mußten manchmal die Hände auf den Schreibtisch des Heimleiters legen. Einmal hatte ein Arzt ein Vergrößerungsglas genommen. Anna und Adam durften sich die Riesenschaufeln unter dem runden Fenster ansehen. Adam hatte Angst, weil seine Hände nicht sauber waren, aber darum ging es an diesem Tag überhaupt nicht. Es ging um die Ähnlichkeiten. – Die man auf sich beruhen lassen sollte. Es brächte den beiden Kleinen nichts. Die Geschwisterschaft stünde einer Adoption nur im Wege. Wer nähme schon zwei Kinder? Für Adam standen die Chancen nicht schlecht. Eine Professorentochter aus Dresden bemühte sich um den Knaben.

Die Hände, die Fingernägel, sie sind egal. Egal, das war das Urteil, und: es sollte keine Rolle spielen.

Was heißt egal? Es heißt gleichartig oder schnurz oder gleichviel – nach Duden.

Adam hatte immer noch schmale, schöne, von Judy bewunderte Fingernägel, mit hellen, deutlichen Halbmonden. Ob das Mädchen vom See ähnliche hatte?

Als er dem Mädchen eines Tages am See wieder begegnete, richtete er es ein, näher an sie heranzukommen. Nicht mehr, weil er Anna in ihr erkennen wollte, sondern um herauszufinden, ob sie in ihren Fingernägeln auch Anna gliche. Ihm und Anna.

Er behielt sie zu Wasser und zu Lande im Auge. Er schwamm nicht weit, nur ein paar Züge zum Abkühlen.

Als er sah, daß sie über die Wiese in Richtung Ufer gelaufen kam, schwamm er schnell landwärts, er hielt gerade auf sie zu. Wie ein Fels stand er plötzlich vor ihr im flachen Wasser. Sie hechtete an ihm vorbei. Im Schmetterlingsstil zog sie eine Runde.

Er haschte nach einem Seil, das von einem dicken Eichenast über dem Wasser hing. Er erwischte es, bevor ein Schuljunge danach schnappen konnte. Nun kam es darauf an, wie ein Klammeraffe hochzuschwingen, um in gewagten Figuren, Drehungen, mit oder ohne Überschlag, als Frosch oder in einem sauberem Delphinsprung, jedenfalls mit viel Kunst und Spektakel, ins Wasser zu springen. Adam tat, wie er es von den Kindern gesehen hatte. Er gab sich richtigen Schwung, schaukelte hoch hinaus, noch höher, daß er fast in den oberen Ästen der Eiche verschwand. Die Kinder sahen andächtig zu, wie er noch einmal Schwung holte, um gleich in einer lächerlichen Arschbombe vor dem heranschwimmenden Mädchen ins Wasser zu klatschen. Die Kinder kreischten. Das Mädchen schimpfte: Blödmann. Als sie den älteren Herrn statt eines frechen Buben erkannte, wich sie erschrocken aus. Sie entschuldigte sich.

Entschuldigen Sie bitte.

Ich muß mich entschuldigen. Warum entschuldigen Sie sich?

Weil ich Blödmann zu Ihnen gesagt habe.

Wenn Sie nach einem Namen für mich suchen, ich heiße sonst noch Adam. Er schwamm neben ihr bis ans Ufer.

Er legte sich neben sie in die Sonne.

Als sie spürte, wie der Alte ihr auf die Hände starrte, drehte sie sich weg auf den Bauch. Sie schob die Hände unters Kinn.

Spanner.

Adam fühlte sich elend.
Keine Angst, ich hau gleich ab. Mich würden nur mal kurz Ihre Fingernägel interessieren.
Das Mädchen rührte sich nicht.
Fingernägel. Fingernägel. Fingernägel. Adam blieb dabei. Und das Wunder geschah, das Wort taugte als Zauberwort.
Aber immer ballte sie die Hände zur Faust.
Adam schob das Rad, und das Mädchen lief nebenher. Die Hände tief in den Jeanshosentaschen. Es stolperte und hopste.
Hast du Probleme?
Ich will nicht in Ihren Schatten treten.
Komm auf die andere Seite.
Dann treten Sie ja in meinen.
Über der Brücke, auf Potsdamer Gebiet, auf dem asphaltierten Weg, den die Westberliner Todesstreifen nannten, setzte sich das Mädchen auf den Gepäckträger. Sie hielt sich hinten an seinem Hosenbund fest. Es ging am Wasser entlang. Teltowkanal, erklärte sie. Die Lastkähne schleppen Sand nach Berlin. Ziegelsteine. Für die Regierung.

Das Mädchen hieß Kati. Sie lebte bei ihrer Oma. Bei Papas Oma in der Wollestraße, erklärte sie. Sie arbeite auf dem Filmgelände bei den Filmtours im Filmstraßen-Café als Serviererin.
Zwei Wochen hat sie nicht gearbeitet, wegen Umbau hat sie ihren Urlaub nehmen müssen. Erst hat sie sich geärgert, dann hat sie sich gefreut. Jeden Tag schönes Wetter. Jeden Tag schwimmen. Ab Montag kann es regnen.
Von mir aus kann es ab Montag regnen.
Setz dich. Adam hatte das Radio angeworfen.
Sie stand zwischen den Sesseln. Die Hände geballt. Daumen in den Fäusten.
Von dir aus darf es regnen.
Er küßte sie.

Er zwängte seine Hand in ihre Hose. Er versuchte, den gröbsten Stoff, die blaue Hülle, herunterzuzerren.

Anlassen, bestimmte sie. Ihre Hände verließen das Versteck in den Taschen. Selbstvergessen suchten ihre Finger in seiner Hose. Sie wußten ziemlich gut Bescheid. Er hätte sich wundern müssen. Er vergaß, sich zu wundern, und vergaß ihre Fingernägel. Auch Aids mußte so keine Rolle spielen.

Wer das Schöne verliert, wird fromm, wer das Fromme verliert, wird dumm. Sie führte ihn zum Sofa. Lachen, bestimmte sie.

Adam wiegte das Mädchen an seinem Herzen. Ach, du schönes, kluges Kind.

Ich habs gerne in Sachen.

Ich auch. Er küßte ihre Hände, die Fingerspitzen.

Und meine Fingernägel, ich habe gewußt, daß Sie sich überhaupt nicht für meine Fingernägel interessieren. Sie ballte unter seinen Augen zwei Fäuste.

Doch. Ich schwöre es dir. Frage mich, ich bin die Wahrheit.

Das schöne, kluge Kind probierte ein mütterliches Lächeln. Adams Herrenscherze waren so seltsam wie sein Begehr. Kati wußte, man mußte mutig sein im Leben.

Haben Sie eine Badewanne?

Er hob drei Finger der rechten Hand. Ich habe.

Und warmes Wasser?

Meist. Im Prinzip habe ich warmes Wasser, wenn die Pumpe an der Heizung nicht kaputt ist.

Und heute?

Mit an Sicherheit grenzender Wahrscheinlichkeit.

Herrenscherze.

Hätten Sie was dagegen, wenn ich mal bade? Wir haben nämlich noch keine Badewanne, aber unsere Wohnungen kriegen bald eine.

Sie hatte noch erklärt, daß sie sonst oft im Filmstudio schwarz unter die Saunadusche gegangen wäre. Die Sauna ist aber weggebaggert worden. In die Räume soll ein Teecafé rein.

Ein Teecafé?

Ja, ein Teecafé.

Kati kam nun, zwar nicht ganz regelmäßig, doch mindestens alle zwei Wochen. Sie brachte ein Micky-Mouse-Badetuch mit.

Adam sorgte dafür, daß die Umlaufpumpe funktionierte. Er hatte sich erkundigt, die große Wellenschraube mußte manchmal mit einem Markstück gelockert werden. So gab es immer warmes Wasser.

Ich freue mich, sagte Kati, wenn sie an Adam vorbei treppan ins Badezimmer huschte. Er hörte sie in der Wanne poltern. Wasser plätscherte aus dem Hahn, gurgelte in den Abfluß.

Wie neu geboren, sagte sie, wenn sie nach einer halben Stunde mit glatt gekämmtem Haar und eingerolltem Badetuch unten vor Adams Schreibtisch erschien. Ich danke Ihnen.

Es kam vor, daß sie sich nach dem Baden noch ein paar Minuten mit Adam unterhielt.

Die Russen sind weg.

Wo sind sie denn hin?

Na, nach Hause. Haben Sie sich nicht gewundert, daß keiner mehr zum Heiligen See gekommen ist?

Stimmt. Jetzt, wo du es sagst, tatsächlich: die Russenwiese ist frei.

Meine Haare sind trocken. Das war der Satz und dann die Eile. Das Zögern. Man konnte Kati für Anna halten. Anna zögernd. Kati zögerlich. Zögerlich, das Wort hatte sich neuerdings eingebürgert. Nach Duden: Mit einer Handlung unschlüssig wartend, sie hinausschiebend.

Meine Haare sind trocken, ich gehe jetzt. – Adam küßte ihr zum Abschied den Bart vom Multivitamingetränk von der Lippe.

Eines Tages machte Kati nach dem Baden ein Angebot. Anstandshalber: Ich möchte dir was bezahlen. Ich kann doch nicht einfach immer dein warmes Wasser wegnehmen. Ohne daß du was von mir kriegst. Ohne Liebe. So bin ich nicht.

Sie kramte schon im Rucksack nach dem Portemonnaie.

Die Fingernägel!

Adam hatte beim zweiten Badewannenbesuche ihre Fingernägel gesehen. Annas Fingernägel. Er hatte seine Männerhände neben ihre Mädchenfinger gelegt.

Siehst du was?

Du bist wirklich ein Fingernägelfetischist, hatte sie gesagt.

Siehst du nichts?

Sie hatte ihm den Gefallen getan. Sie hatte die Hände lange betrachtet. Hebammenhände und ziemlich egal, ich meine die Nägel. Bist du zufrieden?

Adam hatte sie mit einem seltsamen Blick angesehen. Und Kati hatte einen mütterlichen Trost parat: Wir werden alle nicht jünger.

Adam sah zum ersten Mal mit Gewinn den kleinen Wandteppich zwischen den beiden Fenstern. Er entzifferte das stilisierte Muster. Ein Pfau.

Jetzt guckst du wieder so komisch.

Was meinst du mit: Ohne Liebe?

Sie legte das Portemonnaie ab und hielt ihm die Hände hin.

Adam wollte sie küssen. Die Hände. Das Mädchen. Er wollte sie umarmen. Aber sie ballte die Fäuste und stopfte die Fäuste in die Taschen ihrer Strickjacke.

Wenn du kein Geld haben willst, kann ich dir Freikarten anbieten für die Filmtour. Ich kann dir den ganzen Schrott zeigen, auch den richtigen Betrieb, wo richtige Filme gedreht werden, kann ich dir zeigen. Auch Schauspieler. Kennst du Depardieu, den kann ich dir zeigen. Das Pappzeug im Gelände und das, was sie Fundus nennen, das ist alles Schrott. Aber die Leute kommen, zahlen Geld und meckern nicht mal. Ich habe noch niemanden schimpfen hören über diesen Schwindel. Neulich mußte ich über Mittag den Einlaßdienst vom Haupteingang vertreten. In der Muck-Dekoration. Wo der kleine Papp-Muck auf dem Teppich sitzt. Da kam ein Taxi vorgefahren. Ein Fahrer in dunklem Anzug steigt aus. Hier ist ein Doktor, der kommt zur Wiederaufführung des Filmes »Der kleine Muck« heute nachmittag. Er reißt die Autotür auf. Heraus krabbelt ein Alter in Trenchcoat und Jeans. Der Alte: Ich bin nämlich der kleine Muck. Ach, da bin ich ja schon, sagt er, denn er hatte den Papp-Muck entdeckt. Ein riesiges Türkenkind mit riesigem Turban, Pumphosen, grasgrüne Augen. Schnabelschuhe. Das bin ich. – Weißt du zufällig, was VIP heißt? VIP-Taxi, was ist denn das?

Very importand person. Ein Taxi, das eine sehr wichtige Person chauffiert.

Ich kann dir, wenn du willst, ohne Eintritt die Kleine-Muck-Dekoration zeigen.

Was ist denn nun passiert mit dem Muck?

Kati bohrte die Fäuste noch tiefer in die Taschen.

Nichts ist passiert. Er war plötzlich wieder weg. Die Wiederaufführung mußte ohne den Darsteller des kleinen Muck stattfinden. Ich bin hin und habe gesagt, es war aber einer hier gegen mittag. Da hieß es: wo denn? Hier verläuft sich doch keiner. Sind doch überall Leitpfeile und Piktogramme. Steht doch überall Personal. Ich denke mir, der Mann hat sich heimlich in die Vorstellung geschlichen und ist heimlich wieder raus. Da ist das Bild, und da bist du. Du taugst doch bloß als ein Witz. Der Alte hat mir gleich leid getan. Wie er auf sich zu gehumpelt ist. Der hatte nämlich einen Gipsfuß. Wahrscheinlich hatte er sich das Bein gebrochen. Ich mußte mir gleich das Lachen verbeißen. Der Muck statt Rennpantoffeln heute mit Gips und bald mindestens fünfzig.

Hat er dir leid getan, oder hast du gelacht?

Beides zusammen.

Das Mädchen war ihm so unheimlich nahe, daß er sie nicht mehr berühren wollte. Er war müde, er hatte die ganze Nacht Briefe geschrieben, an Judy, an Erika und nach Dresden – auf gut Glück, an alte Adressen, an die er sich noch erinnern konnte. Müde von den Ereignissen, die sich an ihn heranmachten, um voreilig einen Kommentar abzugeben, zu dem, was er morgen finden wollte.

Ich bin von 10 bis 18 Uhr hinter der Kaffeemaschine. Sage dem Einlaß, daß du mich suchst, dann läßt er dich ohne Karte durch. Keine Eintrittskarte kaufen, verstanden!

Er sollte teilhaben an ihrem Hinterhalt.

Kati nickte ihm zu. Man mußte Mut haben und Glück. Als sie fort war, hörte er ihr Lachen. Das Lachen, das ihr aus der Kehle stieg, wenn sie sich auf dem Sofa wälzte. Hin und her. Sie lachte in die Kissen hinein. Und unter seinem Pullover. In seinem Nacken lachte sie. Weil ich kitzlig bin. Und Sie erst recht.

Lachen! hatte sie ihm befohlen.

Es war ein umgebauter Lkw von der Keramikfabrik, der die Heimkinder gleich nach dem Frühstück in die Schauburg nach Dresden chauffierte. Es war am Weihnachtsfeiertag. Es hatte geschneit. Adam war acht Jahre alt. Alle hatten ihre neuen Schuhe, Skihosen und Jacken angezogen. Lauter Weihnachtsgeschenke. In der Schauburg gab es als Spende der Stadt eine Aufführung des neuen Films »Der kleine Muck«.

Man mußte mit dem Fallen des silbernen Vorhangs die Augen schließen oder weit aufmachen. So behielt die Welt dieses Gold und Rot und Blau. Man hörte Glocken und ein bißchen Musik. In der Frontscheibe des Lkws glühte die rote Nachmittagssonne. Am Elbufer entlang, immer eine Nase voraus, flitzte der Turbanknabe mit seinen Wunderschuhen. Er sauste in die schneeweißen Leinwände der Meißner Weinberge hinein, denn dort glitzerten wie von alters her die Königspaläste. Die Kinder riefen solche Sätze wie: Ich weiß schon, wie eine Apfelsine schmeckt. Und: Es ist erst noch nicht aller Tage Abend. Wegen des Festessens, das noch kommen sollte, und weil sie es so gehört hatten an der Tafel des Königs. Der Koch hatte herrliche Kuchen bereit.

Der Lkw holperte auf der Landstraße neben der Elbe her. Adam saß derweil auf einem Teppich. Er schwebte das Tal entlang. Der Fluß glänzte wie ein Spiegel. Gleich würde er in Schloß Hirschfels landen, um wie der Filmheld in einem neuen Mantel als Zauberer zu erscheinen. Anna bekäme von ihm, bevor er für immer zu seiner Prinzessin Evelyne verschwände, ein Elfenkleid und Geld für eine Kinokarte. Denn sie hatte nicht mitfahren dürfen, weil sie krank war.

Katis Stimme und ihr Frischeduft hing noch im Raum. Wie sie dem humpelnden kleinen Muck aus einem VIP-Taxi half. Ihr Lachen.

20

Die Fernsehdebatte lief hinter Adams Rücken. Sie tönt aus dem ramponierten Gerät auf der Kommode in den Sonntagmorgen. Thema: Trendmacher und Trittbrettfahrer. Der Medienkritiker behielt das Wort.

Mal sind die Programme voller Geschichten über Frauen, die in ferne Länder ziehen, um einem versprochenen Mann zu dienen, mal geht es vornehmlich um Hausbesetzer, mal Wirtschaftskrimis, mal Kindesmißbrauch und mal Holocaust, dies vor allem neuerdings wieder im Gefolge von *Schindlers Liste*. Der Sprecher schluckte, setzte sein Glas ab.

Das aber, was massiv auf uns zukommt – auf dem Buchmarkt, im Fernsehen und im Feuilleton …

Eine andere Stimme. Ein anderer Mann unterbrach: Lassen Sie mich raten. Ost-West-Schicksale?

Der Medienkritiker hinter Adams Rücken gewährte Bedenkzeit. Sie haben noch einen Versuch.

Im umfassenden Sinn die Nationalitätenpolitik der neuen Staaten?

In der Pause lag schon ziemliche Verneinung. Vorbeigezielt.

Ich will es Ihnen sagen: Inzest. Die Schreibtische liegen voller Inzestgeschichten. Bruder liebt Schwester, Schwester liebt Bruder. Beide lieben sich. Geschichten aus den vergangenen Jahrhunderten. Cornelia und Wolfgang Goethe. Heinrich und Ulrike Kleist. Die Geschwister Mozart und Nietzsche. Klaus und Erika Mann. Und nun Bruder-Schwester und die Wende. West-Ost-Geschwister.

Das ist ja öde.

Öde und damit gut. Nicht Einsicht, sondern Unwille ändert den Menschen. Der Unwille, den die Wiederholung eines auf alltägliche Schienen gelegten Tabus auslöst. Am Ende der Saison werden sich die Geschwisterpaare aus dem Wege gehen. Sie werden auseinanderfliegen wie gleich geladene Pole. Wie die Goethekinder: Cornelia ist als junge Frau niemals zum Bruder nach Weimar gereist. Er hat sie nie in Emerdingen besucht. Goethe war gewiß kein einziges Mal an Cornelias Grabe. Geschwisterliebe.

Die sind ohne Fernsehen auseinandergedriftet.

Richtig. Sie haben sich ihre Legende selbst ausgedacht, an der sie schlau vorbeileben konnten. Die heutigen Fälle in Sachen Inzest reagieren auf diverse mustergestrickte Programme. Sie lösen sich auf. Ihre Geschichte zerfällt. Es gab und gibt sie nicht. Alles Lüge.

Das ist ja schrecklich.

Nein. Die wahre Liebe läßt sich nicht töten. Die Geschichte über diese Art Liebe, die fehlt uns noch. Wir werden sie nie bekommen.

Ich sehe, Sie vertrauen darauf, daß sie gelebt worden ist.

Ich weiß es.

Stille. Hinter Adams Rücken läuft der Abspann. Als

nächstes die Erkennungsmelodie für einen Brennpunkt. Sarajewo. Dort schießen sie wieder.

Liebe Judy!

Heimweh, Indian-summer-Weh, Judyweh.

21

Zu einer genauen Stunde am späten Nachmittag schlich manchmal ein alter Mann durch die Straßen von Steinstücken. Einstein nannten ihn die Leute, denn er ging so gebückt und hatte so runde Augen und so weißes Haar. Auch war er Professor und zudem für Physik. Er schien vom Leben und vom Sensenmann gleichermaßen vergessen, redete wirr, entweder mit Passanten oder mit Bäumen, und fand sich am Ende nicht mehr nach Hause. Vor Adam hatte sich der Nachbar gerühmt: Der Schleicher dort, das ist der Erfinder des Fernsehapparates.

Der alte Steinstückener schlurfte an den Gärten vorbei, und die Bewohner an den Gartentischen durften dankbar sein: Gut, daß unsereins selber kein Genie sein mußte.

Manchmal blieb er vor dem Hause, in dem Adam wohnte, stehen. Wenn der Alte seiner ansichtig wurde, erkundigte er sich, ob denn der Hausherr noch nicht zurückgekehrt sei. Er nannte Adam Monsieur Paul. Monsieur Paul, bitte sagen Sie dem Hausherren, sobald er ankommt, Bescheid, daß ich hier war. Adam führte ihn wieder auf die Straße, auf den Bürgersteig, drehte er ihn in die Heimwärtsrichtung.

Unterrichten Sie den Hausherrn von meinem Besuch.

Ich würde gerne alles ausrichten. Wenn es einen ordentlichen Hausherrn gäbe.

Der Alte sah seinen Monsieur mit großen, runden Einsteinaugen an. Ein traurig aufsässiger Blick.

Ich sag Bescheid, räumte Adam schnell ein.

Der Alte schlich davon. Ein mausgrauer Pullover schlamperte in den Kniekehlen.

Steinstückener hatten ihn einmal nachts im Wartehäuschen an der Bushaltestelle gefunden, und einmal war er in einem ausgebrannten Baucontainer an der Eisenbahnstrecke eingeschlafen.

Er wanderte neuerdings gern auf dem Todesstreifen bis nach Kohlhasenbrück. Wenn er dort erkannt und halb um seine Achse gedreht wurde, fand er wieder nach Hause.

Manchmal gelang es ihm, den Aufpassern, die ihn umdrehten, zu entkommen, dann wanderte er weiter. Er suchte einen bestimmten Ort, es handelte sich um eine Gärtnerei, dort kehrte er, wenn ihm das Ausreißmanöver glückte, gelegentlich ein. Die Gärtnerei lag drüben über der Brücke und über dem Steinfeld und hinter dem Wäldchen.

Dort wohnte der andere Alte. Dort wuchs alles wie Kraut und Rüben. Grün über alles, über Gewächshausmauern und Frühbeetfenstern, über Kästen und Schattierbrettern, Glasbruch und Tonscherben. Schlinggewächse und Winden und Wurzelaustriebe und einjähriges Blattzeug.

Man mußte Zeit mitbringen, weil die Gärtnerin die Blumen und Pflanzen unter dem Kraut erst suchen mußte. Die Studentenblumen und Malven, die Vergißmeinnicht und Kohlrabi. Und dann suchte die Gärtnerin Zeitungspapier und die Zigarrenkiste mit dem Wechselgeld.

Die Gärtnereikunden grüßten unterdessen den hier ansässigen Alten. Laut wegen seiner schlechten Augen: Na Opa, wie gehts?

Es geht, sagte er, Kummer können sich ja leider nur Glückliche leisten.

Er warf ein Lächeln über die schiefe Schulter. Irgendwohin in Richtung der Stimme. Hielt sich tastend fest an der Gewächshaustür, bis die Tochter, die Gärtnerin, ihn auf den Korbstuhl unter das Dach führte, denn er fand sich selbst nicht mehr zurecht. Er war nun beinahe blind. Ein

Schäferhund setzte sich neben den Stuhl. Wenn die Leute dem Alten einen Schritt näher kamen, fing der Hund an zu knurren.

Nur den Professor duldete er. Die Gärtnerin brachte einen zweiten Korbstuhl und ermahnte den Hund. Gut sein. Aber der saß schon so fromm. Frömmer geht es nicht.

Ja, sagte der Blinde.

Jaja, sagte der Professor. Er streichelte den Hund, kraulte ihm die Ohren, dann endlich nestelte er aus der Tasche seiner weiten Einsteinhose einen silberverpackten Kotelettknochen hervor.

Jaja, das Mensch das, sagte der Blinde.

Die Gärtnerin wickelte zwei Pelargonien in eine Lage Zeitungspapier. Drückte die Bündel in Adams Arm.

Der Professor erhob sich. Er hatte seinen Monsieur Paul erkannt. Die Gärtnerin verhandelte mit einem Jungen, einem bunten Radrennfahrer, der mit seinem blanken Rennrad immer noch auf das Wechselgeld von den Erdbeeren wartete. Paß gut auf, daß der Professor nach Hause findet. Die Gärtnerin entdeckte die Zigarrenkiste unter den Rhabarberblättern.

Der Junge bekam das Geld.

Er kurvte mit dem Fahrrad um die Straßenbäume herum, fraß Beeren aus dem Korb an der Lenkstange. Spuckte den Sand aus. Er blieb dem Professor so lange verantwortungsbewußt auf den Fersen, bis er sah, wie sich Adam mit den Blumentöpfen im Arm zu dem Alten gesellte. Darauf zog der Junge in weitem Bogen davon.

Monsieur Paul, ich bin überrascht, Sie hier im Niemandsland anzutreffen. Ich sollte Sie warnen. Man wird Ihnen auf die Schliche kommen. Man wird mit Ihnen nicht zimperlich sein. Spione finden hier keine Gnade. Kommen Sie.

Er schob Adam in einen von Wildkirschgesträuch überwucherten Seitenweg. Wir sind noch im Schußfeld. Wir sind noch nicht in Sicherheit.

Eine Grenztafel mit der Aufschrift Sperrgebiet und ein

paar aufgebrochene Kästen mit vielen zerfransten Drähten und Porzellanisolatoren lagen im hohen Gras. Wie zum Beweis. Und ein Hund bellte nun auch.

Folgen Sie mir, Monsieur Paul, ich habe ein Gespür für Minen und Munition. Folgen Sie, es ist jetzt keine Zeit für Erklärungen: Nur soviel, ich übernehme die Mission Ihrem Hausherren zuliebe. – Ich hoffe, Sie haben ihm meine Nachrichten zukommen lassen?

Habe ich.

Adam mußte noch einmal in Deckung gehen, die Bündel im Arm. Die Zwillinge im Zeitungspapier. Zwei rosa Pelargonien.

Hinschmeißen, hinter einem Busch harren, bis Daisy, die an einem Betonpfosten das Bein hob, endlich dem Pfeifen in der Nähe zu parieren schien. Bis der schwere Taigaschreck, die Russenlokomotive, Chruschtschows Rache, hinter den Büschen auf der neuen Gleisstrecke vorbeigedonnert war. Der Krieg ist aus.

Der Weg ist frei. Nur Mut, über dieser Brücke sitzt der Amerikaner. Den Menschen dort müssen Sie nicht fürchten. Er ist mein Nachbar. Gut Freund.

Ein Mann, Nachbar des Professors und arbeitsloser Büromensch, wartete am Geländer, er händelte ärgerlich ein elektronisches Hunderufgerät, er pfiff auf alte Weise.

Haben Sie Daisy gesehen?

Sie wird gleich kommen, verhieß der Professor dem Mann, den er Adam als gut Freund angezeigt hatte. Der Professor verabschiedete sich: Bis später, Monsieur Paul. Und gesellte sich zu dem Hundebesitzer.

Ich bringe ihn nach Hause, sagte der Hundebesitzer über den Professor hinweg. Wenn die Mauer noch stehen würde, hätten wir leichteres Umgehen mit ihm.

Anna finden.

Kati besuchen.

Judy schreiben.

Amely nicht vergessen nicht vergessen.

Aber erst einmal wollte Adam die alten Zeitungen lesen. Die Titelseite für die *Gebildete Nation*. Im Zentrum des Blattes ein Holzschnitt von Staronossow (1893–1944), Pelzmützen und Gewehre, in der Mitte Lenin, sein kühner Kopf und die segnend erhobene Hand.

Religion – ein Seufzer der unterdrückten Kreatur, ein eitles Streben nach innerem Komfort.

Das *Zentralorgan*, in das die Gärtnerin die rosa Pelargonien eingewickelt hatte. Das erdfeuchte, gelbverblichene Jahr 1965. Ein Ereignis: Die Reise des Gewandhausorchesters nach London. *Tumultartige Beifallsstürme nun auch in der Royal Festival Hall.*

Milchreis! – Das lange Schweigen am Tisch. Die Nachrichtenstimme. Adam schnüffelte, er horchte in die Zeitungsblätter. Das Auge riecht: Spiritus. Der Koffer im Flur neben der Treppe. Die Fahrt mit dem Alten zum Bahnhof. Der Novemberschnee. *Gute Wintervorbereitung zahlt sich aus*. Die Zeitung, das war der Beweis. Der Alte zeigte Präsenz unter den Toten Berlins. Er hatte sich sehr weit vorgewagt. Bis in die Vororte. Adam hatte ihm zugehört. Er hatte ihm gehorcht. Der Alte hatte den Weg nach Hause bestimmt.

Es war noch in der Zeit des Schwarzweißfernsehens. Vietnam. Schon damals Vietnam. Morrisons Vermächtnis. Wie später die Geschichtsstudenten in Diego. Adam konnte sich an die Nachricht erinnern. Ein Mensch hatte eine Aktion gestartet. Der Mensch hieß Norman R. Morrison. Er war der Exekutivsekretär der Quäker von Baltimore. Er hatte es getan, um gegen den Krieg zu protestieren. Ort: Washington, genau: vor dem Pentagon, genauer: vor McNamaras Fenster. Der Mann hinter dem Fenster nimmt die Lesebrille ab, um von seinem Schreibtisch aus besser sehen zu können. Die schmutzverklärten Fensterscheiben. Auf dem Vorplatz erst der Benzinrauch. Die hochlodernden Flammen, dann die langsame, gründliche Verwandlung des aufrechten Körpers in Asche und Qualm. Und gleich auch die vorbildlichen Aktionen der Feuerwehr.

Auf der anderen Seite – Lenins Morallehre. *48 Jahre Oktoberrevolution. Die Verbrüderung deutscher und russischer Soldaten am Driswiati-See.*

Eine Aufgabe für die Wissenschaft: In Berlin-Karlshorst hatten Bauarbeiter beim Baggern einen Flußpferdschädel gefunden. Bis jetzt hatte die Wissenschaft behauptet, daß seit der Eiszeit keine Flußpferde mehr auf dem Territorium der Deutschen Demokratischen Republik gelebt hätten. Aber nun?

Man mußte die Frage klären.

Um in den Besitz von 150 Mark Ost zu kommen, hatte eine dreißigjährige Berlinerin eine siebzigjährige Seifenhändlerin umgebracht. Der erste Richterspruch hatte sie zum Tode verurteilt. Mord ist Mord. Dann aber habe man sich das Vorleben der Mörderin angesehen: Sie war eine geschätzte Facharbeiterin, fleißig, freundlich. Intakte Familie. Mann Meister in der Schuhfabrik, VEB Rotes Banner. Zwei Kinder, gesund, freundlich, Mitglieder der Pionierorganisation. Die Lehrerinnen, die Nachbarn und Arbeitskolleginnen, alle sprachen gut über sie. Von einem jungen Mann, der vor sieben Monaten in das Leben dieser Frau getreten war, wußte niemand. Niemand hatte geahnt, daß sie in letzter Zeit von einem Dämonen regiert worden war. Ein Anwalt hatte die dunklen Gründe nach der Berufung herausgefunden. Sie sei dem jungen Mann hörig gewesen. Unter seinem Einfluß habe sie die schreckliche Tat begangen. Das Todesurteil wurde vom zweiten Strafsenat abgeändert in lebenslängliche Haft. Adam hatte damals etwas erfahren, das über die Nachricht hinausgegangen war. Er fühlte sich gefangen. Von einem Schicksal, das sogar den Göttern die Befugnis nahm.

Was mag aus dieser Frau geworden sein?

Adam sah sich vor lauter offenen Fragen. Eigentlich war mit der Anerkennung des Dämonen und der Abänderung des Urteils schon zugegeben, daß Lenins gute Worte in der Praxis am Ende nicht gewinnen konnten.

Er stopfte das Packpapier in die Abfalltüte.

Die Blumen postierte er auf dem Fensterbrett. Kräftig rosa blühende Fäuste. Weiter im Text.

Anna suchen. Dazu öffnete er das Fliegenfenster.

Adam dachte an Amely.

Wie sie einmal das Fernsehen verteidigt hatte. Fernsehen ist gut. Fernsehen war gut, solange es keine Videogeräte gab und keine Satelliten oder Kabel. Fernsehen als Sammelstatt der Einzelgänger. Es sollte nicht mehr als drei, höchstens vier Programme geben, genug für ein Volk, um sich in drei bis vier Parteien zu zerlegen. Du guckst ungestört und weißt, daß du nicht allein bist. Du weißt, mit dir guckt deine Partei ... Anderntags findest du Leute, die sich streiten und aufregen. Du hörst, wie sie debattieren. Du hörst dich selber. – Satellit, Kabel und Video dagegen machen dich zum Einzelfall. Es sei denn, daß dich ein besonders aufbereiteter Lockstoff wieder mit anderen Einzelgängern versammelt. Du klebst mit anderen Zuläufern auf der Rute. Du bist den bunt präsentierten News auf den Leim gegangen. Du bist im Bilde, du kennst den Schlußgag des Tages.

Amely mußte schon eine Weile an der Haltestelle gestanden haben, ehe Adam sie in ihrem schwarzen Kleide erkannte. Sie trug einen verrückten schwarzen Hut. Einen wagenradgroßen Strohdeckel. Ihr Gesicht blieb verdeckt, weil ihr Kopf geneigt, ihr Blick traumverloren auf ihre schwarzen Schuhe gerichtet war. Adam hatte sie an ihren nackten weißen Armen und Beinen erkannt, womöglich auch an einer Drehung der Schultern, an den Jochbeinen, die die wartende Dame hochzog, als müßte sie gleich samt Hut in ein Unterholz flüchten. Schultern wie Amely.

Amely, rief Adam durch das Fliegenfenster.

Er rannte hinaus. Amely, weißt du, daß ich eben an dich gedacht habe. Ich schwöre es dir.

Adam war überrascht. Nicht so sehr, daß er sie endlich wieder einmal hier erwischt hatte, als vielmehr darüber, was ihm in diesem Augenblick tatsächlich geschehen war. Er hatte an Amely gedacht.

Ich habe dich herbeigedacht. Behauptete er, später.

Amely erklärte das Phänomen. Es kann jedem passieren. Und zwar so: Dein Auge sieht mich, aber die Strecke zwischen Netzhaut und Hirn ist kurz blockiert. Das heißt, das Bild kommt oben im Gehirnkasten nicht gleich in den richtigen Zellen an. Es geistert erst mal frei flottierend herum und reißt wer weiß welche Erinnerungen auf. Das noch unerkannte Bild beißt sich an alten Bildern fest.

Das weiße Bein beißt ins weiße Bein. Der Mund beißt den Mund.

Amely, rief er, die Strecke ist schon wieder blockiert.

Na und, rief Amely, das habe ich dir doch eben erklärt, es kann jedem passieren.

Erkläre mir das Phänomen noch einmal.

Die erlösende Philosophie, der glückliche Augenblick, Kairos. Kairos!

Aber es hätte doch auch anders kommen können. Stell dir vor, der Bus wäre davongefahren, bevor die Verbindung zwischen Netzhaut und Hirn sich ordentlich zusammenknoten konnte. Dann hätte ich nie erfahren, warum ich an dich gedacht habe.

Amely hatte den Kopf auf seine Brust gelegt. Sie hörte sein Murmeln und sein bübisches Lachen und seinen Herzschlag. Langsam brachte sie das Bild, das sie von dem Herrn aus Übersee seit den Schnee- und Putztagen in Erinnerung getragen hatte, mit dem hier überein. Die Schweißperlen auf der Stirn, kein Zeichen von Fremde. Sie war müde. Aber sie wollte nicht müde sein. Na und!

Amely angelte mit dem Fuß nach dem schwarzen Wagenrad. Sie wirbelte es hoch. Führte es auf dem ausgestreckten Bein vor.

Das sollte eigentlich eine Tarnkappe sein. Vorhin hat sie nicht funktioniert.

Sie stülpte sich den Hut auf. Und jetzt?

Immer noch nicht.

Schätz mal, was der gekostet hat? Sie hockte da, mit angezogenen Knien, gebeugtem Rücken, weißhäutig unter dem schwarzen Hut. Augenblicklich wie eine vom Mondlicht umglänzte Porzellanfigur. Kühnlich und zerschlagbar.

Sieben Mark.

Ich habe ihn in der Fasanenstraße gekauft. Er hat zweihundertundelf Mark gekostet. Denkst du, ich wäre ohne Tarnkappe in deine Nähe gekommen? Nie.

Adam tat den Hut weg, er knotete die Arme um Amely. Er zog sie wieder auf seine Brust.

So ist es gut.

Ja.

Die kräftigen Herzschläge. Ein Pochen, das nicht einmal im Bett, nicht mal zum Schlafen abgestellt werden kann. Auch das Hörzentrum tut gern einmal nicht dergleichen. Es behauptet Stille.

Kennst du das Wort Käsehitsche? flüsterte Amely.

Käsehitsche, das ist ein Schlitten. Ein kleiner, mieser Schlitten. Das mieseste, was es an Schlitten gibt. Stimmts?

Stimmt.

Herzklopfen. Damit entsorgte sich der Tag.

Dann sind die Spätnachrichten vorüber, doch der Himmel ist immer noch hell, milchgraue Wolkenschleier hängen über den Bäumen, ein zarter Regen stiebt über das vielfältige sonnenwarme Grün.

Es regnet, verkündete Amely. Adam nahm auch dies zur Kenntnis, wie er mit Knirschen zur Kenntnis genommen hatte, daß sein Stuhl seit zwei Stunden besetzt war. Sein

Sessel. Amely saß darin, trank ruhig Tee. Entdeckte den Mond zwischen den Kiefern.

Sie nahm die Lesebrille aus dem Etui. Der besetzte Sessel und nun auch noch die Lesebrille auf Amelys Nase, das war ein Signal. Ein Alarmzeichen. Das war ein Angriff.

Wollte sie ihm seinen Abend, seine Nacht und auch noch den nächsten Tag streitig machen? Wollte sie zuschauen, wie er seine Tage verschob?

Amely wie aus Stein. Wie von gestern.

Wegen Amely konnte er die Zeitung nicht lesen, er konnte Kati nicht besuchen, er konnte nicht schlafen, nicht träumen, was er wollte, er durfte nicht kopfstehen, und er konnte nicht reisen. Wenn ihm jetzt nichts im Wege stünde, dann würde er losfahren. Sofort auf der Stelle. Nach Dresden. Mit dem Nachtzug.

Er konnte nichts tun. Sie war schuld, daß er sich nicht bewegen konnte. Wegen Amely brach ihm im Nacken der Schweiß aus. Er nahm trotzig das Telefon auf den Schoß. Wählte lange, immer wieder, endlich meldete sich die Auskunft.

Zugverbindungen nach Dresden.

Amely las derweil im Havellandanzeiger die Stellenangebote. Sie suchte eine Stelle als Putze, denn ihre pünktlich zahlenden Architekten waren nach Potsdam umgezogen. Dort besorgte der Hausvermieter den Dreck. Der junge Herr Cosimo hatte wieder einmal kein Geld. Amely war es langsam leid, seine Hornhaut dauernd für umsonst aufzusaugen. Am besten, sie fände eine reiche Witwe, die nie zu Hause wäre, weil sie so viele auswärtige Verehrer hatte. Oder einen alleinstehenden Herrn. Sie hörte Adams Nachfragen am Telefon.

Der Elfuhrzug ist nicht schlecht, sagte Amely. Ich bin erst kürzlich damit gefahren. Ich habe meine Mutter in Kreischa besucht. Sie ist dort zur Kur. Es war schön. Wir haben uns sofort gestritten. Wie immer und wie immer, mitten im Fluchen tut uns die Zänkerei leid. Wir springen in ein anderes Thema und gleich auch in einen anderen Streit. Wir springen und streiten. Wir streiten, egal, wo wir landen. Es war wieder furchtbar. Das schlimmste ist, daß ich vieles, was ich an meiner Mutter nicht leiden kann, selber mache. Ich schiebe mir die Bissen in den Mund wie sie: ohne daß meine Zähne die Gabel berühren, so lege ich mir die Kartoffel auf die Zunge, und ich nehme die Tasse und zittere wie sie. Ich schließe die Tür so wie Mutter und steige so bedächtig humpelnd treppan. Du müßtest ihre und meine Schrift mal vergleichen. Unser »Sch«. Glaube mir, ich könnte jederzeit Mutters Unterschrift fälschen.

Endlich gewahrte Amely, wie Adams Blick auf ihr ruhte. Grimmig warf er den Hörer hin.

Habe ich was Falsches gesagt?

Die Lesebrille auf Amelys Nase war ein Zeichen, ein Signal. Er schluckte und schmeckte Hustentee. Lauwarm süß und bitter. Die Zukunft. Die Lesebrille kündigte warme Klositze an und zwei Koffer voll Kleider und einen Sack voll Schuhe, die ihn gnadenlos in die Pflicht nehmen würden.

Er hatte sich immer ein wenig schuldig gefühlt am Schicksal der armen, heruntergetretenen Kreaturen. An den zerschabten Absätzen, dem brüchigen Lack, schuldig an der ganzen, in der Kiste drunter und drüber liegenden Schar, an den verknoteten Senkeln, den zerrissenen Riemchensandalen, den Clogs und Pumps mit der Hundescheiße und dem Kaugummi an den Sohlen, den Bergschuhen mit dem Lehm vom Gewittermarsch durch den Canyon Shelly, der gelbe Dreck klebte noch im Profil. Er hatte sie nicht mit Papier ausgestopft, nicht mit Fett eingerieben, nur weil er die Büchse am Tage der Rückkehr aus Arizona nicht hatte finden können. Sie mußte irgendwo sein. Er hatte einmal eine Pfundbüchse in Oakland im Horseshop gekauft. Lederfett fürs ganze Leben. Und pinkfarbene Senkel für Judys Fahrradstiefelettchen. Er hatte sich verschätzt, die Senkel waren zu kurz. Ein Paar nagelneue sattelbraune Damentrottoirschuhe steckten, weil sie Judy zu groß waren, noch in der Einkaufstüte. Er hatte sich nicht um Einlegesohlen gekümmert. Jedesmal im Supermarkt hatte er die großen, teueren Trottoirschuhe von Judy vergessen. Er hätte daran denken können. An die Schuhhaustüte und an die Kiste in der Kammer, mit all den abgewetzten Sohlen. Judys Schuhe, sie konnten einem auf der Seele liegen in ihrer Hinfälligkeit. Mit ihren klassischen Wunden. Der Alte aus Dresden hätte sie als Demonstrationsobjekt nehmen können. Seht, der punktuelle Verbrauch der Sohle zeigt uns, die Erde ist rund. Wäre die Erde eine Scheibe, so würden die Sohlenränder stärker abgetreten. Typisch für die Kugel – die Löcher in der Mitte. Aber die Absätze, die waren nun typisch Judy, ganz ohne tieferen Sinn einfach nur heruntergelatscht bis auf den Kern, und oft war auch der nicht mehr zu reparieren. Neuer Absatz oder gleich neue Schuhe, so weit mußte es kommen.

Adams Sorgen. Nun hatte er sich einmal daran gewöhnt, ohne Mitleid in den Tag hinein zu leben.

Amely, die Lesebrille, womöglich wollte sie sich einnisten in seinem Herzen, in seinem Glauben und in diesem Gehäuse.

22

Amely fuhr in grauer Dämmerung mit dem Nachtbus nach Hause. Sie hatte keinen Mut, sich vor den vielen in Zeitungen und von Nachbarn geweissagten Überfällen zu fürchten, sie kroch in sich hinein, sie nannte sich Eselin, aber das war erst der Anfang einer Erkenntnis, die sie vertiefen wollte während der Fahrt.

Bevor sie über den kopfsteingepflasterten Hof, durch die Hintertür, die Treppe hinauf in ihre Dachkammer mit dem Dachkammergeruch: Taubenscheiße und Kastenmatratzen angelangt war, wollte sie zu einem Ende kommen.

Sie wollte der Gestalt im schwarzen Kleid auf die Schliche gekommen sein.

Eselin. Sie hatte von einer Mutter erzählt, sie hatte geplaudert, ausgemalt – wie sie sich wieder um die Winterfenster gestritten hatten, ob es sich lohnen würde, die schweren Rahmen jedes Jahr im Mai auf den Boden zu schleppen. Meinungsverschiedenheiten. Hin und her. Über die Lesebrille hinweg. Stell dir vor, lieber Adam, seit ich denken kann, immer dasselbe Spiel. Im Mai rauf, im Oktober runter. Lauter Launen. Mutterlaunen. Nun sag was! Sie hatte keine Antwort erwartet. Aber er hatte geschwiegen, als hätte sie eine große politische Frage in den Raum gestellt.

So ist der Mensch. Amely, hatte sich ganz von ihrer Person einnehmen lassen, wie ein Grashalm auf der Wiese, für den die Welt grün ist. Sie hatte mit keiner Faser an die Verlorenheit des Herrn gedacht. Vaterlos, mutterlos wie er war. Ohne Geburtstag. Ohne Papiere, die kraft einer Urkunde seine Existenz und Herkunft hätten erklären können.

Es war Sünde.

Sünde war es, denn, dies war der tiefere Grund für ihr Versagen, sie liebte ihn nicht. Amely mußte es sich auf gerader Fahrt eingestehen: wem dies geschieht, wem soviel Selbstsucht entfährt, der kann nicht lieben. Heute nicht und nimmermehr.

Es war das Neueste, was sie von sich erfuhr.

Es war das Ende vom Lied.

An der Post stieg sie aus. Die Bustür flog zu. Hinter den Scheiben huschten ein paar dunkle verschlafene Figuren an Amely vorbei. Nachtschwärmer. Mit einem kleinen Schreck sah sie sich selbst. Sie dachte, die eine Figur, die bin ich, ich habe das Aussteigen verpaßt und kutschiere nun mit meinem teuren schwarzen Hut auf dem Schoß wer weiß wohin, wer weiß in welche Fremde. Der größere Schreck aber brachte ihr bei, daß sie an dieser Stelle, in diesem Ort richtig angekommen war. Sie querte das Gäßchen zwischen Post und alter Schule, sie querte die Straße. Sie blieb stehen, bevor sie das Hoftor aufstieß. Sie hielt die kalte Klinke in der Hand und dachte. Es ist die Nachtigall, eine von den dreien, die sich hier im Revier eingenistet hatten. Genau im Windmühlenloch, im Sprengloch, wo nach dem Krieg mählich ein Sumpfteich entstanden war. Die Windmühle hatte sich 45 für die anrückenden Russenkanonen als gutes Ziel angeboten. So erzählten die Alten. Aber der Krieg in dieser früheren Form war jetzt gar kein Thema. Amelys Thema war die eine, siebenmal schlagende Nachtigall und der Duft des Flieders und der anklägerische Mond. Sein klares Licht und ihre arme schwarze Seele, die das Lieben verlernt hatte.

Sie hatte sich diesen Kerl als Schlafgefährten erkoren.

Geräusche irdischer Art. Ein Gemisch touriger Motoren, Nachtstraßenbahnen, Notdiensten und Funksignalen trieb von den am Horizont liegenden violetten Städten in Wellen zu einer Mitte, in der Amely ging.

In der Nachbarschaft, bei Müllers wahrscheinlich, schlug der Hund an. Der graue Kater tigerte über den Hof, er entwischte unter der Stalltür. Ein Huhn gackste im Traum.

Es war eine Übertretung.

Amely gab es zu. Es war gut, daß sie sich endlich auf die Schliche gekommen war. Sie lächelte, als sie die Treppe hinaufstieg. Frau Hildegard hatte die Stufen bis unter das Heudach mit Teppich belegt. Amely trug die Schuhe in der Hand. Sie hüpfte, duckte sich unter den Balken. Es stank heute zusätzlich nach Wäscheweich. Ein Frotteehandtuch an der Trockenleine wischte ihr kalt über das Gesicht.

Sie hatte einen Kerl vernascht. Aus Gründen des Eigenbedarfs. Sollte sie sich deswegen im Sumpfloch ertränken? Als sie im weißen Hemd unter der weißen Decke lag, dachte sie an das Zeitungsrätsel. Zwischen jetzt und demnächst?

Ihr fiel ein, was gemeint sein könnte. Morgen.

Der Mond hinter dem Fensterkreuz machte nun auch ein anderes Gesicht. Versöhnler, das sollte in der Politik ein Schimpfname sein, wie so einer sah er nun aus, milchweiß, verräterisch fromm.

Er half ihr in einen Schlaf, in einem Traum, in dem nun noch einmal alles ganz anders war.

23

Und doch ist Adam zum Weinen. Amely hat die Lesebrille weggesteckt und den Hut genommen. Er hat Sehnsucht. Er möchte Judys Bergschuhe putzen. Er erinnert sich an Annas mutige Kletterpartie, wie sie ihm am Großen Schand im Felskamin vorangekrochen war. Damals in der Sächsischen Schweiz.

Er hastet barfuß über die taufeuchte Wiese, barfuß, aus Gesundheitsgründen. In die Fußsohlen zwickt die Erinnerung. Obstwiesenkühle, als könnten die Füße riechen und schmecken. Obstwiesendüfte. Apfelschaum. Zwischen den Zehen die langen Halme, weil der alte Bereiter ins Heim gebracht worden war.

Ein Umsiedler aus Schlesien hatte die Wiese im Juni und im August gemäht. Sensenschnitt. Das Heu wurde, wenn es nicht wieder im Schober verfault war, vom Heideförster abgeholt. Es war schade drum, es wäre schade drum gewesen. Aber dann mußte es eben auch so weitergehen. Der Schlesier kam nicht mehr, mit ihm war auch die Sense verschwunden. Eine Vorkriegssense. Wahrscheinlich hatte der Schlesier die Sense an einen, der es zu schätzen wußte, weitergegeben. Neue gab es nicht bei der *Bäuerlichen Handelsgenossenschaft,* und die Sensen, die es endlich einmal gab, taugten nicht. Außerdem konnte sowieso keiner mehr wetzen und dengeln, und sicherlich konnte auch keiner mehr einen Sensenstrich ziehen. Das Gras durfte wachsen.

Die Füße treten vor lauter Eile auf Kiefernzapfen. Adam hastet über die Stufen. Das Telefon ruft.

Erikas Stimme. Dieser George, lieber Adam, von dem du mir eine Sternengeschichte auf Band gesprochen hast, er lebt in der Nähe von Washington. Ich habe ihn ausfindig gemacht. Er hat seit der Zeit im Kirchenchor nichts mehr von Andrew gehört, er weiß nichts von Andrew.

Adam massiert sich den schmerzenden Fuß, hört, wie Erikas Auskünfte mit einem Seufzer zu Vorwürfen werden.

Du mußt doch wissen, wo er ist.

Bevor Adam sich verteidigen kann, starten im abgeholzten Terrain die Pumpen.

Was ist denn das für ein Krach?

Es sind Pumpen.

Pumpen? schreit Erika.

Ja, Pumpen. Sie graben sich das Wasser ab. Jeden Tag um sechse geht es los. Grundwasserabsenkung. Tiefgaragenbau. Die ersten von den restlichen Bäumen, vornehmlich Linden, werfen schon dürres grünes Laub.

HERZLICH WILLKOMMEN. Bunte Buchstaben von Baum zu Baum. Jemand hat Bänke und Tische besorgt.

Der rothaarige Klempner hantiert mit vorgebundener Karoschürze an einem bedienungsfreundlichen Würstchengrill. Hüfthoch die Bratendüfte. Bier fließt aus dem Hahn ins Glas in die Kehle. Es stehen auch schon Kerle mit offenen Hosen hinter den Rotorblättern, dem Denkmal für die Amerikaner, denen das Fest heute gilt. Ein Abschiedsfest, weil die Alliierten Berlin verlassen. Ein Dankeschön der Steinstückener an die Amerikaner. Könnt ihr Ferkel nicht heimgehen, wenn ihr mal müßt? Woher kommt ihr überhaupt?

Die sind von drüben aus dem Osten, ruft einer über das Glas.

Wir haben hier ein internes Fest. So schimpft die Frau

mit dem Kuchentablett. Ohne dem Zwischenrufer zuzustimmen. Ihr geht es allgemein um öffentlichen Anstand und Gemeinschaftssinn. Sie hat Aprikosen-Mandel-Kuchen gebacken und Kaffeesahne gestiftet. Mal sehen, was die anderen mitbringen. Oder ob die wieder bloß gucken wollen und dann doch wieder zugreifen, wie damals, als die Mauer aufgemacht wurde, da hatte sie ihren Quark-Mandel-Kuchen gebacken und soviel Lob zu hören bekommen. Da hatten alle gesessen bis Mitternacht. Heute geben schon die ersten die Löffel und Biergläser ab. Essen und gehen wieder heim. Obwohl die Rede noch gar nicht gehalten wurde, und niemand hat an Musik gedacht. Hat jemand den Bürgermeister gesehen? Keiner weiß was. Und die Amerikaner? Sie haben das Bierfaß aus dem Jeep gehievt und sind fort. Vielleicht steht noch eins an, ein zweites Fäßchen, vielleicht.

Die invalidisierte Lehrerin zieht sich auf den Querweg zurück. Sie hat sich ungefähr wie die Fernsehansagerinnen angezogen, flott, aber nicht zu fein. Sie steht hinter dem Strauch, um die englische Ansprache zu rekapitulieren.

Sie ärgert sich, weil der Bürgermeister immer noch nicht da ist. Früher ist er per Hubschrauber eingeschwebt und immer mit Presse und Funk, manchmal sogar mit Fernsehen. Man mußte hier immer eines Auftritts gewärtig sein und mitspielen.

Denn Steinstücken war ein Schauplatz der Geschichte. Ein Ort, wo die Amerikaner und Russen übten, wie weit ihre Diplomatie im Strudel der Weltturbulenzen reichen sollte. Anspannen und Lockerlassen. Je nach Lage. War lockeres Muskelspiel angesagt, so galten die Einwohner des Terrains nichts, sie mußten sich ihre Lücken und Möglichkeiten selber suchen. Sie mußten zufrieden sein. Mit Lebensmittelkarten aus dem Osten zum Beispiel, obwohl man laut Grundbuch nach Berlin, und zwar zum Amerikanischen Sektor gehörte. War Anspannen, mithin Abgrenzung Mode, so wurden mit großem Gepränge amerikanische Hubschrauber eingesetzt. Sie flogen Kinder aus Steinstücken nach Westberlin in die Schule und Opas zum Doktor und Frauen zum Friseur, denn man orientierte sich nun auch im amerikanischen Stab nach alten Zuschreibungen und Reichskammerbeschlüssen. Auf der anderen Seite, von den Russen erhandelt, darauf von der Zone bzw. der Volksarmee der Deutschen Demokratischen Republik ausgeführt, wurden Posten mit entsprechenden Instruktionen aufgestellt. Hart durchgreifen. Jede Bewegung feststellen, festhalten, festsetzen. Ein Auge zudrücken oder beide, je nachdem. Eines Tages wurde in der Zone beschlossen, daß nur noch beim Meldeamt registrierte Einwohner das Terrain betreten durften. Man überreichte dem Kontrollpunkt eine Namensliste. Einschränkung und Entgegenkommen. Ein Gentleman's Agreement. Was aber tun, wenn für die Wohnung Blumenweg Numero acht der zweiunddreißigste Untermieter gemeldet wurde? Augen zudrücken, oder was? Beiderseits hochsensible Diplomatie. Für die Steinstückener hätte es bis 61 und auch noch Jahre danach ins Auge gehen können. Es galt, die einmal gereichte amerikanische Hand, das Drum und Dran, die Deutschmark und die Freiheit festzuhalten. Die Hubschrauberpiloten wurden zu Helden gekürt und zu Geburtstagen eingeladen. Seht ihr, der Amerikaner steht zu uns. Er beschützt unsere Rechte. Ich bin ein Steinstückener. So hatte Major Tom anläßlich eines Gartenfestes erklärt. Wenn die Russen wieder einmal behaupten sollten, Steinstücken gehöre zu Potsdam statt zu Westberlin, indem sie die Lebensmittelmarken und die Kohle, die der Ort in schweren Nachkriegszeiten von Potsdamer Ämtern bezogen hatte, in die Waagschale warfen – ein heikel schwerwiegendes Argument – , wenn es mit den Russen wieder einmal soweit käme, so könnte das womöglich den Zündfunken für einen internationalen, für einen globalen Konflikt zwischen den Supermächten abgeben. Da sei Gott vor. Manchmal wollten die Steinstückener auf ihren

Sofas die Tragweite nicht kapieren. Sie schimpften über Kleinigkeiten, regten sich auf, wenn einer der Helden nicht fliegen konnte, weil er blau war, oder wenn sich die Chefs im Headquarter weigerten, den über den Stacheldraht von drüben rübergeflüchteten Schornsteinfeger auszufliegen. Man mußte den Steinstückener Versuchskaninchen vorsichtig einträufeln, was an diesem sensiblen Ort aus so einer Mücke gemacht werden könnte. Der Russe warte bloß auf solche Aktionen, und wenns paßte, wäre das Malheur fertig. Krieg. Die Steinstückener meckerten, aber meist waren sie dankbar. Sie schickten Glückwünsche und Grußadressen an General Clay. In Dankbarkeit. Und so sollte es auch heute sein. Dank, keine Rede von den für die höhere Politik, mithin aus Testgründen, lange offen gehaltenen Wunden.

Dank, aber der Bürgermeister ist immer noch nicht erschienen. Und die Boys sind mit ihren Jeeps gleich wieder abgedreht. Ob die Lautsprecheranlage einen Sinn hat, bei den paar Nasen, die Rede überhaupt, ob da noch einer hinhört? Die Biertrinker zweifeln. Sie glauben nun auch nicht mehr daran, daß noch ein Fäßchen Nachschub anrollt. Scheint alles gewesen zu sein.

Der ganze Trubel verläuft sich im Sande.

Jungermann, sagt die Lehrerin mit den Redepapieren, Sie, habe ich gehört, sind ein Amerikaner?

No, it's not true. Ich bin ein Dresdner. Recht eigentlich weiß ich nicht, woher ich bin.

Die Lehrerin ist auch damit zufrieden. Man muß die Dinge so nehmen, wie sie sind und wie sie nun einmal bis hierher gegangen waren. Man hat die Einheit gewollt. Drüben, weil sie zu Ende gewirtschaftet hatten, hüben laut Grundgesetz. Obwohl – bei einem Volksentscheid – damals vielleicht noch, aber jetzt würde es nicht mehr so kommen, wie es gekommen ist. Trotzdem bekam Adam ein Stück von dem Aprikosen-Mandel-Kuchen. Auch Kaffeesahne war noch ein Tröpfchen im Karton. Es wurde nun über Tisch in kleiner Frauenrunde vom Dresdner Stollen geredet.

Er schmecke.

Obwohl – das Rezept hat sich ja nun, dank Bäcker Schmorl, der es seinerzeit mit in den Westen gebracht hat, allerwärts durchgesetzt. Obwohl – echt bleibt echt, manchmal liegt es an der Weizensorte, also am Mehl, manchmal am Wasser, manchmal am Kneten. Vielleicht haben die sich in Dresden doch noch mehr Zeit genommen, denn Zeit spielte ja im Osten keine Rolle.

Nun kam die Rede auf die Pakete, die jahrelang in den Osten geschickt worden waren.

Der Kaffee, die Ananasbüchsen und die Jeans, da sei aber von dort nur ein spärlicher Dank gekommen, dafür Bitten für den Geburtstag – die wünschten sich Levis- oder Lee- oder Wranglerhosen, Markensachen also, auf die die eigenen Kinder hätten selbstverständlich verzichten müssen, weil sie für meinen Geldbeutel viel zu teuer gewesen wären. Der Osten bestellte vom Feinsten.

Die Lehrerin gewahrte Adams grübelnden Blick. Sein Kauen, seine Verwunderung. Sie wollte gerne gerecht sein.

Es gab auch Bescheidenheit drüben, räumte sie dem Herrn aus Dresden verbindlich ein.

Adam wunderte sich, weil er die Jeansgeschichte schon wieder hörte. Im Ton, im Text, zum siebenten Mal. Die Geschichte vom Undank. So schön erzählt, als habe sie sich tatsächlich zugetragen. Es gab noch andere Geschichten, die sich wiederholten, zum Beispiel eine, in der immer ziemlich am Anfang der Satz vorkam: Wir haben alle einmal klein angefangen.

So spricht ein vergilbter Kalender.

Dann stellte sich doch noch einer am langen Tischende auf. Ein Mann in Campinghemd und gemusterten Shorts, Jahrgang fünfundvierzig ungefähr, er schwitzte und schwankte und prostete mit dem Bierglas dem Hubschrauberdenkmal zu.

Also denn, tschüssikowski. Stotterte, winkte hoch, als fliege einer heim ins Himmelreich. Man mußte ihn reden lassen.

Eicheln knallten vom prasseldürren Baum auf den Tisch. Ein Beitrag der gebeutelten Natur. Salut und Punkt.

Kein protokollarischer, aber ein menschlicher Höhepunkt, so schrieb ein Journalist am nächsten Tage in der BZ. »Tschüssikowski!« habe ein Berliner in den Steinstückener Himmel gerufen. In der slawischen Verballhornung des Abschiedsgrußes tschüs liege die ganze neue deutsche Einsamkeit, das Wissen um neue Nachbarschaft und neues Verhängnis, angenommen in demütiger Einsicht und ausgedrückt mit heldenhaftem Spott.

Adam riß den Artikel heraus. Für Judy. Die Tragweite der Veränderungen in Europa vor meiner Tür. Er selber habe das Heldenhafte wieder einmal gar nicht erkannt.

Judy schickte ihm ihrerseits einen sorgfältig ausgeschnittenen Artikel. Sie hatte ihn sauber aufgeklebt, aber leider nicht dazugeschrieben, woher und von wann er war. Der Artikel berichtete, daß sich in der Antarktis ein Eisblock von ungeheurer Größe vom Festeis losgelöst habe. Der Meldung war eine sehr grobe Skizze beigegeben. Judy hatte an den Rand geschrieben: Hat man Dir schon geantwortet und was?

Anderntags fand Adam in der hiesigen Zeitung, die er seit Andrews Besuch immer noch zugestellt bekam, die nämliche Meldung. Auf deutsch nannte man es: kalben. Das Eis kalbt. Der Artikel war eine fast wörtliche Übersetzung, er enthielt die Beifügung, daß der abgebrochene Eisblock so groß wie das Saarland sei. Schon wieder das Saarland. Adam fiel auf, wenn ein Vergleich gebraucht wurde, war immer das Saarland gut. Liebe Judy, leider noch keine Nachricht von Anna, wie auch nichts, keine Antwort, auf den von Dir angefragten Brief.

24

Adam hatte sich auf beruflicher Strecke immer wieder auf Abwege bringen lassen. Es war Neugier. Judy meinte: Das ist der Alte aus Dresden, der in dir geistert. Seine Physik, die Stoppuhr. Du bist ein Besessener. Ein Computernarr.

Es hatte Jahre gegeben, da hatte Adam alle möglichen Kurven miteinander verglichen. Ereignisse in der Zeit. Vielleicht hatte Judy recht mit ihrem freundlichen Spott, schließlich hatte er in Dresden im Mathematisch-Physikalischen Salon einst mit dem Ur-Computer spielen dürfen. Die Museumsaufsicht hatte für den Kleinen die Rechenmaschine von Blaise Pascal aus der Vitrine genommen. Mit einem verständnisinnigen Blick zum Begleiter des Kindes, dem hochverehrten Kollegen Professor. Doch der hielt sich abseits, als sähe er eine Gefahr.

Die Computer. Das Schicksal des Kindes. Vielleicht hatte Judy recht.

Das Gute war, daß die Unibibliothek auch nachts geöffnet blieb. Dafür hatte der Präsident beizeiten gesorgt. Er hatte die Räumlichkeiten erweitern und ein Computerzentrum einrichten lassen. Immer das Beste und Neuste. Auf daß den Studenten nichts fehle. Die Stunden zwischen Mitternacht und Sonnenaufgang, das war Adams Zeit. Ihm stand ein eigenes Kabinett mit Bücherregal und extra breitem Arbeitstisch zur Verfügung. Sein Computer hatte jederzeit Anschluß an den Großrechner, der im Tiefgeschoß installiert worden war. Leselampe. Kakaotopf. Das Zirpen der Klimaanlage. Mit Tagesbeginn auf dem Ahorn am Fenster die roten Signale des Cardinals. Seine gottgefälligen Rufe. What-cheer cheer cheer. Woit woit woit. Birdy birdy. Der machte das Einverständnis voll.

Was treibst du nur die ganze Nacht? Judy tat so, als wollte sie nicht mehr an die Computer glauben.

Kurven messen, hatte ihr Adam mit dem Versuch der Dreideutigkeit ins Gesicht gesagt.

Untersteh dich. Es war ein Spiel, weil sie nicht erwachsen werden wollten. Judy nicht und Adam gleich gar nicht. Es macht mir Spaß, hatte er gesagt. Manchmal sollte Judy nur so staunen, und Judy staunte: Hast du fein gemacht. Es war, weil sich laut Kurvenvergleich eine Kausalität zwischen der Veränderung der Erdachsenneigung und der Sedimentablagerung im Eis der Arktis ergab.

Judy biß ihm für die beiden schönen, quirlig ineinanderspielenden Spiralen ins Ohr. Sie mimte eine Vampirin, sie kaute, sie schluckte. Saftiges, knuspriges Ohr. Blut.

Adam vertiefte sich in die neuesten Expeditionsauswertungen der Arktisforschung, in die Ozeanischen Zirkulationen, die Strömungen im Nordmeer. Er grübelte, rechnete.

Und heute nacht? fragte Judy.

Die Sauerstoffisotopenverhältnisse in Sedimentablagerungen, erklärte Adam.

Eines Tages sagte er beim Kartoffelschälen: Ich bin mir fast sicher, daß sich der Übergang von einer Warmzeit zur nächsten Eiszeit in ziemlicher Eile vollziehen wird, erdgeschichtlich gesehen in Sekunden, das heißt in einem Zeitraum von ungefähr fünf, sechs oder zehn Jahren. Eine Nacheiszeit dauert ziemlich genau 10 000 Jahre, und die sind nun ziemlich genau vergangen. Damit du es dir besser vorstellen kannst: Nächstens wird die Zentralheizung im Nordmeer abgestellt, es wird wieder kalt werden in Nordamerika und in Europa.

Judy hatte ihm andächtig auf die Finger gesehen. Wie du das machst! Adam warf die europäisch geschälte Kartoffel in den Topf.

Kartoffelschälen kann ich, das hat mir unsere Stütze gezeigt.

Das könnte ich nie. Judy sah ihm weiter zu, wie er mit einem scharfen kleinen Messer hauchdünne Streifen von den Kartoffeln abhob. Unter der Schale sitzt das Beste, erklärte er. Das könnte ich nie. Judy erwartete in unerschütterlicher Liebe Salzkartoffeln, Mischgemüse und Falschen Hasen. Schmeckt nach Sonntag.

Jedenfalls ist es keiner Leute Schuld, wenn nun nach dem Kommunismus auch noch das Holozän kippt. Das flüsterte Judy, als sie sich in den Armen lagen und Judy sich versichert hatte: Nächste Woche koch aber ich, aber ich koche Cajun. In memoriam. Schon tönte Amedee Ardoins Zitronenstimme *Prends Donc Courage*. Das Akkordeon im Galopp. Twostep und Blues und Hollers. Es sprang über den Text, deckte alles zu und riß ab, wie im Kino. Finsternis. Manchmal haben die anderen ihn verdroschen, bloß weil Amedee ein Mulatte war, französisch sprechend und schwarz, und weil er Zitronen fraß. Er floh samt Akkordeon in die Felder. Dort haben ihn Betrunkene erwischt, und dort schlugen sie ihn so, daß er an den Verletzungen starb. Early Black und White Cajun. Die Platte, eine neue alte Aufnahme, hatte Judy für Adam ausgesucht. Zum Geburtstag! wie sie urmutterstreng bestimmte.

Das Holozän nähert sich dem Ende.

Adam hatte seine Vermutungen betreffs der spontan einsetzenden Eiszeit mit einigen beweiskräftigen Argumenten einem Institut in Kiel vorgelegt. Die hatten ihm einen vorsichtig zustimmenden Kommentar geschickt. Ihrerseits sei man in Auswertung neuer Expeditionserfahrungen zu ähnlichen, wenn nicht beinahe gleichen Interpretationen gekommen. Wir würden uns freuen, wenn sie dem Gebiet und uns weiter die Treue hielten und verbleiben mit vorzüglicher Hochachtung.

Adam war dem Gebiet treu geblieben. Mittels genauer Berechnungen und Vergleiche der Oberflächenwassermassen und den Ablagerungen im Zeitraum von 400 000 Jahren konnte er seine Vermutungen mit einem weiteren Pfeiler stützen.

Er hatte noch von New York aus die zehn Seiten seiner Abhandlung nach Berlin an das Vorbereitungskomitee der

Weltklimakonferrenz geschickt. Er hatte seine Steinstükkener Adresse als Absender angegeben.

War er etwa deswegen hergekommen? Er erinnerte sich des Augenblicks, als die junge Frau vom Post office des Kennedy Airports den maisgelben Umschlag auf die Briefwaage legte. Ihm war so göttlich elend zumute.

Einmal hatte er in einem Berliner Sekretariat angerufen. Er hatte eine höchst freundliche Stimme gehört und ein furchtbar schönes Klavierstück, nach einer zweiten Stimme, die um Geduld bat, klimperte dasselbe Klavier noch einmal. Jemand hatte den Eingang des Briefes bestätigen können, jedoch um etwas Geduld bitten müssen.

Adam hatte aufgelegt.

Einerseits erleichtert. Denn ein Irrtum war immer noch möglich.

Einmal hatte er Amely in einer dritten Möglichkeitsform ein paar Details angedeutet. Es war vorauszusehen, daß sie den allerwärts beredeten Treibhauseffekt dagegenstellen, schließlich so weit gehen würden, das vernunftbegabte Säugetier für so instinktsicher zu halten, daß es diesen Treibhauseffekt als wärmeliebende Gattung gegen das Eis vom Nordmeer inszeniert haben könnte. Erst spielte der Nordpol gegen den Südpol, dann die Erde gegen den Menschen. Die Partie endete unentschieden. Remis.

Es war ein seltsam kindliches Gespräch. Glaubst du an Gott? hatte Amely gefragt und gleich zugegeben: Ich bin für Gott die loyale Opposition. Frauen trauten sich solche Fragen. Judy hatte neben ihm unter der warmen Kamelhaardecke gelegen: Glaubst du an Gott?

Bevor er eine Antwort wußte, war etwas anderes nicht mehr aufzuhalten, ein Kissen war heruntergefallen, eine Pflicht rief, eine Fürsorge, eine neue Lust, oder nur das Telefon oder ein eingeschlafenes Bein. Laß los. Eine Erlösung.

Oder Adam sagte: Und du? Ja, sagte Judy, du bist ja der Beweis.

25

Die Dresden-Information hatte Adam mit der Zimmervermittlung verbunden. Die Pension Plattleite sei leider ausgebucht. Italienische Bauarbeiter. Aber zwei Stationen stadtauswärts, in der Elisabethstraße, da könnte der Herr, wenn er speziell auf die Umgebung Weißer Hirsch Wert lege, unterkommen. Fünfzig Mark mit Frühstück. Dusche. WC. Küchenbenutzung. Adam sagte zu. Er bat die Vermittlung, in der Pension auszurichten, daß er erst spät am Abend ankommen würde, denn er habe tagsüber in der Stadt zu tun.

Das sagte er nicht nur der Vermittlung, sondern auch zu sich selber. Er wollte mit Plänen ankommen, er wollte seinen Erinnerungen nachgehen. Doch schon unterwegs im Zug, eigentlich schon hinter Rangsdorf, verlor er den Faden, als wären sämtliche Erinnerungen nur eine Stimmung gewesen, eine Sehnsucht, so sollte es gewesen sein. Er glaubte nun dem Krakauer Altslawisten, der behauptet hatte, als Kind im KZ gewesen zu sein, sich aber an kein Detail mehr, weder an Personen, noch an Umstände, erinnern konnte. Die Vergangenheit sei ihm wie ein Buch. Buchstaben. Adam hatte ihn für einen Lügner gehalten. Jemand, der sich eine Legende zuschrieb und aus Furcht, sich zu verzetteln, leere Seiten abgab.

Adam glaubte den leeren Seiten.

Statt den Faden zu suchen oder wenigstens die Landschaft zu studieren, die kleinen oder großen Felder, bestellte Flächen oder Brachland, weißt du noch, Adam, damals, zwischen Elsterwerda und Doberlug-Kirchhain, so weit das Auge reichte Mais, damals war Maisanbau Mode – erinnerst du dich an die Wurst am Stengel? –, statt dessen las Adam die Zeitung. Aussteigende hatten in Schönefeld einen Haufen bedruckten Papiers liegengelassen, das *Neue Deutschland*. Der amerikanische Präsident hatte am Brandenburger Tor in Berlin eine Rede gehalten. Ich bin weder

Berliner, noch Deutscher, noch Europäer. Es war nur eine Tatsache, die nichts taugte – jedenfalls nicht, um Geschichte zu machen.

Der Kellner vom Imbißwagen ließ geschäftig die Flaschen klirren. Zwei Männer mit musikverstöpselten Ohren mußten hinter dicken Wänden hervorgerufen werden. Die Walkmen quäkten. Getränke gewünscht? – Sächsisch, gepflegt.

Adam horcht auf. Er ist angekommen, am Ort, der heißt Dresden, ein besonderer Ort. Getränke gewünscht. Darin steckt das Neue, das heißt, die Erinnerung an das Alte, die beinahe überlebte Legende, darin steckt die strikte Verdrängung der Gestrigkeit.

Adam steigt am Neustädter Bahnhof aus. Lauter Entschlüsse, die weder richtig noch falsch sind.

Durch das Eingangsrund fällt Licht in die Bahnhofshalle. Dresdner Licht. Das ist sein Ort. Das Urtier kommt in sein angestammtes Revier. Es spürt das Pflaster unter den Füßen, die Beinmuskeln nehmen Fühlung, die Wirbelsäule gehorcht.

Da bin ich, ruft sich das Urtier ins Ohr. Die Nase wittert die eigenen Spuren. Wohl tausend Jahr ist es her. Die Ankunft hatte sich schon einmal zugetragen, nicht ganz genau, aber ungefähr so. Das Urtier steht auf zwei Beinen, es ist ein Mensch, es fängt an zu denken, einfach und langsam, aufrecht auf zwei Beinen, im Spiegel seine Ohren, seine Stirn, die Fingernägel – genau genommen waren es zweimal zwei Ohren, vier Hände, zwei Stirnen. Adam und Anna vor dem Spiegel im Vorraum der Toiletten des Neustädter Bahnhofs. Da hatte das Fieber angefangen.

Die Bahnhofshalle ist eingerüstet, Stahlgestänge, grünes Netzwerk, neueste Gotik, könnte man sagen. Toiletten? Nee, mei Guder, wenns brennt, mußde draußen in Gondäner gehn.

Die Spur ist verbaut.

Schräg über dem Bahnhofsvorplatz zeigt an einem der

Gründerzeithäuser ein geknickter Pfeil um die Ecke zu einer Buchhandlung. Hinterhaus links.

Die Frau im engen Geviert zwischen Postkarten und Stadtplänen bestätigt nur: Nein, die Buchhandlung, die Sie suchen, bin ich nicht. Aber ich weiß, welche sie meinen. Die war, wo heute der Bayrische Hof ist. Dittmann, stimmts?

Stimmt.

Vor dem Bayrischen Hof liegt ein roter Teppich, man durchschreitet einen Glasbaldachin, darüber Seidenfahnen, bayrische Rauten und Sachsenfarben grünweiß. Daneben wird noch gebaut. Spätbarocke Fensterfassade. Wer hätte soviel Stil hinter den Schildern und Transparenten der schwarzverrußten Reichsbahnverwaltung vermutet? Auch daraus soll ein Hotel werden. Still und heimlich. Hinter ausgehängten Fax- und Telefonnummern und Consultingadressen. Eines Tages wird das Terrain um den Neustädter Bahnhof zur feinsten Ecke der Stadt geworden sein. Noch weiß keiner in Einzelheiten Bescheid. Gerüchte gibt es viele und Zukunftsversprechen an verschiedenen Plätzen. Ecke Stadt Metz zum Beispiel: Klimatisierte Konferenzräume.

Adam läuft Richtung Neustädter Markt. Die Rähnitzgasse, auch die ist aus dem Verfall in den privaten Aufschwung geraten. Da kauft er sich in einer Bäckerei ein Stück Eierschecke, trinkt wohlumsorgt eine Tasse Kaffee. Er liest die Zeitung, als gehörte er hierher. Leichtes Stadtgepäck, ein Jeanssportrucksäckchen bei Fuß. Graue Popelinehose. Steingraues Hemd. Goldundsilber-Haar, kurz geschnitten, weil die Locken dann fülliger wirken. Er liest ohne Brille.

Der nämliche geht über die Augustusbrücke. Er tritt den neuen alten Brückennamen fest. Das ist seine Revolution, ein Stück nachträglicher Wende, sein Mauerfall. Nicht mehr Dimitroff, sondern wieder Augustus rex. Augustusbrücke.

Dann will er mit dem allen nichts mehr zu tun haben. Es ist, als habe er aus Versehen mit Absicht das graue Hemd angezogen. Grau, ein Tarnkleid.

Er geht an der Terrassenmauer entlang. Die Uferstraße ist für den Autoverkehr gesperrt. Hier parken nur die Lieferfahrzeuge für die Elbeschiffe und für die Imbiß- und Getränkebuden. An den beiden Anlegestegen sammeln sich in lockeren Vereinen die vergnügungssuchenden Einheimischen und Touristen. Bis zur Abfahrt der Schiffe elbaufwärts in Richtung Blaues Wunder, Pillnitz, Sächsische Schweiz ist noch Zeit. Die Sonne steht hoch. Ein südliches Lüftchen streicht durch das Flußtal. Die Stadt verdient sich den Namen heute durchs Wetter. Elbflorenz.

Hier unten an der Elbe, wie fast überall, sind die Ruinen weg. Aus den Resttrümmern sind Bauteile geworden. Sie liegen geordnet, von Gras und Strauchwerk umwuchert im abgesperrten Geviert und warten auf den einzig richtigen Platz in neuen alten Gemäuern.

Die Steine reden nicht mehr von der Hölle, sie reden ganz allgemein vom Zeitvergehen.

Im Straßenniveau unter der Brühlschen Terrasse befindet sich eingepaßt in Rundbögen eine Reihe verschlossener Tore. Wenn du näher kommst, ist dieses und das nächste und wiedernächste Tor aus Holz, nur die Farbe behauptet Schwere und Eisen. Es ist Blendwerk. Dahinter ist nichts.

Doch beim dritten Blick durch eine der Kleeblattscharten gewahrst du ein getünchtes, mit Kabelsträngen und Röhren ausgeleuchtetes Gewölbe, bunte Kisten, Getränkestiegen. Lauter Notwendigkeiten für den Schiffspassagier.

Hier im elbnächsten Gemäuer muß es gewesen sein.

Das war der Schoß, der uns am Leben hielt. Du riechst die Steine, riechst ihren Zerfall – riechst, wie sich die Felsquader immer noch in Sand verwandeln. Wie damals.

Der Mann absolviert Tor für Tor; er weiß nicht, ob er seinen fünfzigsten Geburtstag schon hinter sich hat, es könnte mit kleiner Wahrscheinlichkeit auch der heutige Tag sein. – Dieses Steingemäuer hatte das Knäblein, das er war, den Bombenhagel überleben lassen. Er erinnert sich des Geruchs.

Das ist der Geruch, der ihm Zukunft verheißt.

Er erinnert sich an die Nähe eines anderen Wesens. Ein Wischen und Wirbeln über seiner Stirn. Eine Berührung wie mit kleinen Flügelfedern. So wäre sein himmlisches Bild. Doch die Einrede will, kein Engelsstreich, ein irdisches Händchen soll es gewesen sein, eine Wimmerstimme. Erstes seliges Gehorchen. Adam verstummt, um das Echo zu hören. Man habe ihn zusammen mit einem kränkelnden weiblichen Säugling in einem Kinderwagen von hier wegtransportiert. Die beiden Leibchen seien gleich gewesen, die Maße, das Strickzeug in meliertem Rosa und Blau. Später hat man im Kinderheim darüber handschriftliche Aufzeichnungen und sogar ein Foto von den beiden in eine Kamelhaardecke gewickelten Kindern gefunden. Aber waren das schon Beweise?

Echtes Zeugnis, das persönlichste Angebinde war dieser Grottengeruch. Ein Lockduft des Mutterschoßes. Dieser Geruch war ihm in die Sinne geträufelt, daran sollte er seine Herkunft erkennen.

Feuer, Wasser und Sandstein.

Er steigt auf die Schwelle, hält das Licht ab, um besser sehen zu können. Reine Kellerluft weht ihn an. Keine Getränkekisten mehr. Keine Beleuchtungskabel. Hinter den versponnenen Kleeblattscharten nur Dunkelheit.

Man hat beiden Kindern den Namen Brühl gegeben, nach dem Fundort im Gewölbe unter der Brühlschen Terrasse.

Adam und Anna Brühl. Ob der Namensgeber, ein Angestellter vom Personenstandswesen des Gaues Sachsen, sich einen Jux machen wollte oder ob er vielmehr so etwas wie ein Poet war – Adam durfte beides für möglich halten. Er mochte die Kürze des Namens, das B, die Spitzenstellung im Alphabet, aber auch, daß es nicht gleich der erste Buchstabe war, daß man diesen Buchstaben wichtig als kausale Folge des ersten nahm. Wer A sagt, muß B sagen. Er liebte den Umlaut, bestand auch später im englischen Sprachraum auf dem getüpfelten U. Desgleichen auf dem Dehnungs-H. Er bildete sich ein, der Name passe zu ihm, zu seiner Körpergröße, ein kurzer Name. Man konnte sich damit vor Frauen, Spiegeln und Ämtern sehen lassen. Adam Brühl – am 13. Februar 1945 ungefähr ein halbes Jahr alt. So rechnete er sein Alter.

Als Adam vor dem Eingang zu den Kasematten stand, erinnerte er sich, daß er vor ungefähr einem Jahr in einem *Times*-Artikel über die Geschichte und Gegenwart Dresdens von neuesten Ausgrabungen gelesen hatte. Die Ortsangaben und die Geschichtszusammenhänge waren ziemlich verworren. Der Schreiber hatte Moritzburg und Pillnitz verwechselt, und mit der Numerierung der sächsischen Kurfürsten, der Auguste, die gleichzeitig Könige von Polen waren, hatte er seine Schwierigkeiten gehabt. Adam hatte damals annehmen müssen, der überforderte Globetrotter meine mit der Beschreibung der sehenswerten Gewölbe nicht Dresden, sondern die Festung Königstein. Doch mit den Gewölben hatte der Mann nur die Wahrheit geschrieben. Zwischen Kunstakademie und Albertinum befindet sich das Tor zur mittelalterlichen sächsischen Residenz.

Es war die jüngste Stadtattraktion. Das älteste Gemäuer der Stadt. Leitgitter zeigten an, daß Touristenmassen zu bewältigen waren. Im Kassengewölbe hatte sich heute und um die heiße Mittagszeit nur eine kleine Gruppe gesammelt.

Schön kühl hier, hieß es. Sonst herrschte Schweigen. Sogar die Kinder lümmelten pflastermüde, die bunten Schachteln mit den Zahnspangen am Halsstrick, auf der Gewölbebank. Noch fünf Minuten, sagte die Kassiererin, falls noch einer kommt. Ich werde Sie führen.

Und das machte sie, nachdem tatsächlich noch jener

Letzte gekommen war, in einem ausgemacht stolzen Sächsisch, und nun nicht mehr mit Kassiererinnen-, sondern mit Lehrerinnengesicht. Am Schaukasten halt, rief sie, und alle gehorchten.

Sie beschrieb dem Grüppchen, immer noch mit Urbegeisterung, die Genugtuung der Denkmalschützer, als man außer dem Ziegeltor nach vorsichtigen Ausgrabungen noch die Brücke über dem verschütteten Festungsgraben fand, eine Brücke, von der seit Jahrhunderten keiner mehr was gewußt hatte. Können Sie sich vorstellen, wie unsere Denkmalschützer sich gefreut haben?

Mit Mokkalöffeln und Haarpinseln, so sei gearbeitet worden, wenigstens dort, wo sich die Kanonengießerwerkstatt befindet, das Probelabor. Ihre Miene, ihre Stimme steigert sich in Begeisterung. Damit alle ihr folgen. Auch die Kinder. Freundlich von oben herab, denn sie ist groß, für die Gewölbe eigentlich zu groß, aber sie hat schon gelernt, den Kopf einzuziehen: Wer weiß, liebe Kinder, wann die Stadt Dresden gegründet wurde? Habt ihr alles schon wieder vergessen? Na, ist nicht so schlimm. Wer hat denn schon etwas vom Ziegeltor in der Zeitung gelesen? Sie sucht nach Gesichtern mit Sinn und Verstand.

Doch die Bescheidwisser wollen sich immer noch nicht hervortun.

Es war in der Zeit des großen Mauereinreißens und Toreaufsperrens, da haben sich die Denkmalpfleger von Dresden den dicken alten Schlüssel aus dem Schubkasten im Rathaus besorgt. Sie haben das Gemäuer, das seit dreißig Jahren verschlossen war, aufgemacht, denn sie wollten das unterirdische Ziegeltor, von dem die Bücher und die Alten behaupteten, daß es existiere, endlich mit eigenen Augen sehen.

Das Ziegeltor, wo im Mittelalter immer die Ziegel zum Stadtbau durchgekarrt worden waren. Das Ziegeltor war aber erst der Anfang. Der Clou kam danach. Nach etlicher Schaufelei mußte man nicht mehr zweifeln, man durfte seinen Augen trauen: die komplette Nordostbastion vom Kurfürsten Moritz steckte zugeschüttet unter der Brühlschen Terrasse. Pures 16. Jahrhundert. Das hatte keiner geahnt. Schauen Sie nur einmal, wie die früher gebaut haben, raffiniert. Raffiniert. Lauter Gewölbe. Folgen Sie mir. Folgen Sie mir. So tönte das Echo, so daß alle sich freuen.

Vorsicht, ruft einer. Doch die Museumspädagogin hat schon den Kopf eingezogen, ohne hinzugucken, genau an der Stelle, wo der Balken steht. Sie weiß Bescheid. Sie kennt sich aus. Im Schlaf, sagt sie.

Vorsicht noch einmal, nun aber wegen der Glätte, weil von oben Wasser auf die Laufbretter tropft. An manchen Stellen ist das Holz schwarz und glitschig geworden.

Sie brauchen sich nicht zu ekeln, wenn Sie was abkriegen, das ist bloß Kondenswasser. Ganz was Sauberes.

Am Ende treten sie wieder ans Licht, und zwar genau an der Stelle, wo Adam vorhin durch die Kleeblattscharte das Dunkel zu entziffern suchte. Er lebt immer noch von Gerüchen, von tastenden Berührungen, von chorischen Stimmen und einem lauten Schrei.

Von den älteren Teilnehmern werden nun Fragen gestellt. 13. Februar 1945.

Das hier wären doch wunderbare Schutzräume gewesen. Hatte man denn die Kasematten während der Luftangriffe geöffnet?

So wunderbar sind die nicht, sagt die Museumspädagogin. Das ist eine Frage, die immer wieder gestellt wird. Sie müssen wissen, Sandstein verträgt keine Hitze. Sandstein bricht.

Sie erläutert die Eigenschaften des Sandsteins am Schicksal der Frauenkirche. Wie die Kuppel den vielen Sprengbomben standgehalten habe, Hut ab vor George Baehr, dem Ratszimmermann und Erbauer. Wie sie aber zwei Tage später in sich zusammenbrach, wegen der Hitze, die durch den Brand des Gestühls und das Verglühen des eingelagerten Filmmaterials entstanden sei.

Drei Tage nach den Angriffen brach die barocke Kuppel in sich zusammen. Eine Frau liest aus ihrem neuen Reiseführer: *drei Tage* danach.

Ein anderer Teilnehmer kann die Museumspädagogin unterstützen. Bei mir steht: *zwei Tage*. Nach *zwei Tagen* stürzte George Baehrs Meisterwerk der Baukunst in die Tiefe. Ist denn kein Dresdner hier?

Ein Mädchen, das nebst Tante an der Führung teilgenommen hat, meldet sich vorsichtig: Euja. – Aber ihr Stimmchen gilt nicht. Zu jung. Die vierzigjährige Tante zuckt die Achseln. Da müßte ich meine Mutter fragen.

Die Parteien halten Ausschau nach einem zuverlässigen Mann. Siebzig soll er ungefähr sein, jemand mit Erfahrungen. Keiner hier?

Sie dürfen mir glauben. Zwei Tage. Erörterungen. Physik und Hörensagen.

Die Frau steckt ihren Kunstführer ein. Heute überwiegt die Zweitagepartei.

Als das geklärt ist, wird gleich noch an die Preußen erinnert. Wie die – und nicht nur einmal – in der Stadt gehaust hätten und wie sie mit Kanonen auf die Kirche losgerannt waren. Aber die Kuppel blieb standhaft. Laßt den Dickkopp stehen!, habe der vom Gemäuer beleidigte Preußenkönig, der Olle Fritze, seinen Kanonieren befohlen. Ist hier etwa einer aus Berlin? Na macht nichts. Spaß muß sein.

Es sollen sich, während die Stadt lichterloh brannte, welche in die Gewölbe unter der Terrasse geflüchtet haben?

Manche sind vor den Flammen in die Elbe gesprungen, manche haben sich hier drinne verkrochen, sagt die Museumspädagogin. Sie sucht nach einem freundlichen Schluß. Der mit dem Buch über George Baehr läßt nicht locker: Der Stein soll aber doch standgehalten haben, sagt er.

Scheint so, sagt die Frau. Adam zögert, ob er sich zum Orte bekennen soll. Ich bin der Beweis für den Widerstand der Steine.

Doch die Frau spricht nun schon ohne Lehrerinnengesicht den Schlußtext. Weiterhin guten Aufenthalt in der Elbestadt und besuchen Sie uns mal wieder. Mit einem Erleichterungsseufzer am Ende. Jetzt habe ich frei, erst die übernächste Runde muß ich wieder ran. Man schiebt sich durchs Tor in die Sonne. Jackenausziehen.

Die Gruppe strebt Richtung Elbe, Anlegestelle. Die Museumspädagogin schlenkert das Sicherheitsschlüsselchen am Finger, sie geht vergnügt an der Mauer entlang. Adam hält sich in ihrem langen Schatten, er hat noch was auf dem Herzen, eine touristische Frage:

Ob es unterirdische Verbindungen zwischen den Kasematten und dem Albertinum gäbe?

Vielleicht, sagt die Frau.

Könnte doch sein, sagt Adam.

Ja, könnte.

Weil ja das Albertinum das frühere Zeughaus war. You know?

Die Frau wirft einen Seitblick auf den Mann. Vertrauensselig hört sie seinen Mutmaßungen zu.

Ich denke, es ist ziemlich sicher, daß es Verbindungswege gibt. Jedenfalls unter dem Albertinum, das ja direkt auf dem Zeughausgrund steht, da stecken ganz bestimmt noch Gewölbe. Dort sollen seit den siebziger Jahren die Schätze des sächsischen Königshauses liegen, die, die oben in den Ausstellungsvitrinen keinen Platz haben oder die geputzt werden müssen. You know. Also, im Mittelalter hingen die Kasematten bestimmt mit dem Zeughaus zusammen. Die Waffenkammer mit der Mannschaft, das ist doch logisch, meinen Sie nicht auch? Zwischen Kasematten und Schatzkammer müßte es Wege geben.

Bestimmt, sagt die Frau von oben herab, aber nur weil sie größer ist als der interessierte Tourist.

Sie ist immer noch freundlich zu dem neugierigen Herrn mit den silberblonden Locken. Er führt leichtes Reisegepäck bei sich. Einen kleinen dunkelblauen Rucksack. Made in U. S. A.

Sie läuft oft mit solchen interessierten und redseligen Touristen zum Startpunkt zurück. Sie genießt die frische Luft. Sie wirft die Jacke über die Schulter. Die Sonne ist schön.

Der Tourist rückt einen morschen Balken beiseite. Ohne ernste Übertretungen steht die Museumspädagogin neben ihm an einer steingefaßten Grabenbrüstung. Sie schauen hinab in ein dunkles Wasser, in eine Kloake, es ist ein Rest vom einstigen, heute sicherheitshalber abgesperrten Festungsgraben. Ein schwarzschlieriger Dreiangel in der Bastion. Eingeweihte wissen, warum es hier stinkt, weshalb keiner daran rühren soll. Sie wissen, warum ein Spezialtrupp der Feuerwehr den Dreiangel zu Trockenzeiten flutet.

Noch einmal: die Gewölbeexperten wissen warum. Aber sonst keiner.

Die große Frau plaudert. Vielleicht werden die unterirdischen Verbindungsgänge wieder geöffnet, später, wenn das Grüne Gewölbe im Schloß untergekommen ist ... Ihre silberne Rede: Sie müssen sich mal vorstellen, wenn das rauskäme, daß man hier durch den Grabentunnel in die Schatzkammer einsteigen könnte. Haben Sie sich die Kostbarkeiten in der Ausstellung schon angesehen?

Der Besucher scheint zu träumen.

Die Museumspädagogin, Angestellte des Öffentlichen Dienstes, erschrickt, denn sie hat mit dem zweiten Seitblick blitzartig erkannt, wie sehr sie sich hüten muß, ihre Zunge, ihr Leben. Wieviel weiß dieser Fremde? Sucht er eine Geisel oder eine Komplizin? Will er sie aushorchen, um das Ding alleine zu drehen? Sie hat wieder einmal viel zuviel erzählt, zu viel *gepapelt*. Von oben herab schielt sie beschwörend auf die amerikanische Spürnasenspitze. Alles gar nicht wahr. Alles gelogen. *I am a liar.* Und weil sie von sich selber glaubt, nicht lügen zu können, packt sie den Mann am Ärmel: Sie machen doch kein dummes Zeug, noor?

Bevor Adam fragen kann, was er nicht machen soll, enteilt sie mit ihren schwarzen Vermutungen in Richtung der Gewölbe, wo sich zu Adams Zeiten der Studentenclub eingenistet hatte. Bärenzwinger, heißt die Ecke der Bastion.

Adam ahnt nicht, was an ihm hängt. Unschuldig studiert er den Stadtplan, quert die Rabatten, hascht unter dem Wasserbogen des Rasensprengers einen erfrischenden Schauer. Es ist heiß. Er geht den Hügel hinan, gleich noch einmal vorbei am modernen Caspar-David-Friedrich-Denkmal, so daß er der langen Dresdnerin mit dem schmeichelnden Tonfall gleich noch einmal begegnet. Sie hat sich hinter dem Denkmal versteckt, späht durch die Büsche, um dem Mann auf die Schliche zu kommen. Wie er im Terrain verweilt, wie er den Stadtplan studiert. Al Capone auf Dresden-Tour.

Adam probiert die heimischen Laute, das Nu und Noor. Nu kürzt die bestätigende Wiederholung, Noor unterstreicht eine Frage, die eine positive Antwort erwartet. Man muß es erspüren. Das kann nur einer, der hier aufgewachsen ist.

Brühlscher Garten, Hausnummer zwei, das ist doch gleich hier, noor?

Nu, sagt die Frau auf der Bank. Dort drüben.

Sie sieht einen Vorteil darin, daß sie endlich einmal kleiner ist als die übrige Welt, als der Mann mit den gezielten Fragen. Sie sitzt da und weiß Bescheid. Adam kann an seiner Position nicht mehr rütteln. Da kann er noch so gut noor?! (wie in nor-mal) oder äh!? (wie in Äppel) sagen. Er bleibt mindestens Amerikaner und mit einiger Gewißheit auch Spürnase, auf der Suche nach einem unterirdischen Einstieg zu den Schätzen der Stadt. Sie schickt einen schlauen Blick zu ihm hinauf: Ich weiß nichts und will nichts wissen. Früher nicht und heute auch nicht. Sind wir uns einig?

Gelegentlich bekommt die Zeit ordentliche, für jedermann gültige Merkpunkte. Von dem Punkte aus heißt eine Zeit entweder Früher oder Heute. Den vorletzten Merkpunkt hat der Volksmund Zusammenbruch genannt, den letzten nennt er Wende oder Mauerfall. Dem Punkte folgend heißt die Zeit vor der Wende oder dem Mauerfall: Früher, die Zeit danach heißt: Heutzutage.

Als Merkpunkte eignen sich zudem zwei Jahreszahlen. Fünfundvierzig und neunundachtzig. Vor fünfundvierzig und nach fünfundvierzig, vor neunundachtzig und nach neunundachtzig.

Auch im Altersheim muß Adam erst einmal klären, daß er nicht kommt, um Ansprüche anzumelden.

Ideelle Besuchsgründe?

So hintenherum kommt erst einmal jeder. Und aus den sechziger Jahren ist sowieso keiner mehr übriggeblieben. Niemand mehr da, der den Alten gekannt hat, den Physiker vom Hirsch. Zuletzt wohnhaft Dresden, Stadtbezirk Bühlau. Das hat schon alles seine Richtigkeit. Knapp zwei Jahre hat er hier gelebt. Wir sind hier kein Pflegeheim, sondern ein Wohnsitz für Alte. Obwohl wir der reformierten Kirche unterstellt sind, müssen unsere Heimbewohner keine Mitglieder der evangelisch-reformierten Gemeinde sein. Ihr alter Herr durfte also ohne weiteres zu uns kommen. Politisches Asyl konnte man es nicht nennen. Nach den Eintragungen zu schließen, hatte er sich früh genug angemeldet. Hier steht als Anmeldungsgrund, daß er nach dem Tode seiner Tochter gehalten sei, für seine Lebensnacht Sorge zu tragen. Er hat in unserem Hause im zweiten Stock ein Einzelzimmer mit Dusche bewohnt. Mit Elbblick. Zimmer 36. Er ging gesund zu Bette, und als er diesen 20. Juli aufstehen wollte, war er tot.

Soviel erfährt Adam von der freundlichen Verwaltungssekretärin, und die holt die Angaben aus einem Verwaltungsbuch.

Nichts für ungut, sagt sie. Aber Sie glauben gar nicht, was hier los ist. Sie zeigt ihren guten, freundlichen Kern. Adam hätte nun herzlich danken und gehen können, er hat eigentlich keine Fragen mehr. Aber eine solidarische

Trauer hält ihn zurück, hält und verbindet ihn mit der Sekretärin und dem Haus und mit der Museumspädagogin und der Stadt seiner Kindheit. Trauer um den Argwohn, die Fremdheit, die Schulden, die Verluste. Er hat Mitleid mit allen, die ihm keinen großen, freundlichen Empfang bereiten wollen. Du liebe, neunmalkluge Stadt. Du eitles Kind.

Solidarität mit dem Mißtrauen, das die Stadt durchweht, Mißtrauen gegenüber den Investoren, die Teewurzelgesichter, die von Gesetzes wegen nicht schöner sein dürfen, sonst gäbe es sie nicht. Sie sind die Zukunft. Sie sind die Hoffnung.

Der Gemeindepfarrer tritt ein. Er ist früher wieder da, als von der Sekretärin erwartet, und die Beratung findet später statt, als im Kalender eingetragen.

Ich zeige Ihnen gerne das Haus. Unser ursprünglicher Gemeindesitz und die Kirche wurden während des Bombenangriffes zerstört, auf diesem Grunde befand sich ehemals eine Gärtnerei. Der Gemeindesaal steht auf dem Fundament der Orangerie, er wurde in der Ostachse etwas verlängert.

Während seiner Erklärungen hat der junge Pfarrer seinen Gast in die Kanzlei geführt. Sie wissen vielleicht, daß es einige Zeit gedauert hat, ehe die Reformierten hier Fuß fassen konnten. Später wurden sogar welche angeworben aus Preußen. Wir wollten uns vergrößern. Adam hört heraus, daß er die Zeit vor dreihundert Jahren meint.

Das glückliche Lamm. In der rechten Pfote den Stecken mit dem Kreuz, von welchem im Vorwärtsschreiten eine karierte Zipfelfahne lang nach hinten wegweht.

Der Pfarrer bestätigt Adams Aufmerksamkeit: Das Osterlamm! Ein Gemälde, das von einem Bewohner auf uns gekommen ist. Er muß es sehr gern gehabt haben. Manchmal hat er mit ihm gesprochen. Er nannte es Evelyne. Erst hing es unten im Speisesaal.

Evelyne. Es hing gegenüber dem Gartenfenster über der

Musiktruhe! Das Lämmchen mit dem artig erhobenen Kopf, eine Mütze mit gelbem Strahlenkranz über den Ohren.

Ich habe das Bild hier in die Kanzlei gehängt, weil es eine besondere Beziehung zu unserer Gemeinde hat. Genau dieses Motiv war auf den sogenannten *Mereaux* abgebildet. Das war eine Art Münze, eine Marke, die jeder bekam, der regelmäßig am Gottesdienst zur Vorbereitung des Abendmahls teilgenommen hatte. Später, am Tisch des Herrn, wurden die Marken als Ausweis in einem Becken abgelegt. So konnte man kontrollieren, wem das Abendmahl zustand. Ohne Mereaux kein Abendmahl. Wer sich nicht hatte unterweisen lassen, bekam nichts vom Leibe Christi. Ich bin noch nicht lange hier, ich komme vom Predigerseminar aus Wittenberg. Wenn Sie wollen, zeige ich Ihnen jetzt mal ein Zimmer.

Das Lamm blinzelt Adam zu, oder Adam blinzelt dem Lamm zu. Es ist immerhin dreißig Jahre her. Es leuchte für ewig: Luceat Aeternum. Evelyne. Und er hielt es wie eine Tochter, so sprach Nathan zu David, er redete von einem Lamm.

Der Pfarrer führt seinen Besuch, von dem er annimmt, er will sich auf einen Heimplatz anmelden, hinauf in den zweiten Stock.

Ich würde gerne das Zimmer 36 sehen, wenn es möglich wäre.

Bestimmt, das ist möglich. Oben sind die Zimmer mit Dusche.

Der Pfarrer klopft. Weil niemand antwortet, nimmt er einen Schlüsselbund vom Hosengürtel. Es sei keine Übertretung, das Zimmer vorzuführen. Die alten Leutchen hätten nichts dagegen, der hier wohnt ganz bestimmt nicht. Der sei eine Frohnatur, wie man sie heute brauche.

Er schiebt sich zwischen Sofa, Kühlschrank, Tisch und Sessel, zwischen den Tabak-, Zwiebel- und Apothekengerüchen ans Fenster, um die Flügel weit zu öffnen, damit der Gast frische Luft atmen und die Aussicht bewundern kann. Dresden einmal anders. Blick von der Altstadt zur Neustadt. Blick auf Gründerzeit. Amtsgebäude der Jahrhundertwende. Momentan grün ummantelt und eingerüstet für neuen Bedarf und neue Trägerschaft. Davor biegt sich, von der Carolabrücke her kommend, die Elbe ins krumme Bett. Gleich am Haus zieht sich der Brühlsche Garten mit Wiesen und Wegen, Sträuchern und Bäumen, im Scheitel das Bronzedenkmal für den Maler Caspar David Friedrich. In der Ferne im rostroten Nachmittagsdunst die Loschwitzhöhen. Von dort ist er heruntergekommen in die Mitte der Stadt. In diesem Raum ist er gestorben. Mit der Aussicht auf sein angestammtes, spiritusgetränktes Terrain. Das Schieferdach. Die Apfelbäume. Der Pfarrer riegelt das Fenster zu. Er erwartet ein günstiges Urteil. Ein schöner Blick.

Der Pfarrer verschließt die Tür. Schade, daß der Einwohner nicht zu Hause ist. Wahrscheinlich steckt er bei seiner Freundin. Sie wohnt ungefähr zehn Minuten von hier, am Altmarkt. Praktisch für den Alten, nicht wahr? Oder er telefoniert. Wenn er nicht bei seiner Freundin ist, telefoniert er, er tut mindestens so. Sitzt im Telefonsessel, den Hörer am Ohr, horcht oder redet. Ich bin dahintergekommen, daß er meist nur so tut. Er spielt den großen Telefonierer. Redet in den leeren Apparat hinein mit einer Ruth.

Dann ist wohl der Altmarkt auch nur eine Erfindung?

Der Pfarrer stutzt. Das will ich nicht hoffen. Wo sollte er denn sonst rumstromern die vielen Stunden.

Adam stellt trotz Aufforderung keine Heimfragen mehr. Seine Anmerkungen gehen auf die Geschichte des Hauses. Auf die Reihe der Porträts, die an der Flurwand hängen. Die Gemeindepfarrer. Französische Hugenotten und später auch reformierte Deutsche. Vom Geharnischten zum Hemdsärmeligen, mehrere Westenträger, dann ein weltmännischer Denker, der sich mit der einen Hand den Bart streicht, mit der anderen ein Paar Lederhandschuhe hält, zum Ende ein Strehkragenmännlein, ganz am Schluß ein pfiffig schielender Beamter mit getupfter Krawatte, Butterbürstchen unter der Nase.

Der nächste bin ich, aber das hat noch Zeit. Wenn Sie wollen, kann ich Ihnen eine Broschüre vom 300. Jahrestag der evangelisch-reformierten Gemeinde zu Dresden mitgeben?

Gern, sagt Adam.

Dieser nächste mag heute etwa dreißig Jahre alt sein. Ein Junge mit altmodisch langen Haaren, schwarzen gebeutelten Jeanshosen. Über dürren Schultern hängt ein Freizeitshirt, darauf eine brustweite Werbung. Ein angebissener Regenbogenapfel.

Das ist er, sagt der Pfarrer. Er spielt dem telefonierenden Einwohner ein Achtungszeichen vor. Einen erhobenen Zeigefinger. Nicht wieder so lange. Der Telefonierer gibt das Zeichen zurück. Er hält die Sprechmuschel zu. Ortsgespräch, beruhigt der seinen Hirten. Ruth, ich bin wieder dran, war nur unser Pastor, der dachte, ich führe ein Ferngespräch. Mach ich aber nicht. Er lehnt sich selig in den Sessel. Nickt und lauscht.

Der Pfarrer entnimmt die Informationsbroschüre einem Schrank neben der Haustür.

Luceat Aeternum. Adam hofft, noch einmal einen Blick auf das Lamm hinter der Tür zu erhaschen, denn er hat den Stolz und die Einfalt des Lammes schon wieder verloren. Das Lamm würde ihn wieder auf die Beine bringen.

Der Pfarrer sattelt das Zögern des Mannes nach seinem Kopfe.

Ich nehme Ihre Anmeldung gern unverbindlich entgegen. Ich sagte Ihnen ja, wir erwarten keine konfessionelle Bindung, wir erwarten nur Toleranz, wie wir sie entgegenbringen. Die Kostenfrage ist leider für die Zukunft nicht rundum geklärt. Sie richtet sich jeweils nach dem Einkommen, bzw. nach der Pension oder der Rente unserer Bewohner.

Damit hat der Pfarrer den Besuch noch einmal gemustert, Schuhe, Zähne, und in sein Büro geführt. Ein dickes, speckiges Diarium wird gesucht und aufgeschlagen. Telefonklingeln. Katrinchen! Während der Pfarrer dem Kind ausführliche und eindringliche Erklärungen gibt: Nicht weggehen, bevor die Mutti nach Hause kommt, wehe dir!, hat Adam Zeit, dem Tier ins Auge zu sehen. Das vorwärtstrabende Lamm. Evelynes Stimme. Der Pfarrer schiebt ihm das Diarium zu und einen Kugelschreiber.

Du, ich sage dir, mach mich nicht wild. Warte noch, du sollst warten, sonst gibt es Ärger, alles klar!

Der Pfarrer braucht zwei Sekunden, ehe er seine Dienstmiene wieder gefunden hat: Hier, schreiben Sie bitte Ihren Namen ein. Er schiebt Adam das Vormerkbuch zu, zeigt mit dem Finger auf die laufende Nummer: Hier.

Adam schreibt: Adam Brühl, 7303, College Park, Cleveland, USA.

Das berühmte Lahmannsanatorium auf dem Hirsch war noch von einem grünen brüchigen Russenzaun umgeben. Ein Mann von der Wach- und Schließgesellschaft patrouillierte von den Kokshaufen zu den Betonkübeln am Tor, immer hin und her. Die Villen, die einstigen Sanatoriums- und späteren Lazarettgebäude, standen leer, wie weggeworfene Pappkartons unter wild hochgeschossenen Robinien. Die Fenster grau, zerschlagen, mit Gardinenfetzen. Dem Zaun gegenüber, auf der anderen Straßenseite im zitronengelben Haus Emma, blitzte das Glas. Alles war neu. Die Zinkverkleidungen zeigten noch Mörtelspritzer. Unter Glas eine goldgedruckte Speisekarte, grünbelegte Stufen führte zu einer einbruchssicheren Doppeltür. In einem offenen Geviert, das mit weißgetünchten Kieselsteinen ausgelegt war, standen vier Sommertische.

Adam nahm sich aus wie ein zu früh gekommener, mindestens wie der allererste Gast des renovierten Hauses. Er bestellte sich bei einer grünbeschürzten jungen Frau einen Haussalat mit Putenfilets und ein großes, hiesiges Felsenkeller Bier. Er blieb der einzige im Geviert, aber es hatte alles seine Richtigkeit. Die Grünbeschürzte trug Menage und Aschenbecher auf. Sie entschuldigte sich: Hier wird nämlich geklaut.

Adam beobachtete den Wachmann am Schlagbaum, seine verdächtig flotte Geschäftigkeit. Er ließ Autos ein und aus. Durchhängende, große Karossen, aber auch einmal einen milchkaffeefarbenen, neublitzenden Mercedes SL. Klappte unter der Hand den Kofferraum auf und zu. Die Autos verschwanden in der Tiefe des betonverkrusteten Parks, andere tauchten aus der Talneigung auf, huschten durch das Tor, schlugen einen Haken und eilten stadtwärts. Der Wachmann drehte Adam mit einem Blick den Rücken. Verpiß dich.

Es dämmerte schon, als Adam mit schweren Bierbeinen an dem Haus, in dem er seine Kindheit verbracht hatte, vorbeikam. Er ging schneller. Niemand sollte sich über den Fremden wundern. Er fürchtete, erkannt, er fürchtete, nicht erkannt zu werden. Namensschilder konnte er nicht entziffern. Der dunkelgrüne Buchsbaum versperrte die Sicht zum Haus. Daneben drängte ein Strauch gelber Rosen über den Zaun. Adam lief bis an die Straßenkurve. Da bückte er sich und raffte eine Handvoll Pfeifenputzer auf. Die Eßkastanie hatte ihre Blüten auf das Pflaster geworfen, lauter samtene Pfeifenputzer. Sie lagen als dicker Filz auf dem Pflaster. Pfeifenputzer, man konnte sonstwas daraus machen.

Er streunte bis zum Louisenhof. Baumaschinen standen in der Straßenkehre. Die Standseilbahn war wegen Rekonstruktion außer Betrieb. Auch um das Hotel und das Restaurant herrschte Stille. Wegen Ausbau reduzierte Öffnungszeiten. Ein paar Abendspaziergänger keuchten die letzte Steigung der Plattleite herauf. Sie kamen vom Körnerplatz extra her, um auf der Terrasse des Louisenhofs den Mondschein über der Stadt zu genießen. Adam fiel ein, wie sie als Kinder mit den Fahrrädern die Plattleite hinuntergeprescht waren. Selbstverständlich auch über die Stufen. Karli und Michael waren dabei. Bergan durften sie die Räder im Hinterperron der Standseilbahn transportieren. Der Fahrer kannte die Rotzjungs. Sie kannten Gässner Emil, den Fahrer. Für umsonst hoch, und gleich wieder kopfheister runter. Reiter der Rockymountains.

In den Gärten, besonders in denen der hergerichteten Häuser, rauschten leise die Gartensprenger. Wasser für empfindliche Rasenflächen. Etliche Gebäude sahen nun so aus wie früher nur das Haus und das Institut des anderen Physikers. So tipptopp.

Bei uns war das anders, zu uns ins Haus kamen Handwerker mit Hobel und Zimmermannssäge und Maulschlüsseln. Ein Brett, eine Leiste, eine Tafel Blech. Selten wurde etwas Neues gekauft. Immer wurde geflickt und geleimt. Die Stütze hatte manchmal geflucht. Waschfässer aus Holz, man mußte sie ewig wässern, sonst liefen sie aus. So ein Geizhammel, der Alte. Wenn es niemand hören konnte. Mit Plaste war alles leichter. Adam fluchte heimlich mit. Es war nicht nur Geiz, es war auch eigentlich eine Schweinerei. Unhygienisch. In allen Wohnungen seiner Freunde und besonders seiner Freundinnen gab es schon blaue Klobrillen aus Kunststoff, nur der Alte, die Sau, beharrte auf Holz. Der Sitz wurde jährlich abgebeizt und frisch lasiert. Ich bin nun einmal kein Bilderstürmer. So verteidigte er die Brille aus Holz.

Brille, das war der allgemein gebräuchliche und bürgerlich anständige Name für einen Klositz.

Adam hatte den Alten erst mählich, erst in der Ferne, erkannt. Erst in Amerika.

Aus Anhänglichkeit kaufte Adam ein Nadelsortiment. Er stopfte Skisocken, besonders gerne die Löcher in seinen

Pullovern. Er war schon campusbekannt für seine bunt gemusterten Ellenbogen. Er reparierte einen Füllfederhalter und eine Armbanduhr und den Toaster zum siebenten Mal. Ich komme aus seinem Stall, ich bin ein eigensinniger, europäischer Narr. Ich bin ein Kriegskind. Judy lachte und knirschte manchmal. Sie vereitelte seine Hingebung an ihr plattes Fahrrad. Weil sie endlich einmal ohne Panne radeln wollte, kaufte sie gleich ein Paket mit zwölf Schläuchen, ein Reparaturset für Sportclubs.

Von der Straße aus wirkte das Haus verschlossen. Trutzig, mit Gittern vor den Flurfensterchen. Das graue Schieferdach unter tiefhängenden Birken hatte nur kleine Lüftungsluken. Die Kellerfenster waren im Erdreich versenkt und mit Brettern abgedeckt. Im ersten Stock zur Straße zwei gleichgroße dunkle Fenster, die gingen zum Flur. An den Seitenfronten die Fenster der verschiedenen Stuben, in denen es wundersam hell war. Zu bestimmten Stunden sogar sonnenhell und im Hochsommer südlich warm. Zur Wiese hin war sowieso alles offen. Die Terrassentüren, die bis zum Knie tiefen Fenster. Obstbäume. Schattenlaub. Sonneninseln. Im Hochsommer lagen ausgehöhlte Birnen herum, in denen Wespen schwelgten. Es gab ungeheure Pflaumenzeiten und Zeiten nachtkalter Äpfel. Dann war die Wiese ein gelber Herbst, gesprenkelt mit dem Rot eines Kirschbaums. Der so hieß, obwohl er nie eine Kirsche trug. Eines Morgens war die Wiese weiß, und die Bäume standen schneeverschönt. Schnee auf vergessenen Kisten und auf dem Starenkasten, den Adam türkisgrün gestrichen hatte, eine unvergeßliche Farbe. Das besondere Grün unter Schnee. Schnee, damit wurde jedes Jahr deutlich, daß noch einer mitbestimmte neben dem Alten. Ein selbstbewußt weißes Schweigen lag über dem Gelände. Die beiden Eiben und die Hemlocktanne an der Gartenbegrenzung traten dem Haus drei Schritt aus dem Hintergrund entgegen. – Ein jahreszeitlicher Reigen. Im Mai schritten die Nadelgehölze in schöner Zeremonie zurück in die weißrosa Wolken der Apfelbäume, im Sommer verschwanden sie ganz hinter dichten Laubgewölben, auch während der kurzen rostroten und gelben Wochen blieben die Immergrünen hinten am Zaun versteckt auf dem Posten, um schließlich in der kalten Jahreszeit, besonders im Schnee, den leergewordenen Raum selbdritt und erwachsener als im vorigen Jahr wieder einzunehmen. Die schönen Drei zierten den Spätherbst und den Winter. Sie stifteten im November das Grün für Evelynes Grab und hielten bis zum Frühjahr die umgedrehten Blumentöpfe, Futterglocken, Fett für die Spechte, Körner für die Meisen, Äpfel für die Drosselvögel. Und in einem Jahr hielt die Hemlock eine Kette aus kleinen Lämpchen. Jemand hatte eine Weihnachtsbeleuchtung, eine, die für außen zugelassen war, aus dem Westen geschickt. Adam hatte die Kette am ersten Adventsonntag aufgehängt. Anna sollte staunen.

Gaben aus dem Westen wurden im Haus nie anders als günstig aufgenommen. Es war eine Frage des Anstandes, dazu gehörte auch die Beherzigung des Spruches vom geschenkten Gaul, dem man nicht ins Maul schauen sollte. Aber ach, die Musik. Eines der westlich lebenden Mitglieder der ehemals Preußischen Akademie schickte dem Jungen mit Namen Adam, der im Hause des Kollegen lebte, schon das zweite Jahr eine Beatles-Platte. Adam jubelte, schrieb als Dank einen langen, musikphilosophischen Brief, fünfter Beatle, der er zu dieser Zeit gerade war, Musiker, der er damals heimlich werden wollte. Hallo, Professor van Ceulen. Der Weltgeist objektiviert sich am deutlichsten in der Natur und in der Musik. Licht und Schatten, Gut und Böse haben Überschneidungen. Ebenso wichtig wie die Pole sind die Assoziationen, und die sind nur in den mehrachsigen, facettierten Bildungen der Musik wirklich präsent.

Hey Anna, du ahnungsloses Versprechen.

Annas Grammophon. Die Stimme aus dem Bauch. Die

Erinnerung an Annas Plattenspieler machte, daß Adam die Richtung verlor. Nicht, daß er sich verirrte, denn er kannte die Straßen im Schlaf, nur konnte er keine Rechenschaft ablegen für seine Beine, warum sie das Handarbeitsgeschäft als Ziel genommen hatten, das Schaufenster mit dem bunten und geblasenen Glas aus Italien oder Schweden, dazwischen die Künstlerpuppen und das Gedrechselte und Geschnitzte aus dem Erzgebirge, Ostern und Weihnachten zusammen. Die Pfeifenputzer von der Eßkastanie lagen auf dem Gesims. Er hatte das aufgelesene Zeug dort hingelegt. Es war das Geschäft, für das Evelyne ihre Sprüche gemalt hatte. *Haxen abkratzen* und *Haben als hätten wir nicht.* Sie wollte Geld verdienen, obwohl wahrscheinlich genug davon im Haus war. Sie wollte den kleinen Adam für sich gewinnen, den Jungen mit der Geige. Adam sollte statt ihrer geliebt werden, von ihrem Vater, von Onkel Ludwig, von der Stütze und der Geschäftsinhaberin des Handarbeitsladens. Auch die Helmholtz-Schule sollte ihn lieben und loben. Die Lehrer und Schüler. Sie mühte sich darum. Sie kaufte ihm eingewickelte Fruchtbonbons, Taschentücher, Lederhosen und hellblaue Hemdchen und wusch ihm die Ohren mit Lavendelwasser. Adam hielt andächtig still. Evelyne starb und war doch erst 42 Jahre alt. Adam hatte sich eingebildet, sie würde nicht mehr ins Haus zurückkommen wollen, weil er ihre Hand nicht genommen hatte auf den Spazierwegen in der Umgebung von Hirschfels und in der Heide, beim Gang zum Friseur oder hierher zum Laden. Oder weil er ihre Angebote abgelehnt hatte. Willste äne Limonade? Sein Kopfschütteln. Das trickelnde Herz. Es war am Ende doch seine Schuld.

So wie jetzt hatte er damals hier gestanden. Die Aktentasche hatte damals noch Riemen. Er mußte die Tasche noch als Ranzen auf dem Rücken tragen, er hatte in die Scheibe geschaut, wo die Dresdner Kasper, die Gretel, Hexen, Prinzessinnen, Jäger und Gendarmen in einem friedlichen

Halbkreis auf Geburtstage und Weihnachten warteten. Auf einem Podest die schwenk- und drehbare Feuerwehr aus naturfarbenem Holz. An der Seitenverkleidung die neuen, von anderer Hand gemalten Sprüche. Im Laden hinter dem Tisch die im stummen Raum beschäftigte Inhaberin. Adam hatte sie einen Augenblick angesehen. Wie hinter einem Schleier, wie im Traum war ihm der Laden und die Frau erschienen. Als sie aufblickte, stand ein kleiner Schreck in ihren Augen, sie verteidigte sich gegen etwas Unzumutbares im Leben, gegen den Engel des Todes. Dabei war ihr der Bilderrahmen aus den Händen gefallen. Es hatte geklirrt. Sie hatte Adam mit dem Zeigefinger gedroht. Du Lümmel, mich so zu erschrecken. Er hatte dagestanden, dann war er nach Hause gerannt. Die Stütze hatte am Abwaschtisch in der Küche gesagt: Siehste, nun mußt du nicht mehr Geige spielen. Das sollte, obwohl er schon wochenlang nicht mehr spielte, immer noch ein Trost sein.

Wie Bahnsteige vor deinen Augen abfahren, so können dir Orte vor die Füße rollen. Das hatte Adam von seinem Ziehmenschen gelernt. Es gibt Orte, die besonders anhänglich sind. Die es darauf anlegen, dir zu begegnen. Damit erklärte sich Adam wieder einmal seine Wege.

Because I love you. Ady from Dresden. So rief Adam in der Telefonzelle vor dem Parkhotel dem Piepton und Judys Stimme im Anrufbeantworter hinterher.

Er sah die Straßenbahn kommen, er rannte, erwischte den letzten Hänger und fuhr schwarz, weil er die Dresdner Zahlmanier immer noch nicht durchschaut hatte, bis eine Haltestelle nach der Station Roter Adler. Dort mußte die Elisabethstraße sein. Der Weg führte talwärts. Die Straße. Die Hausnummern. Er verglich mit den Notizen auf seinem Zettel. Er hatte das Gartentor mit der richtigen Zahl gefunden. Ein Mann in Turnhosen kam den abschüssigen Gartenweg herunter. Er schlug gleich einen vertraulichen Ton an.

Ist ja schön. Ich dachte schon, da kommt niemand mehr. Er legte die Hand um Adams Schulter. Adam duckte sich weg.

Hat denn keiner angerufen, daß ich erst spät komme?

Nein. Na, nun biste ja gelandet.

Adam war der einzige Gast in dem ziemlich verlebten Haus. Kann sein, daß es einmal von einem Dresdner Geldsack als Sommerhaus gebaut worden war. Inzwischen hatte es fünfzig Jahre Nutzung als feste Unterkunft hinter sich. Nach der Bombennacht als Mehrfamilienhaus, später lebten zwei Familien in dem Gemäuer. Am Ende wurde es von einer Familie bewohnt. Seit ein paar Jahren wohnte nur noch der Gastgeber hier. Der Turnhosenmann, ein ehemaliger Mitarbeiter des MdI und jetziger Lagerarbeiter im SUPERmarkt, hatte das Haus vor kurzem durch Zwischenwände und Türen, lauter Nachwendematerial, zur Logierstätte umgebaut, damit konnte er ein Zusatzgeld verdienen.

Eine Vermieterinstanz hatte seine Angebotsliste bewertet. Das Ambiente war als mittlerer bis gehobener Komfort eingestuft worden. Bad, IWC, Küchenbenutzung. Farbfernsehen. Satellitenschüssel. Telefonanschluß. Autostellplatz. Frühstücksbüfett. Irgendwie und wenn du genau hinguckst war alles da. Bloß, genau hingucken solltest du nicht.

Das Büfett bestand aus kleinen, knittrigen Marmeladen- und Käseschachteln. Aufgetürmt auf einem schwarzen Lacktablett. Es gab Servietten, Zucker, Milch und eine Thermoskanne mit Kaffee. Ein foliebelegter Bastkorb enthielt Brötchen und Knäckebrot. Es war an alles gedacht. Auf dem Wohnzimmerschrank ein bronzierter, weinlaubverzierter Ständer mit zwei schräg eingepflanzten Flaschen. Weine, weiß und rot. Auf den Etiketts üppige Trauben, bunte Blätter und das Versprechen von Reife, Süße und Vollmundigkeit. In der Mitte steckte ein Korkenzieher. Gläser. Untersetzer und Aschenbecher. Der Wandschmuck des Aufenthaltsraumes führte durch die Sowjetrepubliken: Holzlöffel. Dosen. Zierbretter, meist Lackmalerei, aber auch Teller mit eingebrannten Zwiebeltürmen. Zwei fransengefaßte, an Bambusstecken aufgehängte Knüpfteppiche, Motiv Sonnenblumen, symmetrisch ein Segelschiff. Hinterlassenschaften der Frau, die vor drei Jahren die Mücke gemacht hatte, und zwar nach Oldenburg. Das hatte der Turnhosenmann bei einem schnellen Bier erzählt und natürlich auch noch in mehreren Kapiteln, wie es um das Haus bestellt war. Kurz vor dem Anschluß an den Westen hatte er die *Scholle* gekauft, und nun hatte sich eine Erbengemeinschaft gemeldet, die gegen ihn, wenn er weiter so stur bliebe, prozessieren wollte. Am besten weg nach Frankreich. Aber für Frankreich brauche ich erst noch eine neue Frau. – Dabei hatte er dem Gast einen verschwörerischen Blick zugeworfen: Du weißt, was ich meine. Eine Dresdnerin. Obwohl ich die Sachsen nicht leiden kann. Ich bin aus Schlesien. Meine Mutter war eine »von«. Sie ist im KZ umgekommen. Aber ich bilde mir auf beides nichts ein. Früher nicht und heute nicht. Gorbatschow ist ein Verräter.

Mit diesen Einsichten hatte er seinen Gast, nachdem er die leeren Flaschen an sich genommen und ein kleines Schlüsseletui auf den Tisch gelegt hatte, im Gastzimmer allein gelassen.

Zur Frühstückszeit war der Turnhosenmann schon auf Arbeit.

Der Kaffee stand in der Thermoskanne bereit. Ein Frühstücksei steckte unter einem kleinen gehäkelten Huhn.

Die Frage war, was Adam hier wollte. Hier im Hause dieses Mannes, dem er zum Munde redete, nicht aus Feigheit, sondern aus Neugier, um mehr zu erfahren. Vielleicht den besseren Grund seiner Reise, um die anderen Gründe auszulöschen? Ihm war nach diesem und den folgenden Nachtgesprächen, als würde er sich mit unnötigem Kram behängen. Mit schrägen Weltbildern, die er genausogut hätte liegenlassen können, wie die Pfeifenputzer unter der Eßkastanie. Die Frage war, was er in dieser Stadt zu suchen hatte, in der er nicht länger als zehn Jahre zu Hause war, die er einmal bei einem Zwischenaufenthalt fünf Stunden besucht hatte, in der er die Straßen noch fand, aber keine Gesichter mehr kannte.

Hätte er sich nicht wie ein richtiger Tourist ein richtiges Hotelzimmer nehmen sollen?

Oder war es grade gut hier. Das gekochte Ei. Pfeffer und Salz in bulgarischer Volkskunst. Das Ticken in der Holztäfelung. Die rostigen Heizungsrohre. Die Fliegenklatsche. Die Malimovorhänge. Die schmierigen Scheuerleisten und Türen. Und abends der gesellig wartende Wirt in Turnhosen.

26

Liebe Judy, ich weiß, warum mir die Stadt so verquer vorkommt. Es ist, weil der goldene Engel von der Kuppel der Kunstakademie weg ist. Es könnte sein, sie haben ihn wegen Bauarbeiten heruntergehievt, denn rings um den Gebäudeklotz stehen Gerüste. Man könnte auch denken, er hat sich davongemacht. Immerhin hat er hundert Jahre versucht fortzukommen. Hundert Jahre wippte er im Sprunggelenk und spannte die Flügel.

Ich weiß noch, wie ich ihn durch das Fenster des Gerichtssaales von meinem Besucherplatz her beobachtet habe. Es ging damals um Karli Tempel, um eine Gruppe, die auf dem sowjetischen Soldatenfriedhof Grabsteine umgehauen haben sollte. Ich glaube, Karli kannte gar niemanden von den Jungs, die zu den Straffälligen gehörten. Die Kläger hatten einfach alles, was ihnen nicht gefiel, zu einem Haufen zusammengekehrt. Karli konnte Ulbrichts Stimme imitieren. Ohne jede Übertreibung. Der Staatsratsvvvvorrrrsndee besucht einen Kindergarten. So ein Vergehen war schlecht zu benamsen. Also hieß es im Haftbefehl nur: besonderes Vorkommnis, und später dann: skrupellose Elemente schändeten Gräber, verunglimpften die Befreier. Karli vorn auf der Anklagebank. Gleich neben ihm, im Hintergrund, das Westfenster und draußen ein Teil der Kuppel, der Zitronenpresse, wie die Kunstsachverständigen sie etwas abfällig nannten, auf der Spitze, der flugbereite Engel.

Lieber Engel, hilf Karli aus der Scheiße. Die Zeugen bestätigten den Sachverhalt. Der Engel drehte sich einfach weg. Es sah jedenfalls so aus, später bei tieferem Gegenlicht, als die Sonne schon den Horizont berührte und der Gerichtssaal durch Antrag des Staatsanwaltes geräumt werden sollte. Es war zu sehen, der Engel wollte fort. Die Gruppe bekam zehn Jahre Jugendwerkhof.

Karli soll einem Freund nach Amerika nachgereist sein, so wird hier erzählt. Woher das Gerücht kommt? Man weiß es nur vom Hörensagen, einer will es noch von seinen Eltern erfahren haben. Die Eltern sind inzwischen gestorben. Geschwister hatte er nicht. Karli ist fort, bei einem amerikanischen Freund. Ob sie mich damit meinen? Da siehst du mal wieder, auf was die Leute so kommen. Das ist typisch für hier. Die Phantasie. Es hatte damals ziemlich Furore gemacht, daß ich nicht wiedergekommen war. Da müssen wilde Gerüchte umgegangen sein. Einmal soll ich mich durch eine Quarkkeulchenbäckerei hochgerappelt, ein andermal soll ich beim CIA eine kräftige Rolle gespielt haben, auch von einer reichen Heirat ist die Rede gewesen. Das hat mal ein Chauffeur vom Bellevue Hotel aufgebracht. Er habe einen gewissen Adam Brühl mit einer alten, häßlichen, aber reichen Scharteke nach Berlin zum Ausländerübergang Checkpoint Charlie gefahren. In ihm habe er das Bürschchen vom Physiker erkannt, der hieß doch Adam Brühl! – Liebe Judy, so was erfährt man als arbeitsloser Berliner, der sich interessehalber den *Elbhangkurier* gekauft hat und im Louisenhof haltlose Erinnerungen an frühere Zeiten pflegt. An dem Status ist nichts gelogen. Berliner, Steinstückener. Keine Arbeit. Und: *Fremd Kehr Ich Heim*. Hätte ich den seßhaften Einwohnern vor dem Eisbecher zum Schluß ihre schönen Geschichten kaputtmachen sollen? Wer von den komischen Adams Karl Tempel nach Amerika gelockt haben soll, ich habe nicht weiter gestochert. Ich schätze, der CIA-Mann!

Liebe Judy, mir fällt immer erst am Schluß auf, daß ich deutsch mit dir rede. Hier heißt *auf deutsch* reden auch ohne Umschweife sprechen, direkt, auf den Kopf zu, bei mir heißt es, ohne Übersetzung gerade vom Herzen. Con amore.

Liebe Judy,
gestern war ich bei großer Hitze draußen auf dem Heidefriedhof. Ich habe für Evelynes Asche einen neuen Platz auf zwanzig Jahre gemietet. Zur Zeit steckt ihre Urne in einem Feld, das nicht mehr bestellt wird. Heidekraut und Waldgras wächst bis an die Hüften. Ich mußte lange nach ihrem Stein suchen. *Haben als hätten wir nicht.* Der Spruch war noch leserlich. Die Gräber von der Stütze und von einem Heimerzieher gibt es nicht mehr. Sie sind vor Jahren eingeebnet worden. Im Ehrenhain, wo der Name meines Ziehmenschen steht, steckte eine Vase mit Sommerastern. Während ich dort war, zogen mehrere schwarze Herden an mir vorbei. Meist schwenkten sie ein Richtung Kahlschlag, zu einem neuen Feld für Namenlose. 40 bis 50 kämen am Tag dorthin. Oder soll man für ein Urnenquadrat noch Geld ausgeben? Falls mans hat, kann mans sparen, aber meist ist nichts da.

Das weiß ich von einer gesprächigen Gärtnerin. Unser Chef machts für umsonst, erzählte sie, während sie die Karre neben mir her schob. Kunden, die was haben, gehen zu anderen Friedhöfen. Dort sind dann auch die Löhne besser und es wird besser gearbeitet, mit besserem Pflanzmaterial.

Auf dem Weg zur Verwaltung hat sie mich, verdrossen

über die Politik ihres Chefs, weiter aufgeklärt. Es geht schnell aufwärts und schnell abwärts, war ihre Rede. Wenn das Fernsehen teurer wird, muß auch der Friedhof teuerer werden. Aber das erklären Sie ihm mal. Sie zeigte mit dem Ellenbogen zum Bürofenster hinauf. Unser Chef nimmt jeden. Und am Ende stimmt nichts mehr in der Kasse.

Bei der Gärtnerin habe ich mich noch nach dem Berggasthaus und dem Waldmax erkundigt.

Sie winkte bloß ab. Da sollte ich gar nicht erst hingehen. Alles zu, die Türen und Fenster vernagelt. Die Alteigentümer lägen im Streit. Ich habe ihren Rat befolgt. Leider. Nun klafft eine Lücke.

Liebe Judy, zu Andrew ein Wort. Er konnte nicht wissen, daß es jemanden kratzt, wenn er verschwindet. Erika hat sich jahrelang nicht gemeldet. Nun soll sie sich bloß nicht wundern.

Sie wollte sein Schutzengel sein. Frei und unerkannt. Nun steht sie da und merkt, daß sie bloß ein Mensch ist. Kommt denn Post bei ihm an? Das wäre das erste, was man klären müßte. Vielleicht hat er eine Nachsendeadresse angegeben.

Ich denke, wo immer er sein mag, seine Abwege führen auf dem Zeitstrahl zielstrebig gradeaus. Erika sollte den alten Andrew in Ruhe lassen. Sag ihr das von mir zusammen mit einem Gruß.

Zielstrebig wohin? Adam verbot sich einen dritten Gedanken.

Adam wäre gerne der gewesen, von dem die Gerüchte sagen, er habe Karli Tempel nach Amerika geholt. Er hatte sich dem Gerücht nicht zu erkennen gegeben, weil er sich wieder einmal schuldig fühlte, er hatte Karli alleine gelassen – wie den Alten, wie Anna. Er hatte Evelynes Hand nicht festgehalten.

Judy? Er rief von einem offenen Telefon am Postplatz in

die amerikanische Nacht. Es ist gar nichts. Es ist heiß. Es ist Mittag, und ich fahre gleich mit der Straßenbahn über die Elbe in die Neustadt. Von hier aus sehe ich den Zwinger. Das Kronentor und das Schloß. Gerade kommt ein Auto mit Dachschindeln vorgefahren. Sie decken vermutlich das Schloßdach. Judy? Zwei Briefe sind unterwegs.

Aber Judy hatte seine beiden letzten Briefe bereits erhalten. Mit great fun, ich danke dir, und nun bin ich müde.

Die Laster sind vorbei, jetzt höre ich dich besser. Hat sich Andrew gemeldet? Was macht Erika?

Von Andrew kein Zeichen. Unsere verrückte Erika hat die Vorstellung vom Zeitpfeil als Trost angenommen. Sie dankt als gebundener Engel.

Du hast es mit Engeln, lieber Adam. Wie kommst du darauf, daß der Engel auf der Kuppel der Kunstakademie, der Zitronenpresse – ich kann es mir wunderbar vorstellen –, daß der nicht geholfen hat im Falle Tempel und Konsorten, den Grabmalschädern. Hätte es nicht viel dicker kommen können? Sibirien zum Beispiel.

Darauf folgte aus einem Bett in Amerika ein großes Gähnen oder ein Seufzer.

Lieber Adam. Und nun, Good night.

27

Adam fuhr mit der Straßenbahn die Leipziger Straße entlang. An der Elbe vor dem Ballhaus Watzke stieg er aus.

Er sah dem Fährboot zu, wie es erst mit Motorkraft gegen die Strömung fuhr, um bald darauf mit der Strömung, den leichten Bogen nutzend, ans Ufer zu treiben. So wie früher. So war Adam damals von drüben über die Elbe gekommen. Mit Fahrrad. Er war ja zu jener Zeit nur noch mit Fahrrad unterwegs.

Eine Landung in Pieschen.

Daß Anna auch noch in Pieschen wohnen mußte!

Pieschen.

Manche Orte waren so gut wie jedes schreckliche Hexenhaus und alle bösen Wölfe. Wenn du nicht folgst, kommst du nach Arnsdorf oder auf den Sonnenstein. Der schwarze Mann konnte dich holen oder die schwarze Köchin. Solche Drohungen gehörten sich eigentlich nicht mehr, weil die Verrückten in Arnsdorf und auf dem Sonnenstein und die schwarzen Männer und Köchinnen auch Menschen waren, jedenfalls seit 45, und nicht immer böse, wie du und ich.

Aber manchmal fanden die Großmütter noch keine neuen Worte: Paß auf, wenn du bei mich nich parierst, holn se dir aufm Sonnstein. Dort haste dann keine Omi mehr.

Bei Faulheit, Verlogenheit und Bummelei war das Asyl in Pieschen seit zwei bis drei Generationen als Androhung erprobt. Genau: Altpieschen 9. Wenn du weiter so faul bist, kommste nach Pieschen. In Pieschen wohnen die Bummelanten. Auch die Stütze hatte solche Pieschen-Sprüche parat.

Anna hatte nicht weit von Altpieschen in einem Eckhaus der Rehefelder Straße ein Eckzimmer mit Balkon bewohnt. Es lag im zweiten Stock über einem Erker. Unter dem Erker im Erdgeschoß befand sich ein kleines Geschäft. Dort hatte sich ein Fotograf etabliert. Anna war Untermieterin bei Frau Gerlach, der Eigentümerin dieses Hauses und noch eines zweiten, schräg gegenüber, und eines Hauses in Klosterfelde bei Berlin. Sie war Witwe. Sie besaß eine Schreibmaschine.

Anna tippte darauf die Listen der Gegenstände, die Frau Gerlach mit nach dem Westen nehmen wollte. Frau Gerlach hatte die Übersiedlung nach Karlsruhe zu ihren Kindern beantragt. Der Zoll verlangte Numerierung, Mengenangaben, genaue Bezeichnung und Zeitwertschätzung. Frau Gerlach wollte sich von nichts trennen. Höchstens von einem Lutherstuhl, einer Pelzjacke und einer Dreierschachtel Lux (Seife).

Frau Gerlach und Anna arbeiteten tagelang bis in die Nacht. Weil in den Listen etwas dazwischengeschoben werden mußte, stimmte die Numerierung nicht mehr. Anna mußte von vorn anfangen. Als Anna die Listen zum dritten Mal tippte, war sie schon gut im Maschineschreiben. Frau Gerlach trennte sich doch noch von mehr. Ein Kakteenständer. Eine Kommode. Das Grammophon? Man hört ja jetzt doch lieber Radio, und es gibt keine Tonstifte mehr zu kaufen. Vielleicht hat das Operettentheater in Leuben Interesse.

Als die Listen fertig waren, hatte Frau Gerlach eine Überraschung parat. Eine Flasche Sekt von ihrer Hochzeit. Über fünfzig Jahre alt, die steht kalt, die wird jetzt aufgemacht. Ein großer Augenblick für so eine alte Flasche.

Der Sekt war zu Essig geworden.

Aber Frau Gerlach hatte noch Stierblut, das sie abends immer angewärmt und mit Eigelb verquirlt trank. Natürlich als Medizin. Stierblut, heute zum Anstoßen nach vollbrachtem Werk. Die Schreibmaschine, Rheinmetall, auch die sollte Anna behalten. Darüber war Anna glücklich. Mit Buchstabenknete putzen, dann würde die Maschine wieder wie neu. Vielleicht ließe sich der i-Punkt reparieren, der zernagelte das Papier und machte die Walze akputt.

Als es klingelte, es war nachmittags gegen fünf, hatte Frau Gerlach vom Stierblut und von ihrer Großzügigkeit schon einen rosigen Anflug auf den knittrigen Wangen, kleine glänzende Äuglein und einen schwankenden Gang. Sie wankte zur Tür, öffnete und wischte wie ein erschrokkener Kater zur Seite.

Draußen stand Adam. Auch er erschrak.

Frau Gerlach hatte sich den Knöchel verstaucht, aber sie trank weiter. Anna sollte für Adam ein Gläschen aus der Geschirrkiste holen. Zum Wohl. Weil Frau Gerlach trainiert im Trinken war, fand sie sich allein zurecht. Sie hinkte ins Bett.

Adam hatte das Grammophon und eine Platte mit in

Annas Zimmer genommen. Er kurbelte. Die Platte drehte sich. Statt Nadel kratzte Anna mit dem Fingernagel. Anna und Adam knieten vor dem Apparat. Sie lauschten. In weiter Ferne ein Piepsen, dann fing von sonstwoher leise ein Lied an. *Goldene Abendsonne, wie bist du so schön.*

Das kommt jetzt aus meinem Bauch, behauptete Anna.

Adam hatte noch nicht erklärt, warum er gekommen war, und er hätte es nicht erklären können. Es war weder sein Recht noch seine Pflicht und nichts in der Mitte. Sein Rad stand im Kellergang. Er war mit der Fähre gekommen. Er war zweimal hin- und hergefahren. Ehe er auf der Pieschener Seite die Rehefelder Straße entlang bis zu dem Eckhaus geradelt war. Im Schaufenster des Fotografen hatte Adam zwei grüne Fotoapparate angesehen, die samt ihren Originalverpackungen ausgestellt waren. Vera 1 und Vera 2. Er betrachtete die Auslagen gründlich, als wäre er deswegen hergekommen. Von dorther war ihm die Vorstellung zugeflogen, daß alles weitere – sein Treppensteigen bis hinauf in die zweite Etage – eine Nebensache wäre, die er in seiner lässigen Art, drei Stufen auf einmal, zusätzlich absolvieren wollte. Die Fotoapparate gaben ihm Absolution.

Das Grammophon stand auf einem abgetretenen Teppich, von dem niemand wußte, daß er gerade deswegen sehr kostbar war. Der Teppich war ein Geschenk der Familie Waschke, die einen Stock höher wohnte. Herr Waschke hatte gesagt, der Teppich wäre vom Dachboden, aber Waschke hatte die Teppichrolle neben einer Aschentonne gefunden. Er hatte sie mitgenommen für Anna. Waschke war Müllmann. Frau Waschke hatte Beziehungen zu Hühnern. Von ihr bekam Frau Gerlach die Eier für das Stierblut. Das Kind von Waschkes, ein kleines Mädchen, sah aus wie ein Engel. Die blonden Löckchen, die blauen Augen. Sie hieß Kerstin, wie das Mädchen im Film *Sie tanzte nur einen Sommer.*

Anna drückte den Fingernagel in die Rille der schwarzen Platte. In der Mitte der Platte auf rundem grünen Etikett, der Hund, der am Schalltrichter horcht, weil er normalerweise darin die Stimme seines Herrn hört.

Anna blieb dabei: Das Lied kommt aus meinem Bauch.

Kralle weg, befahl Adam.

Er kurbelte den Federzug so fest, daß sich der Teller nicht mehr bewegte.

Überdreht, sagte Anna leise.

Adam blieb bei seinem belehrenden Ton. Das Ding kannste wegschmeißen.

Anna nahm ihm tröstend die Kurbel aus der Hand. Es war ja schon ein alter Kasten, sagte sie. Er war verloren. Er hatte sich verspielt. Er spürte, daß Anna ihm wieder einmal voraus war. Sie war ihm voraus im Einsamsein.

Ich gehe jetzt.

Anna lief ihm hinterher. Treppab. Er schob das Fahrrad.

Bis an die Elbe schaffe ich dich, sagte Anna. Am Fährufer blieb Adam stehen. Die Fähre lag festgemacht am diesseitigen Anlegesteg – bereit für die Schlachthofarbeiter, die morgen früh von hier übersetzen mußten zur Arbeit im Schlachthof.

Restwellen eines entfernten Schleppkahnes wuschen über das schwarzblanke Ufergestein. Das Poltern, manchmal wie Donnerrollen, kam über die Häuserfront hinweg vom Hafen herüber, dort bunkerten die Dampfschiffe Kohle für die morgige Fahrt.

Anna bestellte dem Alten und der Stütze einen Gruß. Sie hielt Adam fest mit solchen Sachen. Sie hielt das Fahrrad. Die Querstange des Herrenrades.

Anna, sagte Adam, Anna, weißt du nicht, daß du das nicht machen darfst.

Was? fragte Anna.

Das anfassen.

Warum?

Das darfst du nicht. Alles, bloß das nicht.

Anna legte die Hand auf den Sattel.

Das darfst du.

Sie legte die Hand auf die Lenkstange.

Das auch.

Anna griff mit trotzigem Übermut wieder an die schwarzgelackte Querstange des Fahrrades, das nun herausfordernd zwischen ihnen stand.

Warum?

Adam schwieg. Er riß sein Fahrrad herum und fuhr los. Er hatte in ernster Sorge seiner Schwester einen Wink geben wollen. Oder war er um sich selber besorgt, oder wollte er Anna mit Leibeskräften, die er manchmal in seinem Fahrrad versteckte, bezwingen?

Adam hatte die Nacht und die Stadt vor sich. Er strampelte die Leipziger und die Bautzner Straße entlang, ab Felsenkeller immer bergan. Er trat in die Pedalen, um sich des morgigen Bildes zu erinnern und des Bildes, das sich im Bilde wiederholte, und des folgenden auch. Weil kein Ende war.

Er mußte nicht ängstlich sein, denn der Alte hatte kein Auge über seine Wege und Nächte. Machmal blieb Adam bis zum nächsten Tag bei Freunden, manchmal bei einer Freundin. Er ging mit ihr. Er schlief mit ihr. Er rieb ihr den Rücken und die Schenkel mit Zinkschüttelmix ein, die sie wegen einer Erdbeerallergie verordnet bekommen hatte. Sie lag auf einem rosa Badetuch. Die Hand, die ihn streichelte, trug einen silbernen Siegelring mit einem gotisch geschnörkelten R. Sie hatte blondes Haar und braune Augen. Sie hatte einen schönen, zärtlichen Namen, doch den hatte Adam vergessen. Rosemarie, das könnte sein.

Adam hatte sich mit seinem Schweigen und dem funkelnden Fahrrad, seinem ganzen beiläufigen Auftritt in der Rehefelder Straße, glauben machen wollen, daß er immer noch der Herr ihrer Freuden und Ängste war.

Das hatte Adam nicht vergessen. Dieses Grammophon auf dem blaßblütigen Teppich und seine wirren Gefühle in Richtung des Mädchens, das die Mathematik der Eins, die Einsamkeit beherrschte.

Im Fotogeschäft hatte sich eine Fahrschule eingemietet.

Im Schaufenster, vor dem er damals aus grünen Fotoapparaten, Vera 1 und 2, jene freche Frömmigkeit gewonnen hatte, hingen Plakate mit aufgeschnittenen Motoren, Rollbilder mit den Innereien des Autos. Zur Rehefelder Straße hin stachen im Erdgeschoß zwei blauumrahmte, gardinenlose Fenster hervor.

Sonst sah das Haus noch so aus wie vor dreißig Jahren. Backstein. Über dem Erker, rostendes Schmiedeeisen, eine dürre Wäscheschnur. Das Balkönchen. Im Hausflur eine Reihe individueller Briefkästen, Holzkisten, Blech- oder Stahlboxen, manche mit Sicherheitsschlössern, manche vollgestopft mit buntem Werbepapier. Namensschilder. Waschke. An den Namen konnte sich Adam erinnern. Kerstin, Sie tanzte nur einen Sommer.

Waschke wohnte allein in der Wohnung. Stube, Kammer, Küche. Frau Waschke, die so gute Beziehungen zu Legehennen hatte, lag seit zwölf Jahren auf dem Friedhof. Krebs.

Kerstin, das Lockenkind, war verheiratet. Zwei Kinder, Jungs. Kerstin lebte bei der Familie des Mannes in Heidenau.

Waschke hatte bei der Stadtreinigung aufgehört, darauf zwei Jahre als Lagerarbeiter im Schlachthof drüben gearbeitet. Eine gute Stellung, weil er sich den Tag selber einteilen konnte und weil ihm, dem Kehrbesen, wie allen anderen Schlachthofarbeitern Deputat zustand. Freibankfleisch.

Jetzt ginge er nicht mehr auf Arbeit, jetzt würde er nur noch malen. Er habe schon immer gemalt. Blumen und viel Steine, Lebendiges meist. Manche Bilder male er zum Verkaufen.

Kleinformat und Kronentor, das geht immer. Das mache ich nebenan in der Kammer. Da habe ich die Ehebetten rausgenommen.

Waschke führte Adam aus der Küche ins Nebenzimmer. Die Kammer.

Das Atelier? fragte Adam.

Atelier, Waschke wiegte zu dieser Möglichkeit den Kopf.

Die Frisiertoilette hatte Waschke mit Zeitungen belegt, da standen die Farbtöpfe. Auch auf dem Boden, unter den Füßen knisterten alte Sächsische Zeitungen. Und überall Gladiolen. Auf zwei Staffeleien und an der Wand, Kartons, Zeichenblätter, auf denen rosa Gladiolen blühten und welkten.

Waschke bekam einen spitzen, beinahe spitzbübischen Blick, als Adam vor einem vollaufgeblühten Stengel länger verweilte. Da war ihm einer auf die Schliche gekommen. Er nickte: Das ist meine beste.

Waschke lebte in einer rosa Gladiolenzeit.

Alles Acryl, fügte er hinzu. Und das ist meine Landschaft, wenn ich Landschaft male.

Er schob eine umgelegte Tür frei. In der glatten Füllung zog sich, das ganze Bild teilend, ein Fluß, die Elbe, darauf ein Fährboot. Jenseits ein Anlegesteg. Wuchtige Steine, eine überschwemmte Wiese und als Silhouette gegen einen italienischen Himmel der Schlachthof.

Adam hätte Herrn Waschke erzählen können, wie berühmt der Schlachthof in Amerika war. Berühmter als der Zwinger. Weil es in Amerika einen Roman gab, der im Dresdener Schlachthof spielte.

»Slaughterhouse Five« von Kurt Vonnegut. Ein Kriegsbuch. »Slaughterhouse Five«, ein Buch über das Sterben und über das Leben im Krieg, ein heiteres Buch, das dir das Lachen verbietet, ein trauriges Buch ohne Tränen.

Adams Vorstellungen beim Lesen waren an einen von Hochnebeln und Rauch verhangenen Kindheitshimmel, an den Glanz der Elbe und an das Gemäuer gebunden gewesen.

Der Waschke-Blick, dachte Adam. – So wie man drinnen in der Stadt den barocken Canaletto-Blick liebt, so haben die Pieschener den Waschke-Blick. Die Elbe bei Pieschen, im Hintergrund ein Gebäude, in dem das 20. Jahrhundert seinen Ausdruck sucht. Die Spannbetonelemente am Schornstein. Das deutlich gestaltete Dach. Die bewußte Symmetrie in den Fenstern. Der Schlachthof.

Der Pieschener Canaletto legte die Hand prüfend auf sein Werk.

Eigentlich muß es aus der Sonne, sagte er. Adam half. Sie rückten die bemalte Tür an die andere Wand, dann hängten sie das Bild mit Wellpappe zu. Den Waschke-Blick.

Und wo sind die verkäuflichen Sachen? fragte Adam.

Waschke hob ein Laken. Lauter Kronentore, wie gesagt, nicht zu groß, weil die meisten für ihre kleinen Wohnungen kleine Bilder brauchen. Er deckte rasch wieder zu.

Ich habe mit Rente und den Kronentoren ein gutes Einkommen. So kann ich meiner Kerstin mal was zustecken, Denn Kerstin und Mischa sind arbeitslos, die Möbelfabrik hat zugemacht. Die Enkel haben noch keinen Verdienst. Sie lernen beide im Tharandter Forst.

In der Mitteltür des Kleiderschrankes, einem ovalgefaßten Spiegel, steckte ein Buchstabenband: *Mehr wiederfinden als verlorengegangen ist.*

Anna?

Waschke kramte. Das hat meine Frau noch gesehen. Er stellte ein Ölgemälde auf die Staffelei. Das Porträt eines kleinen Jungen, etwa drei Jahre alt, daneben eine Frau, die Mutter. Es sollte Anna sein. Es war Anna. Doch es war ihr Spiegelbild, denn, obwohl sich ihr Gesicht neben dem des Kindes befand, obwohl sich Mutter und Sohn in der Fläche berührten, lag zwischen ihnen wie durch ein Wunder ein Raum. In den vier Augen spiegelten sich Distanz und Zwiesprache.

Ich habe das Bild nach zwei Fotos gemalt und nach der Natur. Wie ich die beiden drüben in der Küche mit meiner Frau gesehen habe. Der Trick ist der Spiegel. Mein Standpunkt hätte zwar alles verpfuschen können. Ungefähr wie ein Kameramann, der so tut, als würde er im Kühlschrank sitzen und beobachten, was einer sich zum Frühstück herausholt. Mir ist es aber recht so. Meine Frau meinte auch, das ist sie.

Das ist Anna.

Ich muß einnehmen, sagte Herr Waschke. Adam folgte ihm in die Küche. Waschke hatte schon ein Häufchen Tabletten abgezählt und Wasser hingestellt.

Sie hatte Bekanntschaften in der Stadt. Waschke erzählte von einem alten Physiker, um den habe sie sich gekümmert. Freundinnen habe sie gehabt. Eine mit sehr schönen Augen, bald so schön wie die von einem Kalb. Männer seien auch hier gewesen. Junge Kerle. Einer sei mal mit Fahrrad gekommen. Waschke verlor sich sinnend in Adams Bartstoppeln.

Der war blond und scheu.

Und die anderen?

Ein Ungar oder ein Grieche, ein dunkler Typ. Vielleicht einer von den Jungs, die in Radebeul im Jugendheim lebten. Anna war ja auch aus einem Heim. Ein Flüchtlingskind. Meine Frau hätte Ihnen mehr sagen können. Wie ich das Bild fertig hatte, ist sie weggezogen. Tatsächlich, als hätte sie mit dem Bild nicht unter einem Dach leben wollen. Man lacht. Aber es könnte doch was dran sein? Das geht mir manchmal durch den Kopf.

Er suchte in Adams Gesicht, nicht wie einer, der eine Antwort erwartete, sondern mehr wie einer, der mit dem Innenauge sieht und rätselt. Farben. Formen. Was noch? Das befremdlich Allbekannte.

Waschke war einer, der nicht fragte. Adam hatte sich mit Namen vorgestellt, Adam Brühl, und sich nach der Hausbewohnerin Anna Brühl erkundigt. Die Namensgleichheit hatte Waschke ohne weiteres hingenommen. Überhaupt schien sein Ohr äußeren Schall und Klang zu inneren Melodien zu verwandeln. Er fragte nicht, er suchte vielmehr nach einem Bild oder einer Geschichte.

Anna Brühl, habe ich Sie richtig verstanden, Sie sind auf der Suche nach ihr? Sie soll mit einem Herzdoktor in Lebensgemeinschaft gewesen sein.

Er brachte aus dem Nebenzimmer einen Karton. Meine Frau gehörte zur Partei der Kartenschreiber. Anna gehörte nicht dazu. Sie hat uns trotzdem manchmal eine Weihnachtskarte geschickt. Vielleicht finden Sie eine Karte von ihr, vielleicht steht ein Absender drauf. Ich habe mich darum nicht gekümmert.

Er setzte eine Kaffeemaschine in Betrieb, baute zwei Tassen auf den Küchentisch, grübelte, was einem Besuch noch zukam. Kaffeelöffel, die suchte er, sie steckten wie ein Blumenstrauß in einer Büchse.

Ein verschneiter Marmorengel, darunter gedruckt »Herzliche Weihnachtsgrüße« – die Fortsetzung umseitig, in blauer eiliger Tintenschrift – senden Ihnen, liebe Familie Waschke, Anna und Rainerle. Die Rainerlebuchstaben von Kinderhand. Neben dem großen R ein Stern, dem sein Ursprung noch anzusehen war. Ein Klecks war er gewesen.

Waschke erzählte von seiner Frau und von der Gerlach, auch die lebte nicht mehr. Denken Sie, die wäre heute ungefähr 120. Die Enkelkinder haben die Häuser geerbt. Ob sie wollen oder nicht, das Erbe steht ihnen zu. Die Gerlach tot, Frau Waschke gestorben. Annas blaue Tintenschrift. Rainerle. Adam hatte den ersten Schrei dieses Kindes gehört. Seine Ankunft in Dresden.

Anna hatte Adam glücklich umarmt, ihn, den Famulus, der den Nabel eines Neugeborenen versorgen sollte.

Adam hatte abgewartet, bis Annas Herz dem bläulichen Zappelwesen noch einen Schluck Blut über die Schnur mitgegeben hatte: So, nun mußt du es alleine packen.

Darauf hatte er mutig die Schere genommen und die Stiche gesetzt. Die Säuglingsschwester hatte den Neugeborenen gewickelt und die schwarzen Härchen zu einem Hahnenkamm gebürstet. Nun bist du fein, nun kannst du zu deiner Mama gehen.

Adam hatte sich vor so viel Glück davongestohlen.

Annas heißes Gesicht. Rainerle.

Herzliche Grüße zum Pfingstfest. Wir sind für eine Woche in Schaprode (Insel Rügen). Es ist noch recht kühl, trotzdem sind wir guter Dinge. Gestern haben wir im Bodden einen Hecht gefangen. Rainerle ist wieder mit dem Boot draußen. Er denkt, daß es so weiter geht mit dem Anglerglück. Ihre Anna.

Ein gefaltetes Briefblatt. Schreibmaschinenschrift mit scharf durchgeschlagenen i-Punkten. Unterschrift Anna.

Eine Antwort auf eine Anfrage von Frau Waschke. Wie Anna es dieses Jahr wieder geschafft habe mit einem Urlaubsplatz in Schaprode?

Es war Glück, schrieb Anna. Und sogar solches, auf das wir Jahr für Jahr bauen konnten. Wir sind schon zum vierten Mal hier. – Sie habe jedesmal in Sch. bei den Damen Löwe gewohnt, privat, zu sehr günstigen Bedingungen. In einem Haus mitten im Ort, aber mit Garten drumrum und nicht weit zur Fähre nach Hiddensee. Zu den Vorzüglichkeiten gehörten auch die Damen Löwe selber. Beide schon über siebzig. Man könnte sie für Zwillingsschwestern halten, aber sie sind Schwägerinnen. Eine Kapitänswitwe, die andere des Kapitäns unverheiratete jüngere Schwester. – Sie führten neben dem Kapitänshaus noch den Laden im Ort. Eine Bequemlichkeit obendrauf. Man müsse nach nichts anstehen. Milch, frische Semmeln, alles da. Es gäbe Hühner, die Frühstückseier legten, und für Rainerle Kumpel zum Strolchen. Er gehe ja jetzt schon seiner eigenen Wege: Fünfzehn Jahre ist der Lümmel und einen Kopf größer als ich. Es wird der letzte Urlaub sein, den er mit mir zufrieden ist. Und für mich hier vielleicht auch.

Adam las den Brief, als sei darin eine Rätselantwort versteckt. Es wird der letzte Urlaub sein, den er mit mir zufrieden ist, und für mich vielleicht auch?

Liebe Frau Waschke, melden Sie sich bald in Sch. und bestellen Sie von mir einen Gruß an die Löwinnen. Es sollte mich freuen, wenn es nächstes Jahr für Sie klappt.

Herr Waschke erzählte, daß seine Frau bald darauf die erste Operation hatte und invalide geschrieben worden war. Damit durfte sie ja zu ihrem Bruder nach dem Westen reisen. Bei den Gerlach-Kindern ist sie auch gewesen. Sie sind mit ihr per Auto nach Garmisch-Partenkirchen gefahren und haben ihr einen Sommermantel gekauft und was zum Anziehen für Kerstin und den kleinen Enkel. Da ist sie sehr aufgelebt wiedergekommen. Sie hat uns allen viel erzählt von den schönen sauberen Häuschen und der Natur. Die Kuhglocken. Die Wiesen. Das möchte sie noch einmal sehen, hat sie mir gesagt, und ich sollte mitkommen. Ich wußte schon, daß es nichts werden würde. Aber der Mensch soll ja die Hoffnung nicht aufgeben. Es wäre auch zu schön gewesen.

Adam hatte manche Geschichte gehört, wie das war mit der Reiserei. Er hatte es ja selber erlebt. Die Mauer. Die absolute Abschottung. Ringsherum Wachtürme. Nur die Alten und Kranken bekamen einen Reisepaß, mit dem sie Grenzkontrollpunkte passieren durften. Besonders gestellte Künstler oder Wissenschaftler, wie der Physiker, und er, Adam, als amtlich beglaubigte Begleitperson, sie konnten gegebenenfalls durch die Mauer.

Frau Waschke hatte sich das Privileg durch eine lebensbedrohliche Krankheit erwirkt. Wie Herr Waschke, der einstige Müllmann, Schlachthofarbeiter, der Canaletto von Pieschen, der Tizian der Rehefelder Straße, Vater von Kerstin, der Mann der Reisepaßbesitzerin, den Kaffee stehenließ, wie er über den Tisch strich, um seine Geschichte mehr dem Tisch als seinem Gast zu erzählen, daran erfuhr Adam, daß er inzwischen ein Fremder geworden war. Trauer packte ihn an. Er dankte den Gerlachschen Kindern und der Macht der Alpen, ahnend, daß die mit dem Fall der Mauer ihre Güte und Göttlichkeit eingebüßt hatten. Nun waren die Kranken hier nur noch krank. Die Alpen kein Seelentrost mehr. Aber der Mensch soll ja die Hoffnung nicht aufgeben.

Was haben wir alles versucht. Sie wollte so gerne, daß ich mitfahre, murmelte Waschke. Er goß Kaffee nach. Gerhard hat uns Arztatteste geschickt mit wer weiß was für Krankheiten. Aber da hieß es immer bei der VP, leiderleider, das reicht noch nicht für ein Besuchsvisum in einer dringenden Familienangelegenheit. Die Krankheit des Bruders im Westen muß mindestens lebensbedrohlich sein. So sagt die Bestimmung, aber es ist eine Kann-Bestimmung. Meine Frau hat das dem Bruder brieflich verklickert. Nicht wahr, Gerhard, du bist doch nicht bloß krank, sondern todkrank. Dein Leben ist doch richtig bedroht?

Gerhard hat den Sinn der Sache und auch etwas Spaß verstanden. Das mußte man ja. Bin ich!, hat er beim Fotografen unten durchs Telefon gekälbert. Ich bin sehr bedrohlich todkrank. Fragt doch mal, welche Krankheit eure Brüder gerne hätten.

Hast du nicht schon immer was mit der Niere gehabt!

Was habe ich? Ach so, mit der Niere. – Tatsächlich, er hat ein Telegramm geschickt. Bruder an akutem Nierenversagen lebensbedrohlich erkrankt. Besuch notwendig.

Besuch notwendig, das hätte er sich sparen können, meinte die Frau von der Meldestelle. Sie tat ganz nach Buchstaben und Gesetz und war darin ziemlich ruhig und scheißfreundlich. Die genaue Krankheitsbezeichnung genüge – eigentlich-, nur: das Telegramm müsse am Wohnort des kranken Verwandten amtsärztlich bescheinigt werden. Also noch mal mit einem Kilo Schlachthofzuteilung, Rouladenfleisch, runter zum Fotografen und ein Gespräch nach drüben angemeldet. Zwölf Stunden mußte man mindestens rechnen, ehe der Anschluß geschaltet wurde.

Es warten viele auf Verbindung in die BRD, wir können nichts versprechen. So hieß es vom Fernamt.

Der Fotograf war ein geduldiger Mensch. Früh um sieben hatten wir das Gespräch angemeldet. Bis nachts um zwei hätte er bestimmt noch in der Dunkelkammer zu tun. Er würde uns sofort rufen. Er blieb immer noch freundlich. Wir taten ihm leid. Er tat uns leid, denn er putzte schon ewig am Wasserhahn und wischte Schüsseln trocken. Wir saßen die ganze Nacht auf dem Sprung.

Als das Gespräch kam, mußten wir uns wieder irgendwie verständlich machen. Wir hatten uns Stichworte aufgeschrieben.

Wie gehts dir, Gerhard?

Was is los mitten in der Nacht, is was passiert?

Uns nicht, aber dir doch nicht etwa? Ist es schlimmer geworden mit der Niere? Bleib tapfer, wir kommen dich besuchen, nur, du mußt uns noch eine amtliche Bestätigung schicken.

Verstehe, einen Stempel, daß ich übern Jordan gehe.

Er hatte mitten in der Nacht kapiert. – Aber so was war nicht jedes Arztes Sache. Der Doktor in Gerhards Dorf war total überfordert. Der sah sich damit in Teufels Küche. Der Amtsarzt wollte ebenfalls bei der Wahrheit bleiben. Ein dritter war der Ansicht, es müsse Grenzen geben. Grenzen des Anstandes, meinte er. Erst der vierte Arzt sagte, Mann, Sie kiecken ja schon janz dot. Das war ein Berliner mit Arsch in der Hose. Hat aber alles nichts genutzt. Der Schlachthof war dagegen. Ich war ein wichtiger Mann. Der Betriebsleiter legte Wert auf einen saubergekehrten Hof. Er hatte Schiß, daß ich mit meiner Frau im Westen bleibe. Wären wir aber nicht. Im Schlachthof habe ich daraufhin Sack gehauen, und zur Wahl – Scheinchen falten – bin ich, wie dann meine Frau nicht mehr da war, auch nicht mehr gegangen.

Für meine Frau, wiederholte Waschke, damit für den Besuch kein schiefes Bild entstand, für sie lief von Amts wegen alles reibungslos. Sie durfte reisen. Fahren Sie mal gleich, hatte der Arzt zu ihr gesagt. Ich weiß nicht, ob sie dahinter die Finte gehört hat, so ungefähr: Hauen Sie ab, bevor Sie der Sensenmann holt. Jedenfalls war sie, wie sie zurückkam, ganz aufgelebt. Vielleicht hat sie es uns bloß leichter machen wollen. Das wäre ihr auch zuzutraun.

Waschke guckte lange nach dem Wetter, dann faßte er noch einmal alles zusammen: Jetzt könntest du jeden Tag sonstwohin. Wenn das nicht zum Wundern ist. Das ist das Leben.

So it goes, fügte Adam hinzu. Das war ein Satz aus dem Roman *Schlachthof 5*.

Adam hatte in Waschkes Schuhkarton keine Anna-Adresse gefunden. Nur einmal eine Abkürzung Gr. Gl., den 13. 8. 74. Waschke wußte nichts damit anzufangen. Gr. Gl.! Gr. könnte Groß heißen, aber Gl.? Das blieb die Frage.

Die Fähre trieb von Pieschen hinüber ins Ostragehege. In das Terrain des Schlachthofromans, in den Adam die Räume seiner Kindheit verstrickt hatte. *So it goes.*

Aber was geschah mit jenen Romanlesern, die weder Waschkes Bild noch die Elbe selber kannten? Hatte sich Vonnegut den Dresdner Schlachthof gar bloß ausgedacht?

Die Schlachtbänke und die Kühlkeller mit den Schweinehälften, die leeren Haken, die in Halle fünf von der Drecke hingen! Ausgedacht?

Oder hat sich das wirklich zugetragen?

Of course, it happend. Wenn ich irgend etwas schreibe und dann verkaufe, was nicht irgendwie wahr ist. Das wäre Betrug. Ich müßte ins Gefängnis kommen.

So habe ich das noch nie gesehen.

Sehen Sie es ab jetzt so.

Es ist also in Ihren Büchern wie in der Werbung. Wenn du nicht die Wahrheit sagst, kannst du Ärger kriegen.

Genau. Derselbe Rechtsfall.

Denken Sie daran, irgendwann über uns zu schreiben?

Alles, was mir geschieht, kommt in Bücher.

Dann werde ich mal lieber vorsichtig sein mit meinen Worten.

Tun Sie das. Und denken Sie daran, ich bin nicht der einzige, der Ihnen zuhört. Gott hört auch mit. Und am Tage des Gerichts wird er Ihnen vorhalten, was Sie gesagt und getan haben. Wenn das Schlechte überwiegt, wird es schlecht für Sie ausgehen. Sie werden im Feuer schmoren.

»Tell me a story.«

... the sky was black with smoke. The sun was an angry little pinhead. Dresden was like the moon now, nothing but minerals. The stones were hot. Everybody else in the neighborhood was dead.

So it goes.

»Tell me a story.«

American fighter planes came in under the smoke to see if anything was moving. They saw Billy and the rest moving down there. The planes sprayed them with machinegun bullets, but the bullets missed. Then they saw some other people moving down by the riverside.

Down by the riverside, down by the riverside ... *They hit some of them.*

So it goes.

Adam wünschte dem Fährmann weiterhin Gute Überfahrt. Er querte das Ostragehege, suchte eine Haltestelle, um mit der Straßenbahn nach Bühlau zu fahren.

28

Der Wirt hatte schon Gläser hingestellt. Adam sah, daß er wieder auf ihn, genauer: auf seine Ohren, gewartet hatte. Eine Flasche aus dem bronzierten Ständer war schon entkorkt.

Kann ja sein, sagte er, kann sein, du willst meinen Frust nicht mehr hören.

Er schenkte ein und fing gleich wieder an zu erzählen. Von einer Figur, die den Karren hätte aus dem Dreck ziehen können.

Kennen Sie Karl Tempel? fuhr Adam in die Dreck- und Karren-Variation. Karl Tempel. Wohnung Elisabethstraße?

Der Wirt überhörte die Frage.

So eine Figur, der Wirt sprach von einem großen Plan, war jahrelang von den positiven Kräften der Sicherheit aufgebaut worden. Ein Mann in den besten Jahren. Erst mal war der aus dem Verkehr gezogen worden. Scheinbar vergattert. Er sollte von der Kulturseite langsam, aber sicher wieder einsteigen. Und zwar aktiv, als Künstler. Musik kam nicht in Frage. Er hätte erst Noten lernen müssen. Bildermalen wäre eine Möglichkeit gewesen, jedenfalls für den Augenblick, à la Gogh oder Picasso, so was hätte er machen können, die Friedenstaube malen die Kinder in der Schule, aber wußte man, ob nicht nächstens wieder richtige Semper-Galerie-Sachen Mode geworden wären. So was wie unsere Sixtinische Madonna oder unser Schokoladenmädchen hätte er nicht mal mit anständiger Schulung gekonnt, und die Experten hätten sich dem Mann quergelegt. Seine Werke nicht gelten lassen. Also bekam er den Auftrag, interessante Bücher zu schreiben. Normale, gute Geschichten. Das war der richtige Dreh. Das lief. Seine Bücher haben auf der Leipziger Messe Furore gemacht. Es lagen englische Übersetzungen vor. Aber nein. Der große Verrat hat alles kaputtgemacht. Er goß die Gläser vor lauter Enttäuschung voll bis zum Rand. Ich war stolz auf die Gurkenstreifen an meiner Uniform. Du konntest daran sehen, der gehört zur Regierungswaffe, der kriegt automatisch 500 Mark mehr.

Kennen Sie Karl Tempel?

Und wie ich den kenne. Der Wirt schlürfte vom Wein. Das Kaliber hat doch hier in der Elisabethstraße gewohnt. Nun will ich dir mal was erzählen, dem Karli, dem haben wir eine blaue Marke verpaßt. Die bekamen politisch Unzuverlässige, die im Westen reiche Verwandte oder Freunde hatten. Wo gesichert war, daß sie nicht lange im Knast einsitzen würden. Wo mit Freikauf gerechnet werden konnte. Statt schwarz wurde die Ziffer rechts oben blau gestempelt. Das Zeichen war nun wieder bloß in der Abteilung V publik. Tempel war für blau wie geschaffen. Ein Freund von ihm lebte in Amerika, das war uns bekannt. Karli war wegen einer Sache im Werkhof. Danach wurde er eine Weile laufengelassen. Er hat im Kabarett im Großen Garten und in der Studenten-Tonne seine Lippe riskiert. Dann aber wurden die Valuta knapp. Was denken Sie, was die Oper verschlungen hat an Material. Es blieb ja nicht bei einem Blattgoldsims in der Eßecke. Das geht nicht auf eine Kuhhaut, was da geklaut wurde.

Und wie ist das mit der blauen Marke gelaufen?

Wie erwartet. Er wurde freigekauft.

Von wem?

Von einer Deckadresse in Heidelberg. Der Professor vom Hirsch spielte eine Rolle, nicht der Ardenne, der andere.

Und der Amerikaner?

Der! Der Wirt winkte ab.

Adam schluckte den See von Verachtung. Er gab sich nicht zu erkennen, weder als Verteidiger dieses Amerikaners noch als Ankläger im Namen Karls. Der Wirt entkorkte die zweite Flasche. Er schwitzte in dem papiersteifen Trainingsanzug, den er heute zu Feierabend angezogen hatte.

Gegen Morgen wußte Adam etwas besser, warum der Mann so viel und so süßen Wein in sich hineingoß. Er trank, weil Gisa seine einzige war, weil sie ihn verlassen hatte. Er hatte sie im Volkshaus Bühlau kennengelernt. Er hatte auf dem Heimweg ihren Regenschirm und die Handtasche getragen. Er hatte ihr erzählt, daß er morgen früh ausrückt zur Post, denn er sei eingeteilt, die Tür zu verglasen. Drei Scheiben, Verbundglas.

Ach, du bist wohl Glaser? – Spricht was dagegen?

Nee.

Gisa war mittags zur Post gekommen. Hatte ne Weintraube mitgebracht. Ein halbes Jahr danach haben sie geheiratet. Erst haben sie im Neubau in der Budapester Straße gewohnt, dann durch Tausch hier. Zwei Jungs großgezogen. Dann der Wechsel vom Bau zur Fahne. Ich wußte, es gibt andere Menschen, aber ich wußte nicht, daß es noch andere Frauen gibt, andere, die wenigsten außenherum so gebaut sind wie Gisa. Sie war meine erste Frau und ist die einzige geblieben. Meine gute Gisa.

Er trank sich knallrot.

Fort. Er schluckte. Fort. Warum? Fort. Sag mir, warum? Der papierene Trainingsanzug war von Tränen weich und still geworden. Der Wechsel kam unverhofft.

Sau! knirschte er. Wenn du dich blicken läßt. Er schluckte: Schlag ich dich tot. Adam versuchte, noch einmal auf die Glaserzeit zurückzukommen. Es hatte keinen Zweck.

Adam riß das Fenster auf. Eine Wolke Nachtmotten stürzte ins Zimmer. Aus einem Gehöft im Mordgrund krähte pünktlich und biblisch ein Hahn.

Gib mir noch drei Minuten.

Adam warf sich auf das Bett, er wollte schlafen.

Es war hoher Vormittag, als er das Haus verließ. Er warf den Schlüssel, wie vereinbart, durch das Gitter des Kellerfensters, dann ging er zum Gartenweg, der in Stufen abwärts führte. Er sah sich noch einmal um.

Hinter einem Verandafenster leuchteten die richterlichen Augen einer Katze. Sie beobachteten von oben herab die verwitterte Turnhose, die Socken, die an der Wäscheleine zuckten, einen fortfliegenden Spatzen, vergessene Spankörbe, den ewigen Spaten am Apfelbaum, die Pflanzen in den Blumentöpfen, ihr kümmerliches Wachsen, die Sträucher, Bäume, rechts und links des Weges, die gestutzten Rosenbüsche, dazwischen den schwerfüßigen Flüchtling.

Adam schlug das Tor zu.

Er fand sich wieder an der Elbe in der Nähe des Anlegesteges. Hier hatte er mit Anna auf das Schiff gewartet. Sie waren in die Wälder gewandert und auf die Berge gestiegen. Sie hatten eine Nacht im Felsen gelebt. Von hier aus hatte er Anna das Schieferdach drüben am Berghang gezeigt.

Das sehe ich schon längst. Anna wollte sich wappnen. Auch die Jacke diente ihr als Versteck. Adam erinnerte sich an einen groben braunen Panzer. Adam hätte den Panzer damals verwandeln mögen. Die Erinnerung wollte, daß ihm die Verwandlung gelang. Er hatte Mitleid mit Anna. Siehst du das dunkelblaue Dach? Er wollte sie schützen, sie in ihrem Versteck verstecken. Es war Sonntag. Es war Mai, die Elbwiesen gelb von Hundeblumen.

Heute war das Professorenhaus von hier aus nicht mehr auszumachen. Es steckte unter der grünen Decke der in drei Jahrzehnten gealterten Bäume. Adam fand eine im Schatten liegende Uferbank. Zwei junge Männer, elbwiesenbraun, drei Sechserpacken Bier zur Seite, blinzelten ihm entgegen. Arbeitslos, so stellten sie sich vor. Du auch?

Adam nickte, schob aber einen Zwanzigmarkschein rüber, bevor er die erste Flasche trank.

Hast du Geburtstag? Adam schluckte verneinend. Das kleine Mißtrauen schwand. Mit deinen Spendierhosen kannst du jeden Tag kommen.

Zu den Männern gehörte ein spitzohriger kleiner Hund. Er rannte unverdrossen, um einen Gummiknochen einzufangen. Dem Bier und dem Hundespielzeug galt der Männer Freude und Aufmerksamkeit. Der Knochen sollte weder im dreckigen Fluß noch im Gestrüpp verlorengehen.

Adam gab sich Mühe, darauf zu achten, wo der Wurf landete. Er hätte dem Hund einhelfen können, wenigstens mit der ungefähren Richtung. Zum Beispiel Richtung Körner-Garten, von dorther roch es nach Braten und Rotkraut, dorthin rannte der Hund am schnellsten und liebsten. Adam schlug mit der Faust auf den Flaschenboden, er kippte den Deckel an einem Bolzen. Er schluckte, als müßte er einen Waldbrand löschen.

So kam der Traum. Es war der Traum, den er in der vergangenen Nacht geträumt hatte.

Ihm flogen einzelne Fetzen zu. Er mußte sich bekennen.

Er hatte im Traum eine ziemliche Schurkerei auf die leichte Schulter genommen. Er hatte, während Waschke von zwei Schlachthofkollegen abgeholt wurde, zum Schlachthof, hieß es im Traum, weil Arbeit anstand: Notschlachtungen, Viehtransporte, derweil hatte er das Gemälde aus Waschkes Schlafzimmer gestohlen.

Waschke hatte nach allen Seiten vertrauensselig gesagt: Warte hier, ich bin gleich wieder da. Waschke hatte einen Wintermantel und Handschuhe angezogen. Er schleppte, als er die Wohnung verließ, einen Eimer voll weißer Farbe, Rutenbesen und Rechen. Warte hier.

Adam hatte wirklich eine Weile gewartet und sich gefragt, was ein Hofarbeiter mit der Schlachterei zutun haben könnte. Vielleicht mußten alle mit anpacken. Vielleicht war das gewerkschaftliche Pflicht im Schlachthof.

Adam hatte das Gemälde mitgenommen. Am Flugplatz Tegel hatten die Leute wegen seiner Person eine Verzögerung hinnehmen müssen, denn er war samt seines sperrigen Gepäcks einer Kunst- und Zollexpertin vorgestellt worden. Wie er so schnell von Dresden nach Tegel gekommen war, wußte er nicht, nur soviel, es waren bis hierher nur rechte Dinge im Spiel. Die Frau hatte das Gemälde nach kurzem Blick mit unverhohlener Verachtung über den Tisch zurückgeschoben. Mit süffisantem Lächeln. Es sei nur von ideellem, nicht aber von Kunst- oder gar Marktwert. Adam hatte einen Stich im Herzen geträumt. Doch er war unbeirrt seines Weges gegangen. Vom Kennedy-Airport mit dem Shuttlebus direkt zum Guggenheim-Museum. Den Hammer und einen Nagel hatte er sich noch vor dem Flug eingesteckt. Er war einer Gruppenführung voraus den Wendelgang hochgeeilt. Er war im Traum ins Schwitzen gekommen. Hinter der Sitzenden von Käthe Kollwitz war noch genügend freier weißer Raum. Dort hatte er den Nagel (zwölf Zoll) etwas über Augenhöhe eingeklopft, dann Waschkes Bild aufgehängt.

Anna und das großäugige Kind. Das Doppelporträt, das eigentlich ein Zweimalzwei-Augen-Stück war und den Betrachter aus allen Farben ausschloß.

Adam mischte sich unter das Blau, und siehe, das Wunder des Kindermalkastens geschah: Ein hellblauer See voll Plagen kippte augenblicklich um in ein Hoffnungsgelände: lauter grüne Entengrütze.

Ihm war im Traum, als wäre es ein Irrtum, von Anna zu träumen, denn sie war Bild geworden und somit wahr.

Wo bist du, Anna? Und wer?

Großmutter Anna nach altem Brauche oder Darstellerin modern gewobener Charaktere und/oder … Alleinstehende, Ruheständlerin, Aushilfskraft, Kassiererin, Filialleiterin, Bäuerin Baucis, Tilia, Betrogene, Betrügerin, Unschuld auf dünnen Beinen, junggebliebene Lehrerin, komische Alte, Juniorentrainerin, Verliererin, Frohnatur, Vegetarierin, Vertreterin, Vermieterin, Vermißte, Unvermißte, Genießerin, grüne Reiseleiterin, vergessene Gattin zur Linken, Träumerin, Straffällige, Allergikerin, Bürgerin der Stadt, des Landes, des Erdkreises und meiner Träume. VERGLÜCKTE.

Denn einmal hieß es, sie sei verglückt. Aus Liebe. Als der Mann ihres Herzens brav aus angestammtem Gehege ausreisen durfte.

Die beiden arbeitslosen Dresdner durchkämmten das Gesträuch nach dem Gummiknochen.

Komm mal her, rief der eine. Sieh mal, was ich gefunden habe.

Sie verschwanden samt Hund. Adam blieb zurück mit dem restlichen Bier.

Der Himmel war wie gelogen, so blau. Die Elbe ehrlich stinkend.

Auf der Rückreise saß Adam im Zugabteil Knie an Knie mit seidig glänzenden Strümpfen. Eine Frau unbestimmten Alters las in einem Buch. Das Buch war dick und von einer Bibliothek griffig gebunden. Es trug eine Katalognummer auf dem Rücken.

Die Frau blätterte im Gleichmaß der hinfließenden Fahrt,

war vertieft in ein Gewimmel von Generationen, samt Ur-Tanten und Urgroßvätern, Vettern, Neffen und Schwägern: ein Gestrick von Herkünften, Erbteilen, Verbindlichkeiten und Verpflichtungen in überlieferten Orten und Zeiten. Einmal seufzte sie hinter dem Buch. Adam zog sich erschrocken tiefer in seinen Sitz zurück.

Er tastete vorsichtig nach dem Schlüssel seiner Bleibe. Er wollte die Frau nicht stören, weder mit seinen Hosenbeinen noch mit seiner Haltlosigkeit noch mit einem Blick. Jetzt blätterte sie. Jetzt las sie die Absätze der letzten Seite. Jetzt las sie wieder im laufenden Text. Adam wollte nicht stören. Das Fenster bot sächsisches Flachland, Wälder, Brachflächen und Wiesen. Dann Brandenburg. Erst beim Aussteigen am Bahnhof Wannsee sah er ihr Gesicht. Es war hell wie aus Biskuitporzellan. Ihr Kopf war bis in die Stirn von einem dunkelgrünen Seidenschal umwunden. In die linke Wange grub sich wie von einem Operationsmesser gezogen ein sauber verheilter Schnitt.

Er wünschte gute Weiterfahrt. Sie dankte mit einem abwesenden Blick. Das Leben muß doch nicht so sein.

Anna wollte er finden.

29

Neben der Haustür ein Stock, ein honiggelber Rucksack, ihm zur Seite ein zweiter in Grün.

Adam durfte sich freuen.

Andrew war wieder aufgetaucht, noch nicht in persona, aber immerhin schon per Rucksack.

Ein Stein fiel vom schweren Herzen, gleich senkte sich ein anderes Gewicht auf das Gemüt.

Einerseits Erleichterung und andererseits der Groll, daß er wieder keine Zeit haben würde, um endlich auf Suche zu gehen nach der Anna-Spur. Es war wie in der Statistik beim Entenschießen. Ein Jäger hat die Ente um zwei Meter nach rechts verfehlt, der andere Jäger um zwei Meter nach links. Im Durchschnitt getroffen. Was ist die Mitte zwischen Erleichterung und Groll?

Adam spähte hinter dem Haus, das sommerlich wuchernde Gesträuch, die drei hinrostenden Gartenstühle. Es war dem Garten anzumerken, daß er keinen zuverlässigen Herren hatte. Ich bin wieder da, lieber Holunder. Adam hob schuldigst einen dürren Ast auf, um ihn hinterrücks Richtung Baustelle segeln zu lassen. Dort drüben hatte sich etwas verändert. Kräne standen da, Tiefstrahler und Podeste. Die Anlage sah aus wie ein Güterhafen. Als läge dahinter das Meer. Aber niemand arbeitete. Ach, es war ja Sonntag.

Rings im Gelände kein weiteres Zeichen von Andrew.

Ob das grüne zusätzliche Gepäckstück zu einem Männchen oder einem Weibchen gehörte, das war die Frage. Adam trug die beiden Rucksäcke ins Haus.

Erst gegen Morgen flogen Kiefernzapfen ins Fenster. Einer krachte gegen das Weckradio. Der Frühstücksdirektor von Radio Brandenburg kicherte gleich wie ein Hahn. Er vermeldete dem Brandenburger Volk ein Gespräch mit einem grünen Minister, doch vorerst Musik und Huhu.

Die Zapfen flogen. Draußen donnerten die Baumaschinen.

Andrew war wieder da. Er hatte Emma, eine rothaarige, sommersprossige Rostockerin, aus China mitgebracht und für Adam eine Flasche Tinte: Ying Xiong 202. Gefällt sie dir? Er hielt Adam die aus Zeitungspapier hervorgenestelte blaue Flasche hin.

Andrew hatte folgendes vor: Erst mit Emma nach Rostock. Dann nach London zu Eskenasy. Dort wollte er sich ostasiatische Grabbeigaben ansehen. Dann zurück nach Rostock. Kann aber sein, daß sich in London etwas anderes ergibt. Denn zu Eskenasy kämen Leute aus aller Welt. Er habe im Flugzeug in der Zeitung gelesen, daß dort besonders gute Bronzen ausgestellt und verkauft werden sollten. Abgebildet war ein Gefäß aus der Shang-Dynastie, Anyang-Periode. Typ Ding, mithin ein runder, dreibeiniger Bronzetopf. Das Dekorband bestand aus sechs Vogeldrachen, gegliedert durch reduzierte Taotiemasken, darunter sechs Dreiecke, die mit Zikaden und Spiralmustern symmetrisch ausgefüllt waren. Melonenpatina. – Ansehen. Nicht kaufen. Rostock, da wäre es nach London nicht mehr weit. Der Seeweg biete sich an.

Adam betrachtete schuldigst den Zeitungsfetzen. Er hörte kaum zu. Müde, mit seinen Dresden-Bildern und vor allem mit der alten Ohio-Erika im Kopf, gelang es ihm nicht, sich eine Vorstellung von der Dame neben Andrew auf dem Sofa zu machen. Andrews Unbekümmertheit war allumfassend. Eigentlich mochte Andrew nichts essen. Er sei versorgt, behauptete er.

Eingeschweißte Erdnüsse und eine Büchse Fixundfertig-Bohnen konnte Adam anbieten.

Er trug den heißen Topf auf. Bevor er Teller und Löffel herbeibringen konnte, löffelte Andrew schon. Er reichte Topf und Klapplöffel an Emma weiter. Sie reichte die Bohnen samt Löffel an Andrew zurück. Genug. Entschied sie. Ein kleiner Rülpser entfuhr ihr.

Wo wir herkommen? Emma hatte die Beine auf Andrews Knie gelegt. Sie wühlte den Kopf in den aufgeplusterten Schlafsack. Schlafen. Sie wollte schlafen.

Andrew kratzte den Topf aus, rückte die Frauenbeine zurecht, dann wiederholte er seine Frage und gab sich die Antwort: Wo wir herkommen? Aus Tibet.

Doch bevor er dort ankam – über Frankfurt, Karachi, Peking, Schengdu, mit all den Kämpfen um ein Anschlußticket, besonders in Schengdu, wo ihn die chinesische Administration nur mit Touristenführer von der Reisegesellschaft Golden Bridge für teures Geld weiterreisen lassen wollte –, war auch er eingenickt. Er fuhr augenblicklich wieder auf, aber nur, um sich im Halbschlaf mit einer kleinen Geste der Entschuldigung Utensilien aus der Hosentasche zu nesteln. Er stöpselte sich die Ohren zu und legte sich eine schwarze Maske über die Augen. So sank er auf die runde Hüfte der Frau.

Wie er seinen Kopf bettete, wie schlüssig er seinen Arm um ihre Schulter legte, zeigte geübte Lebensart. Emma zuckte nicht.

Sie schliefen wie ein Granitfels, so einig und fest. Wenn Adam geahnt hätte, daß Andrew in einer Faser loszureißen wäre von Erika, er hätte ihn mit Amely verheiraten wollen. Amely, doch ein Blick auf die Verschlungenen sagte ihm, es war zu spät oder falsch oder beides. Die neue Ewigkeit hieß Emma.

Adam meldete per Telefon das Neueste nach Cleveland. Er borgte sich beim Nachbarn das Fahrrad, das eigentlich zum Hause gehörte, um genug Flaschen und Getränkekartons, Früchtemüsli, Reis, Nüsse und Frischgemüse herbeizukarren. Er fuhr noch einmal los, weil er Toilettenpapier vergessen hatte, er kaufte außerdem einen Spinatklotz, Andrew aß keinen Joghurt, aber gerne Spinat. Er kaufte Zahnpasta, Seife und eine kleine Packung Waschpulver, denn er wußte im voraus, daß Andrew, wenn er zu sich kam, alles, was er auf dem Leibe hatte, in Eimer und Schüsseln stopfen würde. Der alte Indianer bestand auf seinem europäischen Waschfest. Wäscheeinweichen. Chat-noir-Seife oder Waschpulver, das übrige richteten die Götter. Für alle Fälle ging Adam auch noch zum Fleischstand. Er nahm eine ganze Salami, für alle Fälle oder als Vorrat für sein eigenes Leben auf diesem Kontinent.

Andrew hatte Emma im Kloster Samye getroffen.

Emma, die Rostockerin, hatte sich, das erzählte sie mit nachträglichem Schaudern, unterwegs in der Stadt Tsetong einer Marco-Polo-Reisegruppe angeschlossen. Italienern und Schweizern, die bestens ausgerüstet waren, Getränke mit Multivitaminen, ein Bus, Jeeps für schwieriges Gelände, alles war da. Auch das Überqueren des Tsangpo mit mächtigen Lastkähnen und die Weiterfahrt am Gegenufer per LKW war erprobt und zu genauer Stunde organisiert.

In Samye schließlich war Emma mit fliegenden Fahnen von den Marco-Polo-Leuten zu Andrew übergelaufen. Da ziemte sich das organisierte Herumziehen nicht mehr. Andrew ging nur auf gut Glück und meist zu Fuß.

Andrew und Emma glaubten sich die Geschichte ihrer Begegnung aufs Wort.

Emma habe in Samye auf den Stufen zur Klosterruine, einem kleineren Gebäude neben dem Haupthaus, gesessen: Die Marco-Polo-Leute hatten ihr aus großem Vorrat ein Lunchpaket geschenkt. Sie pickt mit den Fingern Fleisch vom Hähnchenschenkel, sie füttert die Mäuler einer Gruppe rotznäsiger Tibetkinder. Hunde halten sich im Hintergrund und Andrew. Auch er interessiert sich für ein Hühnerbein, denn er hatte während seiner einsamen Dreitage-Tour von Dechen Dzong durch das Kyi-chu-Tal, dann über den 5300 Meter hohen Paß nichts weiter als Yakbuttertee und Tsampa zu sich genommen. Beim Überqueren eines Flusses mit tückisch glatten Steinen war er einmal bis zum Bauch naß geworden, er hatte seine Socken verloren, er hatte zwei Nächte in Yakhirtenzelten verbracht, später, auf Paßhöhe, hatte er unter Felsüberhängen geschlafen. Einmal nur unter dem niedrigen Himmel.

Die Seele wollte fortfliegen, aber sie hatte, wie die Rebhühner, das Fliegen verlernt. So verkroch sie sich wieder ins bleierne Fleisch. Da wartete sie auf die Beihilfe eines tragfähigen Vogels oder auf einen Steigwind, der sie günstig ins nächste Leben brächte. Geier meldeten sich in der Nacht mit kurzem Schrei. Bald. Bei Tage.

Eisverkrustet, mit zugefrorenen Augenlidern, war der Felsschläfer noch vor dem Morgendämmern aufgewacht. Er schüttelte Schlaf und Kälte von sich. Er lebte. Es war ein Wunder, doch das wußte er nicht.

Die Sonne brachte ihn vollends auf die Beine.

Mit Zeichen von Hühnerfüßen im Gesicht war Andrew in das Dorf Ngango gekommen.

Dort hatte er, wie es im Buche steht, in einer Felswand der südlichen Bergkette die Umrisse des kleinen Klosters Yamalung mit seinen eigenen Augen gesehen. Die Einsiedelei des Rinpoche, wo der weise Guru der alten Schule zu Zeiten, als die neue Schule das Terrain besetzte, seine Weisheiten versteckt hielt.

Es sollte Kunde in der Welt sein.

Dorfkinder hatten Andrew begleitet. Sie hatten dem fremden, glücksgewärtigen Menschentier beim Wasserschöpfen, beim Trinken, beim Verrichten der Notdürfte, beim Schultern des Rucksacks mit schrägen forschenden Blikken zugeschaut.

Aman bolung. Friede mit dir. Die Kinder streckten höflich die Zungen. Tashi delek, riefen sie. Glück auf den Weg.

Es ging nun schon leichter voran. Es ging bergab.

Hinter einem Fels tat sich, wie inständig erhofft, ein Tal auf. Das Tal des Zangbo. Die goldenen Dächer von Samye und das Glitzern des stolzen Flusses, den die Inder Brahmaputra nennen.

Tashi delek.

Samye ist das älteste Kloster Tibets. Es symbolisiert die tausendzweihundertjährige buddhistische Tradition des Landes und führt damit noch tiefer in die Zeit als die Gelugpa-Schule des Dalai-Lama.

Andrew war lebendig am Orte angekommen. Das erste Klosterwesen, dem er begegnete, war Emma. Emma, englisch schön, wie sie die Menüschale aus weißgeschäumtem Styropor hält. Das Füttern der Kinder.

Er habe mit den Hunden gebellt und gebettelt. Sie habe ihm ein Hühnerbein zugeworfen. Er habe es mit beiden Händen geschnappt.

Nicht mehr mit den Marco-Polo-Reisenden, sondern auf eigene Faust, per Anhalter mit einem Traktor, dann mit einem Kommuneauto, schließlich von der Ortschaft Gonkgar aus mit einem Bus, der vom Flugplatz in die Stadt fuhr, sind sie als ein Paar in Lhasa angekommen. In der Yakherberge waren noch zwei Betten frei. Sie blieben ein paar Tage. Hielten Rat mit den anderen Rucksacktouristen.

Es hieß, die chinesische Administration hätte die Pilgerreisen zum Karmapa nach Tshurphu verboten. Warum? Tollwut unter den wildlebenden Hunden.

Emma und Andrew hatten sich trotzdem auf den Weg gemacht. Mit Bus, dann zu Fuß.

Tatsächlich war ihnen kein Hund unterwegs begegnet. Emma fragte einen Yakhirten, der mit seiner Herde bergwärts zog. Sie fragte, indem sie die Achseln und die Hände hob und dazu bellte. Der Hirte antwortete mit seiner Kalaschnikow. Er schoß, dann zeigte er lächelnd die Geste des Umfallens. Erschossen. Alle Hunde. Er schnallte die Flinte wieder auf das Packtier.

Auch Mönche hatten sich von der Tollwutlegende nicht abhalten lassen. Sie nahmen den Weg zum Kloster Tshurphu, indem sie sich nach jeweils drei Schritten, die ihrer Körperlänge entsprachen, mit gestreckten Armen auf die Erde warfen. Knie und Hände durch Rutschhölzer oder Leder geschützt. So ging es im ewigen Gebet, Om mani padme hum, Kilometer um Kilometer. Das Tal des Tobingchu, dann links in ein Seitental.

Die Klosteranlage zog sich einen Berghang hinauf. Lauter Ruinen. Nur der Haupttempel war gerade wieder aufgebaut worden. Das Gebälk glänzte neu, von präzisen Maschinen gesägt und gehobelt. Das Fensterholz, die Stoffe, die Volants an den Dachtraufen, Emma behauptete, das Zeug käme aus den USA, wie auch die Farben, wie der Erzieher, der Fotograf und das Geld für den Film, der gedreht werden sollte.

Ein Film über den Karmapa.

Emma beschrieb ein Kind, wie Oskar in der *Blechtrommel*, einen Pfiffikus, aber von inwärts erleuchtet, und gebändigt durch ein schweres, stoffreiches, ochsenblutfarbenes Mönchsgewand. Das Kind hockte mit untergeschlagenen Beinen vor dem Tempel auf seinem Thron und verteilte seinen Segen, indem es mit kindlichem Eifer rote Wollfäden über die unzähligen gebeugten Nacken warf.

Andrew hatte sich ein zweites Mal in die Pilgerschlange eingereiht und seinen Kopf ein zweites Mal hingehalten. Ein roter Wollfaden für Adam.

Adam dankte für den Segen des Karmapa und noch einmal für die blaue Tinte Ying Xiong.

Andrew zerrte nun noch einen meterlangen weißen Baumwollschleier aus dem Rucksack. Auch das ist für dich. Das mußt du zusammen mit deinen Wünschen in den Wind hängen. Der Wind wird deine Wünsche dorthin tragen, wo sie hingehören.

Die drei saßen den Tag und die folgende Nacht bis zum nächsten Morgen zusammen. Adam war zweimal eingeschlafen, doch Andrew weckte ihn ohne Erbarmen wieder auf. Die heißen Quellen, der am höchsten gelegene See der Welt, in dem Andrew und Emma gebadet hatten, um danach zu erfahren, daß es aufs strengste verboten war.

Und weißt du, warum?

Adam riß gehorsam die Augen auf. Giftige Fische?

Freund Andrew überhörte die einfältige Anmerkung: Der Götter wegen. Sie dulden es nicht.

Adam verstand trotz seiner Müdigkeit, daß die beiden mindestens seit der Übertretung anders leben mußten: gemeinsam und einer zurechtweisenden Antwort der Höchsten gewärtig.

Da saßen sie nun am Rande der deutschen Hauptstadt auf dem Sofa eines Freundes, ein durch Übertretungen vereintes Liebespaar, vereint in Furcht und Neugier, was ihnen zugedacht werden würde an Stolpersteinen und wer zuerst hinflöge oder ob beide zugleich. Was nur gerecht wäre.

Andrew wollte eine solche Gerechtigkeit nicht zulassen.

Er wollte, so wie er hier saß, für Emma alle Schuld auf sich nehmen. Tatsächlich, er hatte sich die tizianrote, rubensrunde, knackig zähe Madame erkoren. Emma, das Unschuldslamm.

Meine Herren, das ist Liebe.

Adam hörte zu, was die beiden über den Karmapa erklärten. Er hatte ja keine Ahnung von den Schulen und Richtungen des spezifisch tibetischen Buddhismus. Er ließ sich eine harsche Belehrung gefallen. Es war nicht recht, daß er diese Gruppierungen in seiner Einfalt Sekten nannte, denn das war ein negatives Wort. Zigeuner ist auch ein negatives Wort. Adam blinzelte.

Ja also was denn nun?

Adam erfuhr, daß das Bürschchen in Tshurphu die Reinkarnation des vor ein paar Jahren im Exil gestorbenen 16. Karmapa sei.

Nach dem Tode des 16. Oberhaupts der Kagyü-Schule wußte man nicht, wo im Lande und unter den Menschen der Erde man nach dem Kinde suchen sollte, in welchem jener wiedergeboren war. Adam erfuhr, wie lange es gedauert hatte, wieviel Hindernisse es gab. Bis eines Tages ein Vertrauter des Verstorbenen in einem amulettartigen Beutel eine Botschaft fand. Den schriftlichen Anweisungen folgend, hatte sich ein Suchtrupp auf den Weg gemacht. Sie fanden den bezeichneten Ort und das Nomadenzelt. Sie fanden den Knaben, der, wie in der Botschaft gefordert, unter einem Regenbogen geboren worden war, derweil die Hirten in der Umgebung von den Bergen herab himmlische posaunenartige Klänge hörten. Der Suchtrupp kehrte mit dem Knaben zurück und erwirkte die Erlaubnis, ihn in der Gompa von Tshurphu zu inthronisieren. Schon beim Auffinden der Hinterlassenschaft hatte unter den Anhängern der Kagyü-Schule Streit angefangen, er dauerte während der Suche an und ist bis heute nicht aus der Welt. Gegen die Gläubigen stehen viele Zweifler.

It looks like a political game of chess. Adam hatte sich

vor lauter Müdigkeit englisch geäußert. Es war sein Schlußwort. Er blinzelte. Er ahnte ja nicht, daß er damit einen Streit angestiftet hatte.

Andrew und Emma eiferten. Die Spannungen zwischen Tibet und China. Mitternacht und kein Ende.

Es muß dir zu denken geben, daß die Chinesen das Spektakel in Tshurphu derart wohlwollend laufen lassen. Das chinesische Fernsehen hatte die Feierlichkeiten als ein folkloristisches Theaterstück übertragen.

So Emma, bei aller Liebe.

Andrew wog seinen Indianerschädel hin und her. Er konnte nicht ihrer Meinung sein, deswegen pflanzte er einen quietschenden Kuß auf Emmas Wange.

Adam bewunderte seinen Freund. Er war wieder einmal neidisch. Der Kerl schusselte auf der Welt herum und traf unterwegs immer genau das, was er brauchte: Frauen und Meinungen. Adam hätte auch gerne so einen unpolitischen Blick gehabt. Zum Beispiel wollte Andrew keine Verwerflichkeit darin sehen, wie die Tibeter das Verbot ihrer Religion, ein Tier zu töten, bei gleichzeitiger Lust auf Sonntagsyakbraten vor ihren Göttern rechtfertigten. Sie überließen den Fleischerberuf der anderen Glaubenspartei. Die Moslime durften.

Faule Sache, murmelte Adam.

Emma hätte ihm beinahe zugestimmt, doch ihre Augen wurden plötzlich starr. Sie schrie auf. Sie zitterte. Klammerte sich an Andrews Strickjacke. Helft mir doch.

Sie hat eine Ameisenphobie, erklärte Andrew. Nun sah auch Adam das graue Insekt wie einen dünnen, sofort verlöschenden Bleistiftstrich über den Tisch ziehen. Das Insekt war keine Ameise, es war eine Laus.

Es ist eine Laus. Emma starrte, bis sie es selber sah, eine Laus. Sie sank erleichtert in Andrews Arme.

Adam war wieder einmal neidisch. Nur Leute mit Wurzeln können so blindlings lieben.

Erika.

Anna.

Die Preußische Konditorei.

Pfeifenputzer krümelten in Adams Hosentasche.

Anderntags setzte sich Emma schon in der Frühe vor den Fernsehapparat. Frühstücksfernsehen. Sie blieb stundenlang davor sitzen. Bis zum Abend, die Nacht über, auch am nächsten Tag. Sie sagte es selber. Ich bin krank. Sie war fernsehsüchtig geworden. Eine Entzugserscheinung, weil sie monatelang keinen Apparat mehr vor Augen hatte. So hockte sie in der Stube, obwohl draußen – wie es hieß, heute zum letzten Mal – die Sonne schien.

Kommt, rief sie in einen donnernden Hubschrauberlärm, der im Fernsehen die Bäume schüttelte, Wäsche an einer Leine auffahren ließ und zwei Männern in einem wild schönen Garten die Köpfe verdrehte. Schnell, kommt, ihr beiden seid im Fernsehen. Der Hubschrauberlärm deckte ihre Rufe zu. Adam und Andrew konnten nicht einmal mehr die eigenen Worte verstehen, sie flüchteten aus dem Garten ins Haus.

Ich habe euch gesehen, der Hubschrauber hat euch im Garten gezeigt.

Auf dem Bildschirm war nun aber alles still. Von draußen war nur noch hoch über den Baukränen ein leises Knattern zu hören. Andrews Hemden auf der Leine hatten sich wieder beruhigt. Aus dem stillen blauen Fernseher tauchte wie aus einem Weltmeer eine Diskussionsrunde auf. Der Moderator bedankte sich beim Hubschrauberpiloten und bei einem Kameramann für die aktuellen Bilder vom Ort des Geschehens.

Sofort brach ein Streit los. Es ging um das Verbot eines Filmes, eines Beitrags über die Vernichtung eines Waldes, an dessen Stelle man Bürohäuser aufpflanzen wollte. Bäume weg. Beton her. Ganz allgemein sei die Redaktion an einer solchen Thematik interessiert gewesen. Der Verantwortliche habe die Konzeption abgezeichnet, die Produktion des

Films aufs Gleis geschoben. Überschrift: Vernünftige Flächennutzung. Es gibt so viel kahles Gelände. Sandflächen. Trümmerstätten, dort sollte man Häuser bauen. Hotels. Wohnungen. Büros, wenn einer meint, jemand brauche noch ein Dach über seinem Schreibtisch. Der Wald aber, die Eichen, Buchen, Kiefern, die Birken und das Haselgesträuch, der Wald solle bleiben. Ein altes Haus kannst du abreißen und dafür in fünf Monaten ein neues bauen. Mal abgesehen, daß auch dabei viel Unfug gemacht werden kann, bleibt doch Tatsache: mit Betonpumpen und Stahlgerüsten läßt sich für das alte Haus flink Ersatz oder sogar was Besseres schaffen. Aber eine Eichel ist nach fünf Monaten noch keine Eiche. Die Geschichte eines hingemetzelten Waldes.

Eines Tages sei der Film fertig gewesen. Und es ergab sich, daß die in Rede stehenden Investoren keine allgemein auf freier Wildbahn herumstreifenden Täter waren, sondern Leute, die mit dem benachbarten Mediengelände durch einen Gesellschaftervertrag in Beziehung standen. Der Film paßte plötzlich nicht mehr ins Programm. Er sei unordentlich gemacht.

Andrew goß seiner kranken Emma einen Whisky ein. Er nippte erst selber, dann reichte er ihr das Glas. Er setzte sich zu ihr.

Adam erkannte in einem jungen Teilnehmer der Runde den schwarzen Vogel Cosimo.

Cosimo meldete sich zu Wort. Winkte dann ab und sagte nur: Scheiße.

Danke für den tiefschürfenden Beitrag, sagte einer mit freudlosem Humor.

Sie müssen aber doch anerkennen, daß wir den Fall hier und heute zur Rede stellen.

Ein anderer Junge, Untertitel: Die Grünen, sagte: Genau das sollen Sie mir erklären.

Mir nicht, sagte Cosimo, indem er sich erhob und beim Abgang die Mütze rückte. Die Kamera zog in einem eiligen Schwenk auf den Mann in der Mitte. Man hörte hinter dem Gesicht des Moderators ein Rumpeln und ein Türenschlagen. Ein kurzes Wimpernzucken.

Cosimo, mehr wollte Adam nicht erklären.

Adam ließ die beiden allein, Emma, die Fernsehsüchtige, und Andrew, der mit seinen liebeblinden Augen von der Welt nicht mehr allzuviel sah und verstand. Wie ein junger Galan hatte er Emmas Hand genommen. Adam setzte sich vor der Haustür auf die Stufen. Als müßte der Vogel Cosimo gleich vorüberkommen. Er erwartete den Jungen mit warmen, väterlichen Gefühlen.

Eine Trauer kroch ihm ins Fleisch. Trauer um das vergangene Jahr. Um die Bäume, die hinter seinem Rücken gefällt worden waren. Und um Erika, die Andrew mit gutem Recht aus seinem Herzen geworfen hatte. Er selber hatte darin einmal eine Lösung gesehen. Geh deiner Wege. Er war traurig um seinen früheren kühlen Verstand. Adam wollte gerne aller Welt liebender Bruder und Vater sein.

Er hatte Heimweh, wußte nur nicht, wohin.

In seiner Verlorenheit und aus dem Abstand hatte er das vertrauliche Paar, den Jungen und die Frau, das hinter dem abfahrenden Bus auftauchte, für Mutter und Sohn gehalten. Eine biblische Erscheinung. Der Junge schwang sich die Tasche über die Schultern. Es war die Tasche der Frau. Amely und Cosimo. Mutter und Sohn. Adams trauriger Sinn wollte es so, weil damit ein bißchen Versammlung ins Gefüge gebracht worden wäre. Struktur ins Chaos, so hätte der Alte argumentiert.

Die Tasche ist schwer. Butterbirnen, hörte er Amely sagen, und: Vorsicht, Eier!

Cosimo lachte. Ein zuverlässiges Huhn.

Ich?

Sie auch.

Damit waren Mutter und Sohn, die vermeintliche Mutter und der vermeintliche Sohn, Adams Augen entschwunden. Er war erleichtert, als er für die Paarung eine weltliche Erklärung fand: Cosimo war nicht nur sein Enthusiast vom Film, dem er den Fernseher geliehen hatte, er war auch der junge Schreiber, dem Amely die Wohnung pflegte. Erleichtert, beinah getröstet, trat er aus seinem Versteck, um zu sehen, wie die beiden ums Eck verschwanden.

Amely hatte einen Blick auf das Haus gegenüber der Haltestelle riskiert.

Cosimo hatte ihr die Tasche abgenommen. Da war Fallobst drin und, bitte vorsichtig, Eier! Cosimo hatte es eilig, in seine Wohnung zu kommen.

Vor noch nicht langer Zeit hatte Amely einmal zwei Rucksäcke vor der Haustür gesehen. Einmal hatte eine rothaarige Frau auf dem Fensterbrett gesessen. Der Fernseher lief, das konnte man hören. Bei der Rückfahrt am Abend konnte man manchmal das Viereck in der Tiefe des Raumes flimmern sehen.

Er hatte Besuch. Von ihm selbst war nichts zu entdekken. Ihr war, als hätte er, während Cosimo, die Tasche mit den Eiern und dem Fallobst auf der Schulter, einen schnellen Schritt anschlug, auf den Stufen vor der Haustür gesessen. Dann war ihnen ein Postauto entgegengekommen. Amely hatte mehr gespürt als gesehen, daß es vor Adams Haus anhielt.

Als sie in der Wohnung angekommen waren, hatte sich Cosimo sofort die Fernbedienung gegriffen. Amely wußte ungefähr, warum er so blaß und so anhänglich war. Die Gesprächsrunde um die verhinderte Ausstrahlung eines Films, wahrscheinlich waren sie immer noch beim Argumentieren. Sie konnten nur noch den Abspann der Sendung erhaschen. Gesprächsteilnehmer Cosimo Engel und Rainer Brühl.

Brühl? fragte Amely.

Schweinerei, daß sie bei meinem klassegeilen Abgang meinen Namen in der Teilnehmerliste nennen. Cosimo schaltete das Gerät aus.

Brühl, habe ich richtig gelesen? fragte Amely.

Ein Kameramann aus dem Osten, erklärte Cosimo. Er hat mit uns zusammen den Film gedreht.

Kennen Sie ihn näher?

Wir kennen uns ungefähr seit einem Jahr. Rainer arbeitet beim Brandenburger Fernsehen. Er hätte unser Kunststück natürlich gerne als richtigen Kinofilm gedreht. Kann ich verstehen.

Wie alt ist er denn?

So Mitte zwanzig. Schade, daß er bei dem Geschwätzmeister geblieben ist. Ich hatte eigentlich gedacht, er würde mit mir rausmarschieren. Er ist in seinem Fach einer von den Guten, einer der dranbleibt. Wir wollen weiter zusammenarbeiten. Ich schreibe nämlich an einem Drehbuch. Eine Frau in Männerkleidern.

Cosimo setzt ein änigmatisches Lächeln auf.

Amely will es wissen. Wo er wohnt, wie er aussieht, aus welchem Stall er kommt, der Rainer Brühl.

Er wohnt in der Nähe von Sanssouci.

Eltern?

Von einer Mutter ist die Rede gewesen, sie arbeitet im Filmarchiv. Ich habe sie kurz mal gesprochen. Sie hat uns geholfen, ein paar Meter altes Material aufzureißen. Aus der Ufa-Zeit, einen Blick auf das Waldgebiet und die Straße damals. Von dem Ärger hat sie nun gar nichts mitgekriegt.

Wieso nicht?

Die erste Fassung meiner *Frau im Anzug* ist fertig. Wahrscheinlich gründen wir eine eigene Firma. Cosimo-Film. Oder Cinema Cosimo oder CORO-Film.

Lebt sie nicht mehr. Ist sie gestorben?

Wer?

Die Mutter von Rainer.

Rainers Mutter arbeitet zusammen mit einer Amerikanerin an einem Film über den Osten. Kennen Sie *The Restless Conscience*?

Nein.

Das ist ein Film über den Widerstand im Dritten Reich. Er lief im Februar zu den Filmfestspielen. Die amerikanische Regisseurin war hier und hat mit Vorarbeiten für den neuen Film angefangen. Jetzt arbeitet sie auswärts.

Wer?

Rainers Mutter.

Wo?

In Amerika. New York, glaube ich. Am liebsten würde ich Ihnen mal eine Szene aus *Frau im Anzug* vorlesen. *Die Stadt brennt*, das würde ich Ihnen gern vorlesen.

Nein. Amely poltert die harten Birnen und Äpfel in eine Blechschüssel, jetzt nicht.

30

Das wilde Schneetreiben wurde in den Abendnachrichten des Fernsehens als Jahrhundertereignis bescholten und gelobt. So weit die Wetter- und Klimaschreibung zurückreichte, eingeschlossen die überlieferten Aufzeichnungen der Klöster, habe es noch nie in einem August ein meteorologisches Ereignis dieser Extrema gegeben.

Weiße Stürme tobten in den hellerleuchteten Baugerüsten und in den Stahlskeletten der Kräne. Vom Boden her aufsteigende Sommerwärme versuchte die kalten Angreiferwolken zurückzuschlagen, wenigstens hinauf in die Wipfel der verbliebenen Kiefern und in die inselhaften Kronen der Laubgehölze. Der weiße Kampf währte die ganze Nacht. Die aufgerissene, gewichtlose Ewigkeit.

Gegen Morgen war die Wärmeabstrahlung der Erde soweit gekühlt, daß sich die Flocken in der Tiefe halten konnten. Es schneite. Der Schnee blieb liegen. Für drei Stunden breitete sich eine sieben Zentimeter dicke geschlossene weiße Decke über das südliche Vorland von Berlin.

Schneewächten krachten von den Dächern. Laubbäume brachen unter der Last der schweren Schneekissen, die der Frost an die Blätter geklettet hatte. Empfindliche Kulturen, wie Kartoffeln und Tomaten, waren erfroren.

Die Balkone gingen der Begonien verlustig, die Gärten der Dahlien.

Ein Restsommer ohne Cosmeen und Rittersporn, sogar die Männertreu hatte es erwischt.

Adam hatte die Spur aufgenommen. Südlich von Sanssouci in einer ruhigen maroden Wohnstraße mit Gründerzeithäusern, zu denen ein erstes und zweites Hinterhaus sowie zwei Hinterhöfe gehörten. Ein Durchgang führte vom hinteren Haus ins Freie. In einem der Vorderhäuser sollte der junge Mann Rainer Brühl wohnen. Adam fand die Nummer und gleich auch im zweiten Stock am blaugestrichenen Türpfosten ein computergedrucktes Namensschild. Rainer Brühl. Links von der Tür war ein mannsgroßes Plakat auf den rauhen Putz gekleistert. Der Golem, ein Stummfilm.

Adam horchte auf das Bingbong der Glocke hinter der Tür. Neben ihm auf dem Plakat harrte der lebensgroße Kerl aus Lehm. Seine blinden, griesigen Augen, der helmartige Lockenputz, die unbeholfene, baumartige Weile. Adam drückte noch einmal auf den Klingelknopf. Das Türschloß samt Knauf und Klingel stammte aus Moskau. Ein Reisesouvenir der östlichen Art, mithin eine Vorwende-Installation. Ein Nebenprodukt der Raketentechnik. Jedenfalls auffällig gut und groß.

Es meldete sich niemand. Wieder empfand er Erleichterung, keine Enttäuschung, weil nichts geschah. Adam wollte nicht länger warten. Sollte er eine Nachricht hinterlassen? – Freue dich, Onkel Adam war hier. Er konnte sich nicht dazu bringen.

Der Golem, Rainers Schutzpatron, schien sich zu rühren. Er schien sich aus der Achse zu drehen zum ersten, unheimlichen Schritt. Es war geboten, den Ort zu fliehen.

Das Brachland hinter den Häusern dieser Straße war einmal eine Baumschule und eine Gärtnerei, früher wurden hier die Setzlinge und Jungpflanzen für den Park aufgezogen. Ein dunkles, mooriges, von Stockenten bevölkertes Flüßchen teilte das Gelände. Im Spätsommer gesellten sich oft noch Löffelenten mit grünen Flügelspitzen und manchmal sogar ein paar prächtige Mandarinpärchen hinzu. Von hüben nach drüben gelangte man über eine Balkenbrücke. Fein gestrichelte Farbspuren im mürben Geländer deuteten auf einstiges Weiß. Jenseits des Flüßchens zog sich eine unbeschnittene Haselnußhecke. Die Brücke hatte früher zum Tor der Gärtnerei geführt. Heute, ohne Gärtnerei, war ein mannsgroßes Loch in der Haselnußhecke geblieben, ein Durchschlupf für die Bewohner der angrenzenden Häuser. Noch war das Loch niemandem in der Verwaltung der Schlösser und Parks aufgefallen. Die Bewohner hofften, daß es trotz Umbruch und Aufschwung so bliebe. Sie förderten die Hoffnung durch vernünftige Parolen: Haltet das Loch klein, laßt Zweige überwachsen, schiebt euch quer durchs Gebüsch. Vor allem, sagt es nicht weiter. Vor allem niemandem aus dem heruntergekommenen besetzten Haus in der Nachbarschaft. Für den Ernstfall lagen Listen für einen Bürgerprotest bereit. *Wir wollen unseren Schlupf behalten.*

Adam sah sich auf den Spuren fremden Gewohnheitsrechtes mit eins im gepriesenen Park von Sanssouci. Er befand sich allein auf buschbesäumten Nebenwegen. Ein einsamer Spaziergänger. Er lief am Chinesischen Teehaus vorbei. Gelangte in einem gezähmten Quartier auf beschnittenen Geraden zu den Weinbergterrassen des Schlosses Sanssouci. Still lag das Becken der großen Fontäne. Die Wege der Hauptachsen waren menschenleer. Kein einzelner Wanderer, keine Touristengruppen. Das Schloß auf dem Bergrücken, der Postkartenblick, ohne störende Bewegung. Die Marmorfiguren Venus und Merkur, in ihrer steinernen Beständigkeit. So schön, wie du es dir träumen möchtest. Kein Fotograf, der deine Blicke verstellt oder mindestens lenkt. Der bronzene Knabe. Die Hundegräber. Keine Touristen am Grabe des Alten Fritzen. Nur ein Bündel vertrockneter Gladiolen. Auch du wirst von den anderen nicht als Tourist erkannt. Hier geht kein anderer als Adam. Sanssouci gehört dir, mein Lieber. Wenn du willst, fühle dich wie ein König, oder einfach nur wie einer, dem der Geist des Ortes allein erscheint: allein blüht und duftet, in den Fußsohlen brennt, über das Haar streicht wie der Wind. Siehe, am Rondell die marmornen Räuber, auf jedem Sockel einer, als Diebsgut im Arm je ein nacktes Mädchen, sonst niemand; kein Mensch auf den sternförmig führenden Wegen, bis zum Marmorpalais keine Seele. Der Park ist groß, dreihundert Hektar. Es gibt einen Sizilianischen Garten, einen Nordischen Garten, einen zierlich ausgerichteten französischen Teil, den großen englischen Part mit dem Schlößchen Charlottenhof, außerdem Quartiere, wo die Bäume und die Gräser wachsen dürfen, wie sie wollen. Wo Hasen und Rehe nicht nur geduldet, sondern sogar erwünscht sind.

Das Reh mit gewendetem Kopf, gespitzten Ohren. Wie eine Skulptur wollte es dem Menschen erscheinen. Doch der ließ sich nicht täuschen. Ein lebendiges Reh. Das einzige Leben, dem er, seit er das Haus mit dem Golem betrat und verließ, seit er durch das Schlupfloch in den Park geraten war und hier herumspazierte, endlich begegnete. Das Reh erschrak über den Schreck des Menschen. Es setzte in weiten Sprüngen, stoppte, um sich noch einmal des anderen Lebewesens zu vergewissern, es floh in Richtung der hohen Büsche am Hippodrom.

Wenn nur ein Mensch käme. Ein einzelner Spaziergänger oder ein Steinmetz aus der Werkstatt am Neuen Palais. Adam ging an leeren Bänken vorbei und an leeren Papierkörben, nur in einem lag noch eine leere Zigarettenschachtel und eine Kinderbadehose. Wie das Letzte. Wie von damals. Aus dem schief verwunderten Blick des Rehs hatte

Mitleid gesprochen und gleich auch Trost. Keine Angst, lieber Adam, es ist nichts, es ist nur das Chaos. Das kann ja mal vorkommen. Es kann vorkommen, daß alle Menschen der Welt in gleichem Augenblick den Atem anhalten und in gleichem Augenblick Atem holen. Dann gibt es Sturm. Es kann vorkommen, daß an einem Nachmittag im September niemand auf dieser Welt in Sanssouci spazierengehen will. Dann gibt es Angst. Die fegt in deinem Kopf herum, am Anfang sucht sie sich noch plausible Gründe: Es will keiner in Sanssouci spazierengehen, weil das Terrain verstrahlt worden ist, ein fall out, oder weil ein örtlich begrenztes tektonisches Beben droht, heute gegen 17 Uhr bricht die Erde kreuzweise zusammen, vom Palais zum Obelisk und von der Orangerie zu den Römischen Bädern. Ein Krater wird bleiben. Hast du nicht vernommen, daß in der vergangenen Nacht ein giftiger Regen niederging, daß ein Flugzeug Bakterienbeutel abwarf, daß einer dieser Beutel hier im Park geplatzt ist? Mithin, es muß nicht unbedingt ein Wunder, es braucht keine Erscheinung des Chaos sein.

Adam durfte über alle Bänke von Sanssouci verfügen. Wohin er auch kam, nirgends eine Vespergruppe – kein Liebespaar, keine Penner. Alles frei, alles leer.

Nachdem er die im Orangeriefenster angezeigte Ausstellung über Friedrich Wilhelm IV. geschlossen fand, ließ er sich auf die nächste Steinbank fallen. Seine weichen Beine wollten es so. Hinsetzen. Zweifeln. Bin ich verrückt? Kann ja sein. Kann ja sein, ein guter Traum war umgeschlagen in einen schlechten.

Oder es lag am Wetter.

Der Jahrhundertschneefall hatte ein Zeichen gesetzt. Der Sommer war am Ende und damit, jenseits der Kalenderwahrheit, auch das Jahr. Es war nur vernünftig, wie die Touristen und die Potsdamer reagierten.

Adam erwachte durch ein Streicheln, ein Stofflappen wedelte vor seiner Nase. Stars and Stripes. Die amerikanische

Fahne. Ein Stecken pflanzte zwischen seinen Knien. Er hörte noch wie im Traum das Klicken von Fotoapparaten und Stimmen. Etwas war geschehen, bevor es geschah. Gemurmel. Even now it is not as empty as it looks. Sie lachten, zogen Schlüsse, weil sie den tröstlichen Schläfer auf der Steinbank gefunden hatten. Jemand hatte sich einen Jux erlaubt, jemand hatte den Schläfer mit der Leitfahne der Reisegruppe dekoriert. Die meisten hatten das verrückte Motiv fotografiert. Ein Schläfer, eine Fahne, das Gemäuer im Rücken, im Hintergrund die gläsernen Fronten der Orangerie.

It is filled with a saturate solution of activity, on the point of beginning to crystallize out. So der Nachhall einer Männerstimme.

Adam schrieb seine Adresse und einen Gruß. Lieber Rainer, Sie kennen mich nicht, höchstens aus Erzählungen Ihrer Mutter. Ich bin besuchsweise hier. Leider bloß noch kurze Zeit. Wie ich heute gesehen habe, wohne ich nur eine halbe Stunde von Ihnen entfernt. Übrigens, ganz in der Nähe von Cosimo, der mir sagte, daß er Sie kennt. Es wäre schön, Sie zu sehen, bzw. wiederzusehen. Ich habe Sie kennengelernt, da hatten Sie artig, wie im Lehrbuch, angefangen, per Lunge zu atmen, und ich hatte für die Versorgung Ihres Nabels geradezustehen. Mit freundlichen Grüßen Adam Brühl. Zur Zeit Steinstücken.

Adam schob den gefalteten Zettel hinter das Messingschild mit der Inschrift *Briefe*. Der blinde Golem schmunzelte zustimmend, den horizontlosen Blick über den Bewegungen des Herrn, wie der im Gefühl gut verrichteter Dinge diesmal durch die Vordertür ging. Und weiter zur Haltestelle Kastanienallee.

Adam fuhr mit der Straßenbahn, dann mit der S-Bahn. Am Bahnhof Griebnitzsee stieg er aus. Ein ehemals abgesperrter, streng bewachter Grenzpunkt, wo früher die Westzüge gehalten hatten. Hier waren die Grenzsoldaten und der Zoll mit ambulanten Stempeltischen vor dem Bauch und geschulten Blicken eingestiegen oder ausgestiegen, bevor die Züge weiter nach Westberlin fuhren. Ein grauer Ort mit Lautsprechern und Spürhunden, mithin ein Ort der Macht und Hilflosigkeit. Gleich nach der Wende hatte man den Zugang zum Bahnsteig mit hellen Fliesen und die Treppe mit einem schwarzen, indirekt beleuchteten Handlauf verschönt. Oben auf dem Bahnsteig trutzten Werbeposter. Eine riesige angekettete Zigarette. Bleib ehrlich.

Adam hastete hinter den Studenten her, die in Sichtweite im Studentendorf wohnten, treppab, durch den radikalen Gestank der Unterführung mit den ölig schillernden Lachen, den frischen Scheißhaufen, vorbei an den weißschwarzsilber besprühten characters und tags, den Fresken des Tages. Stufen überspringend, der Fluchtspur, den weißen Sohlen der Kriegszeit folgend. Oben die toten Gleise, das aufgerissene Pflaster, die zurechtgetretene Böschung.

Scheiße, Polizei.

Adam hörte den Ruf, da war er schon oben.

Wo? fragte er den, den er überholte. Der Student wies mit einem Blick in eine allbekannte Richtung. Adam sah niemanden. Kühnheit oder Mut, eine mittelalterliche Tugend, löste ihn aus der Herde, ein Stolz, den er sich befahl, oder war es bloß, weil er sich nichts anhaben lassen wollte? Jedenfalls ging er einfach über den verbotenen Bahnsteig, kletterte so flott wie möglich die Böschung hinab, querte die stillgelegten Gleise, kroch auf der anderen Seite die Böschung hinan, drängte sich neben dem verschlossenen Gatter durch das Loch im Maschendrahtzaun.

Zwei grüne Rücken mit ledernem Gehänge, Notebooks, Waffen, Telefone. Adam sah, wie sie sich in Richtung eines grünen, vergitterten Autos entfernten. Er wollte den Studenten ein Zeichen geben, aber die waren auf legalen Wegen verblüht.

31

Anna lebte. Rainer hatte sich sofort gemeldet. Er hatte telefoniert. Meine Mutter is to Hollywood. Der einst so erdenfrische Bürger hatte mit Männerstimme gesprochen. Fest und klar, freundlich, wie Adam heraushören wollte, und da schwang unverkennbar ein feiner sächsischer Sound. Die Stimme hatte berichtet, daß ein Fernsehteam heute mit dem Nachtzug nach Polen reisen müßte. Aber in zirka vier Wochen sei man zurück, da käme er, wenn es recht sei, vorbei.

Vier Wochen, das ist keine Zeit nach rund dreißig Jahren.

Adam hatte in der Nacht einen seltsamen Traum. Wie er das Kind vom Behandlungstisch nahm, wie er es der Hebamme hingab. Wie sie an Annas Bett trat. Wie Anna das aufs Brustbein gepreßte Kinn hob, wie sie atmete, aus und ein. Es war ein verkehrter Rhythmus, und es geschah, daß sich die Nabelschnur wieder verband und daß das Kind in Anna verschwand. Sie strich über ihren hohen Leib. Der Schmerz verzog sich zu einem Lächeln.

Ach, sagte sie, ich lasse ihn lieber noch ein bißchen wachsen. Damit erhob sie sich und ging rückwärts, so wie sich Frauen von ihrem Teil der Klagemauer entfernen, aus dem Bild.

Schräge Töne, sogar im wahrsten Sinne des Wortes. Judy hatte ihre auffällige Spielhaltung im Laufe der Jahre bei ihren Lehrern und Kritikern durchgesetzt. So spielte sie am besten. Das Cello war nicht mehr aus Saiten und Holz, es wurde so zu Musik. Dann soll sie sich doch biegen und krummsitzen, wie sie will. Sie hatte gewonnen. Aber die Musik auch.

Es klang schrill und jaulend. Sie hatte telefoniert, weil Adam ihr zuhören sollte. Sie spielte ein Stück von Zelinski. Adam kannte den Komponisten. Einen kleinen, untersetzten Mann, noch jung eigentlich, mit dichtem schwarzem

Haar und zivilisiertem schwarzem Schnauzbart. Er hatte den Komponisten in Konzerten gesehen. Judy hatte ihn vorgestellt. Wenn dieser Mensch ein Pingpongweltmeister gewesen wäre, Adam hätte sich noch am selben Tag in einem Tischtennisclub angemeldet. Aber Komponieren, in diesem schrägen Geschäft wollte er sich nicht versuchen. Im Grunde kann das heute jeder. Man mußte nicht mal mehr Noten lesen können. Was sollte er tun? Nichts. Er konnte sich nur weiter in bitteren Zorn verkriechen. Adam war eifersüchtig. Ein bißchen auf die Musik, aber vor allem auf diesen Zelinski. Er versuchte das kindische Gefühl zu verstecken. Er wollte nicht mehr zornig, er wollte vielmehr besonders großzügig sein. Er setzte sich in die erste Reihe. Er hörte das scheußliche Kratzen und Jaulen, das der Schnauzbärtige erfunden hatte. Wie eben moderne Cellokonzerte sind. Er lobte, eiferte in guten Worten. Er trabte sogar mit zum Sonntagsbrunch. Dann war der Schnauzer Gott sei Dank nach Japan gerufen worden. Welche Ehre. Ein bißchen höhnisch durfte es klingen.

Judy hatte angerufen. Er war gerade vom Jogging heimgekommen, hatte ohne an Rasierklingen und Vietnam zu denken einen Apfel gegessen. Judys Stimme: Nun hör mir mal zu. Ich hänge jetzt das Telefon an den Notenständer. Hörst du?

Ja, ich höre ganz gut, hatte er geantwortet, den Apparat am linken Ohr, das rechte Ohr frei für den fernen Lärm einer fernen Straße. Die Hände spielten mit den Hinterlassenschaften von Andrew und Emma, einer Handvoll chinesischer Schlüsselanhänger. China-Airlines-Souvenirs. Sie hatten auch noch einen Turm chinesisch beschrifteter Kartons dagelassen, in denen je ein gestärktes Taschentuch steckte. Für dich, lieber Adam. Ob sie in Rostock oder unterdes in London gelandet waren?

Adam hielt den Hörer vom Ohr ab. Gift troff in seine Seele, Sehnsucht, Wut. Sehr sehr schön, hörte er sich sagen. Zelinski-Töne. Zelinski in Cleveland. Der Schnauzbart schien wieder da zu sein. Ob es die Eifersucht war, die ihm die moderne Musik verschloß, oder ob er tatsächlich nichts dafür übrighatte? Zelinski sah aus wie der Schatzmeister des Königs im *Kleinen Muck*. Judy wußte leider nicht, daß dieser Schatzmeister Archaz eine lächerliche Figur war. Sie kannte den Film nicht, sie kannte die Welt nicht. Adam sank wieder in die Vorstellung, daß Judy den Musikmacher, den Schatzmeister Archaz, den hier gewiß jedes Kind verachtete, womöglich ein wenig liebte. Archaz war ein Gefühl. Das Gefühl galt nun gleich für ganz Amerika. Er konnte sich nicht vorstellen, wie Judy jetzt aussah, wie sie sich gerade in diesen Tönen verkroch. Ob sie jetzt gar im Hemd auf dem Hocker saß?

Bist du barfuß? fragte er.

Für Judy war die Frage so dumm, wie sie war. Ich muß doch in einer Minute starten. Ich wollte dir nur schnell den Anfang des Zelinski-Adagios vorspielen. Es ist doch mindestens interessant, nicht wahr? Ich finde es eigentlich großartig.

Ja, es ist sehr großartig.

Damit war Judy fort. Adam raffte die Schlüsselanhänger und Taschentücher vom Tisch. Er griff sich das Telefon. Er wählte die Nummer. Judy hatte das Band angeschaltet. Ihre freundlich ruhige Stimme. Er wählte dreimal, nur um immer wieder ihre Stimme zu hören. Nur um sich dreimal bestätigen zu lassen, wie recht er hat mit seinem Zelinski-Zorn. Hallo, this is Judy. At the moment I am not able to take your call. Please leave your telephone number and your name and I will ring you as soon as I can. Please start your message when you hear the tone. Drei gezupfte Saiten, und sein Elend wuchs. Die Kälte in seinem Herzen. Draußen fingerte, ihm zum Hohn, die Oktobersonne durch eine goldene Buche. Die Nachbarn kratzten, hemdsärmlig vergnügt, das Birkenlaub von der Rabatte. Der Kater saß da und verfolgte feiertäglich träge das Weltgeschehen, die wirbelnden Blätter, die Amseln, die Gartengeräte. Blaue Laubsäcke standen bereit. Ein freundliches Ehepaar. Spanier aus Madrid. Sie hatten das fertige Haus gemietet. Handelsvertreter, wie Adam erfahren hatte. Er war zur Housewarming-Party zu Gast gewesen. Er hatte während ihrer Spanienreise den Kater gefüttert. Das Tier fraß nur, wenn er neben ihm auf den Treppenstufen sitzenblieb und dabei noch Geschichten erzählte. Ja, so ist der, hatten die Spanier gesagt, der läßt sich gern was versprechen.

Archaz-Zelinski, das war Amerika. Kein Land der Sehnsucht. Oder doch? Ein Findelkindheimweh. Steinstücken ist schön. Wer wird das in diesem Archaz-Zelinski-Amerika hören wollen? Anna vielleicht. Die war ja jetzt dort.

Es raschelte im Laub vor dem offenen Fenster.

Oheim! rief eine Stimme. Ein junger Mann stand nahe am Haus. Die Schultern, den Kopf lauschend zur Seite geneigt. Er trug eine braune Lederjacke und blaue, künstlich abgetragene Jeans. Oheim, rief er noch einmal. Dann hatte er Adam im Fenster entdeckt. Ich wußte nicht, wie ich mich bemerkbar machen sollte. Ich bin Rainer. Der Rufer trat noch einen Schritt näher. Er streckte die Hand hinauf.

Die Tür ist offen, sagte Adam. Sie entschuldigen, ich muß nur mal schnell telefonieren.

Der Neugeborene trat ein. Wie aus einem ungeheueren Menschengedränge ins Meer der Stille. Er wartete. Sie nickten sich zu, gaben sich zu verstehen, daß es keine Eile hatte. Laß dir Zeit. Rainer betrachtete andächtig die Scheite vor dem Kamin.

Adam hörte Judys Stimme: ... please start your message, dann die gezupften Saiten: Adam liebt Judy, raunte er in den Apparat. Das ist das Schöne an der deutschen Sprache, du mußt nur lieben und schon wirst du wiedergeliebt. Adam liebt Judy. Wer oder was liebt Judy? Wen oder was liebt Judy? Er legte den Hörer auf.

Oheim, das ist der Bruder der Mutter, erklärte Rainer. Und die Anrede klärte er auch gleich: du. –

Ever evergreen generation. Adam dachte in einem Ohio-Sound: Schänerreschn. Hey little boy.

Du wohnst gut hier, stellte Rainer fest. Weißt du, daß du hier im alten Mauergebiet in einer ausgeruhten Pilzgegend lebst? Im vorigen Jahr habe ich hier jede Menge Steinpilze gefunden. Warst du mal?

Wo?

Hier im Wald. Pilze suchen.

Nein. Seit damals in der Dresdner Heide war ich nie mehr Pilze suchen. Da gabs dich noch nicht. Oder doch, vielleicht.

Es müßten jetzt welche wachsen. Wir haben Vollmond. Es hat geregnet und warm genug ist es auch. Wollen wir gehen?

In die Pilze?

Ja. Hast du einen Korb und ein Messer. Einen Schnitzer?

Einen Schnitzer!

Weißt du, was ein Schnitzer ist?

Ich weiß, sagte Adam. Ein Schnitzer ist ein kleines Messer. – Die Klinge war schon ziemlich abgewetzt vom Sensenstein, der im Schubkasten lag. Es war spitz, aber nicht sehr spitz. Die Stütze brauchte es zum Kartoffelnschälen und Gemüseputzen. Ich habe es manchmal für die Flugzeugbastelei gebraucht, zum Leimabkratzen. Einmal war es weg. Aber wir haben es wiedergefunden. Im Komposthaufen. Als die Stütze schon gar keine Hoffnung mehr hatte. Und ich vollkommen fest an meine Schuld glaubte. Der Alte hat es persönlich entrostet und mit einem neuen Heftchen versehen. Kannst du dich noch an den Physiker und an das Haus erinnern, eventuell auch noch an unsere Stütze?

Noch genau. Vor allem an den Speck. Sie kochte mit Speck. Birnen, Bohnen und Speck. Er verzog sein Gesicht. Die Anna-Oberlippe wie Petersilie. Stimmts, ihr habt damals noch Kremplinge gegessen?

Besonders gern.

Die sind jetzt laut Pilzbuch sehr giftig.

Der Professor ist neunzig Jahre alt geworden. Die Stütze war achtzig, als sie starb. Anna lebt und ich, wie du siehst, auch. Soviel zum Krempling. Gehen wir. Wie hat die Stütze immer gesagt? Schwämme fangen.

Rainer hatte dem Oheim den Hausschlüssel abgenommen, weil das Schloß plötzlich klemmte. Laß mich mal. Er hob die Tür an, und der Schlüssel drehte sich sofort. Der Oheim ließ die Arme hängen. Verwundert sah er zu, wie er in diesem Augenblick eine Stellung hingab. Das Kind war kein Kind. Das Kind war die Generation der Gegenwart. Die Kameraderie wird ein Spiel sein.

Mit zwei Schnitzern und zwei Spankörben pirschten sie durch den Wald. Jeder für sich, in Sicht- oder wenigstens in Hörweite. Knackende Äste und manchmal ein Ruf: Oheim? Rainer? – Rainer war bei seiner mittelhochdeutsch korrekten Anrede geblieben. Oheim, weil der Herr wissen sollte, daß er einen guten Schatten warf.

Adam fand nichts. Er sah, wie sich Rainer dauernd bückte. Pilzauge. Nach einer Weile liefen sie suchend, von Kiefer zu Kiefer, von Hoffung zu Hoffung, aufeinander zu. Entweder es ist zu früh oder zu spät, sagte Rainer. Sie guckten sich gegenseitig in die Körbe.

Wenigstens was. Ein paar Pfifferlinge. Gälchen. Die braten wir mit Ei.

Willst du das essen?

Der Oheim machte ein erschrockenes Gesicht. Wie Rainers Mutter, wie Anna, wenn sie zum Gruselnlernen ein Schauermärchen erzählte.

Du bist ein Amerikaner, sagte Rainer. Er kam nicht dazu, den Fakt auszulegen, denn er hatte ein gelbes Nest unterm Laub einer Sommereiche entdeckt. Pfifferlinge. Na endlich gehts los.

Weißt du noch, wie die Stütze die Pfifferlinge nannte? fragte Rainer, während er die Pilze in den Korb bettete. Kochmanndla! Kochmanndla, das hatte Adam vergessen. Rainer schlug sich wieder in die Büsche.

Adam hörte das Knacken der dürren Äste, er folgte der Spur. Er erkannte die Gegend. Hier hatte er mit dem verwirrten Steinstückener Professor Krieg gespielt. Im Gras steckten die Porzellanköpfe eines Telegraphenmastes, eingesunken lag ein Bündel Stacheldraht. Es war dämmerig geworden. Und kälter.

Oheim?

Die Sonne stand ohne Strahlen als samtene, himbeerrote Scheibe über einem aufgeforsteten Schlag. Adam lauschte, er ging Rainers Stimme nach, nun Richtung Osten. Kupferne Säulen die Kiefernstämme. Adam stolperte, er stieß gegen eine vermoderte Kiste. Es stiebte wie leichte Asche. Es war Schnee.

ISBN 3-351-02328-6

1. Auflage 1995

Einbandgestaltung PEIX, Antje Kahl
Satz LVD GmbH, Berlin
Druck und Binden Clausen & Bosse, Leck
Printed in Germany